钱志刚 著

追逐

九 州 出 版 社
JIUZHOUPRESS

图书在版编目（CIP）数据

追逐 / 钱志刚著. -- 北京：九州出版社，
2019.4

　　ISBN 978-7-5108-7968-5

　　Ⅰ．①追… Ⅱ．①钱… Ⅲ．①长篇小说－中国－当代
Ⅳ．① I247.5

中国版本图书馆 CIP 数据核字（2019）第 056423 号

追逐

作　　　者	钱志刚 著
出版发行	九州出版社
地　　　址	北京市西城区阜外大街甲 35 号 （100037）
发行电话	（010）68992190/3/5/6
网　　　址	www.jiuzhoupress.com
电子信箱	jiuzhou@jiuzhoupress.com
印　　　刷	武汉市卓源印务有限公司
开　　　本	880 毫米 ×1230 毫米　32 开
印　　　张	13.5
字　　　数	277 千字
版　　　次	2019 年 4 月第 1 版
印　　　次	2019 年 4 月第 1 次印刷
书　　　号	ISBN 978-7-5108-7968-5
定　　　价	58.00 元

自序一
是谁杀死了秦始皇？

　　根据司马迁的记载，秦始皇是病死于巡游途中的。至于秦始皇得的什么病，司马迁没有说，估计是不知道。不过，古代皇帝的病因和死因，史书通常都是不记载的（秦始皇此次出巡时间长达十个月，在当时的物质条件下，身体如果没有严重疾病是做不到的），因此我们不知道秦始皇得的什么病并不奇怪。奇怪的是接下来发生的事情。秦始皇死后，胡亥、赵高威逼利诱李斯篡改了秦始皇的遗诏，逼死皇长子扶苏和大将军蒙恬，扶胡亥登上皇位。秘不发丧的目的已经达到，这伙人最急迫的事情应该就是立刻赶回咸阳，稳定政局，把胡亥即位的事办成铁案。秦始皇死于沙丘平台（今河北广宗县），急于当皇帝的胡亥等人应该沿黄河向西南行进，5至10天就能抵达咸阳。他们却没有这样做，相反，他们带着秦始皇的遗体从井陉（今河北石家庄以西太行山隘口）一路北上，渡黄河西行，达到九原（今内蒙古包头），然后南下，经上郡（今鄂尔多斯、榆林）至云阳，然后往南到骊山陵墓，历时两个多月。按河南大学王立群教授的说法，这是秦始皇预定的巡游路线。姑且认定秦始皇最初有此计划吧,但秦始皇死前已令扶苏火速赶回咸阳主持丧事,自己的灵魂反而要在外面游荡两个月之久,成为孤魂野鬼与鲍鱼同臭?胡亥和赵高为什么要带着秦始皇的尸体长途旅行?难道胡亥等人真的如此自欺欺人,认为车队中的文武官员、侍从武士真会相信病重的秦始皇在如此恶臭的车中如常起居、饮食、办公?他们为什么要冒如此大的风险?他们究竟要掩盖什么?一个人如果带着尸体长途旅行,那么他一定与死者的死因脱不了干系!

自古以来,中国人的习俗是人死后入土为安,如果秦始皇是正常死亡,正常的做法是迅速下葬,特别是在发生了篡改遗诏的事件之后;而且秦始皇不是普通人,出于政治需要,他的遗体也应该被迅速带回咸阳,以避免夜长梦多、节外生枝。然而,这些老谋深算的阴谋家们却反其道而行之。秦始皇死后,他的遗体在中国西北的大地上画下了一个巨大而尖锐的反问号,如此南辕北辙正是昭示后人:秦始皇死于谋杀。胡亥、赵高、李斯等人的阴谋不限于篡改遗诏。《史记李斯列传》记载,赵高劝说胡亥篡改遗诏时说:"臣闻汤、武杀其主,天下称义焉,不为不忠。卫君杀其父,而卫国载其德,孔子著之,不为不孝。夫大行不小谨,盛德不辞让,乡曲各有宜而百官不同功。故顾小而忘大,后必有害;狐疑犹豫,后必有悔。断而敢行,鬼神避之,后有成功。愿子遂之!"这段话赵高说在秦始皇死前,而不是在死后。这是密谋篡改遗诏吗?不是,而是在密谋杀死秦始皇。他们用鲍鱼掩饰尸体腐败发出的臭味(在那个年代,鱼类是最容易腐败发臭的食品),不是担心尸体发臭,而是担心尸体不臭。只有尸体腐烂了，谋杀的痕迹才能消除，而尸体腐烂则需要时间，所以他们才带着尸体去长途旅行。现代有一种流行的说法，认为秦始皇的遗体浸泡在水银中受到保护，现在如果掘开其坟墓，应该可以看到秦始皇的真容。这是不可能的了，因为秦始皇早在下葬之前，其尸体就已经腐化而难以辨认了。

这么说，胡亥、赵高、李斯是杀死秦始皇的元凶了？不然。胡亥是秦始皇的亲子，虽然有当皇帝的诱惑，但也不敢单独行动；赵高诡计多端、心狠手辣，但他此刻的胆量也仅仅限于篡改遗诏；李斯作为一个经验丰富老道的政客，他个人的命运、他的成败荣辱与秦始皇的生死紧紧联系在一起，他是最不可能谋害秦始皇的，相反，如果胡亥或赵高动了杀害秦始皇的心思，无论在事前事后，李斯都会把他们绳之以法。作为宰相，李斯有权力、有义务、有意愿、有能力这么做。他可以容忍胡亥、赵高篡改遗诏，但不会容忍他们杀死秦始皇，这是他的底线。因为皇帝死在外地，出于稳定政局的需要，立胡亥为帝也是可以接受的，因为秦始皇本来就没有指定接班人。所以，秦始皇之死的背后另有高人，而胡亥、赵高、李斯三人在这起惊天大案中也深度卷入，自有哑巴吃黄连的苦衷，不得不配合幕后高手把水搅浑，以掩盖只有他们三人知道的秘密。回到咸阳后，成了秦二世的胡亥杀光了他所有的兄弟姐妹，动机也是如此。如果仅仅是因为改了遗诏，他没有必要这么绝情和疯狂。胡亥的兄弟姐妹和满朝文武大臣即使对遗诏有什么异议、怀疑和不满，但面对既成事实，也只能认了，只要不谋反，就不会招致杀身之祸；而胡亥和赵高则由于生活在滔天大罪时刻都有可能暴露的恐惧之中，只有肆意杀戮才能换回片刻的安宁，而他们的疯狂举动则把秦王朝六百多年的基业带进了万劫不复的深渊。

《史记李斯列传》是这样记载胡亥和赵高的心态和作为的：二世燕居，乃召高与谋事，谓曰："夫人生居世间也，譬犹骋六骥过决隙也。吾既已临天下矣，欲悉耳目之所好，穷心志之所乐，以安宗庙而乐万姓，长有天下，终吾年寿，其道可乎？"高曰："此贤主之所能行也，而昏乱主之所禁也。臣请言之，不敢避斧钺之诛，愿陛下少留意焉。夫沙丘之谋，诸公子及大臣皆疑焉，而诸公子尽帝兄，大臣又先帝之所置也。今陛下初立，此其属意怏怏皆不服，恐为变。且蒙恬已死，蒙毅将兵居外，臣战战栗栗，唯恐不终。（读者朋友可以设想，赵高为何恐惧？）且陛下安得为此乐乎？"二世曰："为之奈何？"赵高曰："严法而刻刑，令有罪者相坐诛，至收族，灭大臣而远骨肉；贫者富之，贱者贵之。尽除去先帝之故臣，更置陛下之所亲信者近之。此则阴德归陛下，害除而奸谋塞，群臣莫不被润泽，蒙厚德，陛下则高枕肆志宠乐矣。计莫出于此。"二世然高之言，乃更为法律。于是群臣诸公子有罪，辄下高，令鞫治之。杀大臣蒙毅等，公子十二人僇死咸阳市，十公主矺死于杜，财物入于县官，相连坐者不可胜数。

从事前事后的表现看，胡亥、赵高是直接的凶手，李斯则在纠结中作壁上观。而雄武一世的秦始皇则在病痛中只能任人宰割。

那么，秦始皇究竟是怎样死于非命的呢？

今天的中国人，和秦始皇一样有旅游的爱好和条件。每到一处名胜古迹或传奇故事发生的地方，总会有人要换上古人的衣服，体验一番古人当年做下英雄壮举的心情，甚至要表演一番。在秦始皇时期，沙丘平台就是这样的一处景点，也是一个绝佳的话剧舞台，曾经发生过的历史就是剧本，不再需要编剧和导演，秦始皇一行人就会自动地对号入座，投入地演出。这个时候，演员就会达到忘我的状态，完全进入角色，复现过往的历史。

无疑，秦始皇一行人是被引诱到沙丘平台的，否则，条条大路通咸阳，秦始皇的车队为什么偏偏要走沙丘平台呢？因为整整 85 年前，一桩谋杀案在此发生，一位雄武国王的幼子与丞相等人合谋，杀死了父王和长兄。幕后高手巧妙地打了一场心理战，策划了一出借刀杀人的好戏，秦始皇因此丧命。胡亥、赵高、李斯成了名义上也是事实上的凶手，不得不制造一系列的阴谋和血案来进行掩饰。

那么，这个幕后高手是谁？他为什么要杀死秦始皇？胡亥、赵高、李斯又为什么乖乖地听其摆布？本小说将向你讲述这一事件的前因后果、来龙去脉。

自序二
侠客行

　　《史记·留侯世家》记载："张良者，其先韩人也。大父开地，相韩昭侯、宣惠王、襄哀王。父平，相厘王、悼惠王。悼惠王二十三年，父平卒。良年少未宦事韩。韩破，良家童三百人，弟死不葬，悉以家财求客刺秦王，为韩报仇，以大父、父五世相韩故。"

　　根据这段记载，张良是因为其祖父、父亲五世相韩，与韩国感情深厚，是以在韩国灭亡后，立志为韩国报仇。按司马贞《史记索隐》的解释，历史学家连张良早期真正的姓名是什么都不知道，"张良"只不过是他后期躲避追捕而使用的化名而已。张良的真实姓名尽管我们不知道，但他显然不是韩国的公族，虽然与韩家人利益一致，但终究是打工的，而成不了主人。因此，张良仅仅因为祖上相韩的原因就要刺秦，似乎理由并不充分。另外，张良家富有，为了把所有的钱财都用在刺秦的大业上，弟弟死了都不安葬（特别是在家正常死亡），情义何在？这样的一个人如何肯为父祖的缘故而寻秦报仇？这两件事在伦理上是矛盾的，不可能出现在同一个人身上。合理的解释是，张良"弟死不葬",非不葬也,是"不能"葬耳。为何"不能"?显然是因为秦的原因。所以,张良寻秦报仇,显然主要是为了"弟弟"之死,而不是为了韩国王族的亡国之恨。但在寻仇的过程中,他的思想逐渐发生转变,他的身份也逐渐由学士、侠士,转变为谋士、隐士。

关于张良的出生地,《史记》没有记载,而《汉书》则说是颍川城父人,因而引起很多争议,众说纷纭,以韩国都城新郑居多(《汉书》记载:"良祖开地相韩41年,父平相韩46年,共连续相韩87年,其家当在韩都。")。《史记》不载张良的籍贯,这不符合传记的规则,也不符合司马迁给人物立传的惯例,说明司马迁其实并不知道这个问题的答案。《汉书》作者班固远晚于司马迁,更难说清,因此"城父"说当为推测。本来,张良早期的身份是侠士,而侠士本来就是来无影去无踪的,张良一生的行迹也确是如此,正如李白在《侠客行》一诗中所说的"十步杀一人,千里不留行;事了拂衣去,深藏身与名"。本书作者根据张良起兵反秦后主要在南阳一带活动,对南阳一带的山川地形颇为熟悉,因此认为他是南阳人,或者他的青少年时期是在南阳度过的。这个时期,南阳东部的桐柏山区还在韩国的控制之下,而南阳的中心城市"宛"已经被秦国占领。

张良辅刘邦建立帝业后,封为留侯,地点在刘邦的老家沛县,张良的儿子张不疑一支一直定居于此。张良死后,其墓葬遗址现存三处,一是微山湖,二是开封附近的兰考,三是湖南张家界,都是本书提到过得张良曾经活动或生活过的地方。但作者认为以微山湖的可能性最大。

目 录

第一章
宛中侠士

南都信佳丽，武阙横西关。

白水真人居，万商罗廛閈。

高楼对紫陌，甲第连青山。

此地多英豪，邈然不可攀。

陶朱与五羖，名播天壤间。

丽华秀玉色，汉女娇朱颜。

清歌遏流云，艳舞有余闲。

遨游盛宛洛，冠盖随风还。

走马红阳城，呼鹰白河湾。

谁识卧龙客，长吟愁鬓斑。

这首《南都行》诗是唐代诗仙李白游南阳所作。李白遍游中国，看到南阳物华天宝人杰地灵，不由得感慨万千。原来这南阳不仅山川秀丽，人物俊美，同时也是物产丰富，万商云集，从春秋战国到两汉，自来都是"真人"出山前的隐居之地。两汉时期的刘秀及云台二十八将、三国时的卧龙与凤雏，就出自南阳，不必细说。单说陶朱与五羖，就让李白感到高不可攀。

这陶朱原名范蠡，春秋末期楚国人，年轻时与文种一起投奔弱小的越国，与越王勾践一起卧薪尝胆、同甘共苦，终于灭了强大的吴国。由于看穿了越王勾践只能共患难、不能同安乐的性格以及"飞鸟尽良弓藏、狡兔死走狗烹"的心理，于是功成身退，摇身一变，成为商人陶朱公，被后世商家奉为鼻祖。而五羖就更有传奇色彩了，他本名百里奚，虞国（今山西夏县和平陆县）人，因亡国做了俘虏，逃亡到宛，七十多岁了又当奴隶。秦穆公听说百里奚是个奇才，就想办法把他从宛赎回来。他担心重金去赎会引起楚国对百里奚的重视，就按照当时奴隶的身价，用五张羊皮把他作为逃奴买了回来，因此百里奚又称为五羖大夫，也就是五张羊皮的意思。后来秦穆公重用百里奚，终于成就了秦国的霸业，这也是后来秦统一中国的起点。

怎么范蠡和百里奚两位隐士都与楚国有缘呢？原来南阳在春秋战国时期名"宛"，其东北为伏牛山，东南为桐柏山，往西跨过汉水就是武当山。武当山下的汉水之滨就是楚国的发源地，楚国早期的都城丹阳也位于此地，因此宛地最早属楚。公元前301年，也就是秦昭襄王六年，秦国和韩国共同攻楚，宛归于韩国。十年之后，也就是公元前291年，秦将白起攻取宛，宛转属秦。秦国占领宛，只不过是要打通南下攻击楚国的通道，因此宛地东南的桐柏山区仍然属于韩国所有。楚国当时由怀王当政，他倒是一个雄心勃勃的君主，一口气灭掉了越国，使楚国的疆域达到了鼎盛。后来楚怀王由于不听屈原的劝谏，又失去了南阳的屏障，终于在公元前278年郢都被白起攻破，建南郡，楚国被迫东迁于陈。之后，秦昭襄王眼光聚焦于中原的河南河北，因此南阳以及其南面的南郡在烽火连天的战国末期就成了一片宁静的净土，和平又安详。

在桐柏山的深处，山林密布，人烟稀少，但赫然屹立着一处山庄，恰如李白所说"高楼对紫陌，甲第连青山。"也许是承平日久，该处山庄被主人命名为"太平山庄"。这山庄的主人是一个二十来岁的青年人，名叫公孙云，父母双亡，只留下僮仆三百和偌大的产业。但公孙云并不喜经营产业，而是爱好钻研刀剑器皿、文物古玩，再就是读书击剑，行侠仗义。一应产业，全部交给管家王陵打理。

这一日，公孙云依旧在书房读书。他打开这几日反复翻看的竹简，对于一行行蝌蚪形的文字，字虽然认得，但不解其意，眉头紧锁，托腮沉思。不久，他叫过书童卢生："把鱼洗取来。"

卢生出去不久，取来一只铜盆，放在地板上面。这是一只敞口洗脸盆，盆沿内壁上沿刻有花纹图案，左右各有一个连铸的把柄，光滑透亮；盆底平坦，但刻有四条鲤鱼，鱼与鱼之间刻有四条河图抛物线。卢生又提来一桶水，舀三瓢水到盆内；然后双人跪地，相对而坐。卢生把两只手放到光亮的提手上，来回搓擦，缓慢又有节奏。过了一会，铜盆像受了撞击一样振动起来，盆内水波荡漾。卢生变换了一下手法，就有四条水柱从四个鱼嘴里喷出，越喷月高，一杯茶的工夫，水柱就与两人眼睛平齐。这时，公孙云的眼睛却死死地盯住鱼嘴，原来他要弄明白鱼嘴是如何喷出水来的，水能不能喷得更大更高。

这只铜盆是公孙家祖传的宝物，但公孙云明白，这只盆不是自家做的，而是缴获的楚国的战利品，他祖上一直当玩物取乐，公孙云却想弄明白其中的道理，利用水柱蕴涵的力量，也许能有一用。他手中的竹简也是讲楚人冶金铸造之法，依法他可以铸一个相近的铜盆，但他仍然想不清楚手搓擦的力量何以积累到水柱之上。他已经看到，水力与鱼嘴的形状有关，但仍然隐隐感觉到铜铜盆里应该掺杂另外的金属。

正在他苦苦思索不得其解之时，僮仆来报："韩王使者来访，请公子相见。"

公孙云微一皱眉，自言自语道："又当是来请我出山，为国效力。可我眼下鱼洗尚未铸成，正待努力之际，怎能离开？这该如何是好？"

管家王陵匆匆赶到，听到公孙云的话，忙道："无论公子有何想法，还当与使者见面，万事皆可商谈。我家世受王恩，公子还当以王事为重。"王陵是三十多岁的汉子，为人老成持重，考虑周全，故而这样劝说主人。

"哦，办法有了。快去请审食其来。"僮仆应声出门。

这边王陵还在劝说公孙云，审食其已经走了进来。三人面目相对，王陵转眼瞧瞧两人：公孙云与审食其长相极相似，年龄相当，面貌同样清秀俊雅，只是衣着不同。原来，审食其是王陵同乡，楚国沛县人，生逢乱世，在家乡无以为生，于是与同乡夏侯婴一起投奔王陵谋生，被公孙云收为门客。因为长相相似，审食其常被派作公孙云替身，打理俗务，公孙云则安心治学。不想这一次国王使者来访，公孙云仍然如法炮制。王陵不由得苦笑摇头，但主人心意已决，王陵也只好按主人的吩咐安排审食其去见王使。

书房里安静不到片刻，僮仆又来禀报："邯郸商人郭纵来访。"

"快快有请。"公孙云说这话，但眼光并没有离开竹简。

也许是集中精力久了有些累，一旁的卢生打断公孙云，开起了玩笑："公子何故厚此薄彼，重贱轻贵？"

"我是重我所求，一向如此啊。"

"咦，公子几时喜欢上做生意了？"

正说话间，僮仆已引一个身体粗壮的汉子来到书房。此人脸色红黑，眼光精明，风尘仆仆。一进门便躬身行礼："公孙公子安好？"

公孙云起身还礼："郭兄不必多礼。"一面吩咐僮仆看座上茶。

二人分宾主跪坐几前，卢生侧侍在旁。公孙云急切道："郭兄远道辛苦。此来有何宝物，还望见示小弟？"

"郭某未曾带来宝物，但有一桩大买卖送与公子，公子若做了，必当富甲天下。"

"我家主公不求富贵，但求得到奇异金属，以铸造器物为乐。"卢生在一旁插话道。

"二位不急。只要公子发财了，世上还有什么宝物不能买到？现在北方秦赵两国交兵，兵器耗损巨大。以公子之能而铸刀剑，想不发财都难啊。"

"兵器打造，自有王家专营，他人岂可擅自？"

"公子有所不知。眼下各国兵器，都是青铜铸造。邯郸有工匠卓氏，是郭某东家，能够铸造铁器。这铁质兵器虽然容易锈蚀，但坚韧锋利，非青铜可比。可卓氏技艺不精，成功者鲜有，不足以解赵国燃眉之急。现在赵国被秦军围堵，形势万分危急。公子若能铸铁剑助赵，赵王还能不倾囊相谢吗？公子可曾听说平原君赵胜破家救国的事？"

原来，十多年之前，赵军败于长平，四十万降卒被秦将白起坑杀。赵国精锐尽失，元气大伤。两年后秦军又包围邯郸，赵国危在旦夕。平原君临危受命，外求救于魏、楚，内散尽家产，和民众一起登城抗敌，终于打败秦军，保住了赵国社稷。这段故事公孙云自然知道，铁兵器的优势和困难他更为了解，但眼前公孙云也解决不了这个难题。于是他轻声答道："赵王与郭兄主意虽好，但小弟恐怕要让郭兄失望了。"

"此话怎讲？"

"非小弟不肯帮忙。实在是冶铁所需高温，通常火烧很难达到。虽偶有所得，但质地不纯，不能实用，也不能普造。郭兄可随我一看。"

三人起身，来到后院，走进一间作坊。作坊里布满了各种矿石、炉子、坩埚、模范、木材、木炭，还有各种铸件。公孙云把客人领到一张桌旁。桌上摆着各种金属样件，有金、银、铜、锡、铅、铁等等。除铁条有斑斑锈迹外，其余金属黄、红、白、灰，颜色光彩夺目，煞是好看。

公孙云向郭纵介绍道："这几样金属，铁最难看，但作器皿物件，铁最好用。其实，铁并不是现今发现的，它古已有之。最早的铁，来自天上的陨石。远古时期，人类茹毛饮血，燧人氏钻木取火，用石头打制工具，祖先们的日子才过得好一点。后来有人开始冶炼金属铜，然后有锡、铅，把它们配比恰当，就可以铸造青铜器件。再后来有铜匠用同样的方法冶铁，但效果不好。虽然铁的原料比其他金属都广，但铁器一直是奢侈品。现时各国宫殿里都有铁器制品，但由于冶炼困难，它们贵比黄金啊。"

"公孙公子不是一直在研究冶炼铸造吗？难道就真的没有办法了吗？"

"实不相瞒，小弟眼下正在试验一个方法：料石需用石磨磨成粉状；燃烧物需用木炭粉，二者要比例恰当，混合均匀；再要用风箱维持火力。但此法只是初成，制作兵器还有待时日。"

"公孙公子果然厉害！"

"不然。郭兄可知我为何住在此地么？此地靠近楚国故都丹阳。楚人的祖先祝融炎帝时期就是火正，一辈子都在研究火，终于有一天从火里流出了金水，故尔五行相生相克里面有"水生金"之说；楚人世世代代也在研究火，故而金属冶炼都是楚人发明的啊，楚人的铸造技艺也是最高的。楚人当年从祝融之墟迁到丹阳，又沿汉水南迁到江汉之间，为的就是占据大冶铜绿山。有了铜来打造兵器，楚人不怕被人视为南蛮。几百年间，他们占有的土地比北方诸侯的国土之和还大啊。实不相瞒，在下冶金铸造之法，得楚人之益不少啊。"说着，公孙云话锋一转，问道："郭兄，你知道秦国为何强大吗？"

"秦人用商君之法，奖励军功，实则是鼓励杀人，秦国是以成虎狼之国……"

"郭兄只知其一，不知其二。当年秦孝公任用商君，变法图强，民风为之一变，然而秦国苦于兵器不足。秦惠文王时，魏人张仪入秦。那张仪因在楚时被诬盗和氏璧，心中愤恨，遂把秦国兵祸引向楚国。惠王本来知道张仪是公报私仇，为人可鄙，但想到对秦国有利，也听从张仪的计策，不断打击楚国，占领了楚国郢都，逼的楚王东迁。又占领铜绿山，天下精铜尽归于秦。秦是以无敌于天下，视六国为无物，而楚国也就一蹶不振了。"

"公孙公子果然博古通今，见多识广。"

"郭兄过奖。小弟门下多有宾客。这位卢生是燕人，管家王陵是楚人，那位纪信是蜀人，我自然五湖四海的信息都能听到。郭兄如蒙不弃，寒舍随时欢迎光临，只怕耽误郭兄发财了。"

"哪里哪里，郭某能与公子见面，真是三生有幸。公子还有何秘法教我？"

"郭兄远道而来，我带郭兄游览一下敝山庄如何？"

郭纵进来时行色匆匆，进来后又与主人谈事，整座庄园也不曾细看，听到主人相邀，非常高兴，随即一起出门，观赏山庄美景。

这太平山庄位于山腰之中，右手是一陡峭的高山，左手也是悬崖峭壁，如斧劈刀削一般，甚是险峻。半山腰开凿出一个平台，宽广约五百步。沿山崖边修筑了一道围墙，到高山边合围，留有一道高大的城门，是山庄通往山下的主通道。郭纵进来时是由僮仆带领，由小路上山。从来路看时，只隐约可见建筑痕迹，其余都掩映在青山绿树之中。进得城门，有一座石砌的碉楼，可以观察来路的动静，开关城门。楼下是长宽约百步的广场，用于集会、庆典、操练等。广场后面是宫殿式的门厅，标准的楚式建筑，沿十级台阶而上，是一座基础平台横向展开。

主楼相隔二十多步有四个巨大的石头础石，两人合围的木柱就固定在础石之中，在两丈多高的地方用横梁铆榫连接，铺上楼板，有楼梯上楼。主楼两侧是长廊，长廊的尽头是两座副楼，比主楼略矮。楼顶则是三重屋檐，高大巍峨。主楼大厅长剑高悬，显然是主人会客、议事或举办重大活动的场所。主楼的后面，又是一条长方形广场，广场的右侧紧挨着大山，是一排排房舍，有主人的卧室书房、客房，还有僮仆睡觉休息的场所。广场的左侧则是各种作坊，制作各种工具器皿。广场的最后面是厨房，有一道山泉从山上流下，哗哗作响，常年不息，是山庄的水源。

"公子设计果然精妙。但不知山庄所需粮草、货物如何搬运？"

"郭兄随我来。"二人来到城门口，公孙云唤过夏侯婴，登上一辆马车，夏侯婴驾车就往山下冲去。郭纵从车上看下去，马上就明白了缘由。原来这不是一条普通的山路，路上铺着一条条枕木，枕木上并排铺着两根上等楠木制作的导轨，导轨的间距刚好与车轮的间距相等，这样马车就在导轨上行进，自然十分快捷。

"若敌人也驾马车上来，岂不十分方便？"

"不然。外人若车幅与我轨距相同，自然可以上来，但各人都是闭门造车，出门不合辙，如何能驶上我的路？再说我的车轮有凸缘结构，这样车子才能约束在轨道上运行。就算敌人有心，车幅合辙，但此路只能容一辆车通过。我在城门处设置强弩，可射八百步远。只要射中第一辆车，敌人就只能徒步退走，我则安然无忧也。"

"公子考虑周到，非常人所及。"

"山下不远处就有秦军，我不得不防啊。"

两杯茶的功夫，马车跑到一处较开阔的拐角，导轨在地下形成一个拐弯的弧形，夏侯婴驾车拐上弧形，马车又返回到来路上，向山庄奔去。

回到山庄，天色已经暗了下来。僮仆早已准备好了晚饭。二人返回餐厅，在饭几前跪坐，僮仆进饭菜美酒。二人一边饮酒吃饭，一边畅谈至深夜，尽兴归寝。

公孙云回到卧室，兴奋之余，似乎意犹未尽，叫来王陵道："今日与郭纵一谈，收获不少。但我求一样金属，能铸鱼洗鱼嘴，郭纵却一无所知。看来我得亲自进山寻找了。"王陵知道拦不住，问道："公子几时动身？"

"明日天亮就出发。几位客人，还望你替我料理打发；冶铁的试验，也不要中断。"

"诺！"

第二天，公孙云早早起床，洗漱完毕，换一身黄色粗麻衣服，头上扎一方青色头巾，罩住发髻；左腰挎一柄青铜长剑，剑鞘还可以作拐杖和开路的工具；右肩背上包袱，内装干粮、衣物和银钱。准备妥当，公孙云出门，唤醒门卫打开城门，顷刻间便消失在山林间。

公孙云此行，意在验证书中所载找矿方法，譬如，能不能在山上找到他认识的铜花草，发现新的铜矿所在。再就是寻找新的矿源，以发现他苦苦寻觅的金属。这就非常难了，因为他既不知道要找的是何种金属，也不知道要找的矿源上植物有何特征。唯一的做法就是查看每一处的植物同四周相比有无异常，然后查看植物异常处有没有不一样的石头。如果有这样的石头，就记下植物的特征，把石头采集回去冶炼，看看能不能变出不一样的金属，再铸到鱼洗上，看是否管用。公孙云过去也曾经采集到几种矿石，但用木炭冶炼之后，却变成了颜色不一的土渣，公孙云好不失望。这次出来，公孙云希望不要再空手而归。

除了查看植物，公孙云还注意观察山川地形、河流走向。饿了，吃一些干粮，或摘一些野果吃；渴了，饮用山中的泉水。白天跋山涉水，晚上则爬上树杈睡觉，或寻找一个小山洞栖身，主要是防备毒虫猛兽。偶尔遇到猎人，互通一下信息。实在累了，投宿到农户家里，或者到市镇找旅店歇息，顺便了解一下风土人情。这样，不知不觉已经过去半月有余。

一天中午，公孙云吃过干粮，俯身在湍急的河流上喝了几口水，整理了一下衣衫，回首望了一眼激流边的高山。但见山势颇为陡峭，但抬眼望去，怪石不多，草木丛生，正是一条上山的好路；而山顶则在云雾缭绕之中，或许能有惊喜呢！公孙云略一定神，手脚并用，奋力向上攀爬。约过了半个时辰，已爬了一百多丈高。回头望山下的河流，咆哮之声仍然不绝于耳。正在这时，头顶上忽然传来了一声声惊叫，颇为尖厉，同时伴随着什么物体与山坡撞击和摩擦的声音。公孙云抬头望时却见一个人从山上滚落下来，离自己只有数十丈远。公孙云心想，定是进山的猎人，不慎失足坠落。公孙云迅速瞧了瞧四周的地形地貌，然后迎头向坠落者爬过去。待坠落者滚到身边，他伸出双手，将对方牢牢抱紧。然而，对方下坠的冲力太大，公孙云并不能止住，只是对方被阻挡了一下，下坠的速度稍缓。其实公孙云早料到这一着，如果他不抱住对方，势必两人分开滚落，他根本救不了人。这时，他腾出右手，不断地出手抓山坡上的草木，虽然草木都被扯断，但下降的速度在趋缓，公孙云顺势改变滚落的方向，斜向一棵粗大一些的树木。在腰身接触到这棵树的一霎那间，右手牢牢地抓住了树干，两人终于停了下来。定神看时，此处更为陡峭，离山下激流只有百十步远。若不是公孙云应对得当，那少年必然死无葬身之地。

两人气喘不止，好半天才停下来。公孙云打量一下对方，见是一个比自己更为年幼身矮的少年，面红耳赤，张口说不出话来，显然是刚才受了惊吓。好在是深秋天气，山上气候颇冷，二人所穿衣服厚实，身上看不出大的伤害。倒是少年双手四肢被乱石划破，右小腿处血肉模糊，估计内伤也是有的。公孙云手上也有些擦伤，但伤势不重，只是刚在山坡滚过，腰、背、手臂都很疼痛，见对方受伤，急找东西治疗。伸手摸自己的包袱，早已不知去向，左腰的长剑倒在。少年手指自己腰间，原来他的包裹系在腰间，没有丢失。公孙云替他解开，少年开口说话了，嗓音清亮："我这里有刚采集的三七，你替我敷上。"

公孙云顺手点了少年足三里穴位，止住血。把三七放在口里，用唾沫洗净，然后咬破嚼碎，取出放在伤口上，从衣服上撕下一块长布条，包扎住伤口。这时才开口问道："瞧你小小年纪，到山上去干什么？不知道危险吗？"

"此山背阴，山坡上多红粘土，山上云雾处潮湿，我想上面必有三七，我便上去采挖。"公孙云寻思，这少年是采药的，不是猎人。原来，宛地西去神农架不远，受上古神农氏的影响，南阳人对草药颇有研究（东汉医圣张仲景便是南阳人，得祖辈医传），宛地也成为列国间最大的草药集散地，因此，在山间遇上采药人也并不奇怪，但似少年这般年纪，怎么也出来采药呢？

"但忽然一脚踏空，手又没抓住，就滚了下来。多谢大哥救命之恩！"

公孙云搀扶着少年，小心翼翼地从陡峭的山坡上攀下来。在河边悬崖旁找了一个被激流冲刷形成的山洞。由于天冷，水位较低，洞已露出水面一丈来高，洞里倒是干净，但仅能容一人之身。公孙云扶少年进洞，自己守在外边，再次问少年：

"你小小年纪，采药做什么？"

"采药卖钱，养活自己啊。"

"你父母呢？"

"我爹爹整日忙大事，我只有自己养自己了。"

"你采药也罢，如何要爬到那么高的山上？"

"师傅告诉我，这种三七药，怕是高山上才有。我上次在低矮处也采到三七。谁知只是菊叶三七，养血的功效还是有的。但也是毒药，吃久了会要人命的。喂，你知道三七与菊三七如何区分吗？"

少年讲得兴奋，滔滔不绝地说个不停。公孙云一边饶有兴致地听着，一边寻思：原来采药与找矿一样，道理相通啊。少年讲着话，稍作停顿，随口反问：

"这位哥哥，你又是做什么的呢？"

公孙云本不愿多说自己的事务，原因是说多了无人搭腔。但这个少年对自己心无芥蒂，所说之事又与己相似，因而也敞开心扉，介绍自己在寻找矿源，只可惜采集的样品都丢了。找到矿石，就可以冶炼各种金属，铸造钱币、刀剑，各种器皿，用处可多了。

"那些花草与你要找的石头又有什么关系？"少年用过不少金属物件，身上也带有刀剑，但从未想过它们是这种来历，不由得好奇地问道。

"楚人书上有云：'山上有葱，下有银；山上有薤，下有金；山上有姜，下有铜锡；山上有宝玉，木旁枝皆下垂。'这其实也是古人多年摸索试验的经验积累。如同神农尝百草，不知中了多少次毒，才找到有疗效的药材。"

"你采集的花草也能当药用吗？"

"应该是可以的。这些花草里有石头矿物的精华，也是人体精气神所需要的。但凡事都有限度，如果服用过量，对身体非但无益，而且有害，甚至有性命之虞。"

俩人语言投机，不觉天色已晚。公孙云忽然心有所动，脱口而出："听你言谈，看你举止，怎么颇似女子？"

少年脸一红，也不说话，随手从包袱里拿出一面铜镜，扔给公孙云。公孙云明白其意，用镜子一照，看见自己明眸皓齿，虽然满脸风尘，但掩盖不住风流俊逸。公孙云也脸一红，把镜子还给少年，自嘲道："我想到哪里去了？兄弟莫怪。"

"相谈半日，还没有问大哥姓名？"

"在下复姓公孙，名云，字子房，今年十八岁。"

"小弟姓韩，名湘，字湘君，今年十六岁。"

原来与自己年龄相仿，并不是少年，只是长相年轻而已。

"在下父母双亡，又无兄弟姐妹，难得有人如此投缘，志趣相通。不如你我结拜为兄弟，一起寻找草药，路上也有个照应。不知你意下如何？"

"小弟正求之不得。"

当晚两人就在此处歇息。公孙云出去寻些枯草，铺垫在地下。又去找些野果，韩湘还有干粮，俩人一起吃了，再望着天上的星星，说一会儿话，就迷迷糊糊地睡过去了。

如此过了五日，韩湘的伤势已无大碍，二人离开继续前行。只是韩湘爬山时还有疼痛，于是二人尽量少爬山，以免拉伤创口。再过了三五天，伤口已全部愈合，且不留疤痕，公孙云也感到神奇。俩人都了无牵挂，彻底放松，相互之间又能切磋帮助，故而俩人的收获都远多于旧时。再说俩人互有依靠，也不再孤单，深感人生之快乐，莫过于如此！

时光飞逝，不觉又是半月有余。这时俩人向东愈行愈远，山也渐渐矮小，已是丘陵地带，人烟渐多，山间也有了道路。这一天，俩人从丛林中穿过，正要上一条大路，忽然从不远处传了一阵阵吆喝哭喊之声。俩人伏在路下，抬眼望去，只见路上一班士兵押解着一群百姓迎面走来。走到近处，看清十多个士兵头戴黑色头盔，黑衣黑甲，手持长戟，显然是秦军。为首的军官骑着高头大马，身材高大，手中挥动着青铜剑，不停地叫骂。一百多个百姓则面黄肌瘦，衣衫褴褛，不少人身上和脸上布满伤痕，哭爹叫娘，行动迟缓。百姓中有一大汉，比众人高出一头以上，头上套着木枷，双手从木枷上伸出，紧握拳头，奔到军官面前，高声痛骂："你个狗官，吃饱喝足，又骑着马，自然走得快。若要我们快，你滚下来，把马让出来！"

"大胆狂徒！你已经受了黥刑，又活得不耐烦了吗？"军官爆怒，一边高呼，一边挥剑向壮汉左脸打去。

那壮汉虽然蓬头垢面，但仍然可见右脸上漆黑的刺字，显然是前不久受的黥刑。只见他并不答话，挺身跃起，头往后仰，长剑重重打在木枷上，反弹上去。壮汉倒地，滚身而起，不等第二剑挥来，举木枷向马头狠狠砸去，马长嘶一声，应声倒地，军官也从马上摔下。几个士兵围了上来，壮汉举木枷迎敌。这时队伍已乱作一团，一些大胆的民夫四散奔逃。军官大急，高叫："不要走了黔首。取一人头，升爵一级。"众士兵挥动长戟，向人群乱砍，几个百姓躺倒在血泊之中。

韩湘早已按捺不住，跃上道路，挥剑向军官刺去。不想军官身高力大，挡开韩湘进攻，高举重剑，居高临下向韩湘的头就要劈下来。千钧一发之际，公孙云一粒石子从右手飞出，又准又狠地打在军官的手腕上，随着一声惨叫，军官的重剑落地。韩湘闪身避开，自己的剑却不停留，迅捷无比，刺穿军官的喉咙。

这时壮汉已经将木枷砸开，围攻他的士兵已两死一伤。其余士兵见军官死了，便四散逃命，个个只愿跑过自己的同伴。公孙云等也不追赶，忙于安抚百姓，与壮汉见面。

壮汉一面抱拳道谢，一面问了俩人姓名，同时双眼不住地打量俩人。俩人见壮汉虽然面目可恐，但双眼英气逼人，年纪也不过二十多岁。公孙云问道："请问英雄大名？何故被秦军拿住，受了黥刑？"

"哈哈哈！"壮汉囔声大笑："我叫英布。因受了黥刑，众人都叫我黥布。我喜欢这名字，你们就叫我黥布好了！"

俩人心下惊奇：常人以受黥刑为耻辱，这人却以为荣。想是有意激怒秦军，故意受的黥刑，好以恐怖面目威慑众人。

"哈哈哈！你们猜对了，我就是自找的黥刑。算命的告诉我，只要受了黥刑，我就是当王的命！"

"可壮士眼下杀了秦军，脸上又刺了字，还是找逃生之处要紧。称王的事以后再提也不晚。壮士若不嫌弃，我庄上倒可以栖身。"

"多谢二位好意！我还是一个人自在。"心里却想，看你二人，虽然是粗布衣裳，但也不像是平常人家。我若投奔到你门下，也是当仆人的命，何时才有出头之日？我是宁为鸡嘴，不为牛后。

"人各有志，子房兄。这位壮士志向远大，我们也不必强求。壮士英雄虎胆，日后必成大器。我们后会有期。"

送走黥布，让被抓的百姓各自回家，公孙云与韩湘又准备继续上路。忽然传来一阵急促的马碲声。公孙云暗叫声不好，怕是大队秦军闻信赶来，忙拉韩湘退回路下树林。不多时，三人骑马赶来。走近一看，其中一人是王陵，另外两人是衣着华丽的年轻公子，似曾相识，但又记不起是谁。公孙云不待多想，跳上路来，叫住王陵。三人下马，急切道："公子，你叫我们好找。韩王派太子亲自来寻你啦！"

公孙云终于认了出来，来的两位公子是横阳君韩成和山阳君韩信两兄弟。公孙云慌忙拜倒，满含歉意道："有劳两位公子大驾，公孙云惶恐之至。"

韩成面带怒容道："你好大的架子，不见我们倒也罢了，还弄个替身来骗我们。我们一起长大，你岂骗得过我？"

公孙云一脸不解地望着王陵，王陵忙解释道："横阳君料定你不肯听使者劝告，是以第二天也匆忙赶到太平山庄，不想你一早就走了。横阳君发誓一定要找到你。我们已经找你一个多月了。"原来，统治韩国三十四年的桓惠王新近病逝，其子韩安新立为韩王。韩安力图振兴韩国，大力招揽人才，特地派儿子来劝说公孙云出山。

"公孙云身不能为王家效力，还连累两位王子如此辛苦，耽误许多大事，公孙云心里万分惭愧。"

韩成摇头叹息："我们辛苦，原本是应该的。可你公孙公子，你祖父父亲历代在韩国为相，已经八十多年。这韩国也有你公孙家的一半。现今韩国国难当头，公子你岂可置身事外？"

"非小可不肯效力。只是公孙家自家父去世，不经政事，不为官宦，已近二十年。公孙云年少无知，寡德缺能，如何能堪重任？还有一事公孙云直言相告，公孙云虽然对政务一无所知，但研究冶金铸造已经小有所成。请求两位公子再给我一些时间，我就能制作更加锐利的兵器，到时候自然能打败秦军，保我韩国社稷。"

"来不及啦！"韩信急不可耐地打断公孙云："远水救不了近火，等你的秘密武器做出来，我们早就死无葬身之地啦！"

公孙云还想辩解，忽然发觉身边少了一个人，急忙呼喊："湘君，湘君！"同时向路边刚才隐身处奔去。韩成与韩信也大惊，紧跟公孙云而去。

来到树后，韩湘已不见踪影。公孙云大叫："湘君，湘君，你在哪里？你为何离我而去？"回头又对三人道："时间不长，湘君不会远去，我们分头寻找。"

果然，韩湘就藏在三百多步远的树后。几人一见面，韩成与韩湘之间愤怒不平，远过于刚才与公孙云相见之时。原来也是熟人，公孙云心想。

"哥哥，我已长大成人，什么该做，什么不该做，自有主意。你又何必苦苦相逼？"

"我何曾逼你？小丫头，你不禀告父王，擅自出走，不知天高地厚，万一有个三长两短，叫父王如何安心？叫我如何交代？"

"你还是只想着自己。"

原来韩湘是韩成的妹妹，韩王的千金公主。公孙云恍然大悟，自己好几次观察到韩湘体态有婀娜之姿，但第一次就被顶回，又结拜了兄弟，就不便再提。早先虽然听她说过父母太忙，自己才自食其力，但不知道她为何要离家出走。小女孩一个人在外面闯荡，自然是女扮男装比较方便。

韩信向公孙云解释道："父王虽然刚继位，但已经年老力衰，将国事托付给横阳君。现在秦王已经亲政，对我韩国虎视眈眈。横阳君与各位大臣商议，想把公主嫁给秦王，双方结成秦晋之好，或可缓解秦军攻势，为我韩国赢得喘息之机。"

"我秀丽姐姐，嫁给那秦国王子，有什么好下场？你们男人，打仗打不赢别人，却要牺牲我们女子。你们羞也不羞？需知不依赖你们男人，我也可以活得好好的。"韩湘提到的秀丽，早些年曾经嫁与秦国王子成娇为妻。

"女子再有能耐，终究也要嫁人。当年秦国的宣太后，原本是楚国人，嫁给秦惠王，享尽荣华富贵，也救了楚国。你效仿宣太后，有何不好？再说国与国之间联姻，本是保全国家之道，无可非议。当年我韩国公主就曾经嫁与赵武灵王为妻，为国立下大功。你效法先辈，又有何不可？而且秦王年轻威武，英雄了得……"

"哼！你不提秦王倒罢。你要提他，我就不嫁他，他就是杀死我秀丽姐姐的凶手。听说他前不久亲手把两个同母弟弟撕死，又把母亲囚禁在雍城宫，求生不得，求死不能。手下文武大臣劝谏，他一连杀了二十七人。此人有禽兽之心，虎豹之行，如何嫁得？"

"秦王最后还是听了齐人茅焦的话，迎回了母后，母子团聚。"公孙云插话，想缓和一下气氛。

"那不过是他怕坏名声传了出去，影响他兼并六国罢了。茅焦击中了他的要害，正说明他是假仁假义。"

"那秦国太后也是自己品行不端，德行有亏，是以这事也不能全怪秦王。秦王也是事出有因，情有可原。"

"有其母必有其子。做母亲的秽乱宫帷，做儿子的能好到哪儿去？那秦王还来历不明，很多人都说他其实是那卫国商人吕不韦的儿子，谁知道是真是假。要是哪一天被秦国王族的人把这件事翻了出来，我哪里还有命在？那不与秀丽姐姐一样死于非命？你的计谋又如何能成功？你们口口声声说为了我好，岂不是把我往火坑里推？你哪里还在讲兄妹之情？"

韩成韩信两兄弟张口结舌，理屈词穷，只得另找说辞。

"父母把我们养育这么大，我们兄弟都在殚精竭虑，为父母分忧。你如此逃避，如何报答父母的养育之恩？"

"父母养育的韩湘已死，父母之恩当来世相报。我现在的命已经是公孙公子所赐，何去何从，自当由公孙公子来定。子房兄，你说我能不能嫁给那秦王？"

公孙云把俩人在山中相救相识、又结拜为兄弟的事简略地说了一遍，颇带同情地对横阳君道："刚才湘君所言，也不无道理。嫁不嫁秦王，自然还是应该由公主自己做主。只是……"

"既然你不愿公主嫁给秦王，那你又为何不愿出面拯救韩国？"韩成终于抓住机会，逼得公孙云哑口无言。

公孙云沉吟良久，终于痛下决心，道："好，我随二位王子赴京，竭尽全力，共赴国难。但公主的婚事当由她自己做主！"

"好！我岂能亏待亲妹妹。我也相信公孙公子能与我们齐心协力，力挽狂澜。"三人的手紧紧握在一起。

公孙云当即叫过王陵："我随二位王子回宫，太平山庄一切事务如嘱，王兄拜托了！"

这时，大批韩军士兵赶到，公孙云与韩湘上马，与王陵告别，在士兵保护下策马向韩都新郑（今河南新郑）奔驰而去。

新郑地处中原腹地，交通四通八达，两千多年前就是黄帝建都君临天下的地方，春秋时期又是郑国的都城，城墙高大厚

实。但郑国人喜欢衣着华丽，长袖善舞，生活奢靡，多靡靡之
音。成为韩国都城后，风气依然不改，是以韩国人多萎靡不振，
整个战国期间没有太多的建树。

　　韩国公子韩非对此深以为忧，多次争谏，不但没有结果，
还引来众怒，被排挤在朝堂之外。韩非报国无门，一怒之下投
奔荀子学习儒术。

　　荀子是当世的大儒，赵国人，多年闭门苦读，五十多岁才
出来游学。当时齐国襄王设立稷下学宫，广招天下学士，探讨
百家学问，以备王用。荀子一到，立即技压群儒，众望所归，
所有的人都称他为老师，每一次都被推为祭酒。荀子精通诸子
百家学问，博采众家之长，兼收并蓄，独创了自家学说：王者
必须有圣人之学，具圣人之心，以仁施政，以礼治国。这样的
圣君，只要有百里之地，就能一呼百应，无敌于天下。只可惜
他周游列国，结果与孔子相似。这时，楚国春申君黄歇攻占齐
国南部，并成为该地的封君，荀子前来游说。春申君贤名在外，
不想坏了自己的名声，就任命荀子为兰陵令，让荀子去试验他
的宏图伟业，自己则跑到江南的海边，宁可去开垦荒地。这块
荒地就是现今的上海，由于是春申君最早开发，上海又被称为
申城。

　　兰陵在荀子治下，果然井井有条，面貌日新月异。可荀子
已经九十多岁了，还能有多大的作为？于是他想找几个禀赋异
常之人，传授自己的学问。这样，韩非和李斯就成了荀子的学
生，后来又来了张苍。三个学生都觉得老师博大精深，理想高
不可攀，总觉得应该有个更简单的法子。不两年，李斯就耐不

住了，向老师告别，西入秦国，求功名富贵去了。荀子大受刺激，终于以百岁高龄，郁郁而终。韩非同兰陵百姓一起安葬了老师，回来了韩国，张苍回家无事，也跟了韩非，好在新郑离他老家阳武路途并不太远。

韩非回国，找来百年前韩国最有名的丞相申不害的著作，仔细研读，与老师的学说反复比较，终于融会贯通，自成一家之言，名为法家。韩非认为，韩国弱小，只有用老子道家之法，以弱示人，方能转危为安，转败为胜。于是，韩非在城南祝融之墟附近找个院落，隐居于此，奋笔疾书。张苍跟随，忙于整理荀子著作，闲暇时修炼荀子所说虚一而静之法，身体保养得法，不似愤世嫉俗的韩非，年过四十就满脸憔悴，白发苍苍。著作累了，起身吟一曲："世人皆醉惟我独醒，举世皆浊唯我独清……"除了张苍，大概只有屈原的灵魂能够听到他的吟唱。总之，这个宁静的小院与不远处花红柳绿、纸醉金迷的新郑相比，是两个完全不一样的世界。

这一日，新郑通往小院的荒芜小路上忽然出现了一队人马，为首并辔而行的正是韩成韩信两兄弟，后面跟着一队卫兵。韩成在马上与韩信商议："其实我们韩国并不缺少人才，湘君妹妹就是女中豪杰。我们那天总算见识了，我真是如梦方醒啊！妹妹确实不能嫁给秦王了。"

"可我们已经答应秦王了，这该如何是好？"

"我们这不就是要去找叔叔商议嘛。对了，等一会公孙公子和湘君妹妹我也请了来，我们这么多人，还怕没有一个好办法？还有一件事我要与你商量，我看公孙公子与湘君你情我愿，我想禀明父王，让他们成亲好了。"

"这公孙公子还年轻，也未必有什么真本事。他家世代相韩，也没有什么成就……"

"没有成就？我问你，这么多年谁在当韩王？眼下国难当头，正是用人之际，我们可千万不要轻慢了人才啊！"

说话之间，一队人马已经进入小院。韩成一眼看见韩非，即滚身下马，拜倒在地："叔叔，侄儿韩成来给您请罪了！这么多年亏待了叔叔，父王也万分惭愧。还望叔叔以祖宗社稷为念，不计前嫌，助小侄一臂之力。侄儿我不敢言谢！"

韩非老泪纵横，扶起两兄弟，来到书房坐定，叙旧已毕，公孙云和韩湘也已经赶到，一群人开始商量正事。

韩非扫了一眼围坐在身边的众人，神色凝重，语气缓慢地道："我韩国地处中原腹地，四面强敌环伺。既没有发展空间，也没有战略纵深。秦国东出崤山，我韩国首当其冲。六国合纵抗秦，我韩国也是必经之地。总之，列国交兵，韩都深受其害。更为可悲可叹的是，多年来我国人不思进取，苟且偷安，积弱积贫，才致于今日处处被动。为今之计，内当易风移俗，变法图强。外则……"韩非侃侃而谈，口吃的毛病也不翼而飞。

"但如今秦军大军压境，我们哪有时间啊？"韩信打断叔叔的话。韩成拉住韩信道："你不要着急，先听叔叔讲完。"

"原先六国合纵抗秦，因六国各怀心事，不能团结一致，遂使秦国连横计成，合纵屡屡失败，六国闻秦丧胆。如今六国更是畏秦如虎，合纵是再也组织不起来啦！六国之中，如今只有赵国对秦人最为恨之入骨。赵国多能征贯战之将，连秦王也颇为忌惮。为今之计，只有把秦国兵锋引向赵国，二强相争，诸侯相救，必费时日，这样我韩国就会获得喘息之机。只要赢得二十年的时间变法，我韩国一定能强大起来，社稷永存！韩非心想此举表面上看虽然对赵国不义，若韩国先亡，其他国家继后，秦军再进攻赵国，对赵国更为不利。与其如此，还不如牺牲眼前，换取长远利益。"

"那秦王一向欺软怕硬，如今已兵临我韩国城下，如何肯改变主意？"韩信又急了。

"这几日我已著《存韩》一文，准备带此文西入秦国，效法那张仪、苏秦之徒，凭三寸不烂之舌，劝说秦王保存韩国……"

"叔叔万万不可。想当年楚国怀王以一国之尊，亲自入秦商谈和约，结果被秦国扣留，客死异国，足见秦王虎狼之心，毫无信义。叔叔以万金之体，岂可轻蹈险地？韩国离不开叔叔啊！"这一次是韩成急了。

"不妨。我当年同窗好友李斯在秦为官，想来可以照应。再者，我听说那秦王颇愿与我见面，共商大计……"

"此话我也听说。但据我所知，秦王的本意并不在叔叔，而在……"韩信瞧了妹妹一眼，欲言又止。韩湘顿时脸红，又羞又怒又急，说不出话来。

韩非怜爱地看了韩湘一眼，含泪道："正因为如此，我才非去秦国不可。我不入地狱，谁入地狱？"韩非语气斩钉截铁。

韩湘听罢叔叔的话顿时又感到羞愧万分，起身奋然道："我随叔叔一起入秦！"

"哦，我们的妹子又改变了主意啦！"韩信坐累了，开起了玩笑。

韩湘大怒："你狗嘴里吐不出象牙。要嫁秦王，你自己去嫁好了。我身负武功，定要保卫叔叔安全！不然，我何颜面对父老祖宗？再说，不入虎穴，焉得虎子？我去看了秦国，回来也有办法付他们。"

韩成望着公孙云，眼含求救之意。公孙云一脸苦笑："湘君要做的事，他人如何阻拦得了？何况湘君此行是义举。我决意同湘君一起，保护韩非先生。"

韩非知道俩人决心同自己一样坚决，只好点头同意。但他心里已经谋划好了主意，只是不能说出来而已。

韩成反复思量，眼下也没有更好的办法，只得依计而行。随即吩咐随从安排好车马、行李、礼品、书籍，公孙云与韩湘则打扮成僮仆模样，张苍也随行。第二天一早，韩王韩安亲来相送，兄弟二人抱头痛哭，饮酒相别。众人也跟着流泪。忽然间寒风乍起，黑云压城，白日无光，枯木随风摇曳，路边小河波澜惊起。韩成再次跪倒在车前："叔叔此去，能说动秦王最好。如若说不动秦王，叔叔即刻回来，千万不可逗留。我已准备兵马粮草器械，与那秦军决一死战，胜负也未可知。"又反复叮嘱公孙云、韩湘两人，挥手作别，二辆马车绝尘西去。

注释：

（1）鱼洗

鱼洗奇妙的地方是，用手缓慢有节奏地摩擦盆边两耳，盆会象受击撞一样振动起来，盆内水波荡漾。摩擦得法，可喷出水柱。当两手搓双耳时，产生两个振源，振波在水中传播，互相干涉，使能量叠加起来，所以这些能量较大的水点，会跳出水面。这是符合物理学的共振原理的。鱼洗的制作，无疑涉及到固体振动在液体中传播和干扰的问题。我国有些博物馆，珍藏有这种珍贵的古代鱼洗。

（2）本章和第三章提到了张良在南阳发明了利用风箱冶铁的方法。据《后汉书》记载，东汉南阳太守杜诗"造作水排，铸为农器，用力少，见工多，百姓便之"，指的是利用水力鼓风，制造农具，效率既高，质量又好，当是人力鼓风冶铁技术的发展。考虑到汉初造纸术和印刷术都没有发明，知识传播的速度较慢，那么鼓风冶铁于战国末期在南阳发明是符合历史的逻辑的。

第二章
风起咸阳

咸阳宫。

秦王赵政这一年开始转运了。自十三岁那年，他父亲庄襄王子楚（原名异人）去世，他继位为秦王，至今已经九年了。他出生于赵国邯郸（今河北邯郸），生下来就是人质，从小历尽艰辛，任人欺辱，好几次死里逃生。原以为当上了秦王日子就会好过一些了，谁知心情更受压抑。原来秦王赵政因幼时备受苦难，性格早熟，凡事都有自己的见解。可母后赵姬从来都把他当小孩子，什么事情都不让他做主，一应国政都交由丞相吕不韦处理。那吕不韦大权独揽，权倾朝野，总是以他年少无知为由，不让他参预国政，使他空有国王之名。这吕不韦还擅自改变祖宗治国方略，著书立说，宣讲所谓的仁义道德，见了面就厌恶。可偏偏母后还强迫自己叫他仲父，他二人总是待在一起，有讲不完的话，早有风言风语传入自己的耳中，使他对吕不韦恨之入骨。最近一年来，那吕不韦来王宫倒是少了些，可他推荐了一个什么叫嫪毐的太监给母后，还封为什么长信侯，和母后一起住到了雍城。横行无忌，作威作福，简直不把本王放在眼里，是可忍孰不可忍？

但赵政不得不忍。这点本领赵政还是有的，没有这点本领，他赵政当年在邯郸就活不下来。吕不韦这厮虽然可恶，但没有他自己就当不了秦王。他的曾祖父秦昭襄王子嗣众多，嬴氏家族人才济济，有多少人对秦国王位虎视眈眈，特别是那个成骄闹得最凶。他自持有众多王公大臣支持，总是攻击长兄的来历不明，贬到外地当长安君也不肯善罢甘休。好歹有吕不韦的鼎力相助，才解决了那个不自量力的家伙。但这吕不韦总是以保护之名控制着自己，也不好受。虽然心里不痛快，可总是锦衣玉食，只要不过问政事，其余事情丞相也不干预。赵政干脆就利用这段时间好好读书。时间一长，秦国的藏书他都读遍了，后来，吕不韦攻克洛阳，把周朝的典籍搬来咸阳，赵政也翻阅完毕。闲暇时间，他只有楚国质子昌平君为伴，也许是同病相怜，而且昌平君也颇通谋略，二人颇谈得来。

好不容易熬到二十三岁，吕不韦再也没有借口拖延，只得让赵政行冠礼，还政与他，但仍然占据相位，对权位依依不舍。秦王也不便动他，只是拿嫪毐开刀。那嫪毐听到风声，偷了秦王信印，假传王旨，抢先起兵造反。秦王派昌平君镇压，双方在咸阳街头打了起来。那嫪毐原本是市井无赖之徒，虽然门徒众多，也是乌合之众，哪里是秦王和昌平君对手，很快就败下阵来。秦王杀进雍城宫，车裂假太监嫪毐，杀死嫪毐与母后的两个私生子，囚禁母后，又大杀劝谏的大臣。一时间咸阳城腥风血雨，朝堂之中再也没有人胆敢小看他赵政，秦王开始乾纲独断。那吕不韦也知趣地让出相位，回到封地洛阳，但仍然不知收敛，府前车水马龙，各国宾客盈门，吕不韦不免得意洋洋。秦王知道了，写信羞辱他一番后赐予他一壶毒酒，吕不韦终于一命归西了。从此，秦王赵政在国内再没有任何人敢与他明里暗里作对。

一日，秦王在殿上处理政务，廷尉来报："发现一名韩国奸细，名叫郑国。此人在关中为我秦国修筑水渠，把泾水和北洛水沟通。大功告成之际，郑国一时高兴，自己说出了身份。这郑国当间谍，并不只是简单地收集我秦军情报，而是更有险恶动机。现已查明，这郑国是韩王亲自派来，以修筑水渠为名，意在消耗我秦国财力，疲惫我军民，使我国无力进攻韩国，至少也要迟滞我军灭韩。但韩王弄巧成拙，水渠修成，使我关中平原得到灌溉，成为沃野千里，万顷良田，实大宜于我国。我军一举灭韩更有把握了。启禀王上，此人该如何处理？"

秦王愤然道："虽然有益于我国，但此人居心险恶，不杀不足以警示间谍，后患无穷。郑国这件事也足以见外国人不可信赖。传寡人命令，为了我秦国安全，将一切外国客卿一律驱逐出境！"

两日后，秦王问完逐客令执行情况，已无事可做，向身边太监怒道："今天的奏章都全部递上来了？寡人多年习惯，每天要看一百二十斤竹简，既然没有奏章，还有什么书籍？"

"宫里的书籍王上都看完了。新近得到韩非的著作《五蠹》，颇有新意，王上可愿意一读？因为王上不喜欢外国人，所以不敢呈上。"

"人有国别之分，好的思想哪分来历？蠢材，快呈上来！"

太监急忙拿来几十筒竹简，秦王在案几上摊开，挑灯夜读，直到第二天凌晨。太监也不敢睡，在一旁陪着。忽然秦王高声大叫："好啊！痛快！寡人要是能够与这位韩非见面，一起畅谈天下大事，虽死无憾！"

就在这时，廷尉又来报告："经微臣连夜驱赶，咸阳城里已经没有一个外国人。只是一个楚国人李斯，临走时给王上留下一筒书信，劝王上收回逐客令。"

"他如何说？"

"他说，百里奚商鞅张仪范雎都是客卿，秦国的强大实有赖于客卿。就算是吕不韦郑国谋图不轨，实际上也有功于秦国。臣下觉得，李斯之言有理，王上想，那个帮王上平定嫪毐叛乱的昌平君，不就是楚国人吗？"

"是啊！"太监插嘴道："刚才王上还要见韩国人韩非呢！"

秦王猛然醒悟，叫道："快快快，快去把所有的客卿都追回来！快把那个楚人李斯召来见我！"

李斯是楚国上蔡（今河南上蔡）人，平民出生，靠亲戚的关系在上蔡的粮仓里谋了个差事，每日只需巡检库房，登记出入，工作颇为轻松，收入也丰厚。下班后总带着家人出城东门玩耍，让小儿子骑在他脖子上，赶着狗追兔子，其乐融融，让邻里左右羡慕得不得了。一日，李斯上茅厕大解，刚蹲下来，一只老鼠受到惊吓逃走，李斯见它瘦骨嶙峋，毛色脏乱，眼里满是恐惧，回想起粮仓里的老鼠，有吃不完的粮食，体态肥硕如猫，用竹竿打都不走。李斯顿时感悟，人与老鼠其实也没有区别，在不

同的位置享受就是不一样。自己现在虽然日子过得不错，但与
达官贵人比，仍然是厕中鼠。李斯立刻提起裤子，辞去官职，
辞别家人，出东门而去，口称立志要做仓中鼠。惹得亲朋好友
惊愕惋惜不已。

　　李斯没有任何资本，只好来到兰陵先投奔荀子学习儒术。
这时韩非张苍已经是他的学长。李斯是上蔡人，离两百多年前
老子家乡鹿邑不远，在家时就听说过老子，也曾到老子故居一游，
见过一些遗迹。此时虽然学儒，但私下里对学长韩非的老子之
学以及"法、术、势"惊佩不已，有空总是向韩非讨教。两年
后辞别老师，他觉得荀子学生的名头已经足够。

　　李斯到秦国后，恰好吕不韦正在广招门客，李斯于是投奔
到吕不韦门下，参与《吕氏春秋》编纂，虽然出力不少，但还
是苦于无出头之日。吕不韦倒台时，他反戈一击，才免受牵连。
正要再找门路，秦王又下了逐客令。李斯心想，反正是走投无
路了，不如冒险上书秦王，或许能有机会。自古富贵险中求，
当年吕不韦不就是敢于冒险，才搏得功名富贵的吗？于是李斯
静下心来，仔细琢磨，写下《谏逐客书》一文，置于客舍内，
起身离去。出了城门，也不走远，找一个隐蔽处，藏了起来。
过了两天，直饿得头昏眼花，终于等到大队秦军出门，高喊要
追回客卿。李斯立刻跳了出来。

　　李斯酒足饭饱，衣着一新，随着廷尉到王宫去见秦王。刚
走到朝堂外面，就听到秦王在高声叫骂："大胆韩国人，竟敢
戏弄本王！本王本不缺美姬，倒是那韩王，总说他家公主韩湘
如何花容月貌，美若天仙，而且博学多才，武艺高强，非要嫁

与寡人，还呈上了画像。等到寡人允诺了，他又反悔了，真是岂有此理！"其实，韩国人想用和亲政策换取国家安全，这也不是第一次，几年前，就把秀丽公主嫁给成骄王子，没想到错押了宝，这成骄不仅没有登上王位，反而被秦王收拾了。这次秦王地位稳了，韩国便又想到了同样的办法。原来，韩国四面强敌环绕，而韩国人又不思进取，国土日减。但韩国人爱好音乐文学，喜穿华服，女孩子个个能歌善舞，容貌出众。那个秀丽公主确实人如其名，秦王当时在成骄的婚礼上一见就垂涎欲滴，为此他就对成骄左右看不上眼，总想跟他找点麻烦。等他收拾了成骄，那秀丽公主却也殉情了。韩女的美貌多才与忠诚给秦王留下了深刻印象，他也发自内心地想找一个韩国女人，所以当韩国提出和亲时他满口应许了。哪知道空喜欢了一场。

有人小心翼翼答道："那韩王确实想把公主嫁给大王，讨好大王，以换取大王保存韩国。只是公主本人不肯，离家出走……"

居然有女子不肯嫁给本王，秦王心下寻思。韩湘的抗婚反而激发了他的征服欲望，他清了清嗓子，慎重说道："你再去韩国，告诉那韩王，寡人是非娶他家公主不可。你再把寡人的话传给公主，说寡人的王后之位给她留着……"

"回王上，臣已打听到，那韩国公主已经与一个叫公孙云的私奔了……据说韩王也管不住他这个女儿。"

朝堂里死一般的安静，然后又一声巨响。原来秦王拔出剑来，狠狠地砍在案几上，接着又猛然一脚踢飞案几，吼叫："滚！滚！都给我滚！"

众人都退了出来，李斯却进门，跪在殿下，昂声道："大王息怒！李斯拜见大王！"

秦王回头看见李斯，转怒为喜，快步迎下台阶，扶起李斯，口中说道："先生请起！先生不必过谦！"停了一会，秦王接着说道："幸亏先生提醒，不然寡人犯下大错。寡人多谢先生！"

"为大王效力，是微臣的本分。微臣愿肝脑涂地，为大王效犬马之劳！"

"先生还有何策教我？"

"自孝公以来，秦国强盛，纵横天下已一百多年。眼下秦国兵精粮足，而六国疲弱不堪，正是大王施展宏图大略之机。不知大王是否有意横扫六合，一统江山？"

"正合我意！"秦王叫来人换上与李斯一样的衣服，二人坐在一张案几旁，热烈交谈。谈着谈着，秦王的手臂就搭到李斯的肩上，李斯受宠若惊。到了吃饭时间，秦王叫人把饭菜摆在一张几上，两人同几而食（古人吃饭，按礼行分餐制，即每人面前摆一张餐桌，各吃各的），一直到夜晚，两人毫无倦意。

"先生大才。请问先生师出何门？"

"微臣是荀子的学生。"

"难怪难怪。听说荀子还有一个学生名韩非，先生是否认识？"

"韩非是微臣的学长。"

"这韩非之才，比先生若何？"

李斯稍一停顿，答道："韩非之才，远胜过李斯。"

"我想也是。寡人若能得到韩非和先生相助，何愁不能荡平天下？"

正在这时，太监来报："启禀王上，韩王派韩非出使我国，已安排在馆舍歇息。"

"哈哈，说韩非，韩非就到。快……"

"大王且慢！微臣有一言相告。这韩非虽然才高于世，但恐不能为大王所用。"

"为何？"

"大王想想，以韩非的才能，如果想出仕，何至于要等到今天。微臣与韩非同学，知道韩非宁死也要为韩国效力的。韩非此来，定是为韩王退婚之事，目的是保存韩国，而不是为了秦国啊！"

"那应该如何接待韩非？"

"大王还记得当年商鞅由魏入秦国之事么？魏王既不肯重用商鞅，又不肯听建议杀了商鞅。结果商鞅来秦国，秦魏强弱之势逆转……"

"韩非如此大才，杀之可惜……"

"微臣有一计。先让韩非写下他的思谋，然后……"

"以何罪名杀韩非？"

"微臣会让韩非谋反。"

"大胆李斯，竟敢谋害学长。如此不义，叫寡人如何容你？"

"大王先不要看微臣是否不义，而要看微臣所言是否为真。大王若认为微臣所讲为真，大王就明白微臣的心已属于大王。学友之义，能高过大王的霸业吗？"

"寡人又差点错怪了先生，还望先生原谅。"

"大王英明。"

"杀了韩非后呢？"

"大王的千秋大业，正应该从韩国开始。"

"先生所言极是。那韩国人最是阴险狡诈，诡计多端。原先我昭襄王四十五年，我军进攻韩国上党，韩国抵挡不住，不向我投降，反向赵国投降，引发长平（今山西高平）之战，使我国元气大伤。寡人继位后，韩王又派出间谍郑国，妄想疲惫我国。如今，竟然又反悔婚约，如此背信弃义，实为各国所不齿。寡人不灭了韩国，难解心头之恨！"

秦都咸阳是孝公时商君选址新建，不同于古都栎阳，只有一百多年历史。由于商鞅讲究秩序，用法严厉，故咸阳城规划整齐，各功能区界线分明，井然有序。城市呈方正结构，城中央是秦王宫殿，四条马路各通向东西南北四个城门，把城市分割为各里坊、官署、市场、作坊、兵营、仓库等。在西马路的一个里坊内就是客舍区，专供接待外国使节和客卿。傍晚时分，韩非一行人被引到一所客舍内。这座两层楼房原为楚国公子昌平君所住，只因昌平君随秦王平定叛乱有功，搬到相府里去了，这座楼才空了出来。韩非一行人看到，这客舍二楼住宿，一楼饮食会客，杂役居住，二楼有五间客舍。楼前还有一院落，可安排各种活动，众人都还满意。韩非向秦国官员递交了身凭文书，另加所著《存韩》论一篇，便早早歇息，以便恢复疲劳，好面见秦王。

几日后李斯到访。昔日同窗好友他国异乡相逢，三人都惊喜异常，六只手都紧紧地握在一起。韩非向李斯说明来意，李斯向韩非和张苍介绍了来秦的经历，答应尽力帮忙。末了，韩非又向李斯介绍了两个僮仆孙云和向君。公孙云暗自好笑，原来荀子姓孙，我也姓一回孙，当一当荀子的徒孙也蛮不错的。

李斯切入正题："韩师兄，你的《存韩论》大作秦王看了，大为赞赏。秦王已按先生的建议，派王翦、樊於期、杨端和三位将军统兵攻赵。赵国悼襄王刚死，赵迁新立，进攻赵国正是天赐良机。秦王说了，擒贼擒王，只要拿下了赵国，其余五国谁还敢不服？"

李斯顿了顿，继续说道："只是秦王日理万机，实在没有时间亲自接见你们，我虽然有一官半职，一个月也难得见秦王一面啊！韩师兄才高八斗，何不借此良机写下自己的治国理政方略，他日献给秦王，韩兄的官位定在李斯之上，对韩国也是奇功一件啊！"

"贤弟言之有理，韩非遵命就是了。"

过了不久，果然传来秦国与赵国开战的消息。那樊於期出手不凡，率秦军攻克赵国平阳，斩首十万，秦王亲自到平阳祝捷，秦国举国欢庆，高呼万岁。韩非知李斯所言不虚，心想好戏在后头呢。于是安下心来著述。

日子一久，韩非等人与左右邻居都熟悉起来。住左边的名叫卫缭，魏国大梁人，熟读兵书，颇知兵法，著有《兵法》十三卷，投奔秦国想一展才华。秦王逐客时也被赶走，然后又莫名其妙地被抓了回来，见了秦王一面，敬献了自己的著作和兼并六国的大计，回来就逃走了。过了几天又被抓回，心里烦闷得很，总过来找韩非等聊天。说到领兵方略，二人的见解也还相似。

住在右边的人是燕国太子，名叫姬丹，是燕国送来作抵押的人质。姬丹虽然落魄，但见人总喜被叫着太子丹。这燕太子丹早年也曾在赵国邯郸当人质，与秦王赵政算得上是患难之交，两人当年还颇有情宜。不过如今，燕太子丹辗转秦国仍为人质，而当年的小兄弟却已经贵为秦王，燕太子丹内心不由得充满苦涩与怨闷。但他到韩非这边拜访时却总不忘提及当年他如何照顾秦王，秦王定会报答他如何如何，讲到得意处不禁眉飞色舞。这一日，他与卫缭二人又登门造访。韩非等人权当休息，与二人闲谈。

卫缭此来并非闲谈。原来他昨日又一次潜逃，这次还没有出咸阳就被抓回，直到今日仍然愤愤不平。

"卫先生何苦非要逃离秦国？"韩非关切地问道。因为卫缭离开家乡来到秦国，为的就是不负平身所学，施展抱负，建立范雎那样的不世功业。

"几位有所不知。在下会相面之术，自看见那秦王，就改变了主意。秦王这个人，高鼻梁，大眼睛，猛禽的胸脯，豺狼的声音，缺乏仁德，而有虎狼之心，穷困的时候容易对人谦下，得志的时候也会轻易地吃人。我是个平民，然而他见到我总是那样谦下。如果秦王夺取天下的心愿得以实现，天下的人就都成为奴隶了。我不能跟他长久交往，不然，就算是立下大功，恐怕也难逃任他宰割的命运，最后死无葬身之地。"

"卫先生和韩先生都是海内大才。他日我为燕王，必重用两位先生。"太子丹郑重地发出了邀请。"我是燕昭王的孙子。燕昭王求贤若渴的故事，想必各位都很清楚吧！"

韩非和公孙云都心中暗想，此人行事张扬，急于求成，不切实际，恐难成大事。

几人正说话间，门外李斯带了一队人马，匆匆赶到。卫缭一见，怒气又上了起来："李斯，你是来治我的罪么？"

"卫先生莫急，李斯是来救你了。"

"此话怎讲？"

"卫先生是见过秦王的，知道秦王爱惜人才。天下人才，若不能为秦王所用，则必为秦王所杀，此所谓顺之者昌，逆之者亡。先生来秦意在施展才华，就此死了岂不可惜。卫先生啊，人生苦短，放着仓中鼠不做，何苦要做厕中鼠呢？"

卫缭恍然大悟，跪倒在地："多谢李大人救命之恩。卫缭愿随李大人进宫，为秦王效力。"

等卫缭站到李斯身后，李斯得意地看了韩非一眼："师兄有何高见？"

韩非平静地回答道："老子说，民不畏死，奈何以死相惧耶？"

李斯缓和了一下口气："师兄啊，不是小弟逼你。秦王说了，只要韩国送来韩湘和公孙云，秦王就见你。师兄，何去何从，你自己惦量着办吧！"

扔下这句话，李斯吩咐从人，收拾起韩非的竹简，带领人马扬长而去。

韩非久久地凝望着天空，沉默不语，这已经成为他常见的姿态。公孙云等也不多劝，因为他们知道劝也无用，其实他们的内心又何尝不是如此。只是生活要继续过下去，各人都想些事来打发时光。孔子厄于陈蔡，文王因于羑里，这些人都是他们的榜样。张苍找了一些草木在地上推演周易八卦、天文地理，又和公孙云、韩湘一起研读韩非的《解老》《喻老》，习诵《道德经》。公孙云和韩湘还一起习武练剑，研讨冶金、医药一类的学问。二人取长补短，情投意合，逐渐心意相通，也不觉得日子难过。但看见韩非在沉默中日见焦虑，有时还露出绝望的神色，不免为他担心。又想到祖国处于危险之中，而他们的使命难以完成，又不能回国效力，二人也开始沉不住气，琢磨些办法解困，但苦于卫兵防守严密，他们束手无策。

如此冬去春来，寒来暑往，不知不觉四人被困在咸阳已经将近四年，其时张苍练习吐纳导引之法，已经打通任脉督脉小周天，河图洛书也已精通。公孙云一方面学习了张苍的本领，另外与韩湘一起也研究了更为精细的冶铁之术，韩湘的医术也大有长进。韩非则已著述数十万言，但他们的处境仍无改观。看护的秦兵虽不干涉他们各自的活动，但要走出咸阳城绝无可能。他们已沦为事实上的人质，想到人质通常都有十年左右的时间，他们只有耐心等待。间或传来消息，说樊於期打了胜仗，得意忘形，赵国紧急调来大将李牧，把樊於期打得全军覆灭。那樊於期害怕回国后受到惩罚，孤身一人跑到燕国避难去了。这事倒在韩非的预料之内，稍感欣慰。后又有消息从韩国传来，说韩王愿以南阳残存之地换韩非回国。秦王收了地盘，但仍然无意放韩非。

一日忽然又听到消息，秦国已遣内史滕为将，带领十万秦军，包围了韩国都城新郑。韩国虽然是新君继位，有意振作，由于韩非等人被扣留，韩王虽有韩成韩信兄弟鼎力相助，但毕竟能力有限，而且时间短暂，成效不彰。秦国大军压来，韩国万分危急。

韩非决定不再等待。他把三人召集到一起，缓慢地说道："我们该分别了。张苍贤弟，这些年你跟我们受苦了。我已经与李斯贤弟议定，你就到秦国为官吧。现今天下方要大乱，你想办法好好保存各国古籍吧。"

韩非又把眼光转向公孙云和韩湘："公孙公子，从今以后，我学术的光大、韩国的振兴，就靠你了。"公孙云听出了韩非语中的异样，含泪道："先生早已是公孙云的老师。但目前事态紧急，先生不能丢下我们啊，我们也离不开先生。"

"是啊，我们三人一起逃走，张先生就不必跟我们冒险了。只是秦军戒备森严，我们如何能逃得出去？"韩湘道。

"你们两个可以出去，我已经安排好了。李大人，也就是我学弟李斯同意，派你们两人跟随尉缭——就是卫缭，现在当了廷尉，以官职为姓，专管刑政——一起到韩国，协助内史腾，捉拿公孙云与韩湘……"

"此计甚好。我到秦军中，一剑斩了那内史腾，韩国即可解围……"韩湘甚为高兴。

公孙云则想着另一件事："那先生您怎么办？"

"我能见秦王了……"

"怪不得先生又写了一篇大作《初入秦》，内容与原先《存韩》劝秦王保存韩国完全相反，全是助秦王革除弊政、整军备武、一统天下的大计。我正纳闷呢，原来先生是为了见秦王。先生见到秦王之后呢？先生以哪条计策游说秦王呢？”

"我果然没有看错你，公孙公子。我今天就直言相告：《初入秦》竹简内会暗藏一柄匕首……"公孙云终于明白了韩非的计策，他并不想教秦王任何策略，他写的著作不过是为了提供面见秦王并行刺秦王的机会！这些著作公孙云都看过，当时就有颇多不解。韩非作为荀子的得意门生及关门弟子，所述却完全违背儒家之道，而苛猛治国之术比《商君书》有过之而无不及！商鞅的思想公孙云也很熟悉，他是想把所有的国民通过严刑峻法变成没有个性、没有思想、没有个人生活和尊严的奴隶，就像用模范浇铸出来的刀枪剑戟一样，成为秦王征服奴役天下的工具，把国家完全变成服务于君王的战争机器。公孙云是一个有独立见解的人，当然不能赞同商鞅的主张，这也是他当年支持韩湘逃婚并与韩湘情投意合的内在原因。如今，韩非为了刺杀秦王拯救韩国，不惜提出比商鞅更为激进的主张，公孙云终于明白了韩非爱国救国的一片苦心，感动得热泪盈眶。这套治国之术并非韩非本意，韩非也无意实施，但后来却被学弟李斯窃取并用来辅佐秦王，最终导致秦朝灭亡，则是谁也没有想到的事！

"不，不，不！我绝不能让叔叔去冒险。要见秦王我们一起去，我不跟那尉缭走！"韩湘也明白过来并变得情绪激动。

"胡闹！"韩非愤怒地将大拳头砸在案几上，其他人不用看他的面部，就已经感受到了他的威严不可抗拒。

就在这时，"嘭"的一声响，门外传来一个人摔倒的声音，显然是有人在门外偷听，忽然听到韩非怒叫而惊荒失措，众人赶过去打开门，见到一个背影连滚带爬逃走。四人都认出那是燕太子丹。原来燕太子丹今日又来拜访，见门窗紧闭，便在门外偷听。听到机密之事，不由得胆战心惊，落荒而走。

公孙云见到是燕太子丹，也大惊失色。韩非倒是非常镇静："不怕。我料他不会去告密，就怕他逃走。事已至此，我们不能再争论了，以免夜长梦多。"

韩非等人紧张地准备了两日，忽然却传来了燕太子丹逃走的消息。原来，燕太子丹听到机密，心想无论韩非事成事败，都会牵连到他，到时他哪有命在？遑论当燕国国王？他回到馆舍，换上仆从衣服，一个人也不带，遛出城门。等到秦军发现，早找不到人影了。

韩非听说事情经过，仰天长啸：

"天呼？！时呼？！"

正在这时，门外大队人马赶到，门口有人高叫："秦王驾到！"随后李斯的声音和人影一起进来："韩非！你不是一直想要见秦王吗？秦王亲自来看你了。"原来，燕太子丹逃走，终于促使秦王下定最后决心，杀掉韩非。但他看了《初入秦》，渴望见奇士一面的心情再次油然而生，于是亲自赶来。

两个互相日思夜想多年的人终于近在咫尺，两人对视良久，内心都是五味杂陈。忽然，秦王猛然一喝："韩非，有人告你谋反。你快从实招来！"

韩非心一惊，料想是燕太子丹已被抓住，严刑拷打之下已经招供，不由得激忿万分，讲话也结巴起来："我，我是……是想谋反，反……。"他内心其实想说，秦王可曾见到用《初入秦》之策反秦？秦王不可偏听一人之言。可秦王早已打定主意，哪里还听韩非说活，马上打断他："反贼韩非已经招供，打入云阳死牢！"

公孙云和韩湘立即冲出来，口叫冤枉，护住韩非。秦王暴怒："快把这两个狂徒拿下，和反贼韩非一起杀了！"

"大王已允诺派这两人随尉缭去捉拿公孙云和韩湘。"李斯提醒秦王。

"我大秦有的是人才。没有他们，寡人照样能找到那两个逃犯。我就是追到天涯海角，也要拿住那公孙云，将其碎尸万段。不过，你们不能动韩湘一根毫毛，她仍然是寡人的王后……"

王翦奏道："韩非的这两个小厮虽然可恶，但都有一技之长，一人懂兵器铸造，一人通医，都是我军中所需。恳请大王留此二人在我军中，为我所用，也不能危害秦国。"

"王将军言之有理。准奏！"秦王想到了吕不韦和郑国。

这时，使者进来：

"报告大王，好消息。内史腾将军已经攻破新郑，灭了韩国，俘虏国王韩安。"

"韩成与韩信这两个死硬家伙捉住没有？"

"已经逃跑。有消息说，跑到赵国去了。据报公孙云、韩湘也跟着逃到赵国去了。"

"传令，征伐赵国！"

注释：

（1）关于秦始皇对韩非的评价，见《史记 老子韩非列传》：

始皇击节叹曰："嗟乎，能见此人与之游，死不恨矣。"

（2）李斯、尉缭、昌平君等的出场表现见《史记 秦始皇本纪》：

大索，逐客。李斯上书说，乃止逐客令。李斯因说秦王，请先取韩以恐他国，于是使斯下韩。韩王患之，与韩非谋弱秦。大梁人尉缭来，说秦王曰："以秦之强，诸侯譬如郡县之君，臣但恐诸侯合从，翕而出不意，此乃智伯、夫差、湣王之所以亡也。愿大王毋爱财物，赂其豪臣，以乱其谋，不过亡三十万金，则诸侯可尽。"秦王从其计，见尉缭亢礼，衣服食饮与缭同。缭曰："秦王为人，蜂准，长目，挚鸟膺，豺声，少恩而虎狼心，居约易出人下，得志亦轻食人。我布衣，然见我常身自下我。诚使秦王得志于天下，天下皆为虏矣。不可与久游。"乃亡去。秦王觉，固止，以为秦国尉，卒用其计策。而李斯用事。

（3）韩非使秦的过程见《史记 秦始皇本纪》：

十三年，桓齮攻赵平阳，杀赵将扈辄，斩首十万。王之河南。正月，彗星见东方。十月，桓齮攻赵。十四年，攻赵军于平阳，取宜安，破之，杀其将军。桓齮定平阳、武城。韩非使秦，秦用李斯谋，留非，非死云阳。韩王请为臣。

十五年，大兴兵，一军至邺，一军至太原，取狼孟。地动。十六年九月，发卒受地韩南阳假守腾。初令男子书年。魏献地于秦。秦置丽邑。十七年，内史腾攻韩，得韩王安，尽纳其地，以其地为郡，命曰颍川。地动。华阳太后卒。民大饥。

　　韩非被扣留在秦国期间的心态没有史料记载，但韩非的著作反映了他极端矛盾的心情。在《存韩》一文中，他讲述了要保存韩国的理由，这无疑是韩非的本意。但他在《初入秦》一文中又竭力迎逢秦王，显然是出于策略上的考虑，目的是面见秦王。由于韩非并不是尉缭那样的机会主义者，因此作者认为他是想刺秦以救韩。

　　有一种说法，认为桓齮就是樊於期，本书从此说。

第三章
赵氏孤儿

秦赵之间的战争已经进行了多年。常年的战争，赵国虽然受到巨创，赵军却锻炼成为六国之中最为英勇善战的军队，赵国军界也是人才辈出。但经过长平之战和邯郸之围，赵军遭受巨创，元气大伤。到赵迁继位时，孝成王年代的名将已经凋零，赵奢过世，廉颇蒙冤客死楚国，但新一代将星李牧脱颖而出。李牧原守雁门和代郡，因击破匈奴一战成名，又在肥地（今石家庄晋州）全歼樊於期，被封为武安君。第二年，秦分两路大军再次攻赵，至番吾（今河北灵寿）又被击败，赵军士气大振。但天不作美，一场大地震袭来，赵国军民死伤惨重。

此次秦王伐赵，依然兵分三路。南路由杨端和率领，兵出河内，渡漳水，过邺城，向邯郸进攻。青年将领李信出太原，占领云中，切断赵军退路。中路由身经百战的老将和伐赵总指挥王翦统率，兵出井陉（今河北井陉县），将赵国拦腰切断，然后分兵南下，与杨将军形成钳形攻势，合围邯郸。秦王投入四十万兵力，如此军事布署，志在一举灭赵。但想不到偏是老将军王翦遇到了最大的麻烦，在井陉口被李牧拦住，进退不得，双方打成胶着。

孙云和向君被编在王翦的后勤军中。王翦虽然是军人出身，但持重老成，足智多谋，待人非常谦和。他看两人虽然年轻，但却颇有学识，也不把他们当普通匠人对待，如同亲随一般。只是向君心绪不好，对公务不甚热心，王翦也不计较。

孙云当然理解向君的心情。四年前，他们随韩非一起出使秦国，意在拯救韩国。不想短短四年之后，他们就国破家亡，自己竟成了亡国仇人秦军中的一员。向君多次与孙云商议逃走，但逃到哪儿去呢？孙云打听到，太平山庄仍在王陵手中，但又能坚持多久呢？所以孙云劝向军还是暂在秦军中栖身，等到有确切消息后再作打算。再者，孙云想到，不论秦王秦军如何，王将军对自己有救命之恩，照顾之情，逃走很是不义。他琢磨着做点什么事，报答了王将军，再明言离开。

慢慢地多了一些消息。原来那燕太子丹虽然吃了些苦头，但仍逃回了燕国，并未被捉住。那秦王诬韩非谋反，并非拿到了证据，而是早有预谋。韩非无奈，已在云阳狱中伏剑自刎。孙云心里感叹命运弄人！

孙云在前线和后方往来奔走，主要工作是把折断、用坏的青铜兵器收集起来，运回作坊，重新熔化了再铸成兵器。事情本身倒并没有什么难度，也不用自己动手，他只需指挥工匠就够了。但想到自己督造的兵刃要助秦王去杀人，便心如刀绞。曾想在熔炉中添加一些假料，又顾虑到秦法严峻，倘若被发现，上至王翦下至工匠，所有的人都会受到牵连，只好作罢。再看从战场上受伤下来的士卒，虽然出征时生龙活虎，此时却哭爹叫娘，痛苦不堪。本来，由于战争造成的刀伤箭伤，包括烧伤烫伤，用中医药是能够医治的。当年，向君与孙云第一次相遇时遇险，就是用草药治愈了外伤。事后，向君又作了更深的研究，改良了草药配方，效果更为神奇。但配方所需的主要草药都生长在气候潮湿的高山上，在太行山上采集不到。而秦军对外征伐，对医药方面的准备非常欠缺，因此受伤的士兵往往得不到救治，很多人都是任由其自生自灭。有些轻微伤员都可能因为伤口感染而死，重伤员就更难逃一死了。还有点力气的士兵干脆自杀，而无力的伤兵只得任由伤口腐烂发臭而死。所以进入伤兵营，只见到活人死人横七竖八地躺在一起，臭气熏天，惨不忍睹。向君根本不忍心进入，孙云由此更是痛恨战争。想二人当年在桐柏山中，所学所用，何等融洽，而二人今日各施所长，目的竟截然相反，如此矛盾，就如同心在受车裂之刑，鲜血淋漓。

由于战争旷日持久，秦军兵器损耗甚大，王翦命孙云去采办青铜。一日，孙云带一队人马来到榆次（今山西榆次）。孙云安顿好随从，一身商人打扮，独自一人来到富商徐夫人家，求购青铜。

徐夫人是赵国闻名的青铜匠人，独门绝活是打造青铜利剑，各国剑客纷纷慕名而至。孙云到时，正赶上一帮客人在场，他们一边等待徐夫人手铸精剑，一边饮酒论剑，气氛甚是热烈。徐夫人相互引见，孙云看清居中的一个虬髯大汉名叫盖聂，他身旁的汉子名叫鲁句践。这两人人如其名，都长得高大威猛，气势逼人。其中盖聂求一柄六十斤重剑，鲁句践求购一柄一丈长剑，二人正在争论各人剑的长处。二人对面的一位则身材精瘦矮小，名叫荆轲，看样子有点像书生，不似剑客。孙云问他所求何剑，荆轲怯生生地答道："我要一柄匕首，长不能过一尺，重不能过一斤……"

"哈哈哈！"盖聂放声大笑，"你这模样，还是学剑之人吗？"盖聂双眼圆睁，怒目注视荆轲。荆轲不由得后退几步。

鲁勾践也高声大叫："荆轲，你知道我为什么叫勾践吗？有种就拿起剑来，咱俩比试比试，看谁剑术厉害？"荆轲闻言，赶紧从门边逃走。

孙云却从荆轲惊慌害怕的眼神中觉察到了一丝刚毅，连忙拦住二人道："二位壮士息怒。我看这位荆轲壮士并非胆小之人，定是有要事在身，不肯为琐事斗勇争强，误了大事。"

孙云一边说话，一边想道，这荆轲要办大事，却挑又短又轻的匕首。他忽然想起老师韩非的计谋，难道……？

孙云还在琢磨不透，那边盖聂和鲁勾践已经回过神来，惭愧不已地道："我们错怪了荆轲义士，幸亏孙义士提醒。似我们这等一勇之夫，如何比得上荆轲义士。可我们把他赶走了，这该如何是好？"

"二位不急，我去把他追回来。"孙云一边说着，一边已踏出门外。顷刻间便赶上荆轲，下意识地问道："荆义士别走。荆义士可是从燕国而来？"

荆轲警惕地看了孙云一眼，沉默了一会，答道："荆轲是卫国人。"

孙云从荆轲的警觉和答非所问中证实了自己的判断，心想，定是燕太子丹托荆轲办事。但那姬丹已贵为太子，要杀何人非招募勇士行刺？莫非他要刺杀秦王？难怪荆轲小心翼翼。但这事是不能跟荆轲说破的，刚才自己问荆轲从燕国来已经鲁莽，于是赶紧打圆场掩饰："荆义士莫误会了！刚才几位开玩笑而已，心里已经懊悔。是以我来请义士回去，我们痛饮三杯。"

荆轲勉强跟随孙云回来，盖聂和鲁勾践不停地道歉，说拜服求教之语，同时也摆上酒宴。荆轲感二人心诚，也收起戒备之心，与二人一起开怀畅饮，谈酒论剑。

孙云心里却打碎了五味瓶。他痛恨那燕太子丹自私胆小，成事不足，败事有余，不然也不至于有今日。自己本不想介入，但荆轲是侠义之士，刺秦也是为天下人报仇，与那燕太子丹不同，岂能不助？又担心燕太子丹自以为是，对荆轲横加干涉，反而坏事。但这话如何能对荆轲提起？思来想去也没有个结果，就暂时放下，与三人喝酒。

盖聂和鲁勾践同声说道："今日同荆义士相会，我二人实在是三生有幸。荆义士若用得着我们，但说无妨，我二人但供驱策，万死不辞……"

"二位过奖，荆轲不敢当。要说我们今日结缘，全凭孙义士。孙义士智勇双全，我们三人共敬孙义士一杯，尊孙义士为首……"

孙云内心惭愧，道："孙云实不敢当，有负三位厚意。孙云在邯郸有一朋友，名卓氏，能给刀剑淬火，有神奇功效。荆义士带这件铜挂件去见卓氏，他自然明白是我所托……"

"荆轲谢过孙义士！荆轲就此别过，三位后会有期！"

孙云与徐夫人办妥交易，带领随从，押解着车马辎重，向井陉赶来。这榆次离井陉路途并不遥远，东行三日便到。孙云上到太行山来，回望山下，大队秦军从山下赶来，军容严整，婉如一条黑蛇蜿蜒而上。再看山腰上的秦军大营，如同黑云挂在薄雾之间。往东远眺，依稀可见山下秦赵两军正在厮杀。看着从身边穿过的秦军，不知几人能回，几人又会变成累累白骨。

正想着，不知不觉已到了王翦军营。王翦正在来回踱步，见到孙云带回来的货物，摇头叹息。沉思良久，唤过孙云，道："看来在太行山这边能收集到的兵器就这些了。但不知赵国方面如何？我想找人到赵国去打探消息，没有合适人选，你又如此辛苦……"

孙云明白了王翦的意思，急忙说道："在下愿往。"心下却在寻思，正好可以立下一件功劳，报答王将军，然后离去。

"甚好。只是你多日疲劳，先休息两天，作些准备再走不迟。"孙云又觉得有负王翦，很是不妥，便忍不住问道："将军难道不担心孙云一去不返？"

"你若要去，我就算能留住你的人，也留不住你的心。我已看出，你是有信义之人。"

孙云没想到，威名赫赫的王翦大将军竟有如此心胸气量，令他敬佩不已。他立马答道"将军放心，孙云不会负将军托付！"

两日后，孙云一身商人打扮，腰挎长剑，孤身一人，从井陉口山路下去，来到太行山东的平原地带。

这一带自东周以来属于北狄鲜虞所有。鲜虞人以游牧为生，不遵华夏礼仪。春秋末天下纷乱，鲜虞人也趁机建立中山国。

不知何故，这鲜虞人也学会了金属冶炼铸造，兵器打造得非常坚锐，再加上善于骑射，故而中山国强大一时。两百年前，诸侯中魏国最为强盛，出兵灭了中山国。但不久魏国退兵，中山复国成功，成为赵国的国中之国，心腹之患。赵武灵王英雄盖世，与中山国缠斗二十多年，再一次灭了中山国，并把中山王子迁到肤施（今陕西榆林）。但第二年赵武灵王就死了，赵国发生内乱，顾不上别人。是以大多数鲜虞人还留在当地（今河北石家庄周边地区），如今这片土地已是华人与白狄杂处，人多着胡衣，讲胡语。王翦要孙云到此地，正是看中了鲜虞人对金属有所专长，弄点武器，同时看是否有机会分化瓦解赵军。

孙云在当地逗留了半月有余，与当地人勉力沟通，交谈，收获依然有限。虽然可以买到一些青铜，但孙云一个人带不走，而且带回去也是杯水车薪。至于军情，孙云虽常看到赵军驻防调动，但军中人数、粮草、兵器等情况当地人也不知晓。

一日，孙云来到真定（今河北正定）地界，看到丛林中一处帐篷，似胡人居所，便想进去找主人打探消息。走到近处，猛然发现一个人伏在帐篷外偷窥，看样子比自己年轻，华人书生打扮，显然是外地人。孙云一惊，那人也发现了孙云，颇为尴尬，忙解释道："我是魏人，听说赵地是荀子故乡，特来寻访老师，学习儒术。"孙云心里好笑，赵地是荀子故乡不错，但此地却是戎狄游牧之所，再说现在正在打仗，你学什么儒学？此人年轻，看来说谎也不会。那人也觉得不对，脸红道："在下走错了路。在下告辞。"

孙云知狄人没有什么礼节，就直接进去，拍打睡在地上的汉子："喂，有人偷看你呢。"

"我知道啦。那人叫陈馀"。

孙云吃惊地打量那汉子，见他三十来岁，一身胡人打扮，满头乱发披在肩上，胡子撒拉，脸色黑红，却讲一口流利的华语。

"别吃惊啦！你叫孙云，从山那边秦营过来。"

孙云见身份被人识破，嗖的一声抽出长剑，向对方腿上刺去，想刺伤对方后逃走。那汉子迅速跳开，抓起一把剑抵挡，只是防守，并不攻击，且边打边说："孙壮士且停手，听我把话讲完。"

两人都停了下来。孙云喝问："你是何人？"

"我姓赵名佗，本地人氏。"

孙云觉得赵佗并无恶意，只是奇怪他的姓名。姓是华姓，名字却像是胡人。

"你不要奇怪，我不是胡人，而是赵国王室之后。我们赵人的祖先，本来就是放羊牧马的。我赵国的第一个国王赵武灵王也是胡服胡语。你这样看我，有什么大惊小怪的呢？"

孙云来了兴趣，接着赵佗的话说道："不错，赵武灵王赵雍推行胡服骑射，师胡人之长以制胡人，使赵国由弱变强，接连打败了北方的大敌胡林和楼烦，把他们赶到阴山之北。建九原郡，修长城。又灭了心腹大患中山国，使赵国南北连为一体。赵国几百年从来没有这么扬眉吐气啊！"

"我武灵王不仅对胡人战功赫赫，在诸侯间也是纵横捭阖，扬威海内，各国没有不服的啊！你知道吗？其余六国中最厉害的国王就数秦昭襄王和燕昭王了，这两个国王都是我武灵王立的啊。"

"不假。赵武灵王立他们的目的是施恩于彼，以便能为赵所用。就说秦昭襄王吧，本来在燕国为质子，与王位无缘。可忽然秦武王暴死，没有继承人，他才有了机会。赵武灵王既然想立他，就应该先与他见面，立了协议，再护送到秦国登基。可赵武灵王还没见到人，却先把好事做了，又不放心，乔装打扮成仆从到秦国去偷窥秦昭襄王和宣太后，哪知道被秦王看破，险些有去无回。赵武灵王确实办事不周啊。赵壮士你想过没有，给赵国带来最大危害的就是秦昭襄王啊。所以，赵国给他的谥号'武灵王'，还是恰如其分的，武是彰其武功，灵则是讽其思虑不周。"

"确实如此啊。"赵佗痛心疾首道："我再给你讲他的一个故事吧！"赵佗陷入了对七十多年前往事的追忆之中。

我武灵王年轻时就英雄了得。为了与韩国结盟，他娶了韩王美丽的公主为妻，夫妻恩爱，生下了儿子赵章，长相、性格都极像父亲，从小就跟随父王与胡人作战，立下战功。武灵王内心喜欢，立为太子。可惜幸福的日子总不能长久，韩夫人年纪轻轻就因病去世，武灵王痛不欲生，日思夜想，容貌憔悴。一日，武灵王又在梦中见到韩妃的英容笑貌，痛哭不已。朝中大臣吴广趁机说他能找到王上的梦中情人，把他的女儿吴娃献给大王。这吴娃长相与韩妃极像，为人上也极力模仿韩妃。慢慢地武灵王就把吴娃当成了韩妃，渐渐地忘记了痛楚。后来，吴娃生下儿子赵何，聪明伶俐，很讨人喜欢。武灵王爱母及子，又想把王位传给赵何。于是他废掉太子赵章，改立赵何，为了确保赵何当位，他又禅位给赵何，自己称"主父"。

"是啊。"此后的事孙云也有所知,不由得感叹道:"自古废长立幼都是取乱之道。那赵武灵王已经铸下大错,若就此打住,也不致于有骨肉相残的悲剧了。"

赵佗不为所动,依然沉浸在自己的思绪之中:

三年后,主父见赵何虽然聪明,处理政务也还有章法,但毕竟幼弱,难免被诸侯欺负,还是长子赵章像自己,于是又想改立赵章。由于朝中文武大臣反对,主父先立赵章为代王,统领赵国北部代地。赵何的丞相肥义、将军李兑、主父的叔叔赵成过去在"胡服骑射"一事上与主父意见不合,这次都反对主父。肥义亲自去沙丘平台王宫见主父和代王,想劝说主父收回成命,被代王赵章斩杀。那赵何、赵成、李兑闻讯后竟然举兵包围了沙丘平台王宫。代王跑到主父宫中避难,也被李兑派兵搜出杀死。他们不敢杀主父,就把王宫中所有的仆人都赶出来,只围主父一人在宫中。那赵成与李兑商议,如果请示伪王赵何,赵何必不敢下令杀主父。但若他们直接困死主父,赵何则会默认,内心喜欢。于是赵成李兑断绝主父粮食,主父掏鸟巢捉老鼠取食,三个月后终于饿死。那赵何又假惺惺地发丧。伪王赵何对父兄心狠手辣,在外却软弱可欺,在渑池就被秦王羞辱,没有一点脾气。他之后也是一代不如一代。若是当年赵章为王,赵国哪有今日之祸?

孙云总算是听明白了,原来赵佗为赵章之后。此时赵佗也讲到关键之处,情绪激动地跳起来,冲天大喊:"赵国是我的!我才是真正的赵王!"

好久赵佗才平静下来,继续对孙云讲他的故事:"我是武灵王的曾孙，我祖父才是主父最后认定的继承人。那赵何杀兄弑父，哪里配做我赵国国王。当年我祖父赵章遇害后，我父亲逃过赵何追杀，潜伏在胡人之中，几十年来，我家几代人都在寻找复国的机会，原来一直想借助胡人的力量，现今看来，秦军则更好利用！”

孙云恍然大悟，难怪赵佗探听到自己的姓名身份，难怪赵佗肯与陌生人讲自己的隐秘身世，原来他是有求于我，想通过我与秦军建立联系。

“我长期生活在胡人之中，对这一带地形了然于胸。我知道太行山中有一条小路，可以通到赵军背后。我可以帮秦军，但秦军也需帮我。”

“秦军和胡人都是赵国的敌人啊？”

“你有所不知。秦人和胡人，都曾是赵人的兄弟，那赵何与我祖也是兄弟。恩怨情仇，如何说得清楚？”

孙云反复思量，如果不帮赵佗，他也会通过别人找到秦军。如果帮了赵佗，也是帮了秦王，实非所愿。但另一方面，如果帮了秦军，王翦将军早日取胜，双方可以少死不少人呢？自己也可以立功向王将军请辞，与向君一起归隐山林，有何不可？于是，他起身向赵佗道：“好，我带你去见王将军。”

赵军大营中，主帅李牧正在与副帅司马尚商议军情，忽报秦军来攻。李牧高兴地对司马尚说道：“秦军远道来攻，与我军相拒日久，后勤保障必然困难，但我军也难久持。我现在不怕秦军来进攻，就怕秦军不来。今日他来了，正是我们为国立功的大好时机。司马将军，赵国存亡，在此一战。我们全军出动，与秦军决一死战。"

李牧与司马尚全身披挂，跨上战马，冲到最前面。数万赵军将士大受鼓舞，紧紧跟上，杀声振天。那秦军也是虎狼之师，哪肯丝毫退步。两军直杀得天昏地暗，血流成河。这时只要一方稍微退让，便全盘皆输。

正在急战时刻，忽然有一支秦军从赵军背后杀来。赵军措手不及，腹背受攻，军心动摇。李牧身边将士纷纷倒地，马也不听使唤，向南奔走，一时赵军兵败如山倒。

跑了百多里地，秦军才不追赶。李牧司马尚才停下马来，收拾残兵败将。清点士卒，赵军损失大半，更严重的是丢了井陉天险，李牧自从军以来，何曾打过这样的败仗？今日输得莫名其妙，好不气恼。但此时不是气馁的时候，李牧费尽心力，用半个多月的时间，建立起第二道防线。

忽然，赵王使者郭开来到前线，说李牧司马尚受秦巨额贿赂，先有意败给秦军，然后伙同赵佗谋反，谋取赵迁王位。李牧哪里肯服，急忙争辩。郭开取出赵王赐剑，手起刀落，当场杀了李牧，任命赵葱、颜聚代替李牧、司马尚为帅。李牧至死也不明白，正是那郭开受了尉缭的贿赂，向赵王进了谗言。那赵迁本也不傻，但一听说赵佗与李牧合谋，要夺他王位，顿时乱了方寸，慌了手脚，做出了自毁长城的事。

赵军哪里还有斗志？王翦发动进攻，赵军一触即溃，赵葱被杀。王翦长驱直入，与杨端和一起围住邯郸。赵迁无计可施，只得答应投降。正当城门大开，赵迁出降之际，忽然从赵迁身后窜出一队人马，向北急驰而去。秦军因得胜而松懈，追赶不及，让他逃走。一打听，才知道逃者是王室公子赵嘉。王翦大怒，将赵王宗亲全部拘押，上报秦王处置。

王翦不敢随意处置赵国王室是有原因的。原来赵王与秦王同宗同祖，血脉相连，秦王也是嬴氏赵姓。

此事说来话长。秦的祖先原是黄帝之孙高阳氏颛顼的一个支系，以黑色的燕子为图腾，生活在黄河下游的东海之滨，是东夷部落之一。东夷各部落都以鸟为图腾。秦人的祖先叫女修，相传她吞食了燕子蛋而怀孕，生了一个孩子叫大业。大业的儿子是大费，他帮助舜调驯鸟兽，很有成绩，舜便赐他为"嬴"氏，以及一副黑色的旌旗飘带，"嬴"就是黑燕的意思。这样，这个氏族就有了名字。大费还有一个更有名的名字叫伯益，同大禹一起治过洪水，受到舜的奖励。

大费生有二个儿子，一个名叫大廉，这就是鸟俗氏；另一个叫若木，这就是费氏。费氏的玄孙叫费昌，正处在夏桀的时候，他离开夏国，归附了商汤，给商汤驾车，在鸣条打败了夏桀。大廉的玄孙叫孟戏、中衍，身体长得很像鸟，但说人话。殷商太戊帝听说了他们，占卜卦相吉利，于是把他们请来驾车，并且给他们娶了妻子。自太戊帝以后，中衍的后代子孙辅佐殷国，每代都有功劳。

中衍的玄孙叫中潏，住在西部戎族地区。中潏生了蜚廉。蜚廉生了恶来。蜚廉善奔跑，恶来力气大无穷。父子俩都凭才能力气事奉殷纣王。周武王伐纣的时候，把恶来也一并杀了。当时，蜚廉为纣出使北方，回来时，因纣已死，没有地方禀报，就在霍太山筑起祭坛向纣王报告，死后也埋葬在霍太山。蜚廉还有个儿子叫季胜。季胜生了孟增。孟增受到周成王的宠幸，他就是宅皋狼。皋狼生了衡父。衡父生了造父。造父因善于驾车得到周穆王的宠幸。周穆王获得名叫骥、温骊、骅骝、騄耳的四匹骏马，驾车到西方巡视，乐而忘返。等到徐偃王作乱时，造父给穆王驾车，兼程驱赶回周朝，日行千里，平定了叛乱。穆王把赵城封给造父，造父族人从此姓赵。后来造父六世孙奄父救周宣王于千亩之战，其子叔带为周朝卿士，因不满周幽王的昏庸，离开周王，侍奉晋文侯。春秋晋国大夫赵衰就是叔带的后代。春秋末，赵衰的后代赵武子联合韩、魏两家，打败了晋国权臣知伯，瓜分了晋国。这就是"三家分晋"，赵武子就成了赵国实际上的开创者。

再说被周武王杀死的恶来，恶来死得早，但有个儿子叫女防。女防生了旁皋，旁皋生了太几，太几生了大骆，大骆生了非子。非子居住在犬丘，喜爱马和其他牲口，并善于饲养繁殖。犬丘人把这事告诉了周孝王，孝王召见非子，让他在汧河、渭河之间管理马匹。马匹大量繁殖。孝王说："从前伯翳为舜帝掌管牲畜，牲畜繁殖很多，所以获得土地的封赐，受赐姓嬴。现在他的后代也给我驯养繁殖马匹，我也分给他土地做附属国吧。"赐给他秦地作为封邑，让他接管嬴氏的祭祀，号称秦嬴。这样，非子就成了嬴秦的始祖。周幽王时，多次举烽火把诸侯骗来京师，以求褒姒一笑。等西边的犬戎和申侯一起真的攻打周朝，诸侯们大都不来救，幽王被杀死在郦山下。只有秦襄公率兵营救，护送了周平王把都城向东迁到洛邑。周平王封襄公为诸侯，赐给他岐山以西的土地。从此秦正式立国。

再说现在的秦王赵政，本来在邯郸出生。长平之战时，商人吕不韦在邯郸看到秦质子异人奇货可居，为谋求万倍之利，便把自己的爱姬献给异人，生下赵政。随后秦军把邯郸围得铁桶一般，吕不韦用重金贿赂城门将官，带着异人逃回秦国，留下赵姬和赵政孤儿寡母，当时赵政才两岁。到他九岁回国，赵政不知受到多少人欺辱，但也会有人保护，不然他也活不下来。其中的恩怨情仇，只有秦王本人清楚，当然只有留待他来处理了。

邯郸城安定了下来。孙云随王翦办完公事，想到邯郸城内还有朋友，于是向王翦告假，去见友人。

孙云辗转打听，找到卓氏住所，一路进来。卓氏是邯郸富商，家中经常是宾客云集，高朋满座。孙云刚到门口，就听屋内好不热闹，原来很多人在此聚会，卓氏、郭纵都在，孙云看到荆轲也来了。但荆轲并没有注意到孙云进来，他全神贯注地盯着他的同伴，那是一个美貌的男子，一眼就能看出是一个文弱的书生。只见他跪坐在大厅中央，怀抱着张十三弦的筑（筑是古代一种击弦乐器，现已失传）在演奏。那张筑头垂口红，颈细肩圆，如同个美女躺在那男子的怀中如泣如诉。孙云出生在音乐之乡韩国新郑，自幼颇通音律，他听到这支曲子先是哀惋悲伤，慢慢地又变得慷慨激昂。荆轲先是以手势附合节拍，继而跟着音调唱起歌来。周围的人也许是受到感染，也许是勾起了亡国之恨，都齐声唱了起来。唱毕，孙云也热泪盈眶，情不自禁地高声叫好，荆轲这才看到孙云，连忙过来招呼，并向孙云介绍："这是我的知音，燕人乐师高渐离。"孙云道："久仰！早就听说燕赵多慷慨悲歌之士，今日眼见为实了！"

见到了这么多新老朋友，孙云甚为高兴，和友人一起饮酒，畅谈别来情谊，交流所擅心得。荆轲把孙云拉到一边，悄悄告诉他："谢谢孙义士给在下介绍卓氏，他手艺果然精湛，我的匕首经他用毒汁淬火，敌人只要见血，必死无疑。"

正说话间，大队秦军赶到，将屋子团团围住，然后冲进屋内，把在场所有的人都捆缚起来，押往城市中心的广场。

孙云从袖袋里掏出秦军令牌，获得释放，赶紧往王翦处跑。一路上，秦军来往拿人，百姓纷纷避让。又听到众人议论，原来是秦王亲临邯郸，还带来了王太后，要捉拿过去的仇人报仇。

孙云见过王翦，随王翦一起来到广场。原来秦王已经早到，与王太后及亲随站在一个临时搭起的高台上，王翦也站了上去。孙云就近站在台下，看到秦军捉了一百多个人犯，都五花大绑，站成一排。人犯前已经挖好了一个大坑。原来秦王想到母后体弱，受不得大刺激，才采用活埋方式坑杀仇人。人犯后面则站满了黑压压的看热闹的百姓。

台上秦王清了清嗓子，高声说道："坊间有人攻击寡人，说寡人孝敬母后是假的。寡人今日就要天下人都看看，寡人一定要做一件事让母后高兴喜欢。"说完，他斜看一眼母后，只见赵姬面无血色，目光呆滞，由两个侍女扶着，颤颤巍巍地站在那里，对秦王的问询毫无反应。秦王只得面对母亲，继续说道："待会人犯压过来，母后只有点头，孩儿就命人把他推下坑去。"赵姬机械地点了头，如同木偶一般。

第一个人犯押了过来，正是郭纵。判官高声宣判："此人犯当年曾经卖过铜锁与铁链给看守。"秦王说道："寡人也记得此人。"侧头看母亲，赵姬也点头。于是判官扔下令牌，士兵把郭纵推下坑去。孙云看着后面的卓氏、荆轲，心里焦急万分。

如此推下去了十多个人，又押上来一个身材高大的年轻人。判官道："此人赵高，当年看守的儿子。看守已经死亡，但父债必须子还。"

赵高忽然高声叫道："小民赵高，与大王是前世的冤孽，现在死了也心甘情愿。望大王看在小民与大王同为赵氏血脉的份上，让小民死前了却心愿！"

秦王对赵高还有印象，听他言之成理，于是点头，判官喝叫："讲！"

"小民赤条条来到世上，也要赤条条离开，以合天意。求大王开恩！"

秦王再次点头。两个士兵会意，解开捆绑赵高的绳索。赵高随即把身上的衣服脱个精光，忽然冷不防地从士兵手上夺过明晃晃的砍刀，众目睽睽之下向自己的阳具割去，同时高声叫道："赵高愿肝脑涂地效忠大王！"话音未落，阳具从他手中高高抛起，赵高阴部鲜血喷涌。随着一声惨叫，赵高昏死过去。

人群中一阵骚动，七嘴八舌的声音传到孙云耳中。

"唉！真可怜这个赵高，从此绝后啦！"

"听说赵高有一个女儿，还有一个弟弟，也不算绝后。"

"那还不是绝后！不过总算能保住性命。"

孙云心想，赵高情急之下为了保命不惜自宫，这样的人虽然机智，但以后什么事情做不出来啊！一边想，一边抬头看台上，只见赵姬双颊潮红，眼眶里滚动着泪珠，张着大口，说不出话来。这一刻，她的脑海里也许有无数的画面闪过：吕不丰、异人、嫪毐、两个幼子、秦王……忽然间，她支撑不住，仰面向后倒去。众人大惊，太医也上前急救，哪里还救得过来？片刻之间，赵姬已经一命归西。秦王抚尸大哭："母后，母后，娘，娘！你怎不解孩儿的一片苦心啊！"

当下台上台下，场面大乱。官员士兵乱叫，百姓四处奔走，挤成一团，人犯也纷纷逃脱。孙云此时仍着便衣，便挤入人群，找到卓氏、荆轲，割断绳索，拉着他们奔逃。但荆轲止步不前，道："荆轲与高渐离平生最为知己！高渐离寻不着，我岂肯独自逃生？"孙云本意也是救最多的人，但事实上做不到，只能救最熟悉的人，听了荆轲的话，他为其侠义所感动，也明白了如果不去救高渐离，他事实上也救不了荆轲。好在高渐离也没有走远，很快就找到了他，于是孙云带着三人向城门跑去。

来到北门，城门已经关闭。孙云拿出秦军令牌，说奉令出城，追缉逃犯。守城官兵打开城门，牵出四匹马来。四人上马，向北急驰而去。

四人行了一个多时辰，料后面并无追赶，便歇下马来，分手告别。荆轲和高渐离有要事在身，先行辞别，往燕国去了。孙云看卓氏孤身一人，国破家亡，走投无路，自己也不便带在身边，便取出身上一铁挂件，对卓氏说道："我有一朋友纪氏，在蜀中临邛冶铁，你可带我信物去投奔。我把风箱鼓铸的冶铁之法教你，你定可在蜀地安身。"

卓氏接过孙云挂件和图籍，拜谢孙云。二人就此别过，孙云骑马赶回邯郸。

秦王召集众臣到赵王宫议事，孙云因立了军功，也随同王翦一起前往。来到宫殿，见殿下已经站了几十个文武大臣，秦王站在殿上，身穿孝服，脸上仍然写着悲伤和困惑。他扫视了一下众人，开口说道："寡人这次亲来赵国，不，赵地，是因为有几件大事要办。王太后当年在邯郸，把什么苦都吃了。现在时来运转，可惜太后福薄……那天捉拿的人犯，更要去侍奉太后……只是那个赵高，小时候已经挨过寡人的揍，现在念在同宗的份上，叫他进宫，继续挨寡人揍吧。"

秦王顿了顿，继续说道："寡人宽宏大量。赵国王室，寡人念其同宗，也不加害，一律迁到房陵（今湖北房县），让其自生自灭……尉缭，那韩湘与公孙云捉到没有？"

"回王上，臣已查明，韩国公族并没有逃来赵国。他们当初是有意传出假消息，调虎离山，引我误入歧途。臣料他们仍藏在颍川郡韩国故地，臣正在竭力寻找捉拿。"

"寡人还有两件宝物要找。王翦，你清查赵王宫室，发现和氏璧没有？"

"大王，据臣所知，和氏璧不是已经在秦宫之中？这事秦人都知道啊。"李斯想显示一下自己。

"假的！假的！"秦王暴怒起来："那赵人蒙骗了昭襄王，岂骗得过寡人？"

王翦答道："臣已找遍赵宫每一个角落，和氏璧仍不见踪影。但臣找到了王上要的《穆天子传》。"说罢，将六筒竹简呈上。

秦王当即展开竹简，快速浏览。很快，脸色陡变，把竹简摔得粉碎，狂怒道："又是假的！假的！世道人心啊！当年造父的七世孙叔带对周幽王不满，投奔晋文侯，顺便盗走了《穆天子传》。我军攻克周室络邑，遍寻此书不着，寡人就料到此书一定在赵宫之中，没想到他们又造假骗人。"

王翦跪倒在地，满头大汗："臣办事不力。臣罪该万死。王上再给臣一个机会，臣当效死为王上追回宝物。"

"准。"

"禀王上，此次伐赵，赵佗功最大，且臣已允诺……"

秦王眼看李斯。李斯明白，悄声答道："赵佗想当赵王……当年赵何没能斩草留根，故有今日亡国之祸……"一边说着，一边做个抹脖子的手势。

于是秦王高声叫道："赵佗，你身为赵国宗亲，却背祖叛国。如此不义之人，寡人留你何用？"

赵佗拜伏在地："大王今日杀赵佗，明日就悔之晚矣。"

"何意？"

"大王！大王要那《穆天子传》，无论如何是找不到了。大王想，此书已经失落七百多年，年代久远，如何能找得到？赵佗长年生活在白狄鲜虞人之中。大王可知，当年我祖造父为周穆王驾车到昆仑山，拜会西王母。这鲜虞人就是造父带回的白人后代。入晋后，我赵氏定居晋阳（今太原），与白狄比邻而居。赵佗已打探到鲜虞人仍然知晓到昆仑山的道路，可以见西王母求到长生不老之药……"

秦王大喜道："何人知道？快快讲来！"

"大王，臣已在肤施鲜虞人中找了一个人名叫头曼，助他立匈奴国，称单于。他愿派儿子冒顿前往探路。"

"好！丞相，赐赵佗爵位。赵佗，明日一早我们一同出发，赴上郡见那匈奴单于！"

秦王和赵佗离开，王翦尊秦王令移师井陉，准备伐燕。孙云也去向王翦请辞。王翦正为和氏璧事大为头痛，见到孙云，道："你来得正好。我知你不愿为秦军效力，你再替我办一件事情，我不留你。唉，打仗我是可以，可找和氏璧不是难为我吗？"

要找和氏璧，孙云只有几条线索。首先是老师韩非著作《韩非子·和氏篇》讲到的和氏璧来历。说春秋时，楚人卞和在荆山见凤凰栖落青石之上，想到"凤凰不落无宝地"，于是他将此璞石献给楚厉王，经玉工辨识认为是石块。卞和以欺君罪被刖左足。楚武王即位，卞和又去献宝，仍以前罪断去右足。至楚文王时，卞和抱玉痛哭于荆山下，哭至眼泪干涸，流出血泪。文王甚奇，便命人剖开璞石，果得宝玉，经良工雕琢成璧，人称"和氏璧"。

后来，楚相国昭阳败魏，楚威王便将和氏璧赏赐昭阳。一日，昭阳率百余宾客游览赤山，席中应众人之请，出璧传视。其时山下深潭有丈许长大鱼及无数小鱼跃出水面，众人争睹奇迹，及至散席，发现和氏璧不翼而飞。当时张仪尚未发迹，正在昭阳门下，众人怀疑"仪贫无行，必此盗相君之璧，共执张仪，掠笞数百"，但和氏璧仍无下落。后来张仪入秦为相后也还以报复。

孙云从赵王室档案中得知，若干年后，赵国太监缪贤偶然以五百金购得和氏璧，赵惠文王闻讯，将璧占为己有。秦昭襄王闻之，"遗书赵王，愿以十五城请易璧"，当时秦强赵弱，赵王恐献璧而不得其城，左右为难。蔺相如自请奉璧至秦，献璧后，见秦王无意偿城，乃当廷力争，宁死而不辱使命，并以掷璧相要挟，终致秦王妥协，得以"完璧归赵"。

前几日，秦王追查和氏璧，孙云曾经随王翦向昌平君了解事情原委。原来，二十多年前，秦赵爆发长平之战，秦赵两国都筋疲力竭。秦将白起力主乘胜攻取邯郸，灭亡赵国。危急之际，赵王派使者游说秦相范雎，并献上和氏璧。那范雎嫉妒白起战功，以秦国疲惫为由，说动秦昭襄王罢兵，于是和氏璧还是到了秦昭襄王手中。等秦昭襄王缓过神来，再派白起出征灭赵，白起认为战机已失，拒绝出兵，秦王令其自杀，赵国逃过一劫。

如今，秦王说和氏璧是假，就难以断定哪个环节出了问题。首先，秦王的假璧他看不到，即使看到也无法辨别真伪。这样，必须先假定卞和的璧是真的，楚相国昭阳的璧也是真的。至于赵惠文王得到的璧是真是假，就得先弄清楚璧是如何从楚相国处失踪的，又是如何从楚国飞到赵国的。

由于和氏璧失盗已过百年，当事人均已作古，只有到楚人的宫殿里去寻找档案材料去了。楚人在江陵（今湖北荆州）的郢都早已被焚毁，其后搬到陈郢（今河南淮阳），二十年前又搬到寿郢（今安徽寿县）。但外人如何能进入楚宫中查寻文书档案？看来这事只能从长计议。

孙云向王翦说明情况，执意请辞，王翦只得允许。孙云感王翦厚意，于是说道："我给将军出个主意，也许将军用得着。将军愿意先听一个故事吗？"孙云讲道：当年秦王提议以十五城换取和氏璧，赵王明知有假，但也不敢得罪秦王，为此左右为难。蔺相如知道后，便对赵王说："请大王让我带着和氏璧去见秦王。如果秦王不肯用十五座城池来交换，我一定把'和氏璧'完整地带回来。"赵王知道蔺相如为人勇敢机智，但对他的计划仍然没有把握，可又苦无良策，只好应允。蔺相如到了秦国，双手把和氏璧献给秦王。秦王接过来左看右看，非常喜爱。他看完了，又传给大臣们一个一个地看，然后又交给后宫的妃子们去看。蔺相如一个人站在旁边，等了很久，也不见秦王提起割让十五座城的事情，便知道秦王确实没有用十五座城池换取宝玉的诚意。可是宝玉已经到了秦王手里，怎么才能拿回来呢？蔺相如走上前去，对秦王说："这块和氏璧虽然看着挺好，可是有一点小瑕疵，让我指给大王看。"秦王赶紧叫人把宝玉从后宫拿来交给蔺相如，让他指出来。蔺相如拿着和氏璧往后退了几步，身体靠在柱子上，气冲冲地对秦王说："当初大王送信给赵王，说情愿拿十五座城来换赵国的和氏璧。赵国大臣都说，千万别相信秦国骗人的话。我说老百姓还讲信义呐，何况秦国的大王哩！赵王听了我的劝告这才派我把和氏璧送来。没想到方才大王把宝玉接了过去，随便交给下面的人传看，却不提起换十五座城的事情。这样看来，大王确实没有用城换璧的诚心。现在宝玉在我的手里，如果大王硬要逼迫我，我情愿把自己的脑袋和这块宝玉一块儿撞碎在这根柱子上！"说着，蔺相如举起和氏璧，面对柱子，就要作势摔过去。秦王本来想叫武士去抢，可是又怕蔺相如真的把宝玉撞碎，连忙向蔺相如赔不是，说："你不要着急，我说的话怎么能不算数哩！"说着叫人把地图拿来，假惺惺地指着地图说："从这儿到那儿，一共十五座城，都划给赵国。"蔺相如知道秦王又在耍鬼把戏，就跟秦王说："这块和氏璧是天下有名的宝贝。赵王送它到秦国来的时候，斋戒了五天，还在朝廷上举行了隆重的赠送宝玉的仪式。现在大王要接受这块宝玉，也应该斋戒五天，在朝堂上举行接受宝玉的仪式，我这才能把宝玉献上。"秦王碍于面子，只得无奈地说："好！就这么办吧！"说完，他就派人送蔺相如到旅馆去休息。蔺相如拿着那块宝玉到了馆舍里，叫一个手下人打扮成一个商人模样，把那块宝玉藏在身上，从小道偷偷地跑回到赵国去了。五天后举行献璧仪式，蔺相如禀明实情，并指出他是因为发现秦王并无诚意他才出此下策；如果秦王真有交换的诚意，可先把十五座城池划给赵国，赵王谅必不敢不把和氏璧献给大王。秦王本想假给城，但拖延不办，但却被蔺相如破解，十分恼怒，本想杀蔺相如泄愤，但又恐诸侯耻笑，便放他回到赵国去了。

孙云讲完故事，继续说道："这件事记录在赵国的史书上，从中可以看出，秦昭襄王是见到过璧的，也是认可璧的。将军也可当赵王的璧是真的。据我推断，这璧无论真假，很可能是公子赵嘉逃跑时带走。我听说赵嘉到代地自立为代王，与燕太子丹联兵，秦王已令将军攻燕。将军可遣人告诉燕太子丹，赵嘉有和氏璧，燕太子丹必然有抢夺之心，将军便可分而击之。只要攻破燕、代，秦王也不会责怪将军。到那时，和氏璧的真相也许已经水落石出。"

于是，孙云带着向君离开王翦，回到太平山庄。

注释：

（1）陈馀在赵国的活动见《史记 张耳陈馀列传》：陈馀者，亦大梁人也，好儒术，数游赵苦陉。

（2）秦灭赵及坑仇家的过程见《史记 秦始皇本纪》：

十八年，大兴兵攻赵，王翦将上地，下井陉，端和将河内，羌瘣伐赵，端和围邯郸城。十九年，王翦、羌瘣尽定取赵地东阳，得赵王。引兵欲攻燕，屯中山。秦王之邯郸，诸尝与王生赵时母家有仇怨，皆坑之。秦王还，从太原、上郡归。始皇帝母太后崩。赵公子嘉率其宗数百人之代，自立为代王，东与燕合兵，军上谷，大饥。

（3）关于和氏璧的来历，见《韩非子·和氏篇》：

楚人和氏得玉璞荆山中，奉而献之厉王。厉王使玉人相之。玉人曰："石也。"王以和为诳，而刖其左足。及厉王薨，武王即位。和又奉其璞而献之武王。武王使玉人相之。又曰："石也。"王又以和为诳，而刖其右足。武王薨，文王即位。和乃抱其璞而哭于楚山之下，三日三夜，泪尽而继之以血。王闻之，使人问其故，曰："天下之刖者多矣，子奚哭之悲也？"和曰："吾非悲刖也，悲夫宝玉而题之以石，贞士而名之以诳，此吾所以悲也。"王乃使玉人理其璞而得宝焉，遂命曰："和氏之璧。"

（4）张仪与和氏璧的关系见《史记·张仪列传》：张仪已学游说诸侯。尝从楚相饮，已而楚相亡璧，门下意张仪，曰："仪

○ 追逐

贫无行，必盗相君之璧。"共执张仪，掠笞数百，不服，醳之。其妻曰："嘻！子毋读书游说，安得此辱乎？"张仪谓其妻曰："视吾舌尚在不？"其妻笑曰："舌在也。"仪曰："足矣。"

张仪既相秦，为文檄告楚相曰："始吾从若饮，我不盗而璧，若笞我。若善守汝国，我顾且盗而城！"

第四章
围 城

　　孙云与向君回到太平山庄，王陵等接入安置。五年来，外面的世界已经天翻地覆，太平山庄却依旧平静。原来山庄位于深山之中，秦军的目标是攻取城市，本来未曾发现山庄。韩亡后，秦军主力移师北方，颍川郡驻军不多，故山庄生活依旧，僮仆大多还在。也陆续逃来一些韩国的贵族，韩成韩信也在其中。

　　孙云、向君与韩氏兄弟相见，大家既惊喜，又悲伤。悲的是，山河破碎，物是人非。喜的是几人经历大难，没想到还有相见之日。于是，韩成做主，为孙云和向君筹办了婚事。只因战乱时期，一切事务从简。婚后，俩人一边料理山庄事务，也不忘继续钻研所学。而韩氏兄弟则往来于山庄与故都新郑之间，秘密联络失散的大臣、军人、门客，积极谋划复国。

　　自孙云回山庄后，各国形势变化，令人眼花缭乱。先是赵国遗族赵嘉，带十几个家臣逃跑到代地，很快拉起了一支队伍，自立为代王。魏景湣王见赵国灭亡，忧惧而死，魏假继位。楚幽王也步魏王后尘，一命归西，其弟熊郝继位。但熊郝的庶兄负刍不服，杀了哥哥，登上王位。

不久又有惊天大事传来。荆轲奉燕太子丹之命，携樊於期人头赴咸阳献督亢地图，大殿上荆轲展开地图，图穷匕首现。荆轲奋力刺杀秦王，但剑短难中，反而被秦王太医用药箱击中。秦王惊慌之余，回过神来，又有卫士提醒，背负剑柄，抽出长剑，躲过荆轲掷剑，反手将荆轲杀死在宫殿铜柱旁。

荆轲刺秦失败，问题还是出在策划者燕太子丹身上。燕太子丹从咸阳逃回国后，就找义士田光物色刺客，于是田光找到了荆轲，实施韩非流产的计划。由于事关重大，为了保守机密，田光推荐荆轲后自刎而死。随着赵国灭亡，秦国大军压境，燕太子丹心急如焚，不顾荆轲看中的助手盖聂未到，催荆轲上路。在那个年代，信义是侠士的生命，荆轲的信义受到燕太子丹的无端怀疑，大为激愤，只得带上燕太子丹选的助手秦武阳上路。荆轲已经预感不妙，在易水与好友高渐离分别时慷慨悲歌，下定了有去无回的决心。果然，进入秦宫大殿时，秦武阳吓得手脚发抖，浑身哆嗦，被秦王阻止在殿下，只有荆轲一人上殿面见秦王，秦王因而侥幸逃得性命。孙云对燕太子丹和荆轲的担心不幸成真。

秦王大怒，急令王翦从赵地进攻燕国。燕太子丹闯下祸端，只得率燕军迎敌，又惧势单力孤，便与赵嘉合兵一处，共御秦军。王翦用孙云的计策，以和氏璧利诱，果然燕、代两军互相猜疑，不能协调配合。于是王翦在易水以西大败燕代联军，王翦弃代军不顾，长驱直入燕境，追赶燕军。燕太子丹逃入都城蓟，燕王姬喜恐惧万分，连忙取下太子丹的人头，送入秦军，想换取秦国罢兵。王翦遵令继续猛攻，不久就攻破蓟城。燕王姬喜只好跑到辽东去苟延残喘。

　　王翦灭赵、燕，立下大功，朝野都以为王翦会得到厚重封赏，可马上有消息传出来，王翦辞去军职，回家养病。孙云明白，王翦找不到和氏璧，尽管有军功，仍然要受到惩罚。秦王之刻薄寡恩，莫此为甚！

　　接下来的事态发展印证了孙云的推测。王翦虽然免职，但秦王却马上任命王翦的儿子王贲为将，向东南的楚国进攻。同时，秦王的丞相昌平君被贬谪到陈郢，而此时陈郢还在楚国控制之下。昌平君原本楚国王子，被秦王重用为相，此时以谪贬为名，和王贲一起带军队来楚，显然是秦王听信了王翦转述孙云的分析，为寻找和氏璧而来。

　　事隔不久，新郑又传来消息，韩成韩信纠集了千余残兵士卒，趁新郑秦军防务空虚，守将懈怠，暗中偷袭秦军，杀死秦将，重新夺回新郑，树起韩国大旗。孙云此时因长子无疆出生，留在太平山庄照料妻儿，听闻韩氏兄弟成功，也很高兴，但也担心东南不远处的王贲大军。于是孙云将妻儿留给家仆照顾，亲自赶往新郑，与韩氏兄弟商议对策。

　　这一年天气出奇寒冷，从黄河到淮河，上下下起漫天大雪，平地雪深近三尺，看不清道路和坑凹，行路异常艰难。孙云想了一个办法，用木板做成一只雪橇，再挑选四只精壮的猛犬，由它们驾着在雪地里行走，倒也飞快。只是太平山庄和新郑距离过远，而王贲大军刚攻占楚国二十多座城池，离新郑近在咫尺。孙云刚进入新郑城，王贲大军就赶到，将新郑城围个水泄不通。

　　孙云进城一看，心就变得比天气还冷。二韩的兵卒，不过两千来人，且衣衫不整，武器各杂，军官也是临时充任。新郑城经过多年战乱，也是十室九空，破败不堪，全没有当年都城的气象，留下来的居民都衣衫褴褛，饥寒交迫。再登上城楼看秦军阵势，就见到秦军趁得胜之威，兵强马壮，气势逼人。孙云知道，这仗没法打，城也没法守，甚至想突围都不可能。于是他找二韩兄弟商议。二韩兄弟起初很是情绪激动，壮怀激烈。孙云冷静地听他们讲完，然后轻声反问："二位要想殉国，三年前就是时机，何必等到今日？横阳君要是能继续隐忍，今后复国总有机会。如若今日要决死报国，韩国便永无复兴之日。"

"但城内还有两千多壮士怎么办？他们都是我韩国复兴的希望啊，我们兄弟积蓄这些力量多么不易啊！"

"二位若要打仗，他们是一个也活不了。城外秦军主帅王贲是王翦老将军之子，我与王翦将军还有些交情。王老将军虽然战功赫赫，但宅心仁厚，宽宏大量，想他教儿子也是这样的。横阳君可令守军投降，我以王老将军朋友身份留一封书信给王贲将军，我两千将士谅能保全性命。"

"那王将军岂能留我们俩的性命？"

"我们三人逃走。"

"围城铁桶似的，如何能逃？"

"听我安排就是！"

孙云写好书信，召集队伍说明情况，安排投降事宜。众将士持异议不多，也没有激烈反对。孙云安排人送出书信，然后把四个城门大开，准备迎接秦军。秦军接信，便统一号令，安排进城。忽然，三条狗拉雪橇从西门突出，飞驰而去。秦军发现，连忙追赶。可在三尺深的雪地里，无论人、马，哪里还跑得动？军官下令射箭，可众士兵手已冻僵，哪里还拉得动弓弦，就算射出几支箭，也只飞十多步远，只能眼睁睁地看着三人消失在原野之中。大雪继续飞落，不久连雪橇的痕迹也被盖住。

也许是天气寒冷，也许是孙云的书信起了作用，秦军进城后果然没有杀人，王贲只是向秦王报告，新郑的反叛已经平定。

孙云心想，此次二韩兄弟起事失败，虽有谋划不周的原因，但就近就有大队秦军，又蹬上大雪天气，机缘确实不合。难道秦军兼并各国，真有天助？就连他这个如此痛恨秦王和秦军的人也在无意之中几次三番帮助了秦军，虽然并非出自他的本意。但如果秦兼并六国果真能消弭战争，还天下百姓以太平，他个人倒也不必固执于个人和韩国的恩怨情仇。这是因为，尽管公孙家累世相韩，但都已成过眼云烟，他孙云从来就没有走近过权力核心，他也不会眷恋权势，所以谁能一统天下其实与他并无多大的关系。孙云又想，王贲与昌平君此来，原是为了寻找获取和氏璧，若与楚国打起仗来，不知又有多少无辜的人丧生。我本答应过王翦老将军帮忙找玉，何况王将军于我有救命之恩，容人之德，我何不再去帮他一把，也免除干戈之争，百姓少受兵祸之苦。于是他安顿好二韩兄弟，动身前往陈郢去面见昌平君。

陈郢（今河南淮阳）原为陈国都城，但陈国春秋时就已亡国。战国后期短暂成为楚国都城，楚国为不忘故都郢城（今湖北荆州），新都也称郢，故陈称陈郢，几个月前刚被王贲占领。昌平君正忙于处理各种军政事务，见孙云到来，勉强接见。孙云

追逐

表达相助寻找和氏璧之意，昌平君甚为冷淡。更奇怪的是，昌平君由丞相贬为一城之守，孙云原以为他心灰意冷，或心怀不平，但他却毫无受曲之意，任事勤勉，干净利落。孙云见他事务繁忙，知道不可强求，便告辞出来，拿定主意暗中相助。

第二天，昌平君带着一群亲随，出城东门往新郑方向而去，孙云料他是去找王贲将军商议和氏璧之事，便远远跟随。

到第五日深夜，昌平君一行人已赶到新郑城中。昌平君安排随从在客舍休息等候，自己则孤身一人去见王贲将军。来到王将军府中，王贲已在密室中等候。孙云施展轻功，飞檐走壁，在屋顶跟随，潜伏到密室之后，偷听二人谈话。

只听到王贲道："昌平君，我接到王上密旨，说失落的周鼎就藏在魏国大梁城内。王上已令我攻陷大梁（今河南开封），获取周鼎。寻找和氏璧的事就拜托昌平君多费心啦！"

"王上是如何得知周鼎下落的？"

"王上通今博古，真乃神人啊。我昭襄王五十一年（公元前256年），我军攻占洛邑，灭了周朝，得了我国多年梦寐以求的周朝传国之宝九鼎。但昭王随后发现，九鼎中最大最重要的那一只是假的，真鼎已不知去向。为这事历代秦王都非常苦恼。你可知道昭王的兄长武王当年到洛邑曾托举过这只周鼎，没想到周鼎掉落，砸在武王脚上，武王因此丧命。现今秦王想，既然武王时鼎是真的，周亡时鼎又成了假的，那必然是这五十一年间被人调换。周鼎置于周朝宗庙之中，常年有卫士看护，且周鼎重达千斤，非一人之力所能搬运，如何能够轻易掉包而不被人知觉？秦王翻检周朝史书，发现有一段记载，说周赧王

78

四十二年，周王用大臣马犯之计，以相送周鼎为由，骗取魏兵来洛邑修筑损坏了的城墙。"王贲一边说一边手摇一筒竹简。"魏军修城本来也在我秦军的监视之下，但秦王判断，定是那魏军与周臣里应外合，假戏真做，因而骗过了监视的秦军，偷梁换柱。是以秦王命我出其不意，攻取大梁，不取到宝鼎誓不罢休。"

"虽然王将军不能助我，我却有一计可助王将军。王将军虽然有二十万大军，可大梁城魏国经营多年，城墙高大坚固，城内兵精粮足，将军可有决胜的把握？再者，魏军即使城破兵败，也可用马车载周鼎逃走，将军同样不能向秦王交差啊！"

"昌平君何计，快快教我！"

"我看大梁地势甚低，城北黄河已悬在城上。天公作美，今年下如此大雪，等到冰雪融化，黄河必然水势浩大。将军只需在城北把黄河堤扒开一个口子，便可以水淹大梁，将军不费一兵一卒就可以占领大梁，灭了魏国。那周鼎还不是将军的囊中之物，还能跑到哪里去！"

"昌平君妙计！王某拜服！"

昌平君告辞，王贲苦留不住，只得千恩万谢地送出。孙云随后进入密室，找到王贲刚才拿过的竹简，揣入怀内，再跟随昌平君而去。

走到空旷处，见雪光如同白昼，孙云借着月光雪色，展开竹简，只见上面写着：四十二年，秦破华阳约。马犯谓周君曰："请令梁城周。"乃谓梁王曰："周王病若死，则犯必死矣。犯请以九鼎自入于王，王受九鼎而图犯。"梁王曰："善。"遂与之卒，言戍周。因谓秦王曰："梁非戍周也，将伐周也。

王试出兵境以观之。"秦果出兵。又谓梁王曰:"周王病甚矣,犯请后可而复之。今王使卒之周,诸侯皆生心,后举事且不信。不若令卒为周城,以匿事端。"梁王曰:"善。"遂使城周。

孙云想,这秦王的推断果然有理。思忖片刻,收起竹简,赶往昌平君的客舍,看他下一步如何动作。

回到客舍,昌平君被随从接入,步进房间。孙云伏到窗下隐蔽处,侧耳偷听。

"王贲将军的事已经谈妥。以下的戏,就要看两位项将军的了。"

孙云从窗子缝隙看过去,那两位从人虽然是布衣打扮,但都长得高大威猛,虎虎有生,显然是军人出身,看模样还是兄弟。孙云听到,昌平君称这俩兄弟都为项将军,其中一位项将军道:

"昌平君真乃神人,妙计迭出。我们听吩咐就是了。"

"我哪里有神机妙算?水淹大梁之计,还不是魏国公子魏无忌教我。不过现在还不到得意的时候。你二人务要小心谨慎,不要误了大事。"

二人点头称是:"我们记住了。我们明日一早出发。大人也早些歇息,明日也要赶路。"

次日一晨,昌平君等用过饭,分成两路。其中一路仍由昌平君带领,返回陈郢。另一路由项氏兄弟带领,赶赴大梁。孙云料定这一路才有大事要办,便跟定这一路。

项将军一行只有二十来人,全部是平民打扮。由于都不认识,孙云可以与他们混迹在一起,晚上还可以住一家客栈。两三日下来,孙云已知两位将军哥哥叫项超,弟弟叫项梁。手下二十

来人都当过兵，身体精壮，其中还有一个十来岁的男孩，年纪
虽小，可力气并不输于成人，众人对这小孩也颇为忌惮，看样
子似乎是哪位项将军的儿子。孙云还看出，这些人大多有木匠
手艺在身。总之，这些人的身份、行迹都甚为可疑，孙云琢磨
不透。好在都去大梁，孙云可慢慢观察。原来，孙云也打定主意，
因为王贲要水淹大梁，孙云便想着如何把消息传到大梁，以免
大量的无辜之人受无妄之灾。

　　孙云进入大梁城内，去拜见魏国公子魏豹。因为魏豹幼年
时曾到韩国新郑为质子，两人也算是故交。见面后，两人寒暄
几句，孙云便告诉魏豹秦军将要水淹大梁之事。魏豹大惊："我
父王去年才刚继位，就面临如此大难，这该如何是好？"

　　"为今之计，没有别的办法。只有趁大水未到，赶紧逃走。"

　　魏豹流下泪来："我大魏两百多年基业，难道就此放弃？
再说，大梁四周皆是秦国地盘，我们能逃到哪儿去？"原来，
大梁西南原是韩国，已被秦国占领。北面原属赵国，两年前亡
于秦。东面早在十多年前就被吕不韦派兵占领，现在是秦国的
东郡。东南是楚国一部，两个多月前刚被王贲占据。大梁确实
处在秦国四面包围之中，无路可逃。

　　两人沉默良久，孙云说道："贵国的处境，在下明白，深
感同情。但也请贵公子奏明魏王，无论如何也要顾全大梁百姓
性命……"

　　魏豹含泪点头："你且在我宫中等候，我去找父王商议。"

　　魏豹一去大半天，晚上才回到宫中，告诉孙云："父王召
集群臣议了半日。父王说，不管我们怕还是不怕，逃还是不逃，

秦军总是要来的,但祖宗的社稷不能拱手让给秦国。是以父王决定,留守大梁,与大梁共存亡。不过你放心,城中百姓尽可逃命。父王说了,若是秦军水攻,城内百姓再多也无益。父王已经传下令来,城中百姓,只要留下粮食,都可自行离开,老弱的军人也可离开。自愿留下来的人,我们将新编一支敢死之军,与秦军决一死战。我叔祖信陵君魏无忌留下兵书,当年他就是这样打败秦军的。"

孙云心里略感快慰,随即问道"在下有一事不明,请教公子。魏无忌公子已经去世十八年之久,何以秦人说水淹大梁之计为无忌公子所出?"

魏豹长叹一声:"唉!此事乃我魏人家丑,你于我魏国有大恩,我就不瞒你啦!当年我叔祖无忌公子的大才,天下谁人不仰慕?可惜我祖父安釐王心胸狭窄,不能容忍,一味地排挤打压。无忌叔祖的确说过水淹大梁之话,此已记载在我史册之中。但无忌叔祖的悲愤之语,只是提醒朝堂大梁危急,想唤醒魏人振作啊!不想到被小人利用。"

"那周鼎是否确在大梁城中?"

"我问了父王和朝中大臣,没有一人听说此事。我又查了内宫史籍,也一无所获。不过,当年魏国确实出兵赴洛邑帮周室修筑城墙,领兵的也正是无忌公子。当年他刚封为信陵君三年,英气勃发,正要大展宏图。但并没有听说他带回周鼎啊!"

孙云无语。魏豹安排孙云住下。

第二天,孙云随魏豹到城内巡视。已经有百姓出城而去,更多的百姓却在收拾细软，整理衣物，大街上的商铺已经鲜有营业，昔日繁华的都市生活已经停止。街上行人虽有紧张慌乱，但总体秩序还好。魏豹忽然记起一件事来，拉起孙云的手，说道："走，随我去见张耳公子，他门下多有志之士，不可白白牺牲了。"

二人来到一座院落，里面已经挤满了两百多号人，吵吵嚷嚷，叫个不停。门前木台上站着几个人，其中一人孙云认识，是几年前在赵佗处见过的陈馀，他旁边四十来岁的汉子应该就是主人张耳了，只见陈馀对他毕恭毕敬，如同父亲一样。还有一个头领似的人，魏豹介绍是陈豨。魏豹悄声对孙云说道："这张耳就是当年信陵君手下的门客，很有贤名。后来信陵君不在了，张耳自立门户，很多人都投靠他。这些人都是我魏国的人才啊！"

这时张耳也看见魏豹，连忙来见过，魏豹互相介绍已毕，末了登上木台，抱拳作揖道："众位好汉、义士，大家多年报效魏国，魏豹无以相谢。现在，大梁马上就要洪水滔天，大家留在此地徒无益处，只怕白白丧生，还是各自逃命去吧。"

人群中一阵骚动，有几个人情绪激动起来。魏豹对他们高声说道："几位义士要是有何良策，赶快说来我听。我岂有抛弃各位义士之理？"

几位激动的人支支吾吾，半天说不出话来，人群也安静下来，接着就有人默默地离开。不到一顿饭工夫，院子里的人已经所剩无几，气氛沉闷而又凄凉。魏豹催促张耳陈馀也去收拾行李，孙云借机问道："张公子，你跟随信陵君多年。请问信陵君当年的亲随还有没有人健在啊？我对信陵君可是仰慕得很啊。"

因为孙云看张耳的年龄，不可能参加近五十年之前的洛邑之行，要了解真像，只能找更老的人了。

张耳闻言，便兴奋起来，滔滔不绝地向孙云谈起他作为信陵君亲随的经历。末了，才回到正题："要说资历比我更老的，也有几位。一位叫侯嬴，跟信陵君的时候已经七十岁了。当年给信陵君献了窃符救赵之计，就伏剑自刎了，其义举真是感天动地啊。他的子孙都在，承袭他的职位，世代为夷门监者，看守大梁城东门。其次是朱亥，他性格古怪，不肯与人交往。他用铁锤打碎了魏帅晋鄙的脑袋，为信陵君立下大功。但从此他就失踪，谁也不知道他到哪里去了。还有一人叫刘仁，是魏大夫刘清的儿子。刘仁与其子刘端一起投奔信陵君，跟信陵君最久。信陵君死后，刘仁父子就迁到沛县丰邑去了。你不早说，刚才他的孙子就在场呢。"

孙云不便再问，便记在心里，同张陈二人告别，随魏豹一起走上城楼，巡查城墙。见魏军士兵依然规整有序，并无慌乱，想他们都是自愿留下的，自然不惧。在城墙上往南走两百多丈，便到了东门。门楼是两层楼高的房子，房子前有一个人悠然自得地坐着，平民衣着，想必就是刚才张耳介绍的侯嬴后人。他平静地望着城门外不远的夷山，夷山下面的道路上不时有离城的百姓经过。孙云再看城内，就在东门旁边，一伙木匠正在忙碌。仔细看时，正是两位项将军等人。孙云心下疑惑，又不便多说。

孙云随魏豹回府已是傍晚时分。刚进府门，迎面碰到一个不到十岁的小丫头。魏豹喝道："薄丫头，你只不过是我从吴地买来的丫头，与我魏家无涉。你赶快随大人逃走，再晚就来不及了。"

"不！我不走！我跟定了公子你，不求富贵不求名，不论生死。我的两个小姐妹已经跟人走了，我们之间有约，将来不论贫贱富贵，只要记得有我存在过，我就心满意足了。"

孙云不由得感慨万千，大祸临头之际，张耳手下那么多义士都四散逃生，哪里及这个小女孩有情有义？这个小女孩便是后来汉文帝刘恒的母亲薄姬，此系后话不提。

次日，孙云也辞了魏豹，出夷门东行，又一次见到夷门监者侯氏和项将军一拨人。孙云此行，当然不是为了逃命，而是要去沛县丰邑寻找刘仁父子。孙云心急身轻，不到两个时辰便到了陈留（今河南开封东郊）地界。他正急着赶路，忽然见到前面有一个大坟包，坟包旁三个汉子正在打架，打架的人中有两个他似乎面熟，持剑的两人一人三十来岁，高额头高鼻梁，颔下一撮胡须甚是好看，但衣衫褴褛。另一持剑人四十多岁，衣服倒是整洁。两人共斗一手持铁锹的男子，虽然勇猛，但剑术不精。那铁锹男子衣服怪异，武艺精湛，很快就占上风。孙云忽然认了出来，此人正是赵佗，孙云连忙喝住。三人停下来，年轻一些的持剑汉子依然怒目而视，气愤地说道："义士，你评评理！我在这里拜谒信陵君英灵，这个人却无缘无故要挖信陵君坟墓，真是岂有此理！"孙云走近看时，那坟包立有石碑，碑上篆书"魏信陵君无忌之陵"。

赵佗答道："你我各做各的事，又何必互相干预。需知你们是打不过我的。"

另一持剑汉子则说道："我乃信陵君胞弟魏无知，替亡兄守墓，岂能容此人无理？"

孙云已知是赵佗理亏，便转身对魏无知二人道："二位壮士，你们赶快离开，这里久留不得。我保证这位挖不了信陵君的坟墓。"

年轻的持剑汉子看来懂得孙云心意，赶紧又跪在墓前，磕了一个头，自言道："刘季后悔晚生了三十年，不能随公子驰骋天下。刘季来生定要跟随公子。"说罢起身，恨恨地看了赵佗一眼，拉起魏无知的手飞速离去。

孙云赵佗二人久别重逢，自然要聊一番。孙云拉赵佗来到一处高地，取出干粮，二人边吃边聊。孙云问道："赵兄为何要挖那信陵君的坟墓？"

"贤弟有所不知。自从前年在邯郸相别，我带秦王去见那匈奴单于头曼，事情还都顺利，头曼已派他儿子冒顿以人质为名，送往西域偶支，现在叫大月氏。但是，天知道冒顿能不能回来，什么时候回来，又能带什么回来。等不到那一天，秦王也许又要杀我，我便想到还是要找到《穆天子传》那本书。现在，我敢肯定，这部书就在魏无忌的墓中。"

"理由？"

"我已查知，《穆天子传》这部书确实长年保存在赵宫，可后来就被魏人弄走啦！唉，此事说来话长。"

当年秦赵长平之战后，秦昭王逼杀了有"屠夫"之称的白起，马上就后悔了，派大军围住了邯郸。邯郸危急，平原君赵胜急忙向魏、楚两国求救。由于平原君赵胜的夫人是魏信陵君的姐姐，魏安釐王派大将晋鄙率十万魏军救赵。但秦王威胁魏王，魏王令晋鄙逡巡不前。信陵君魏无忌急了，用侯嬴之计，盗取魏王兵符，到晋鄙军中令晋鄙出战。晋鄙仍然不从，信陵君门客朱亥从袖中取出六十斤铁锤，砸碎晋鄙的脑袋。信陵君取得军权，与平原君、春申君合兵，三公子大战秦军，秦军大败，仓惶逃走。信陵君虽然救了赵国，但得罪了魏王，只把军队遣送回国，自己客居赵国十年。但信陵君知道，自己的根在魏国，离开了魏国他什么也不是。这时，魏王也派人来请信陵君回国。信陵君临行前去拜见姐姐，说自己虽然有功于赵，但并无所求，只想借《穆天子传》一阅。姐姐想到两人恐再无相见之日，只得应允，从王宫里偷出了《穆天子传》，如同当年信陵君在魏宫中偷出虎符。可她哪里知道，书还回来的时候，已经是假的了。这样，《穆天子传》就到了魏无忌手中。现在，这部书不是在他坟墓里，又会在哪里？

　　"就算信陵君拿回了这部书，他也未必会埋到他的墓中。再说，我告诉你，秦军就要挖开黄河大堤，水淹大梁，这个地方很快就会洪水滔天。你想挖墓也没有时间啦！"

　　"怪不得！我从北边过来的时候，就看到秦军在大堤上干活。说实话，我这把铁锹还是从他们那里抢过来的呢。确实比铜铲、石铲好使……"

　　忽然，二人都僵住了，只听见一阵阵沉闷的轰鸣声滚过，但见不远处一排巨浪涌来，黄水白浪，夹杂着冰块树木，排山倒海，吞噬了一排排民居。孙云叫道："不好，快走！"便拉起赵佗的手，发足向东南方向狂奔。那巨浪就跟在两人身后，最近时只有不到两丈远。好在两人都轻功了得，奔走如飞，终是没让巨浪赶上。一个多时辰后，巨浪终于被远远地抛在后面，两人安全了才分手，各奔东西。

由于只知人名，不知住址，孙云到沛县四处打听，辗转一个多月，才找到丰邑中阳里。这是一个不大的集镇，只有三百来户人家。孙云刚进入村子主街，迎面蹿出一条黑衣大汉，惊慌奔逃。原来他后面跟着一条凶恶猛犬，张口狂吠着，两双利齿就要咬住大汉的后腿。孙云眼疾手快，挥动剑柄，猛击在恶犬的头上。恶犬一声惨叫，倒地毙命。孙云回头看那汉子，衣服脏兮兮油腻腻的，头发胡子长到了一起，脸上没有一块干净的地方，一双圆圆的大眼倒是炯炯有神。他被瞧得不好意思，干笑道："嘿嘿！我本想套它烧了吃，没想到它比寻常狗厉害许多！多谢大哥救我！你好事做到底，把这只死狗也给了我吧，我给你做什么事都行。"

"我只问你刘仁刘端住哪里？"

"呵，你不早说。我樊哙刚才还和刘仁的孙子在曹寡妇店里喝酒呢。我带你去找他。"

樊哙带孙云到曹寡妇酒店。樊哙老远就喊："刘季，刘季！有客人要见你爷你爹啦！"

孙云进门，看见刘季正是一个多月前在信陵君墓前祭拜又与赵佗打架的汉子。刘季也认出了孙云，道："孙先生，我在张耳公子那里就见过你了，你和魏豹公子在一起，当然记不得我。你要找我爷爷爹爹，我带你去就是了。"说罢拉起孙云的手就走出门外。身后曹寡妇嚷着要酒钱，樊哙则喊道："刘季，晚上我请你吃狗肉，咱哥俩再喝一盅……"

刘季领孙云走上乡间的田埂，两旁的田地里有几个男女正在劳作。田埂的尽头有五六间茅草小屋，虽然低矮破旧，倒也整洁。门前禾场上坐着两个老人，年纪大的满头银发，七十多岁，估计是刘仁了。他对面的人五十多岁，自然是刘季的父亲刘端了。刘端见刘季回来，破口大骂："孽种，我早知道你与那樊哙在一起偷鸡摸狗，还有脸回来？"又手指田间的几个人道："你不学几个哥哥嫂子、弟弟弟媳，怕是以后连媳妇也找不到，断子绝孙！哼！都是要三十岁的人了。唉！"刘仁止住："你不要胡乱言语。阿季胸有大志，也算没有辱没先祖。想我当年，随魏公子信陵君……"

刘季脸红，低声道："爷爷爹爹，有客人来了。"

孙云抱拳作揖："前辈休要烦恼。晚辈孙云见过前辈。"

刘仁刘端虽不认识孙云，但见他彬彬有礼，也满心喜欢："你有何事？"

"晚生仰慕刘老英雄当年随信陵君征战的业绩，特来求教。"

刘仁大喜："唉，我老啦！没有人愿意听我那些陈年旧事啦！阿季也不愿听。你要不听，我就把它带到阎王那儿去啦！"

"当年信陵君带兵到洛邑替周室修筑城墙，刘老英雄去了吗？"

"呸！修城墙？我们把他的周鼎换回来啦！这事就是神不知鬼不觉。我带人驾船，谎称是木料，其实暗藏一个假鼎。夜里，我们五个人就抬到庙里，把真鼎换回到船上。然后从洛河进入黄河，顺顺利利就回到大梁啦。"

"那鼎回大梁后又放到哪儿了呢？"

"唉！信陵君何其英武，他的那个哥哥王上又何其懦弱。信陵君不敢与哥哥说起，就委托侯嬴保管。侯大哥令人敬佩啊，本来足智多谋，威名赫赫，可为了信陵君甘心作默默无闻的夷门监者……"

孙云忽然想起了大梁东门城楼上的那间毫不起眼的小屋。回想路过时的情景，那间小屋可能几十年从未开过门……

孙云猛地站起抱拳道："多谢刘老英雄赐教！晚生告辞！"话音未落，人已离去。后面刘仁高叫："喂，喂，你别走。我的故事还没有讲完呢……"

孙云往回走，离大梁一百多里已是一片汪洋。孙云只得沿水岸寻找人家，来到济河附近，终于见到没有冲走的房子，也有人在。孙云好不容易高价买了一艘小船，驾船往西驶去。船行艰难，划了十多天才见到水中的大梁城。

从北门进得城来，但见大水已经没过很多平房的屋顶，很多楼房已经倒塌，水浅处可见淤积的黄沙。好在水来前多数人已撤离，留下来的人也有所准备，故死人不多。见到几个人在用木板拼凑简易船只，准备最后的生路。只有城中央因为台地较高，王宫泡在水里，不过还完好无损。国王魏假困守宫中，身边只有一百多个卫士，既不能战，又不能降，也不能逃，只有听天由命。许多王室成员也驾小船逃走。孙云顾不上寻找魏豹公子下落，划船往东门而去。

划到东门，靠近城墙，见很多士兵正在忙碌。原来古城虽然高大坚固，但城墙是用夯土筑成，耐水性差，经过两个多月的洪水浸泡冲刷，墙体许多地方松软、脱落、下滑，险象环生，士兵纷纷用木桩、门板、竹席、草包加固。城门口有一条大船，正是项超、项梁带人所造，工匠还在做收尾的工作。孙云在整座大梁城都没有见到这样的大船，又一次感到诧异，但也顾不得多想，停稳小船，系住缆绳，沿台阶登上城门楼。

守门的侯生依旧在原地静坐。孙云径直走到跟前，眼睛直视着他，开门见山地说道："你是侯生，侯嬴的孙子？"

侯生点头称是。

孙云又瞧了一眼他身后的房门，接着问道："周鼎就在里面？"

侯生的嘴角抽动了一下，犹豫片刻，又平静下来："当初我爷爷侯嬴本来已经为信陵君立下大功，为什么又要伏剑自刎？一是不能出名受关注，更重要的是要把信义之心代代相传。我爹爹在我爷爷面前立下重誓，我也在爹爹面前立下重誓，我们要永守秘密，决不外泄。今日被你看破，好在你是我大梁百姓的救命恩人，我死而无憾……"说着抽出剑来就要往脖子上抹。孙云手快，夺过剑来，正要劝说，忽然听到哗啦啦几声巨响，接着就有人高声喊叫："城垮啦！快跑！"

两人回眼看时，不远处的城墙已经陷落在水里，激起一人多高的水柱和波浪。城墙其余部分也跟着往下垮，离两人站立之处只有二十多步远。孙云正在着急，项超项梁已带人冲上城来。项超舞剑直逼孙云，孙云打不过他，又要保护侯生，很快被项超逼到危墙边缘。与此同时，项梁率人撞开小屋房门，砸穿地板，用绳索缚住周鼎，往下缓缓放落，刚好落在驶入城门洞的大船之上。项超见项梁事毕，飞身一跃，跳到大船上站稳。船上二十来人一起撑船。大船刚驶离城门洞，城楼因刚经受重力打击，支撑不住，轰然倒塌，激起更高的水浪。此时孙云与侯生站立之处不过两尺见方，摇摇欲坠。孙云不及多想，抓住侯生的手，纵身跃下，刚好也落到自己的小船上，小船猛地一阵摇晃，差点掀翻。回头看时，刚才站立的一柱墙已不见踪影，水面上留下一个巨大的漩涡。

　　孙云定下神来，忙驾船追赶大船。大船人多，又早有准备，各种工具齐全，船行速度飞快，孙云哪里追赶得上。一个时辰之后，大船就不见了踪影。孙云记得，前面的项将军诸人，都是楚人口音，大船原先也是往东行驶，料大船必是入济水东去。于是孙云循来路驾船赶到济水入口，也不见大船的影子。孙云想，时间已过去多日，如此追赶，怕是永远也赶不上。于是弃舟登岸，和侯生一起买了两匹马，骑马沿河追赶。又过了两日，赶过商丘，济水在此与泗水相会，南流而去。孙云料两项将军不会北上，只会顺流南下，于是也掉头向南。这一带孙云就熟悉了，因为两个月前他刚来过。转眼过了沛县丰邑，再往前走就是彭城（今江苏徐州），孙云已经能看见河对岸不高的铜山，在铜山下面行驶的正是他追赶了多日的大船。孙云和侯生惊喜，策马向前。忽然前面传来高亢激昂的琴声，原来是一老者在河岸抚琴，不远处还见一男孩趴在地下不知在干什么。两人走近，见那老者鹤发童颜，长髯飘逸，不知多大年纪。他的琴不是普通的七根

弦琴，而是与高渐离的筑一样，有十三根琴弦，看似金属成线，
他正在弹的只有中间几根，优雅悦耳。孙云正看时，其来路上
出现了大队黑衣军人，原来是秦军闻讯赶到。老者瞧见大船正
行到他与铜山之间，忽然手指拉动了他一直没有用的几根琴弦。
孙云与侯生听不到任何声音，耳膜却振动欲裂，心也砰砰乱跳。
二人捂住双耳，再看河面，但见巨浪翻涌，大船就像一片树叶，
在巨浪中随波逐流，眼看就要翻覆。只听到船上有人高叫："项
梁兄弟，你带人逃生，我项超护鼎。各位照顾好吾儿。"随即
有人抱着木头船桨跳水。顷刻间船便翻沉，大浪涌到岸边。孙
云四顾，老者已不见踪影，少年还趴在地上念念有辞："我正
不知如何破敌，不想水的威力如此之大！他日我为将军，定要
以水攻敌。"此人后来用兵，果然擅长水攻，多次以水取胜。

　　孙云一脚踢在少年屁股上，喝问："你叫什么名字？"

　　"我叫韩信。"

　　听到与故交韩信同名，孙云不由得多看他一眼，十三四岁
年纪，手持一筒竹简，原来是兵书。孙云一把抓住他腰间，扔
到高处，小韩信一溜烟跑了。

　　孙、侯二人也退到高处，再看河面，已风平浪静。有几个
获生的人抱着木头向对岸游去。那个男孩大概是不会游泳，趴
在一张展开的大竹简上，由人护着，上了对岸。这边，大队秦
军已经近在咫尺，孙云侯生不想惹麻烦，也策马逃走。

注释:

（1）秦破燕等事见《史记·秦始皇本纪》：二十年，燕太子丹患秦兵至国，恐，使荆轲刺秦王。秦王觉之，体解轲以徇，而使王翦、辛胜攻燕。燕、代发兵击秦军，秦军破燕易水之西。二十一年，王贲攻（蓟）［荆］。乃益发卒，诣王翦军，遂破燕太子军，取燕蓟城，得太子丹之首。燕王东收辽东而王之。王翦谢病老妇。新郑反。昌平君徙于郢。大雨雪，深二尺五寸。

（2）文中引用魏为周筑城事见《史记·周本纪》。原文翻译如下：四十二年（前273），秦国攻破了魏国的华阳。周的大臣马犯对周君说："请允许我去让梁国给周筑城。"他去对梁王说："周王病了，如果他真的死了，我也一定活不成。请让我把九鼎献给大王，您拿到了九鼎之后希望能想办法救我。"梁王说："好。"于是给他一批士兵，声称是去保卫周。马犯又去对秦王说："梁并非是想保卫周，而是要攻打周。您可以派兵到国境去看看。"秦果然出兵。马犯又去对梁王说："周王病好了，九鼎的事没有办成，请您让我在以后找适当的机会再献九鼎吧。但是现在您已经派兵到周去了，诸侯都起了疑心，怀疑您要伐周，以后您办事将不会有人相信了。不如让那些士兵为周筑城，借此把诸侯怀疑您要伐周的事端盖住。"梁王说："好。"于是就让那些士兵给周筑城。

司马迁修撰史记，直接抄录各国史籍甚多，故作者认为这段话也抄自周室档案。

魏无忌封为信陵君是安釐王元年即公元前276年之事，故领兵赴洛邑者当为信陵君。

（3）秦灭魏见《史记·秦皇本纪》：二十二年，王贲攻魏，引河沟灌大梁，大梁城坏，其王请降，尽取其地。

（4）信陵君预测魏亡之事见《史记·魏世家》。夫韩亡之后，兵出之日，非魏无攻已。秦固有怀、茅、邢丘，城垝津以临河内，河内共、汲必危；有郑地，得垣雍，决荧泽水灌大梁，大梁必亡。

魏无忌事见《史记·魏公子列传》：魏公子无忌者，魏昭王少子而魏安釐王异母弟也。昭王薨，安釐王即位，封公子为信陵君。是时范睢亡魏相秦，以怨魏齐故，秦兵围大梁，破魏华阳下军，走芒卯。魏王及公子患之。公子为人仁而下士，士无贤不肖皆谦而礼交之，不敢以其富贵骄士。士以此方数千里争往归之，致食客三千人。当是时，诸侯以公子贤，多客，不敢加兵谋魏十余年。

公子与魏王博，而北境传举烽，言"赵寇至，且入界"。魏王释博，欲召大臣谋。公子止王曰："赵王田猎耳，非为寇也。"复博如故。王恐，心不在博。居顷，复从北方来传言曰："赵王猎耳，非为寇也。"魏王大惊，曰："公子何以知之？"公子曰："臣之客有能深得赵王阴事者，赵王所为，客辄以报臣，臣以此知之。"是后魏王畏公子之贤能，不敢任公子以国政。

司马迁在《太史公自序》说："能以富贵下贫贱，贤能诎于不肖，唯信陵君为能之"。信陵君在秦汉之际是一个有影响的人物。张耳，是梁人，"其少时，及魏公子无忌为客"；"陈豨，梁人，其少时数称慕魏公子"。汉高祖刘邦少时，也"数闻公子贤"；当皇帝后，每过大梁，常祭祀公子；汉高祖十二年，更为公子置守冢五家，年年四时举致祭。

第五章
宝藏何处

泗水西岸，王贲亲自领兵赶来。原来，大梁城被洪水包围，秦军一直有侦察兵乘小船监视。城墙垮塌之际，秦军也进入城内，抓了东门附近的几个俘虏，严加拷问，终于明白周鼎已被楚人用大船劫去。王贲知道孰轻孰重，顾不上去捉拿国王魏假，便带兵追击楚人大船。好不容易追到彭城铜山，那楚人船只就近在眼前，但众目睽睽之下，船翻了，船上的人也死的死，逃的逃。王贲忙派人下水探寻，可水深流急，只得返回上岸。由于秦军士兵大都不习水性，王贲无奈。但周鼎沉重，王贲料想不至于被河水冲走，便命人在沉船处岸边立树木为标记，派兵日夜守护。再写文书向秦王报捷。

王贲捷报传回咸阳，朝中大臣都欣喜万分，一则王贲不损一兵一卒灭魏，自古以来还没有灭国如此顺利者。二则几代秦王梦寐以求的周鼎有了下落，虽然没能运回咸阳，但获取已如探囊取物，毫无悬念。于是纷纷上书为王贲请功。但秦王大怒道："王贲水淹大梁，乃是贪天之功为己有。在眼皮底下周鼎让楚人劫走，乃是严重失职，需撤职查办！"

"据臣所知，此次劫周鼎，乃是楚将项燕派儿子所为。楚
人处心积虑已久，防不胜防啊。"尉缭奏道。

"楚人！"秦王从牙齿缝里迸出这两个字。"楚人竟敢从
我口中夺食，此仇不可不报。王贲办事不力，诸位看谁可为将？"

"李信愿往。"李信前几年随王翦征伐赵、代、燕，屡立大功，
正踌躇满志。

"李信，你要多少人马？"

"二十万人足矣！"

"王翦，你意下如何？"

"楚国地域辽阔，民风彪悍，兵精粮足。且项燕世之名将，
不可小看啊。臣以为伐楚非六十万精兵不可。"

"王将军果然老了，如此怯战。还是李信英勇果决。李信，
伐楚的重任寡人就交给你了。尉缭，你看魏国俘虏怎么处置？"

"魏国王室不足为虑。臣在大梁时，觉得张耳、陈馀这些
信陵君旧徒则应除去，不然后患无穷！"

"准！"

孙云此次出山，本意是打探和氏璧下落，不曾想到不仅一
无所获，而且又添了更大的谜团周鼎。本来，见到侯生之后，
他以为这个谜已经解开，但螳螂捕蝉，黄雀在后，忽然杀出两
个项将军，后来又有一个无名老者更是叫人瞠目结舌，匪夷所思。
看来那个侯家世代以生命守护的秘密知道的人还不少。无名老
者且不谈，就这个昌平君就得让人刮目相看。但昌平君也失算了，
无名老者虽然与楚人、秦人都制造了麻烦，只不过延迟了秦人

而已，周鼎早晚要落入秦王之手。既然这样，周鼎不去想它也罢，只是和氏璧还得寻找，因为有承诺在先。为此，他还得再去陈郢，只是不能再去见那昌平君，因为孙云已经怀疑他的身份。

来到陈郢，昌平君仍然是行政长官，但秦军主帅已经易人，由李信代替王贲。李信亲率大军由平舆往南攻，副帅蒙武占领寝丘往东攻，两军在城父会师。秦军连战皆胜，士气大振。楚将项燕则往东南节节败退，因此陈郢一带已经没有战事。陈郢也是此次秦军伐楚的后勤物质积散之地，各种工商业活动已经恢复，各色人等往来云集，已经有昔日都市的繁华气象。

孙云一会儿扮作书生，寻找前辈儒生请教学问，一会儿又假扮商人，借做生意之机打探消息。几个月下来，信息倒是不少，但就是没有和氏璧的消息。孙云想，外地人不知也正常，本地居民中也许有老者知情，于是向一片居民区走去。

陈郢也是按功能把城市划分为若干个区域，居民区也按片分成不同的里，每一里都设里正一职进行管理。孙云来到的这个里有一百多户居民，四周是民居，中间有一广场。居民聚集在广场中听里正训示，训示的内容不外乎是防火防盗，不能漏报人口，可疑人员要报告之类。孙云远看这个里正和他的副手眼熟，走近看时，原来是张耳和陈馀。孙云想，还是待众人走后再去相见。

正在这时，一队秦军士兵赶到，为首的军官把张耳陈馀叫到马前，高声道："奉秦王令，捉拿大梁人氏张耳陈馀。得张耳首级者赏千金，得陈馀首级者赏五百金。你二人快通告各家各户，不得有误。"孙云心里哑然失笑，原先我也差点奉命捉拿自己，现在轮到张、陈二位啦！

陈馀却内心不服，顶撞起军官："捉拿逃犯，本是亭长之职，我们……"

"叭"的一声响，军官的马鞭狠狠地抽在陈馀的脸上："你想抗命吗？"陈馀脸上顿时起了一道血印。

陈馀暴怒，双目圆睁，右手按剑。张耳一脚踹在陈馀脚背上，双手拦住陈馀的手，在陈馀耳边低声说一句"莫冲动"，然后向军官低头赔笑："大人息怒。我这位小兄弟年轻气盛，不懂事，得罪了大人，大人别放在心上。"转身又对众人喊道："各位乡亲！刚才听清楚了吗？凡是拿住张耳陈馀者，重重有赏。若是走了这两个反贼，我砍下你们的脑袋抵罪！"

说罢，张耳又向军官赔笑，送走秦军。孙云忽然发现秦军中有一个熟悉的身影，原来是赵佗。想到赵佗认识陈馀，便放弃了与张、陈直接相见的想法，随人群离开，再绕到二人屋后，听听二人的来由再说。

张耳扶陈馀回到屋内，张耳小声地埋怨陈馀，言语中却充满了关切和爱护。

"你我都是隐名埋姓逃亡之人，我反复叮嘱过你，万事都要忍耐，切不可冲动。我们耗尽家资，才买得这个里正之位，安下身来。你刚才若身份暴露，被秦军捉拿，命就丢了，这么多年的辛苦岂非白费？你若死了，我活着还有什么意思？"

"大哥教训得是，陈馀记住了。真不知如何谢大哥才好！"

"你我刎颈之交，何分彼此？"

"你我都是大梁人，本应为魏国效力。可信陵君对魏国都无力回天，我们也只能考虑自己啦！我们这次在陈郢这么久，我也见到了那仓海君，但看来他也并不知长生之法。我想我们还是应该到赵地去。那里我已经去过多次，打探到不少消息。大哥，你我这么多年交情，我的就是你的。日后我们无论如何要想办法占据赵地，等我成功了，你我共享长生。"

"既然在陈郢无益，我们自当回赵地去再探消息，多做准备。只是沛县的那个刘季，总来找我，询问天下大事，我弃之不义……"

"大哥，有舍才有得。况且你我机密大事，大哥与他交往便有风险。"

"你说的是。秦军已在追捕我们，事不宜迟，我们今晚就走。"

孙云在外听得清晰，其中有几句话不懂，但联想到赵佗，一切都明明白白。长生不老的愿望原来人人可有，并不止于秦王。孙云原想张、陈二人是信陵君门下义士，怕赵佗对其不利。但听到张、陈二位的计划，想自己的担心已属多余，便起身离去。不过好歹也有收获，从陈馀口中知道陈郢有仓海君，自己也可去一访。

孙云想寻访仓海君，但一不知姓名，二不知住址，三不知相貌，如何寻得？正无计可施，忽然想到来陈郢这么久，何不到太昊伏羲陵一游，权当休闲而已。

孙云换一身儒生衣装，出客栈，往城东而行。约半个时辰，从城东大道插入一条林间小路，但见路旁苍松翠柏，环境清幽，太昊伏羲陵就掩映在这松柏之间，东去约十丈，便是一汪清澈透亮的湖水，波澜不惊。陵墓呈圆包形，两丈见方，五尺来高，除了"太昊伏羲陵"的石刻之外，别无痕迹。墓上杂草丛生，墓旁古木参天，二者也许一样古老。孙云似乎闻到了远古的气息，怀古之幽情油然而生。孙云整衣下拜，默念伏羲恩德。良久，才起身欲离开，忽见树后转出一个人来，正是在泗水河边弹琴的老者。

孙云惊喜，无数的疑问一下子涌上心头。但孙云知不可心急，忙拜倒在地："晚生孙云拜见前辈！不敢问前辈尊姓大名？"

"我与你师祖荀子当年在齐国稷下学宫为同道。年纪大了，知道世间沧海桑田的变迁，因此人称仓海君。至于名字，早已忘记啦！"原来，仓海君是老子的信徒，而陈国本是老子故国。四百多年前，老子出生在陈国苦县厉乡曲仁里，早年因为博学多才，被周天子征为守藏室史，主管周朝档案文书。但老子志在得道，与自然合一，因与官场气息格格不入，便辞官返回故里，在伏羲陵边结庐隐居，以便感受伏羲之灵气，参悟宇宙之大道。可惜好景不长，七年之后，陈国因卷入大国之间的争端，被楚国所灭，老子忽然之间便成了楚国人。楚惠王听说老子有长生之道，便要征用老子为楚王服务。老子何许人也？他略施小计，便脱身西去，消失在函谷关外，临出关时，为尹喜留下五千言《道德经》。仓海君熟知这段典故，也效法老子在此地修道，切身体会"天下莫柔弱于水，而攻坚强者莫之能胜，以其无以易之"的道理。今日见孙云来祭拜伏羲，便引以为同类，出来相见。

孙云怎么也没想到得来全不费工夫，情不自禁脱口而出："孙云三生有幸！"

"你来此何事?"

"晚生来陈郢学礼。"孙云忽然觉得自己是否与当年的陈馀在赵地一样?

"你想学礼?我问你,古往今来,知礼者谁为甚?"

"尧、舜、禹、汤、文王、孔子都是圣人,最为知礼。我师祖荀子也是集礼之大成。"

"你只知其一,不知其二。尧、舜、禹是圣人不假,对待百姓也是品德高尚,常人不及。但他们三人之间,并不能以礼相待。舜囚禁过尧,禹流放了舜。这样的事你知道吗?"

"我老师韩非在书上说过,舜逼尧,禹逼舜,汤放桀,武王伐纣,此四王者,人臣弑其君者也,而天下誉之。但并没有详细说明事情经过。只是我想老师不过是在论证师祖荀子性恶之说。儒家都说尧禅位给舜,舜禅位给禹。史籍所载,谅不为虚。"

"你老师韩非才是对的。舜为了获取帝位,把尧囚禁在平阳相逼,还不让尧与儿子丹朱相见。尧去世后,舜假意让丹朱继位,但没有大臣敢去朝见丹朱,舜就说自己是民心所向,当然继承帝位,为此还与丹朱打了一仗。禹治水立功后,对舜也如法炮制,将舜赶下帝位,流放到苍梧,自己则称是舜禅位与他。当年我与你师祖荀子相约,他辅楚春申君,我辅魏信陵君。我助信陵君编魏史,就写明尧、舜、禹真事。人生不过百年,还是真心相待为好。"

"史书为何要记假?"

"尧、舜、禹乃是周公、孔子等儒家认定的圣人。儒家讲究以德治国,如果圣人的品德有亏,那么儒家修身齐家治国平天下的理想就没法存在啦！所以，尧、舜、禹的形象必须是完美无缺的。"

"那尧、舜、禹为何纷争，不守礼制？"

"为九鼎，非为帝位。上古为帝，人是非常辛苦的，许由等人还不愿意干呢。"

"九鼎有何好处，品德那样高尚的人也要舍命争夺？"

"九鼎乃尧时所铸。世传由禹所铸，乃是误说。尧当政时洪水频仍。一日尧巡视到彭城铜山，被洪水所困，不得脱。此时彭祖在铜山修炼，为尧献上饮食，助尧脱困，尧将彭城封给他。彭祖乃祝融之后，本名篯铿，善冶炼铸造之术，因受封于彭而称彭祖。彭祖为尧一心为公的品德所感动，因此采铜山之铜，为尧铸了一鼎，助尧健康长寿。另外铸八鼎，以乱其真，对外称九鼎象征九州。因为此鼎能使人长寿，故知道的人都要争夺。你知道吗，尧活了一百一十九岁，舜和禹都是百岁高龄。后人为了维护尧、舜、禹的完美形象，便说九鼎为禹所铸，才造成以讹传讹。"

"原来如此。既然尧、舜、禹德行有亏，那汤应该没有瑕疵吧？"

"凡人之心，都不能免。大禹之后，九鼎的功效已渐不为人知。成汤在东夷时，有个下人名叫伊尹。此人虽然奴隶出身，但博学多才，足智多谋……"

"伊尹我知道。他辅佐成汤，推翻残暴的夏桀，建立商朝。后又尽心尽力辅佐几代商王，是后世为臣者的楷模……"

"伊尹自幼住在伊水河边，参透九鼎的秘密，便鼓动成汤，为汤出谋划策，赶走了夏桀，占有九鼎，两人共享长生之乐。后来商汤百岁而亡，伊尹便想独占九鼎，把太甲放逐到桐城宫。九年后，太甲潜回王宫，乘其不备杀死伊尹，重登王位……"

"我听说是太甲继位后品行不端，伊尹才让他到桐城宫闭门思过，伊尹不过是代理朝政。后来太甲悔过自新，伊尹又归政于太甲。伊尹佐五代商王，寿一百四十余岁……"

"这是与尧舜禹一样的神话。太甲也羞于在史书中记载是自己杀了伊尹。维持伊尹的形象对各人都有好处。"

"九鼎又是如何入周？"

"殷商末年，纣王无道，大臣微子、箕子的劝谏不听，终于亡国于周。微子看到民心向周，就把九鼎献给周武王，九鼎便称为周鼎。周武王封微子于宋，因此殷商宗庙存续，祭祀不绝。我便是微子后人，为宋守宗庙社稷。不想宋室沦亡，周室衰微，诸侯觊觎，暴秦无道。此鼎在铜山所铸，归于铜山也是天理。九鼎我自然要收回，还于我祖微子。"

孙云心想，商丘、彭城乃宋国故地，仓海君道理倒是不假，只是收回一说，怕是大话。此鼎已在秦人掌握之中，何谈归还于他。不过，此事暂且不说，先问周鼎是如何从洛邑失落的。

"诸侯如何觊觎周鼎？"

"最先是楚人。楚人与彭祖同为祝融之后，故知道周鼎的秘密。楚庄王曾带兵到洛邑，问周天子鼎的重量几何？周大臣王孙满巧妙应对，说周室的权威在德不在鼎，把庄王顶了回去。但庄王并不死心。历代楚王派使者到周室朝拜，都要求仔细观察鼎的大小形貌，并详细绘图，以利仿铸，但哪里能成功？

"张仪从楚入秦后,给秦惠文王出主意,劝秦王兵出洛邑,据九鼎,挟天子以令诸侯。但秦惠文王实力不够,不敢用其计。秦武王继位后,不满张仪的人品,把他逐回魏国,但武王却有实施张仪之谋的雄心。他亲自带兵到洛邑,当着周赧王的面,说那只周鼎象征雍州,他要带回去。说罢就双手将周鼎举过头顶。武王年轻力大,又早有训练准备,本不该有什么问题。但他摇摇晃晃只走了两三步,鼎就掉了下来,砸在他的脚上,三日后武王就气绝身亡。武王聘请的几个举重教练回国后也受到追究,全部灭族……"

"我查看过史籍,确有此事。"

"但此事的原委史籍却是记不到的。这周赧王本是周朝末代之王,但他也知道周鼎的秘密,善于养生,活到九十多岁,做天子也有五十九年。他早知道秦武王野心,总在想办法对付秦武王。赧王有一心腹,与赧王献了一计,为了以示决心,改名侯赢。秦武王到洛邑时,赧王曲意逢迎。武王举鼎过头,赧王说要弹琴祝贺。琴声一起,回声鸣响,武王头顶的鼎就抖动起来……"

孙云立即想起,泗水岸边铜山对面,仓海君弹琴,波涛四涌,船翻鼎落。原来秦武王中计,自寻死路。

"周赧王暂时保住了周鼎,但想到终非长久之计,又与侯赢商议。侯赢给赧王出主意说,纵观诸侯中英雄豪杰,只有魏信陵君魏无忌有能力与秦抗衡,不如将周鼎移送大梁,寻求魏国保护。此时张仪也在大梁为相,也以旧计劝说魏王,魏王不敢,信陵君就自己动手了。"

"那信陵君是如何弄了一个假鼎的？"

"要说信陵君也真是人中之杰，诸侯各国的信息他了如指掌。有一次他与哥哥魏王下围棋，忽然接报赵军入侵，魏王大惊失色，信陵君则泰然自若，说赵王只是打猎来了，并非打仗。不久果然使者来报，一如信陵君所言。信陵君早就知道楚人有周鼎详图，于是遣人盗来，按图铸成假鼎，然后依计去洛邑换鼎。

"楚国也有一能人，名黄歇，就是后来的春申君，其能力也不在信陵君之下，他很快探知盗图乃信陵君所为，也知道了信陵君的换鼎之计，于是带人潜伏到黄河岸边，准备劫杀。但人算不如天算，就在这时，楚郢都被秦将白起攻陷，楚顷襄王病故，黄歇奉命陪太子赴秦议和，被扣为人质，这一扣就是十年。十年之后，黄歇假冒太子，让太子穿仆人的衣服潜回楚国继位，是为楚考烈王。黄歇以言辞说动秦昭王，也顺利回国，因功封春申君，任相国。春申君有门客三千，豪杰之士众多，昌平君、昌文君、楚将项燕都被春申君所看重。可春申君见考烈王无子，便欲效吕不韦之谋，反而被李园害死……"

孙云长长地吁一口气，大梁城的疑惑终于解开。但是……

"孙云还有一事不明，斗胆相问。那周鼎如何能令人长寿？"

"人吃五谷杂粮，营养都由血液沿血脉输送至五脏六腑，四肢百骸，人赖以生存。但人体所生杂物，也聚积于血脉，甚为有害，人因此而不得享有天年，早夭乃为常事。这周鼎乃是铜铸，铜打击振动时会产生波动，此波与人听到的五音相似，但频次不同，人耳并不能听到。此波来回震荡，反复叠加，聚积的能量甚大……（孙云忽然想起他反复研究的鱼洗）人置身于此波中，血脉中的毒素即可剥落排走，人因此可除百病，享天年。只是用周鼎清毒，必须得法，否则能量不可控制，人必有凶险。故此法只有贤明博学之人才可用。然周鼎置于殿上，臣下若举止粗狂，则必心跳难忍，非安静不可。故有帝王虽不敢用它延寿，但可用它维护尊严。"

"仓海君果然名不虚传……"

"你还有何事要问？"

"听说信陵君救赵后盗走了赵宫中的《穆天子传》……"

"确有此事。但信陵君把此书献给了他的哥哥安釐王，为的是换取魏王的信任，一展胸中抱负。唉，可惜了，可惜了！"

"仓海君可否也知道和氏璧之事？"

"周鼎已尘埃落定，我可告知你详情。然和氏璧还没有结局，我能说什么？不过我可以告诉你一件事。

当年，赵国邯郸被秦军包围，赵平原君一面求救于魏，一面亲自去求救于楚，他要挑二十个门客，却只选中了十九个，最后毛遂自荐，才凑足二十人。平原君见了楚王，从早晨讲到中午，楚王也不肯出兵。毛遂上殿，历数楚国被秦羞辱侵占的经历，言明楚王出兵非为赵国，实为楚国报仇雪恨的大好时机。楚王终于答应让春申君带兵相助。但春申君到邯郸城下，与魏军晋鄙相似，观望不前。平原君无奈，只得以和氏璧相赠。春申君自然是认得和氏璧的，于是原璧回楚。信陵君、平原君、春申君三杰联手，秦军哪里有不败的？"

"我知道如何找和氏璧了。还有一事，仓海君为何教我而不教陈馀。"

"你心中有大梁百姓，泗水岸边还知道救我那徒孙韩信。这孩子天资聪颖，可惜难看透人生！"

孙云终于满意而归。走出丛林，猛然间发现一个熟悉的身影，赵佗。

孙云返回陈郢，一面走路一面琢磨，和氏璧终于有些线索了。照仓海君的说法，和氏璧是被春申君带回楚国了，但他是自己留着呢？还是献给了楚王？如果献给了楚王，那自然仍在王宫之中。但如果春申君隐匿了和氏璧，那它的下落就难找了，因为春申君死于宫廷政变。况且，仓海君的说法未必靠得住，因为他说周鼎被他收回去了。看来还得继续打探消息。

不知不觉中，孙云已经进入城内。街面上挤满了客商、市民以及各种小摊小贩，人来人往，非常热闹。孙云收回心思，注意观察各色人等，寻找可能的搭讪目标。忽然间，前面一个商人打扮的背影颇为眼熟。定睛一看，原来是楚国的项梁将军。联想到水淹大梁的经历，项梁此时乔装打扮潜入陈郢，必然又有重大谋算。且跟住他，看看他究竟有何举动。

项梁并没有觉察到后面有人跟踪，径直来到一个相面的阴阳先生摊位前，跪坐到地上，请先生算命。

孙云在距离两人十多步的一个摊位上站定，假装挑选楚国的工艺饰品，口里与老板搭讪着，眼睛的余光却扫向两人，耳朵也选择性地接收着两人的答对。由于经常独自一个人在山林中倾听大自然的各种声音，孙云的耳朵练得特别灵敏，能够在嘈杂的环境中轻易捕捉到他想听到的声音。

　　算命先生看来已年近六十，但身体强壮，嗓音洪亮，双目炯炯有神。听口音就是陈郢本地人。他一面给项梁算命，穿插着讲机密事，声音神态并无变化，因此过往行人都不曾注意，但二人谋划之事都进入孙云耳中。

　　"李信已经怀疑到昌平君……原来的探报出不来了……"

　　"是以父亲让我亲自来一趟……"

　　"必须动手了，不然前功尽弃。……秦王后天亲到……机会千载难逢。"

　　"你算准了吗？"

　　"我周文是何人，你还信不过吗？……你即刻回去报告项燕将军……"

　　果然有重大密谋。孙云不由得回过头去看看二人，但眼光所及，发现对面还有一双眼睛也盯住二人。是赵佗，孙云一惊，待与赵佗四目相对，赵佗眼光缩了回去，转身离开了。

　　不好，项、周二人可能有危险。孙云顾不得多想，冲到二人面前。周文不认识孙云，直怪来人无理。项梁见是孙云，立刻明白泄露了，他抽出腰间佩剑，刺向孙云，同时对周文喊："快杀了此人！"

　　孙云一边抵挡，一边大喊："你二人快走，再不走就晚了……"

　　一时街面上大乱，人群四散奔逃。三人正纠缠不休，巷子里冲出两队秦军，将三人围住。项梁与周文停止了对孙云攻击，孙云立刻挥剑砍向秦军，同时对项、周二人喊道："我挡住秦军，你们快走！"

"不，我与你共挡秦军，项梁先走！"周文杀向另一路秦军。"

项梁随即明白过来。此时天色已晚，项梁瞧着孙、周二人武艺高强，便佯装与秦军搏斗，趁机消失在夜幕之中。

孙云与周文携手打散秦军，退到一荒僻处。二人互通姓名、互致寒暄之后，周文道："孙先生今日救我与项梁将军事小，救楚国事大。若天佑我灭秦王，先生实对我楚国有再造之恩！"

"周将军言重了。周将军一心为楚，义薄云天，孙某哪有不助之理？"其实，孙云想杀死秦王倒是真的，但与复兴楚国无关，只是现在不是探讨这个问题的时候。"周将军大功已成，此地不可久留，当速回楚营！"

"不，我还有要事要办！孙先生对我有救命之恩，我也对孙先生直言相告。我年幼时就投奔春申君，蒙春申君赏识，教我兵法与武艺，视为心腹。可惜，春申君自解邯郸之围后，据和氏璧为己有。后又不听在下劝告，野心膨胀，想代楚之王位，结果自取杀身之祸。我劝谏春申君不听，就离开他投奔了项燕将军。但和氏璧自此留在春申君府内，无人知晓下落，怕只有我有望找到。此璧为楚王传国之宝，楚国要复兴，哪能没有和氏璧啊？若今日不找到，明日战火一起，怕是要玉石俱焚啊！"

"适才听周将军算命，昌平君不是要将和氏璧献给秦王么？"

"实不相瞒，那也是假的啊！孙先生可愿与我同去，为楚再立一功？"

"周将军忠肝义胆，可钦可佩！孙某实不愿掠人之美。孙某祝将军马到成功！"

送别了周文，孙云陷入了矛盾与痛苦之中。是啊，他是奉王翦将军之命来寻找和氏璧的，怎么又能帮周文把和氏璧献给楚王呢？一边是王翦对他有救命之恩，而他对王翦有承诺；另一边周文是高义之士，赤胆忠心，他该如何是好呢？

在随后的两天里，孙云一直处于苦恼之中。难怪老子辞官不做呢，难怪仓海君要当隐者，世上的事确实说不清啊。即使是讲义气，也难免陷入是非之中，他的老师韩非就是教训。因此，人若不能遁世的话，至少要保持精神上是独立的。若依附于别人，难免会成为良心上的囚徒，甚至招惹杀身之祸。如果他随周文去了而不告诉王将军，他岂不成了朝秦暮楚之辈？反之，如果告诉了王将军，他又与小人何异？最后终于弄明白，他不随周文去取和氏璧是对的，但也不能告诉王翦将军璧被周文取走了。他只可告诉王将军璧在楚宫里，由王将军自己想办法去取。他既不是楚人，也不是秦人，无意帮任何一方，但会做有利于百姓的事。不过，还是觉得有欠于王将军啊，可否为他办点别的事来弥补呢？

两天后，孙云正在客栈休息，盘算下一步该如何做，赵佗闯了进来，手里仍然带着那只与刘季、魏无知打架时的铁锹。孙云一声苦笑："你好大的能耐，又跟上我了。"

赵佗并不讳言偷听孙云与仓海君谈话之事，只是说道："跟着你得到了不少的信息，我有消息当然也要同你分享。"

"什么消息？"

"那周鼎已经是秦王的囊中之物，你我自然用不到它来享受。但我可以找到那铸鼎之法。"

孙云也有了兴趣，但他沉住气，问道："法从何来？"

"我也给你讲个故事。当年彭祖铸鼎的时候，舜已经掌管大事，又是尧的女婿，故铸鼎时他也参与。他知道了鼎的用处，也就有了夺鼎之心。多年之后，禹以其人之道还治其人之身，舜遭流放，对岳父尧当年的遭遇有了切身感受，起了悔恨之心。于是他便向西南行走，欲寻找到尧的儿子丹朱，向他赔礼道歉，并把铸鼎之法传给丹朱。但舜走到苍梧，就因年老体衰，病逝在那里，后来葬在九嶷山。舜的妻子也是尧的女儿娥皇、女英听说舜去了苍梧，就赶去相会，走到洞庭君山，听闻舜的死讯，也投水而死。铸鼎的秘密就留在了舜的后人手中。"

"你是如何知晓此事？"

"孙贤弟有所不知。我们现在所在的陈郢，不仅是楚国故都，也是陈国故都啊。这陈国立国之人，就是舜帝的后裔陈胡公啊。陈胡公得了祖先舜帝之法，也活了一百多岁，当国王六十多年。你只知道陈郢有伏羲之陵，可不知道陈胡公之墓也在淮阳吧？"

孙云立即明白了赵佗携带铁锹的用意。他本想说先人当受尊重，不宜打扰，但又想到赵佗在胡人中长大，哪知道华夏礼仪，况他想长生，外人岂能轻易阻止，不妨且跟他去，再见机行事。

二人出城南门，再往东走，不远就到了赵佗所说的位置，但见一大片湖泊，波光粼粼，深不见底，哪有坟墓的影子？孙云疑惑地看着赵佗，赵佗忙道："陈胡公怕自己的秘密被人窃走，有意把自己的墓建在水下，并用铸铁封闭墓室墓门，号称水下铁墓。"

孙云想，果然铸铁之法古已有之，只是未经流传。同时，他也明白了赵佗找自己帮忙的用意。

"既然这样，你带铁锹何用？我们不妨先探一探铁墓再说。"

"铁锹当然有用，至少可以清除障碍。"

于是二人下水探寻。这湖水虽然清澈，也无水流，但水底有一丈多深，多淤泥水草，找寻颇难。两人吸一口气下去，片刻间就得浮上来换气。这样找了一个时辰，终于发现一座小包。虽然上面也是泥土沉积，杂物丛生，但显然是人造之物。于是两人潜到跟前，用锹和手清除附在上面的淤泥杂草，果然是一座坟墓，墓壁用铁铸成。两人在墓底找到一小洞，赵佗伸铁锹进去清理，两人迎面感到了一阵水流冲击。随着赵佗用力加大加频，一股浊流直冲他们的口鼻，眼前一片漆黑。身边也开始暗流汹涌，把他们冲上湖面，湖面上也掀起了巨浪。二人都咽下几口水才定下神来，向湖岸奋力游去。好在湖岸并不算远，波浪也很快平息。二人虽有些狼狈，但都安全地上得岸来。

孙云看赵佗的铁锹已不知去向，便半开玩笑半认真地说道："得罪先人是要受到惩罚的，这下也不用我来劝你了。你有所求不错，但当循正道。"

这时，路上大批行人过来，奔走相告，秦王来了，秦王来了！

孙云拦下一人，问明原委。原来秦王久不见昌平君消息，正在生气，忽然接到昌平君报告，说和氏璧已经找到，请秦王亲临陈郢接受献礼。秦王已令李信在陈郢安排盛大献璧典礼，全城军民都可观礼。

113

孙云、赵佗随众人来到广场。广场坐北面南已经搭建了一个高台，周围有卫兵把守，高台下则站满了观礼的人群。

孙云、赵佗挤上前去，看到秦王已经站在高台中央，满脸焦急。周边文武大臣则议论纷纷，怪昌平君迟到。李信则风尘仆仆，显然是从战场上刚刚赶到。

秦王侧身对李斯道："这昌平君前年自告奋勇，甘受委屈，今日终于大功告成。只是现在还不到，不会有什么意外吧？"

这时，一个秦军军官跌跌撞撞地赶到，口中高叫："秦王，昌……昌平君……"

"是不是昌平君带和氏璧来了？"

"昌平君带楚军项燕来了，大王快走！再晚就来不及了！"

秦王大惊失色，众人护秦王奔走。李信脸色煞白，他哪里知道，项燕带一支精兵紧跟他身后已经三天三夜。

注释：

（1）本章故事的依据是：《史记·张耳陈馀列传》：秦灭魏数岁，已闻此两人魏之名士也，购求有得张耳千金，陈馀五百金。张耳、陈馀乃变名姓，俱之陈，为里监门以自食。两人相对。里吏尝有过笞陈馀，陈馀欲起，张耳蹑之，使受笞。吏去，张耳乃引陈馀之桑下而数之曰："始吾与公言何如？今见小辱而欲死一吏乎？"陈馀然之。秦诏书购求两人，两人亦反用门者以令里中。

《汉书·张良传》：良尝学礼淮阳，东见仓海君。

《史记·秦始皇本纪》：二十三年，秦王复召王翦，强起之，使将击荆。取陈以南至平舆，虏荆王。秦王游至郢陈。荆将项燕立昌平君为荆王，反秦于淮南。二十四年，王翦、蒙武攻荆，破荆军，昌平君死。项燕遂自杀。

本书讲述秦军平定楚国的过程符合《史记》记载，但秦王游陈郢的时间次序不同，主要是为了小说能增强戏剧性效果。不过，司马迁把历史事件次序弄反的情况也是有的，最典型的就是把苏秦与张仪的次序弄反了。

（2）九鼎出处、特征与流转。汉代以后普遍认为是夏禹铸了九鼎，如：《汉书·郊祀志》："禹收九牧之金，铸九鼎，象九州，……夏德衰，鼎迁于殷，殷德衰，鼎迁于周。"《说文》："昔禹收九牧之金，铸鼎荆山之下，入山林川泽，螭魅蝄蜽，莫能逢之，以承天休。"《瑞应图》："禹治水，收天下美铜以为九鼎，象九州。"《拾遗记》："禹铸九鼎，五者以应阳法，四者以象阴数。"《玉函山房辑佚书》辑《归藏·郑母经》云："昔夏启筮徙九鼎，启果徙之。"但《史记·五帝本纪》只说到大禹治水、定九州，并没有提到他有铸鼎之能。因此，所谓"禹铸九鼎"乃指禹时代铸了九鼎，而非大禹本人铸了九鼎。

关于九鼎的最早也是最详细的记载见于《墨子·耕柱》："昔者夏后开使蜚廉折金于山川，而陶铸之于昆吾，是使翁难雉乙卜于白若之龟，曰：'鼎成三足而方，不炊而自烹，不举而自藏，不迁而自行，以祭于昆吾之虚，上乡（飨）！'乙有言兆之由曰：'飨矣！逢逢白云，一南一北，一西一东。'九鼎既成，迁于三国：夏后氏失之，殷人受之；殷人失之，周人受之。夏后、殷、周之相受也，数百岁矣。"到了陈·虞荔作《鼎录》时，就把上面提到的史传综合起来写道："昔虞夏之时盛，远方皆至，使九牧贡九金，铸九鼎于荆山之下，于昆吾之墟、白若甘搜之地，图其山川奇怪百物而为之备，使人知神奸，不逢其害，以定其祥。鼎成三（当作三）而方，不炊而自沸，不举而自藏，不迁而自行。九鼎既成，定之国都。桀有乱德，鼎迁于殷，载祀六百；殷纣暴虐，鼎迁于周。成王定鼎于郏鄏，卜世三十，卜年七百，天所命也。及显王，姬德大衰，鼎沦入泗水。秦始皇之初，见于彭城，大发徒出之，不能得焉。"

从中可以看出，鼎"不炊而自沸"，正与鱼洗的功能相似。至于其"不举而自藏，不迁而自行"，小说中作了合理的描述。

根据墨子的说法，铸鼎的人士夏启的臣子蜚廉（根据《史记》，秦人有一个祖先也叫蜚廉，不过这个蜚廉生活在商纣王时代），铸鼎的地点在昆吾。然虞荔只认同铸鼎的地点，而不认同铸鼎的人。那么，昆吾是什么地方呢？

昆吾首先是人的名字，《史记·楚世家》中记载："楚之先祖出自帝颛顼高阳。高阳者，黄帝之孙，昌意之子也。高阳生称，称生卷章，卷章生重黎。重黎为帝喾高辛居火正，甚有功，能光融天下，帝喾命曰祝融。共工氏作乱，帝喾使重黎诛之而不尽。帝乃以庚寅日诛重黎，而以其弟，吴回为重黎后，复居火正，为祝融。吴回生陆终。陆终生子六人，诉剖而产焉。其长一曰昆吾，二曰参胡，三曰彭祖，四曰会人，五曰曹姓，六曰季连，芈姓、楚其后也。"所以说，昆吾是彭祖的六胞胎哥哥，后来演变成族名和地名。《国名纪》丙卷："己姓，樊之国卫，是澶之濮阳，昆吾氏之虚也。"《史记·殷本纪》：

"昆吾氏为乱《正义》注云: '帝喾时,陆终之长子封于昆吾。夏之昆吾,即其后也'。"《世本》云: "昆吾者,卫氏也。"盖言卫地本昆吾国《竹书纪年》: "夏仲康六年,锡仲康命作伯。帝廑四年,昆吾氏迁于许。帝癸二十八年,昆吾会诸侯伐商。三十年,汤乃兴师率诸侯自把钺以伐昆吾。于是,昆吾为汤所灭。"也就是说,昆吾在今河南濮阳,战国时的卫国,秦时的东郡。

那么,昆吾这个地方有什么特点呢?《山海经·中山经》: "又西二百里曰昆吾之山,其上多赤铜。"《云笈七签》卷二十六: "上多山川积石,名为昆吾。冶其石成铁作剑,光明洞照如水精状,割玉如泥。"《云笈七签》卷八十四,造剑尸解法条: "上人皆陶昆吾之石,冶西流之金,铸而作之,准其成范也。"由此,"昆吾"进而演变成负责冶炼铸造的官职,如《逸周书·大聚》: "乃召昆吾,冶而铭为金版,藏府而朔之。"为了简化故事,小说中称九鼎由彭祖铸于彭城,与真实的情况可能相差不大。无论如何,中国的冶金,起源于祝融之后。汉以后的作者普遍认为鼎铸鼎于荆山之下,而荆山或为彭城(今徐州)东北之荆山。至于彭祖其人,在中国家喻户晓,是长寿的冠军,传说活了八百余岁。宋代洪兴祖说: "彭祖姓钱名铿,帝颛顼玄孙,善养气, 能调鼎,进雉羹于尧,封于彭城"。

可见,九鼎并不仅仅是政权的象征,它还有实用的功能。在地广人稀的氏族制社会里,尧舜禹汤及伊尹这些人并不缺乏权力,而是看中了九鼎的实用价值。

墨子总结了他之前九鼎德流转情况,但他之后呢?

《史记·秦始皇本纪》："（秦昭王五十二年）周民东亡，其器九鼎入秦。"张守节《史记正义》："禹贡金九牧，铸鼎于荆山之下，各象九州之物，故言九鼎。历殷至周赧王[五]十九年，秦昭王取九鼎，其一飞入泗水，余八入于秦中。"《史记·孝武本纪》载有司曰："禹收九牧之金，铸九鼎，皆尝鬺烹上帝鬼神，遭圣则兴，迁于夏商。周德衰，宋之社亡，鼎乃沦没而不见。"《史记·封禅书》记载："秦灭周，周之九鼎入于秦。或曰：宋太丘社亡而鼎没于泗水彭城下。"

那么，这是九鼎德最终结局吗？那只遗失的周鼎真的是从洛阳飞到泗水彭城的吗？若是，为什么秦皇汉武都找不到呢？它究竟到哪儿去了呢？

（3）春秋战国时列国对九鼎的觊觎与争夺。楚庄王"问鼎中原"出自《左传》：鲁宣公三年（公元前六零六年），楚子（楚庄王）伐陆浑之戎，遂至于雒（今河南省洛阳），观兵于周疆。定王使王孙满劳楚子，楚子问鼎之大小轻重焉，对曰：在德不在鼎。昔夏之方有德也，远方图物，贡金九牧。铸鼎象物，百物而为之备，使民知神奸。故民入川泽山林，不逢不若，螭魅罔两，莫能逢之。用能协于上下，以承天休。桀有昏德，鼎迁于商，载祀（祀，年也）六百。商纣暴虐，鼎迁于周，德之休明，虽小，重也。其奸回（音邪）昏乱，虽大，轻也。天祚明德，有所厎（音致）止。成王定鼎于郏鄏（今洛阳市），卜世三十，卜年七百，天所命也。周德虽衰，天命未改。鼎之轻重，未可问也。

张仪建议秦武王据九鼎但不受信任的事见《史记张仪列

传》：仪曰："亲魏善楚，下兵三川，塞什谷之口，当屯留之道，魏绝南阳，楚临南郑，秦攻新城、宜阳，以临二周之郊，诛周王之罪，侵楚、魏之地。周自知不能救，九鼎宝器必出。据九鼎，案图籍，挟天子以令於天下，天下莫敢不听，此王业也。

武王自为太子时不说张仪，及即位，群臣多谗张仪曰："无信，左右卖国以取容。秦必复用之，恐为天下笑。"诸侯闻张仪有却武王，皆畔衡，复合从。

秦武王纳张仪计见《史记秦本纪》：武王元年，与魏襄王会临晋。诛蜀相壮。张仪、魏章皆东出之魏。伐义渠、丹、犁。二年，初置丞相，樗里疾、甘茂为左右丞相。张仪死于魏。三年，与韩襄王会临晋外。南公揭卒，樗里疾相韩。武王谓甘茂曰："寡人欲容车通三川，窥周室，死不恨矣。"其秋，使甘茂、庶长封伐宜阳。四年，拔宜阳，斩首六万。涉河，城武遂。魏太子来朝。武王有力好戏，力士任鄙、乌获、孟说皆至大官。王与孟说举鼎，绝膑。八月，武王死。族孟说。武王取魏女为后，无子。立异母弟，是为昭襄王。昭襄母楚人，姓芈氏，号宣太后。武王死时，昭襄王为质于燕，燕人送归，得立。

对于这一段故事，《战国策》的记载更为详细：秦武王名荡，生于秦惠文王十年（公元前328年），是秦惠文王和惠文后的儿子，秦昭王的异母兄。前311年，秦惠文王死，太子荡即位，他就是秦武王。秦武王身高体壮，勇力超人，重武好战，常以斗力为乐，凡是勇力过人者，他都提拔为将，置于身边。乌获和任鄙以勇猛力大闻名，秦王就破例提拔为将，给予高官厚禄。齐国人孟贲，力大无穷，勇冠海岱：陆行不怕虎狼，水行不避蛟龙，一人同时可制服两头野牛。听说秦武王重用天下勇士，孟贲西赴咸阳面见秦武王，被任用为将，与乌获、任鄙享受一样的待遇。

秦武王身高体壮，喜好跟人比角力，大力士任鄙、乌获、孟贲等人都因此做了大官。宜阳之战后，前307年，秦武王派樗里疾率领百辆战车先到达周都王城（今河南省洛阳市王城公园附近），周赧王派士兵列队迎接，姿态十分恭敬。秦武王随后到达周都王城，与孟贲比赛举"龙纹赤鼎"，结果两眼出血、折断胫骨而死，孟贲因怂恿秦武王举鼎被诛灭三族。秦武王死后葬于永陵（今陕西省咸阳市周陵乡周陵村南），赵武灵王派代郡郡相赵固迎立在燕国当人质的秦武王之弟公子稷回秦国继位，即秦昭襄王。

（4）秦、楚、魏、齐觊觎周鼎，还可见《战国策》：秦兴师临周而求九鼎，周君患之，以告颜率。颜率曰："大王勿忧，臣请东借救于齐。"

颜率至齐，谓齐王曰："夫秦之为无道也，欲兴兵临周而求九鼎，周之君臣内自尽计：与秦，不若归之大国。夫存危国，美名也；得九鼎，厚宝也。愿大王图之！"齐王大悦，发师五万人，使陈臣思将以救周，而秦兵罢。

齐将求九鼎，周君又患之。颜率曰："大王勿忧，臣请东解之。"

颜率至齐，谓齐王曰："周赖大国之义，得君臣父子相保也，愿献九鼎。不识大国何途之从而致之齐？"齐王曰："寡人将寄径于梁。"颜率曰："不可。夫梁之君臣欲得九鼎，谋之晖台之下，少海之上，其日久矣，鼎入梁，必不出。"

齐王曰："寡人将寄径于楚。"对曰："不可。楚之君臣欲得九鼎，谋之于叶庭之中，其日久矣。若入楚，鼎必不出。"王曰："寡人终何途之从而致之齐？"

颜率曰："弊邑固窃为大王患之。夫鼎者，非效醯壶酱甄耳，可怀甄挟挈以至齐者，非效乌集乌飞、兔兴马逝，漓然止于齐者。昔周之伐殷，得九鼎，凡一鼎而九万人挽之，九九八十一万人，士卒师徒器械被具，所以备者称此。今大王纵有其人，何途之从而出？臣窃为大王私忧之。"齐王曰："子之数来者，犹无与耳。"颜率曰："不敢欺大国，疾定所从出，弊邑迁鼎以待命。"齐王乃止。

（5）尧舜禹汤的故事。根据《晋书·卷五十一列传第二十一·束皙》记载，在晋武帝太康二年（公元281年），一个名叫不准的汲郡人盗墓，得到墓冢的竹简数十车，皆以古文（应该是战国时期通行的"小篆"或者比其更早的"蝌蚪文"）记载，史称"汲冢书"。其中有记载夏商周年间的史书十三篇，晋人初名之"纪年"（又称"汲冢纪年"）。中书监荀勖、中书令和峤奉命将散乱的竹简排定次序，并用当时通用的文字考订释文，遂有初释本竹书纪年，又称"荀和本"。凡十三篇，按年编次，叙夏、商、周三代，接以晋国、魏国排次，而周平王东迁后以晋国纪年，三家分晋后以魏国纪年，至"今王二十年"止。初释本认为竹简所记的"今王"应该是魏襄王，汲郡所盗的墓冢应该是魏襄王的。当时和峤认为竹书纪年起自黄帝，但是这个意见未被采纳，或将记载黄帝以来史事的残简作为附编收录。

由于竹简散乱，而战国文字当时已经不能尽识，因此争议很大。到了晋惠帝时期，秘书丞卫恒奉命考正竹简，以定众议。但当时政局不稳，接连发生八王之乱和永嘉之乱，卫恒被杀害。其友佐著作郎束皙续成其事，遂有考正本竹书纪年，又称"卫束本"。考正本认为竹简所记的"今王"应该是魏安釐王，汲郡所盗墓冢应该是魏安釐王的。永嘉之乱后，竹书纪年的竹简亡佚，而初释本、考正本传世。《隋书·经籍志》录有竹书国异一卷，或是后人据此两种本子所作的校记。

历经安史之乱、五代十国，初释本、考正本也渐渐散佚无存。元末明初乃至于明代中期，出现了竹书纪年刻本，经清代、民国至现代多位大家细致考证，由方诗铭王修龄等人辑录成《古竹书纪年辑证》，随书收录王国维《今本竹书纪年疏证》，是现今较为完备的本子。

内容上，《竹书纪年》冲破了儒家精心构建的古代历史体系，为中国的上古历史提供了另外一个版本。最典型的事例是尧舜禹禅让的故事，就跟史记等正史所载的有德之君舜的形象大为不同。引述如下：昔尧德衰，为舜所囚也。舜囚尧于平阳，取之帝位。舜放尧于平阳。（放，流放）舜囚尧，复偃塞丹朱，使不与父相见也。这一记载与《韩非子·说疑》"舜逼尧，禹逼舜，汤放桀，武王伐纣，此四王者，人臣弑其君者也"以及《山海经》的说法一致，可能更符合历史的真实。但舜逼尧、禹逼舜的具体原因和细节却不得而知了。也许它也曾经记载在汲冢竹简里，但它重见天日之时，也是它彻底湮灭之日。

关于商王朝重要辅臣伊尹，《竹书纪年》记载是：伊尹放太甲于桐，尹乃自立，暨及位于太甲七年，太甲潜出自桐，杀伊尹，乃立其子伊陟、伊奋，命复其父之田宅而中分之。但在儒家的历史体系中，故事变成了这样：太甲继承王位后不听伊尹的劝告，胡作非为起来，太甲被伊尹关在桐宫，深为悔恨，终于改邪归正，有了良好的表现，于是伊尹又把他迎回都城。伊尹称赞太甲悔过自新。太甲则回答："过去我曾经违背您的教导，将来希望您继续指导我走正路。上天制造的灾祸，还可以躲避；我自己制造的灾祸，就没有办法逃脱了（天作孽，可违也；自作孽，不可以逭，《礼记·缁衣》）。"由是，发动宫廷政变篡夺王位的伊尹一下子成了大公无私的圣人。

儒家按自己的价值观修改历史，自有其理由，只不过是为了证明圣人的品德是完美无瑕的，这样才能成为后世的楷模。但这不符合人性，圣人也有个人的追求，并与大众的目标相冲突。那么，在这些事件中，他们追求的是什么呢？仅仅是权力吗？为什么传说中这些人的寿命都过百岁呢？

当年汲冢里发现的文物，除了《纪年》十三篇外，还有其他文档共七十五篇，其中七篇简书折坏，不识名题。因为初发冢者曾经烧策照取宝物，及官收之，多烬简断札，文既残缺，不复诠次。其中《易经》《国语》等与传世本略同，而《周书》《论楚事》等则未见其真面目就毁灭了。冢中还得铜剑一枚，长二尺五寸，现代人也无缘一睹真容。

汲冢中还有一部书保存至今：《穆天子传》五篇，言周穆王游行四海，见帝台、西王母事；《周穆王美人盛姬死事》一篇，东晋郭璞一起编入《穆天子传》，这是古本。今本乃宋人修编，相较古本有所残缺。周穆王西游在《春秋左氏传》《竹书纪年》

《史记》中均有记载,可见周穆王西游其事不虚。但《穆天子传》记录详细,从形式到内容都颇似后来帝王的"起居录"或"实录"(尽管很多人认为是神话传说),应该是周王室的宫廷档案或原始材料,而不是正规的史书。和周王室大量的原始档案一样,这份档案应该保存在西周首都镐京的宗庙或国史馆里,在西周灭亡时毁于战火。它怎么会单独出现在魏王的坟墓里呢?

（6）周文的事迹见《史记陈涉世家》：周文,陈之贤人也,尝为项燕军视日,事春申君,自言习兵。

第六章
楚有三户

　　秦王自继位以来从没有如此大的挫败感。不仅先前李信占领的地盘全部被楚军收回，李信的军队也几乎全军覆灭，手下大将战死多达七名。更可恼的是，秦王遭受了自荆轲行刺以来最大的人身安全危机，全靠侥幸才逃脱性命，让他在全城军民面前丢尽了脸面。他万万没有想到，昌平君是他最信任的人，甚至是唯一可信任的人，可以说是多年的患难之交，可恰恰就是这个人，花了那么多的精力、那么长的时间，为他挖了那么隐蔽那么深的一个大坑。从今往后，这个世界上还有谁能信任？还有谁能理解他？哼！让信任和理解见鬼去吧！首要的是报昌平君的大仇。

　　秦王在卫兵护送下进入潼关，不回咸阳宫殿，直接进入频阳（今陕西富平）王翦养病的老家，一见王翦，便拜伏在地："寡人悔不听王老将军良言，铸成大错。寡人来向王将军赔礼道歉！"

　　王翦满头大汗，急忙跪在地上磕头，说不出话来。

　　"寡人想过了，还是由你和王贲统军，寡人倾全国之军，六十万人马全部交给你。不灭了楚国，杀了昌平君与项燕，寡人誓不为人！"

"老臣当日说攻楚要六十万大军，只是提醒王上楚人不可小觑，不宜轻敌。臣已年老，有病在身……"

"所以我让你儿子助你。你不必多言，寡人已经做了决定！"

王翦王贲父子哪里还敢抗拒？只得谢恩，恭送秦王回咸阳宫。然后，父子二人点起大军，整顿兵马，朝淮河前线进发。

秦军六十万大军加上沿途转运粮草的几十万民夫，一百多万人马，浩浩荡荡，绵延近两百里。但见秦军兵强马壮，车骑奔驰，兵甲耀日，战鼓震天，沿途百姓无不骇然。经历近两个月，王翦父子才抵达前线，安下大营，部署完毕。

一日，王翦处理完军情，又命仆人写信，向秦王多要良田美宅。忽报有故人来访，请进一看，原来是孙云。王翦高兴，连忙问道："哪阵风把你吹来了？"

"孙云对老将军有诺在先，不敢相忘。"

"莫非是那和氏璧有了下落？"

"孙云只是有了信息，但取璧还有赖于将军。"

"有消息就好。快说来我听！"

"和氏璧的流转确是比较离奇，我就从它流出楚宫说起吧。当年楚国相国昭阳君立下战功，楚王一高兴，就把和氏璧奖给他了。后来相国在家里大宴宾客，请客人观赏和氏璧，忽然有鱼跃出水池，客人都去瞧好奇，回来时和氏璧就不见了。门客便诬是张仪偷的，便把他暴打一顿，逐出门外。其实张仪并没偷那和氏璧……"

"这么说，张仪是被冤枉的？"

"当然是冤枉的。将军想，如果真是张仪偷了和氏璧，昭阳君岂能追不出脏来，他们还能让张仪活着走出相府？再说，张仪的志向是以口舌取卿相，怎肯去偷和氏璧？原来是楚王后悔了，这倾世之宝岂能送给大臣？楚王不便明索，便令人偷回。昭阳君明知是楚王所为，无可奈何，只好诬赖张仪偷窃挽回脸面。此乃楚国君臣演的双簧，张仪岂不怀恨在心？后来张仪一心报仇，一意欺辱楚国。楚怀王入秦议和时，张仪便唆使秦惠王冒天下之大不韪，扣留了怀王。怀王知道自己闯下祸端，便命人暗中送和氏璧入秦，但仍然舍不得献给秦王。一次，怀王瞅准机会，便装逃离秦国，就近跑到赵国求救。由于秦军追兵在后，怀王只得献璧求援。此时赵武灵王正在北疆作战，宫中太监缪贤收了和氏璧，但并不敢放楚怀王入境。怀王被秦军捉回，羞忿不已，含恨去世。缪贤把和氏璧献给赵武灵王，谎称是自己重金购得。楚怀王本来是自食其果，但他痛恨赵国收了和氏璧，却拒绝让他入境，因此死前告诉秦人，和氏璧已献给赵国。于是便有后来秦昭襄王向赵惠王讨要和氏璧以及蔺相如完璧归赵之事。

"秦赵长平之战后，赵王急了，仿造了一块假璧送给秦昭王求和。等秦昭王明白上当之后，又举兵包围邯郸城。赵平原君只得求救于魏、楚。楚国虽然出兵，但索要和氏璧。这样，璧就回到了楚宫中。不过在下看来，这和氏璧虽然珍贵，实乃不祥之物，获取者恐有灾异。是否取璧，如何取璧，就要看将军您了。"

王翦大喜，忽然又心神不宁，转身问身边仆人道："我给大王求赏赐的信发出去没有？给我再写一封。"

孙云奇怪道："将军统六十万大军，决战在即。只要灭了楚国，何愁没有功名富贵？又何必在战前为这些小事分心？"

"你有所不知。眼下秦王疑心甚重，如今全秦举国之兵都在我父子手中，秦王又不在军中，他岂能放心？他若起疑心，或有人进谗言，我别说打不赢楚军，我全家恐怕性命难保啊。我哪里是图秦王的赏赐，我是求他安心啊！"

孙云心想，王将军担心的是，但秦王疑心甚重，王将军此举实难解秦王之忧。他略一思忖，对王翦说道："我有一计，可解王将军与秦王之忧，也可助王将军破楚。但王将军需答应我一条件。"

"快快请讲。"

"孙云与那秦王，本不是同道之人，我本不愿助他。但将军于我有救命之恩，我当尽力报将军信任之德。唯愿将军征战之中，尽量少行杀戮，使生灵少遭涂炭，人民少受流离之苦。务请将军以天下黎民苍生为念。"

"这正合我意。自春秋五霸以来，各国相互征伐，战乱不绝，已经几百年了。我助秦王扫平六国，天下一统，就再也不会有战争了。"

"既然这样，将军可悄悄奏明秦王，让王贲将军分兵北攻燕、代。将军父子二人分开，又兵分南北，秦王自然放心，不会再猜疑将军。燕、代虽然苟延残喘，但若长期不取，必养虎成患。王贲将军出其不意，攻其不备，必能一战成功，然后率得胜之师南下，破齐必矣！

"而将军您取项燕，兵贵在精而不在多。那楚王知您六十万大军征到，也必起举国之兵对敌。王老将军可避战不出，待楚军急于挑战，必是他粮草不济。这时将军可遣一支轻骑绕道敌军背后，将军则正面攻击，楚军必破。如此则天下定矣。"

王翦大惊："阁下奇才，一计多得，真是后生可畏啊。我当禀明秦王，为先生请功！"

"王将军不可！那秦王与李斯乃是害死我师韩非的仇人，我与他们不共戴天！孙云献计，不为秦王，只为天下百姓。既然战争不可避免，那么尽快结束战争乃当务之急。事成之后，孙云当携妻儿归隐山林，怡然自乐！"

此后事态发展一如孙云所预计。无论项燕如何挑战，王翦只是坚守阵地不出。但大军调防、粮草搬运之际，已经有近一半秦军陆续撤离战场，不知不觉地转移到北方前线。秦王见王翦父子隔开，也欢喜地放下心来，心想他父子只有努力杀敌的份，深恐连累对方，哪敢有心思串通谋反？所以王翦在淮河一线按兵不动一年有余，不断有大臣上书王翦胆小惧战，或有通敌嫌疑，秦王因知道王翦作战计划，对于闲言碎语全不放在心上。

王翦的耐心等待终于有了结果。项燕率五十万楚军迎敌，而秦军长期拒不出战，楚军将士自项燕以下都认为因李信大败，秦军丧胆，于是有了轻视秦军之心，防备也开始疏松懈怠。只是长期拖着，粮草逐渐匮乏，项燕也不免心急。昌平君出主意说，秦地人多，供应充足。楚国虽然地广，但人口不及秦三分之一，如果拼消耗，楚国如何受得了？楚军只有以勇取胜，才能一举击败秦军。

于是楚军做好一切准备，项燕发布号令，擂起战鼓，全军向秦军大寨猛攻。一时杀声震天，飞箭如雨。但秦军凭借壕沟、栅栏、木板、盾牌，顽强防守，不让半分。一时两军互有进退，难解难分，从早晨战到午后，双方都筋疲力尽。正在这时，楚军背后杀声四起，蒙武率一支秦军轻骑杀入，疲惫的楚军顿时人仰马翻，活着的楚军士兵四处奔逃。王翦大营的精锐秦军也冲进去，对败逃的楚军猛打穷追，一直追到寿郢（楚国新都寿春，今安徽寿县）城下。守城士兵还来不及关城门，秦军就已经冲入城内。

战后清点战果，楚王负刍被俘，楚军大部被歼。但项燕和昌平君逃脱，和氏璧也被带走。项燕退到淮南，立昌平君为楚王，收集残兵败将，继续抵抗。

王翦向秦王报捷，同时也收到好消息，说王贲已占据辽东，燕王姬喜投降。王贲回师，已包围代国。王翦也不停留，向淮南攻击前进。

新楚王亲自引兵迎敌，不久也战死。淮南城破，和氏璧也被秦军搜走。

败退途中，项燕召集众将叮嘱道："君死臣辱。大王战死，我也不能独生。我死之后，诸位可退守江东吴地。此地春申君已经营多年，乃我楚国复兴之地。可惜我儿项超早死，项梁项伯你们兄弟要齐心协力，照顾好籍儿。诸位所要去的江东，乃吴、越故地，诸位要效那句践卧薪尝胆之志。诸将要记住我言，楚虽三户，亡秦必楚！"言毕，短剑已经抹向脖子，众人哪里救得急，眼见项燕气绝身亡。

众人哭罢，只得遵项燕遗言，东渡长江，然后分散逃走。

项梁只身带着项籍奔逃，眼见大队秦军追兵紧急，就逃到树林中奔走，秦军也跟进了树林。项梁眼见难以逃脱，正在焦急，忽见前面一大队人逗留不前。原来是大户人家办丧事出殡的队伍，一百多人全都是披麻戴孝，哭丧声和螺号声交替不息。但载棺木的车轮却陷入林间小道的泥泞之中，由于棺材用上等楠木制成，体量甚大，四个人推拉灵车都动弹不得。按当地的习俗，哭丧声和螺号声都不能停息，所以吹鼓手和脚夫一个个都累得面红耳赤。眼见下葬的吉辰将到，少主人也急得满头大汗。这时，丛林中又冲出十来个悍匪，原来路中的泥团正是他们所设，目的是抢劫死者陪葬的财物。见状，叔侄两插到中间，三拳五脚就把十多个悍匪打走。接着，项梁上前，抢过一个铜号就吹，项籍虽然只有十二岁，已经跳进泥团，肩手并用，瞬间灵车就上了路面。少主人感激，问项梁何以相谢。项梁要过两套孝服，与项籍两人换上，混到送葬的队伍之中。

这时秦军已经赶到，拦住丧队，为首的军官问是否看到两个逃犯。少主人手指劫匪逃去的方向。军官怒道："我看人犯就藏在你等之中。你若不交出，我就把你们全部杀了，我看他二人能逃到哪儿去？"

此时孙云就在此军中，早已认出项梁项籍二人，见军官要杀人，连忙喝住："逝者为大，军人岂可打扰亡灵？更不可滥杀无辜！违令者军法从事！"

秦军离去。从此项梁项籍在江东以替人操办丧事谋生。

一日，孙云随王翦大军来到太湖岸边。士兵安营扎寨，埋锅造饭。孙云则陪同王翦登上岸边的一座小山。极目远眺，但见湖面上波光粼粼，天空中落霞灿烂，远处水天一色，雾霭朦胧，风景美不胜收。王翦问身边随从此山何名，随从答道：

"当地人称锡山，似乎因产锡得名。"孙云随即看了看周边草木，随口笑道："此山并不藏锡，产锡当为谬传。"王翦道："此地虽不产锡，风景倒好。可惜我们无法久留。今楚军虽已消灭，但王上已命我继续南进，收服山越，以防楚人残余利用山越势力谋反。"这时，一个军官来报告："禀将军，做饭的士兵从地下挖出一块石碑，写着什么字，我们都不认得。"王翦说道："走，我们看看去。"

来到现场，众人围上来一看。只见石碑上用篆文刻着十二个字：有锡兵，天下争；无锡宁，天下清。大家议论纷纷，不知何意。孙云解释道："诸位手中的刀枪剑戟等兵器主要由铜制成，但仅有铜是不够的，因为纯铜制品太软，杀伤力还不如石刀石斧。只有往铜里面加入锡，才能打造有杀伤力的兵器。所以碑上说，有了锡，世上才有兵器，天下才会战乱不已。如果世上没有了锡，便没有了兵器，天下就会太平。"

王翦道："此言甚为有理。但不知此碑是哪位前辈高人所刻，又因何故埋于此地？"

孙云道："据我推测，此碑当为我铸剑的祖师欧冶子所留。欧冶子本楚国人，可楚地有铜无锡，他便来到吴越之地，以铸剑为生。他为越王允常、勾践铸了五把天下闻名的宝剑，分别叫湛卢、纯钧、胜邪、鱼肠、巨阙。越王勾践最后灭吴，欧冶子实在功不可没啊！"

"后来呢？"大家都好奇。

"欧冶子有一徒弟名干将，有一女儿名莫邪。干将与莫邪结为夫妻，三人共同铸剑。楚昭王得知，强令他们铸天下最锋利的宝剑。干将莫邪制得雌雄二剑，分别以二人名字命名。干将将雌剑送与楚王，楚王不见雄剑，大怒，将干将杀死。干将的儿子赤从母亲那里得知父亲的死因，立志报仇，但被楚王追缉，苦无机会。一个侠客知道了，愿意代赤报仇，但要赤的宝剑和脑袋。赤慷慨应允。侠客持赤的头颅去见楚王，楚王用釜煮赤的头颅消恨，侠客请楚王到釜边观看。楚王伸过头去，侠客剑光一闪，楚王和他自己的头颅都落入釜中……"

"啊！……"众人一声声惊叫。

孙云讲述这个故事，只是寓教于乐而已。此时的孙云当然不会想到，这个故事会成为自己命运的缩影。他继续讲道："诸位不必惊慌，这只是传说而已。事实上欧冶子一家确为楚王铸过剑，成名的有龙渊、泰阿、工布三剑。但欧冶子很快就后悔了，因为他看到越楚两国持刀剑之利，灭国无数，滥杀无辜，深悔自己为两国铸剑，于是谎称铸剑之锡采自锡山，自己带着干将莫邪逃到山越去了。这十二个字，正是欧冶子希望天下没有战争之意。"

王翦感慨道："欧冶子老前辈用心良苦！我意把此地命名为无锡，以不辜负老前辈的心意。"自此，无锡地名沿用至今，并有"无锡锡山山无锡"的谚语流传。

"我刚接到战报，我儿王贲已经攻克代国，俘虏代王赵嘉。

如此一来，克齐是早晚的事。等我破了山越，天下便无战争。我打了一辈子仗，总算可以结束啦！我想奏明秦王，战争一结束，便收集天下兵器，在咸阳铸成十二个铜人。这样，世上便永无战争，永享和平！孙先生，这实现欧冶子前辈心愿的大事，就托付给你了。"

孙云本想说，兵器不过操于人手，战争源于人心。但王将军的话完全是顺着他的思路，无可辩驳，销毁兵器对消除战争也至关重要。孙云只得点头应允。

注释：

王翦灭楚事迹见《史记·王翦列传》：王翦者，频阳东乡人也。少而好兵，事秦始皇。始皇十一年，翦将攻赵阏与，破之，拔九城，十八年，翦将攻赵。岁余，遂拔赵，赵王降，尽定赵地为郡。明年，燕使荆轲为贼于秦，秦王使王翦攻燕。燕王喜走辽东，翦遂定燕蓟而还。秦使翦子王贲击荆，荆兵败。还击魏，魏王降，遂定魏地。秦始皇既灭三晋，走燕王，而数破荆师。秦将李信者，年少壮勇，尝以兵数千逐燕太子丹至于衍水中，卒破得丹，始皇以为贤勇。于是始皇问李信："吾欲攻取荆，於将军度用几何人而足？"李信曰："不过用二十万人。"始皇问王翦，王翦曰："非六十万人不可。"始皇曰："王将军老矣，何怯也！李将军果势壮勇，其言是也。"遂使李信及蒙恬将二十万南伐荆。王翦言不用，因谢病，归老于频阳。李信攻平与，蒙恬攻寝，大破荆军。信又攻鄢郢，破之，于是引兵而西，与蒙恬会城父。荆人因随之，三日三夜不顿舍，大破李信军，入两壁，杀七都尉，秦军走。始皇闻之，大怒，自驰如频阳，见谢王翦曰："寡人以不用将军计，李信果辱秦军。今闻荆兵日进而西，将军虽病，独忍弃寡人乎！"王翦谢曰："老臣罢病悖乱，唯大王更择贤将。"始皇谢曰："已矣，将军勿复言！"王翦曰："大王必不得已用臣，非六十万人不可。"始皇曰："为听将军计耳。"於是王翦将兵六十万人，始皇自送至灞上。王翦行，请美田宅园池甚众。始皇曰："将军行矣，何忧贫乎？"王翦曰："为大王将，有功终不得封侯，故及大王之乡臣，臣亦及时以请园池为子孙业耳。"始皇大笑。王翦既至关，使使还请善田者五辈。或曰："将军之乞贷，亦已甚矣。"王翦曰："不然。夫秦王怚而不信人。今空秦国甲士而专委于我，我不多请田宅为子孙业以自坚，顾令秦王坐而疑我邪？"王翦果代李信击荆。荆闻王翦率军而来，乃悉国中兵以拒秦。王翦至，坚壁而守之，不肯战。荆兵数出挑战，终不出。王翦日休士洗沐，而善饮食抚循之，亲与士卒同食。久之，王翦使人问军中戏乎？对曰："方投石超距。"于是王翦曰："士卒可用矣。"荆数挑战而秦不出，乃引而东。翦因举兵追之，令壮士击，大破荆军。至蕲南，杀其将军项燕，荆兵遂败走。秦因乘胜略定荆地城邑。岁余，虏荆王负刍，竟平荆地为郡县。因南征百越之君。

第七章
金人永生

　　孙云原不想接铸造金人的活，主要是顾忌到此事工程浩大，粗略一算，需消耗人力财力惊人。想到战争刚要结束，人民需休养生息，如此劳民伤财，于国于民都非善事。但秦王已经下诏修铸，王翦将军也言辞恳切，且铸金人的初衷是永消兵祸，就算孙云不愿意出手，秦王与王翦也会找其他人来办理，民众也难逃劳役之苦。孙云于是下决心接了这件差事，到铸造过程中他再来周全谋划，如何来节省人力物力，尽量减少对民夫的伤害。

　　为此，孙云先回到太平山庄，安顿好在此避难的亲朋，带上王陵、卢生、侯生、夏侯婴、纪信等人，同赴咸阳。同时，夫人向君已经产下第二子，孙云记得老师韩非有著作《说疑》，为了纪念老师，也为了表明心志，孙云为次子取名不疑。多年来，孙云与家人聚少离多，内心里也颇多歉疚，料想此次去咸阳不为打仗，应该没有危险，便带家人一同前往。

　　进入咸阳，孙云也算是故地重游，看到咸阳城人多了不少，整座城就像一个大工地。原来秦王下令把各国富户十二万户迁来咸阳，同时在咸阳仿造六国王宫，填充成千上万的各国美女。孙云原担心他的差事耗资巨大，但与其他工程一比，不过是小巫见大巫，不值一提，只得摇头叹息。

铸金人的地点位于王宫南面，已经清理出一大片空地。紧靠王宫坐北朝南已经筑起了一座高台，十丈高，仿楚章华台而建，台上的宫殿正在施工当中。台前往南是一条十丈宽的甬道，甬道两旁就是十二个金人的位置，设计中一边六个金人，相对而立。金人外就是能容纳全城人口的广场，广场的尽头则是南城门，与章华台遥遥相对。

孙云看了金人位址，又随人到骊山工地去挑选工匠民夫。骊山工地分两部分，一部分是挖王陵，即为秦王修陵。各国传统，新王即位即开始修造陵墓。秦王陵墓已经开工了二十多年，几十万人挖下了一个二十丈深的大坑，渗出的地下水就如同一只盛水的大锅。工人还要潜入水下砌筑砖石，防水渗漏，再把积水舀走，然后建造地宫。这是李斯所亲自督建，完工还遥遥无期。另一部分是在陵墓不远处的地下兵马俑方阵，当年由吕不韦提议并亲自督造。由于挖地不深，主要工作是烧制兵马俑，现已大部完工。孙云想到铸造金人与烧制兵马俑相似，这里的工匠早已技艺纯熟，而且兵马俑已近完成，便从中挑了二百多个工匠。另外再征调一万民夫，听候调用。见到民工头领时，不是别人，正是十年前孙云与向君救过的黥布。原来黥布别后因脸上刺字又被秦军抓住，长期在咸阳骊山服役。由于他身高力壮，为人豪爽，又讲义气，对不听话的人也毫不心慈手软，因此工地上囚徒民夫都敬他畏他，不敢不从他，他在其中称王称霸，连秦军监工的话也不如他管用，于是秦人干脆让他当民工头领。黥布见是孙云调用，也非常乐意听从安排。

奉命协助孙云的还有秦下柱史张苍。老朋友多年不见，此次相逢共事，分外亲热。二人叙完旧情，聊过家常，安排好吃、住事宜，就开始着手策划建造方略。

孙云、向君、张苍、卢生等人经过一个多月的计算、筹划，终于画定图样，议定步骤，正式开工。孙云先命人伐来四人才能合围的直木大树，十多丈长，一端削成锥形，另一端铸铜带箍紧，并用铜片连在铜带上。因为金人身高体重，又没有办法做地基，只有用此柱打入地下，地上部分则与金人内部用铜带连接，如此方能确保金人永远屹立不倒。因为粗木柱至少一半要深埋地下，地上部分也要防潮防腐，树木加工成型后要泡水浸透晒干，再刷七遍桐油，外面则涂上三层黑漆。

制作大木柱的同时，孙云命人在立铜人的位址中心搭建起木头支架，直到十三丈高，又在支架两侧外围筑建高台，与支架平齐。这时在支架上端安装滑轮，用以运输物料上高台。然后把立柱拖来，锥形向下固定在支架中央。再通过滑轮吊巨石敲打立柱，立柱便慢慢地打入地下。然后在中心支架四周用木板拼接成人形，在人形外敷泥土，又在泥土上雕刻人的五官衣服模样，再在高台与泥人之间堆放木柴，点火烧烤，泥人便能成型，过程与兵马俑相似。

此时，早有一拨人准备好蜂蜡，又在泥人俑周围搭起脚手架，再将蜂蜡融化，让人均匀涂抹在泥人俑身上，有两寸之厚，蜂蜡之上对应刻画人的五官、衣服细节。在人俑脚下留一扇小门，

138

便于成型后人能进出铜人内部。铜人内壁各高度以后要与中央立柱连接，此时也用蜂蜡铸成连接件模型。此后，沿脚手架外缘砌墙至顶，再在人俑与砖墙之间小心注入泥土，以免损坏蜂蜡涂层。泥土夯实后，再一次在高台与砖墙之间投入木柴焚烧，外层泥土也被烧结成型，同时它与泥人俑之间夹套内的蜂蜡也被融化，注入泥人俑内部的容器。这样，在泥人俑与外套之间便形成了一个空腔，孙云又命人钻了排气孔，如此十二个铜人模型都已修造完中，只等兵器收集完毕，就可开始浇铸。

此时，正好王翦、王贲将军都凯旋班师。王翦已平定山越，降服山越君，置会稽郡。王贲灭代后，陈兵齐国边境。那齐王田建因秦国实施范雎远交近攻之计，长期与秦通好，不修武备，将士也不谙战事。田建忽见秦军大军压境，慌了手脚，匆忙与秦断绝关系，给秦军留下讨伐的口实。田建随即后悔，但已经来不及了，只好宣布投降，换取秦封君地位。秦王答应，接受齐国投降，将田建迁往封地。路途中，田建走入一片树林，秦军围住树林，不让他出来。当了四十四年太平国王、年老昏聩的田建终于活活饿死。

此时六十万大军全部回到咸阳，各国青铜兵器也收集到咸阳。孙云早在高台铜人模范周边准备了十二口大锅，锅的外侧挂耳用绳索吊在滑轮上，锅底下则烧起熊熊大火。随着一声令下，青铜兵器纷纷投入大锅之中，过了一个时辰，全部化为翻滚的铜汁。孙云再一声令下，每条绳索边的二十个汉子一起用劲拉绳，大锅倾斜，里面的铜汁从锅嘴流出，顺着陶管流入模范内。天空中热气蒸腾，工人个个挥汗如雨，一顿饭的工夫，一个十二丈高的铜人便已经铸成。如此一天一个，十二个铜人都铸成了，孙云吩咐把铜人手中的托盘也连铸在一起，再把每个铜人的内腔用木头固定在中心立柱上，并安装楼梯可以上到铜人头顶，铜人便可以牢牢地立住。

至此，铜人的修造工作已基本完成。孙云让人拆除铜人外的陶范、高台，清除渣土，十二个铜人的真容便显露在世人面前。此时还有最后一道工序，给铜人镀金。孙云命人再次在铜人周围搭建脚手架，再准备几口锅，锅中灌水银，投入黄金，用木棍搅拌，直到黄金全部溶解。孙云命工人用布条包住口鼻，用陶罐盛镕金的水银上脚手架，再用布条沾水银在铜人上涂抹。涂后不久，水银挥发消失，铜人上便留下一片金黄。

相比而言，最后一道工序最为简单，却最是危险。开始涂水银不久，就有几个工人中毒，从脚手架上掉落摔死，更多的人却是中毒后昏迷。出现伤亡事故，孙云感到心痛心急，这事别人都不会做，孙云只好亲自上去教习。半个月下来，孙云也渐渐中毒，身体几近虚脱，牙齿打战，口舌出血，言语困难，躺在地上动弹不得。

向君等人慌了手脚，马上请医生来诊治。但水银中毒，哪里能轻易治好？好在铜人涂金已经完工，孙云不再接触水银，中毒症状也不会进一步发展。再则孙云本来身体健壮，抵抗力强，不然哪里有命在？如此调养了一个多月，孙云身体有所恢复，已能下地行走。

这时，秦王传下旨来，要在金人广场举办登基大典，令全城军民百姓参加。孙云身体没有复原，本不想去，但孩子嚷着要瞧热闹，再加上自己也未睹金人模样，便与家人徒弟一起前往观看。

其时已经天黑，出得门来，抬头就可看见十二个金人金光闪耀，光芒四射。原来每个金人手伸出的托盘上，都放置了一桶鱼油，然后用布芯点燃，火光照亮了全城，金人被火光照得通亮，金光与红火相互辉映，宫殿城楼也照得五彩斑斓，高大雄壮的金人更显得威严、庄重，辉煌灿烂，气势慑人。全城的军民百姓兴奋异常，欢叫着从四面八方向广场聚集。丞相李斯为了场面更为宏大，允许骊山的几十万刑徒也进城参加典礼。一时咸阳城的广场和街道都人山人海，水泄不通。

因为铸金人有功，孙云等众人被允许挤进广场，挤到人群最靠前的地方，看到秦王一身金黄龙袍，黑带镶边，头戴冲天王冠，威风凛凛，坐在高台中央。秦王两边站着文武大臣。沿台阶向下，金人两边，站着一排排雄赳赳气昂昂的武士，全身披挂，手执长戟，维持秩序。人群中不时发出一声声惊叹。忽然一个声音盖过了众人："大丈夫理当如此，不然枉来人世！"孙云循声看去，此人正是沛县的刘季。原来刘季服徭役到咸阳，此番壮观场面哪里肯错过？两人相视而笑。

这时，高台上司仪官开始说话，他由一只大喇叭扩音，居高临下，所以广场上的人都能听到。那只大喇叭也用铜铸成，体型巨大，喇叭口搁在地上，喇叭嘴固定在人嘴的高度，人可以依次去讲话。

仪式开始，李斯宣布六国的罪状和秦国讨伐他们的理由。然后话锋一转，提高了嗓门："秦王扫平六合，一统宇内，天下永远太平，功德早已盖过三皇五帝，称皇称帝都不足以彰显威德。是以秦王定尊号为皇帝，命为'制'，令为'诏'，皇帝自称'朕'，他人不得违制。皇帝威德无量，世人与后人都不得妄议，是以取消皇帝谥号。秦王自为始皇帝，后世计数，二世、三世至于万世，传之无穷。"广场上响起了雷鸣般的欢呼声，震耳欲聋。李斯说罢，向皇帝奉上玉玺。此玉玺由和氏璧雕刻而成，上书八个大字：受命于天，既寿永昌。此乃李斯和赵高亲手篆刻。皇帝接过玉玺，在绢制的诏书上盖上大印，命李斯宣读。

"自伏羲画八卦，分阴阳，天道循环，终始五德。故周为火德，我大秦为水德，水灭火，故秦代周。今皇帝诏令，改黄河为德水，改历法以建亥月（十月）为岁首。色尚黑，数以六为纪。废六国旧制，书同文，车同轨，度量衡器一统。"李斯已经顾不上五德循环与秦朝万世不竭自相矛盾，而人群中又响起了山呼海啸般的"万岁"声。

"皇帝诏令，废分封诸侯之制，分天下为三十六郡，各郡置守、尉、监，悉由皇帝任命。民称'黔首'，宜各守本分，违命者法不容赦……"

正在这时，尉缭匆匆赶到，走近秦始皇，附耳小声道："禀王……皇上，臣已查明，台下那两个为陛下修造金人的孙云和向君，正是当年破韩时潜逃的公孙云和韩湘君……"

秦始皇脸上的笑容忽然僵住，尉缭听到牙齿咬合的"格格"声，他随即招来一个军官，耳语几句。军官带领一队武士，直奔殿下，捉拿孙云一家四口。

武士走到跟前，向君才明白冲自己而来，待要出手，周边都挤满了人，两个孩子也在身边，稍一犹豫，便被两个武士拿下。而孙云则没有反抗能力，也被拿下，一家四口都被送到秦始皇跟前。

十年前，秦王处置韩非的时候，秦王实际上已经见过韩湘的面，但他当时哪里会注意到那个女扮男装的小厮？现在，他要仔细瞧一瞧这个十多年来总出现在梦中的女神。此时的韩湘，三十出头，已是两个孩子的母亲。她挺胸抬头，长发披散，长袍宽袖，虽被两个武士押着，仍然风姿绰约，虽然摄人心魄，但凛然不可侵犯。秦始皇见她因愤怒而面色通红，胸脯起伏，杏眼圆睁，注视着自己。半晌，秦始皇扭头问道："李斯，朕说过，朕的皇后始终给湘君留着，可有此事？"

"确有此事。"

"听到了吗，湘君？朕不食言，朕也不计较你过去如何。只要你点头，朕现在就册封你为皇后！"几十年来，秦始皇一直生活在母亲的阴影之中。若论相貌歌舞，他的母亲天下无人能及，可是就这样的一个母亲，却给他带来了无穷的耻辱。虽然他后来还是厚待了母亲，但那只是出于政治的考虑，他心理从来没有原谅过母亲，并由此轻视天下所有的女人，特别是漂亮的女人。开始他追求韩湘，只是为了满足征服者的欲望。但多年求而不得，反而使他坚信，只有韩湘才是他真正的皇后人选。

韩湘破口大骂。李斯向前道："荣华富贵与万劫不复就在公主一念之间，还请公主三思。"

秦始皇满脸的困惑与不解，心里的想法脱口而出："朕能征服六国，就不能征服你韩湘？"他本想用强，但顾忌韩湘武功，便把询问的眼光投向尉缭。

尉缭答道："公孙云与韩湘为陛下铸了十二金人。如此能工巧匠，陛下应该敬献给天神。天神得了祭品，定会保佑陛下长生不老。"

秦始皇会意，点头示意尉缭。尉缭便命人将韩湘与无疆五花大绑，并用黑布缠住两人的眼、耳、口，由武士押着，送上最外面的金人托盘。

秦始皇再转向公孙云："朕知道，我大秦一统江山，你也立下了许多功劳。你若能劝说韩国公主回心转意，朕一定不计前嫌，给你厚厚封赏。你意下如何？"

李斯、尉缭等众大臣也纷纷威逼公孙云。公孙云强忍着内心痛楚，闭目不语。尉缭一声令下，公孙云也像韩湘、无疆那样被绑了起来，送往韩湘对面的金人托盘。不疑也被一同押往，但并不捆绑，一则因为他才刚一岁，不会逃走。另一则是尉缭有意让小孩能哭闹，好使公孙云心疼孩子，改变心意。

五个武士带着公孙云和不疑，来到金人裙下，打开后门进入内腔，就要往楼梯上吊。这时，从中心立柱后闪出一个高大的身影，一脚踢下为首武士手中的火把。剩下的几个武士还没有看清是怎么回事，就已经被踢翻在地。接着又冲出三个人来，正是王陵、纪信、夏侯婴，解开公孙云身上的绳索和缠带。原来，是黥布和他们三人看到韩湘和无疆被押上金人托盘，已知皇帝等人的意图，便在人群后穿行，挤到对面金人的后面，潜入金人内部，等公孙云押来时杀死武士，救了公孙云父子。这一切外面的人哪里能知晓？王陵剥下一个武士的铠甲，换上公孙云的衣服，将他捆绑起来，拉上金人托盘，冒充公孙云，然后下来商量如何到对面的金人托盘上去救韩湘和无疆。但两个金人之间隔着甬道，有武士看守，众目睽睽之下他们如何过得去？更遑论到金人顶部去换人了，更何况公孙云是个病人，行动不便，他们还带着一个婴儿。正在着急，外面的武士看见金人内的同伴久不出来，便进来查看。一进门便发现异样，慌忙退出，狂呼乱叫。王陵等人见被发现，犹豫不得，只得赶紧冲出来，往人群中躲藏。武士也跟着赶向人群。一时人群大乱，互相拥挤践踏，哭喊声响成一片，武士哪里还找得到嫌犯？这时混在人群中的囚徒和民夫也大喊大叫，故意冲撞，有些胆大的囚犯还跑到咸阳街上放起火来。秦军士兵大声吆喝，来往奔驰拿人，但越拿人越乱，哪里弹压得住？尉缭见状，只得请示秦始皇，令城门大开，让军士驱赶囚犯民夫模样的人，违者格杀勿论。于是几十万囚犯民夫向城门涌出，守门的秦军根本无法查验身份，公孙云、王陵等人便乘机混出城外。

公孙云等逃出城来，身边除了孩子，只剩下王陵、纪信、夏侯婴，其余的人皆已失散。公孙云身体不好，王陵等连扶带背。几人先随着人流跑到工地，弄了些吃的等生活用品，便往南跑到终南山中。

由于当夜乘乱逃跑的囚徒民夫太多，秦军第二天即开始大规模地搜捕行动。公孙云等外表虽不同于民夫，但也有可疑之处，经历了数次风险，才跑到深山安全处。

　　虽然人身暂时安全了，但公孙云内心更为痛苦。当初在秦始皇和众大臣威逼之下，他闭目不答，原本是抱定了必死决心，与韩湘一起一家人共赴黄泉，在阴间相聚。但阴差阳错，如今湘君与长子无疆成了秦始皇献给天神的祭品，他却活了下来。湘君于他，既有夫妻之情，又有兄弟之义。湘君死了，他义不独生，但如果一死了之，不疑又怎么办呢？难道要无辜的孩子陪他去吗？不，为了孩子，他必须活着。可湘君死了，他连葬她的机会都没有，这更让他痛不欲生。自己既然不得不活了下来，那活着干什么呢？报仇便成了他的人生目标。可现在，公孙云的病体远未康复，也不知道能否康复或何时康复，自己本身也是朝廷通缉捉拿的要犯，又加上带着孩子，在深山老林里虽是躲过一时之危难，但终非长久之计。

　　思虑明白，公孙云把几人叫到一起，说道："尉缭、李斯既然侦知我和湘君身份，必然也能探到太平山庄详情，山庄上几百号人性命危矣！你们三位赶紧回山庄，散尽家财，送走宾客，遣散全部僮仆。另外，小儿不疑跟我在山中也多有不便，他也拜托给几位带走。你们若是不方便抚养，可交给他舅舅。"

　　"那主公您呢？"三人异口同声问道。

　　"我行动不便，又被通缉，跟随你们只会误了大事，误了山庄几百号人性命。我就留在此地。"

　　"主公？！"三人同时惊叫。

　　"你们放心，我死不了。我看这山上多有银杏树。这银杏树又名公孙树，寿命可达千年万岁。这银杏果可治疗人脑神经损伤。我吃银杏果，既能解饥解渴，又能治病，何乐而不为？

我姓公孙，看来也确与这公孙树有缘了。"公孙云苦笑。

原来主人一切都已经计划周全。道理虽是如此，但王陵仍然放不下心来："主公，我们留下一人护你。"

"你们留人无益。待我略有好转，我就南下到商洛山。此处商山四皓道行高超，我从他们学道，或可治愈病体。"

"然后呢？"

"然后寻秦报仇。这是我家事，况且人多也无助于事成。诸位的好意我领了，我与各位也是情重难分。但你们还得以救人为重。"

于是几人依依不舍地分别。

注释:

秦统一及铸造十二金人之事见《史记·秦始皇本纪》：分天下以为三十六郡，郡置守、尉、监。更名民曰"黔首"。大酺。收天下兵，聚之咸阳，销以为钟鐻，金人十二，重各千石，置廷宫中，一法度衡石丈尺。车同轨。书同文字。地东至海暨朝鲜，西至临洮、羌中，南至北向户，北据河为塞，并阴山至辽东。徙天下豪富于咸阳，十二万户，诸庙及章台、上林皆在渭南。秦每破诸侯，写放其宫室，作之咸阳北阪上，南临渭，自雍门以东至泾、渭，殿屋复道周阁相属。所得诸侯美人钟鼓，以充入之。

二十七年，始皇巡陇西、北地，出鸡头山，过回中。焉作信宫渭南，已更命信宫为极庙，象天极。自极庙道通骊山，作甘泉前殿。筑甬道，自咸阳属之。是岁，赐爵一级。治驰道。

第八章
暗流汹涌

　　此后的一两年，公孙云就在深山中修养、学道、治病。虽然清静，但外面的消息仍然通过各种途径传进大山。咸阳仿造的六国王宫、十二金人虽已完工，但秦始皇陵墓的工程还不到一半。秦始皇又发奇想，在渭河南面两百里的范围内修建信宫、章台、上林宫、甘泉宫，又把信宫改名极庙，与天象对应。又用木头修建几百里长的甬道把各宫殿相连，人可以离开地面穿梭来往于各宫殿之间。秦始皇又下令征召三十万民工把原来燕、赵、秦修建以防北方胡人的城墙连接起来，加高加固，长达万里。秦始皇还下令修筑咸阳通往全国各郡的池道，东穷燕齐，南极吴楚，路宽五十步，三丈而树。又修三秦通往蜀中的栈道以及从蜀中通往云贵的五尺通，此两项因在大山之中，最为艰难。诸多工程，征集的民工达三百多万。工地上饿死累死摔死不计其数，人民妻离子散、流离失所更甚于战时。秦始皇为了防止六国遗族复辟，还大肆搜捕六国公族后人，以斩草除根，永绝后患。难道这就是公孙云等曾为之努力奋斗并寄予厚望的和平吗？难道这种和平还要永远持续下去吗？如此种种，加深了公

148

孙云对秦始皇的憎恶之情，更加坚定了他报仇除害的决心。

这一年多中，秦始皇还往西北方向巡游了一次。以前，他喜欢在大庭广众之前显示威风，但好几次在广场扬威都出了意外，弄得他面子无光，收不了场，陈郢那一次还险些丢了性命。因此秦始皇便放弃了广场聚会这种方式，喜欢上了巡游。他这次上鸡头山，原是为了祭祖，缅怀祖先创业艰辛，感谢祖先神灵保佑，告慰祖先秦帝业已成。然后游北地，打探匈奴王子是否已探明昆仑山之路，当然无果。由于路行艰难，他又下令修筑从云阳到九原的直道，沿途要堑山平谷，希望有朝一日像周穆王请造父驾车，一日千里。此行自然又是耗资巨大。

公孙云心里盘算，自己与秦始皇及他身边的许多大臣都认识，秦宫又戒备森严，自然很难潜入秦宫中刺杀秦始皇。他以后又不在公众前露面，因此也难混入人群行刺。好在他喜欢巡游，在路上总能找得到机会，不妨在他下次巡游时在后面跟着，摸清他的活动规律，伺机下手。这时公孙云身体已渐恢复，但要彻底清除体内毒素损伤已无可能。刚好听到秦始皇要到泰山封禅，于是决定跟踪而去。

由于公孙云在深山老林得到的消息晚，他出山时秦始皇的大队人马早就从咸阳出发了。于是公孙云直奔齐地而去。他原以为，齐地几十年和平没有兵革，境况应该比其他各国为好，到齐地一看，也是满目疮痍，到处在征用民夫，搜捕六国后人。原来，齐是东方大国，原本民殷国富，经齐缗王称帝失败后，国力大衰，从此改变国策，与秦修好，不再参与诸侯称雄。六国灭亡时，各国遗老遗少纷纷跑到齐国避难，因为大家觉得只有齐国安全，一时齐国成为各国流亡人士聚集之地。此事秦庭岂能不知？于是借秦始皇东巡之机，尉缭以安全保障为由，沿途搜捕捉拿各国反秦人士，稍不如意，便现场杀人。公孙云看到道路上总有秦军来往奔驰，市镇上则因捉人而鸡飞狗跳，哭喊声不绝。间或也见到血肉横飞，死者中也不乏无辜者。其实，这些六国后人绝大多数已经丧胆，只求保命平安，有志报仇者百无一二。公孙云看到他们的遭遇，内心更是愤懑不平。

公孙云赶到泰安时，秦始皇已经完成泰山封天、梁父禅地，向渤海而去。听说秦始皇登泰山时，忽然电闪雷鸣，大雨倾盆，秦始皇等人跑到五棵松树下才躲过雷雨。下山后秦始皇还封这五棵松树为大夫。知道的人议论纷纷，有的人叹人不如树，有的人笑秦始皇自命不凡也惧雷雨，也有人恨天雷何不劈死秦始皇。公孙云不想惹事，便想找个客栈早早歇息。

刚找个客栈住下，便听到隔壁房间有几个人说话，声言颇为熟悉。过去一瞧，三个人中有两人认识，是盖聂和鲁句践，另外一个却不认得，看样子像当地人。盖鲁二人见是故人，都非常高兴，热情迎入，并介绍公孙云与那中年汉子相识。原来这汉子姓徐名市，果然是齐人，也是侠义之士。

几人要了酒菜，边吃边谈。徐市道："列国争雄，各国都血战以抗暴秦，虽然身死国灭，也不辱没了先祖。唯有我齐国不战而降，为我齐人的耻辱。外人不知，还以为我齐国无人！"

公孙云道："徐义士言重了。谁都知道齐国多英雄豪杰之士。远的孟尝君就不说了，前几年孤身刺秦王的荆轲就是齐人的骄傲啊！"

鲁句践接着说道："可惜荆轲义士受雇于志大才疏的燕太子丹，才功败垂成。要是我孙大哥主持，哪有秦王今日？徐义士，我这位孙大哥最是足智多谋了，你的难事请教于他没有解决不了的。"盖聂也随声附和。

"徐义士有何难事，不妨说出来我们一起商量。"

"六国后人是相信我齐国才到齐国避难，我齐人却不能保护他们。我齐国又是耻上加耻。请孙先生教我如何一雪前耻？"

"滥杀无辜，不是齐人的耻辱，而是秦人的耻辱。徐义士高义，感天动地，我等自当效力。我有一计，供三位斟酌。"

"先生快讲，我等洗耳恭听。"

"那始皇帝刚从泰山上下来，就往东边去了。说是要到之罘（今山东烟台）去。诸位知道他要去之罘干什么吗？"

徐市答道："之罘海上，常出现海市蜃楼。民间传说海上有三座仙山，名叫蓬莱、方丈、瀛洲，上面住着仙人，能长生不老。秦王已统一六国，富有四海，享不尽的荣华富贵，当然就想着要长生不老。我猜他到之罘去定是要寻找神仙，求那长生不老之药。"

"言之有理。徐义士，你可以借机上书始皇帝，说你可以出海找到仙山仙药，请皇帝资助你修造大船，筹备物质，你便可将六国遗民移送海外。"

盖聂、鲁句践异口同声地道："此计大妙，可瞒天过海。我等可联络齐地名士，联名推举徐义士。"

徐市也点头称是："如能说服秦皇，徐市愿舍命前往。只是……只是海上真有那三座仙山么？"

"仙山当然是虚无缥缈。但东面的大海广阔无垠，海里面实实在在能居住人的岛也不少啊。前几年我在吴地，就听说过不少渡海谋生的事。三位知道，吴国乃吴太伯所建。吴太伯乃周太王古公亶父长子，但古公更喜欢三儿子季历，想传位于他。太伯为了避免骨肉相残，于是与二弟一起逃亡到吴地，断发纹身，做了吴王。季历便是后来的周文王。五百年后，吴国被越王勾践灭亡，吴人不愿受越人统治，便纷纷驾船移居海外。三年前秦灭楚，我也亲见自称吴太伯之后的人驾大船北上，说是要到亶洲去过太平生活。"

"我也带人去亶洲？"

"那也不一定。如果亶洲已经人满，你到亶洲便又要起争端。我听说在大海的东南方向还有一大岛，吴人去的不多，还不知道叫什么名字。徐义士可以带人到那里去。"

"那就我们给这个岛取个名字吧。孙先生，还是你的见识多，你就说个名吧。"

"齐国原为姜太公吕尚所建，后来虽然被田氏取代，齐人至今不忘吕氏。我们从齐地送人到那个岛去，就叫'吕送'吧，这也是仿照亶洲之名。"

"孙先生也一起去吗？"

"不，我大仇未报，不能随同各位，但我会尽力帮忙。不过，我有一个要求，徐义士带人上吕送岛，只可带生活用具、种子桑蚕，务要绝圣弃智，切不可在那里讲仁义之道。不然，若干年之后，便会又起争端。老子说得好，鸡犬之声相闻，老死不相往来，哪里还会有争端？只是我华夏圣人太多，积习已久，再也回不去了。只要成了圣人，或是为了成为圣人，就可以以高尚目的为由任意宰割他人。如此世道，就算是圣人，杀人必须偿命，正义必须伸张。不然，后世便永无宁日了。"

"孙先生的话，徐市记住了。只是我们该在哪里造船、从哪里出发的好？是之罘吗？"

"之罘只是半岛一隅，并不是最好的地方。我看往东南方向有一地，名叫琅邪（今山东青岛南）。此地在齐国最南，交通便利，便于六国流亡人士聚积。从琅邪出海到吕送，不用绕行，路程也近了许多。再者，琅邪最靠近吴地，容易找到熟悉的吴人打探消息，也方便找到有经验的船匠船工，一举多得。只是要找理由说服那始皇帝，仙山靠近之罘，为何要舍近求远从琅邪出发？"

"理由我有。仙山在海上漂浮不定，但家却在吕送。仙山在之罘显现，只是虚幻。若真在之罘，岂不早有人上山求得仙药了。"

"有理！那我们依计而行。"

秦始皇从泰山上下来，听说渤海南岸显现了蓬莱、方丈、瀛洲三座仙山，心想此乃祥瑞，是天神对自己的眷顾，便兴冲冲地赶到之罘。没想到仙山只是昙花一现，早已不见踪影。秦始皇等了数日，沐浴焚香，登台祷告，也不灵验。据当地人讲，仙山虚无缥缈，或数月一现，或数年一现，可遇而不可求。秦始皇不由得大失所望。正在懊恼之季，忽然接报有齐人方士徐市求见，说能找到仙山停泊之处，可求得仙人之药。秦始皇大喜，连忙请进。两人一见如故，畅谈了半日，秦始皇完全信服了徐市，又接到齐地名士的推荐保举，便下令往南进发，在徐市带领下来到琅邪。

琅邪南临大海，海面比之罘更为宽阔，海况更为壮观，但苦无高处可眺望远景。徐市提议，可在海岸边建高台，名琅邪台。一则可以观望海山情况，海船也可以高台为指引。秦始皇准奏，下令修建。又令人在台下筑城，修造船舶，溲浚航道，储备物质。为此，秦始皇下令迁徙吴齐两地三万户黔首到琅邪城，免除他们十二年杂役和赋税，专听徐市调遣。秦始皇高兴，在琅邪一住三个月，整日与徐市探讨仙人踪迹，然后饮酒歌舞，乐而忘忧。

秦始皇终于记起还有两件大事要办。此事说来烦心。八年前，王贲破魏，本应取回周鼎，对祖宗也是一个交代。不想到被楚人劫走，眼睁睁地掉落在彭城泗水河中。秦军知道地点，多次派人下水寻找捞取，总是一无所获，难道它在眼皮底下又飞走了不成？秦始皇这次下定了决心，事先训练了一千水军，个个是潜水好手，这次非要把周鼎捞出来不可。过去每次改朝换代，都伴随着九鼎的移手，九鼎已经是天下的象征。如果九鼎缺少了最关键的一鼎，那何以证明秦乃天意所属？他将如何面对列祖列宗？更何况他的脸面何在？那长生之法又到哪里寻找？

可要是万一还找不到呢？因为长期找不到，秦始皇对此也有最坏的打算。赵佗已经打探明白，如果周鼎遗失了，那周鼎的铸造之法舜帝带到了南方，要么在苍梧或九嶷山，要么在洞庭湖湘山。如果真的在泗水找不到，那就只能继续南巡了。

想到这里，秦始皇不得不从琅邪台的幻想中回到现实来，对徐市说道："你好好准备，不得有误。朕明年再来。"然后，打起精神，召集水兵，往彭城赶来。

秦始皇一行浩浩荡荡，西行至沛县，再沿泗水南下到彭城，沿途挤满了观看皇帝威仪的百姓。刘季原在咸阳远观过秦始皇，羡慕不已，这次皇帝走到了家门口，哪里肯放过机会？于是他纠集一帮狐朋狗友，前往观看。

刘季原本只与张耳来往，可后来张耳找不着了，只有交家乡的朋友。在老家他也有一个老友卢绾，两家本来就是世交，两人又同日出生，志趣相投，从小就好得不得了。但长大后，卢家富有，而刘季则因没有正当营生而贫困潦倒，两人便渐行渐远，能与刘季来往的朋友大多是底层人，最铁心的除了樊哙之外，还有一个周勃。周勃原以编织桑蚕用具为生，但受不了日夜劳作的辛苦和枯燥，专替人办丧事当吹鼓手，因此与刘季、樊哙成为酒肉朋友。三人好吃喝玩乐，正常的收入不够，免不了经常干些小偷小摸、骗吃骗喝之事，因此也经常被丰邑中阳里的里正雍齿拿住，送往沛县监狱。一来二去，便与管监狱的功曹萧何、狱掾曹参熟识。萧何曹参觉得刘季义气，也经常给他一些好处。刘季有心巴结他们，便混到萧何、曹参等迎接皇帝的办差队伍中，忙前跑后，十分卖力。恰巧秦始皇的车队从这些人面前经过。秦始皇从车帘后看到这个与他年龄相当的人忙得不亦乐乎，不由得产生了好感，吩咐赵高把刘季叫到车前，亲切地询问了大汉的姓名年龄籍贯，末了问道："你很愿意为朕办事？"

追逐

"刘季一人吃饱,全家不饿。刘季有的是时间和精力,愿意为陛下效劳!"

"好!朕就命你为泗水亭长,你找些人,协助水军给朕去捞周鼎吧!"

刘季闻言大喜,立即磕头谢恩,转身就去给樊哙、周勃下指令去了,一旁的萧何、曹参直吐舌头。刘季高兴,并非指望捞到鼎可以立功受奖,而是他认为再也不怕雍齿欺负,再也不用听老父亲烦人的唠叨了。他的祖父已死,家里再也没人帮他说话了。现在有了皇帝钦命的差事,自然要好好干一番让瞧不起他的人瞧瞧。在萧何、曹参、樊哙、周勃、卢绾等人的张罗下,刘季很快召集了一百多人的队伍。他们都是当地人,身体好,熟悉水性,平日里也多游手好闲,也愿意帮闲。刘季领人给官军带路,不到一日就抵达彭城。秦始皇有当地人帮忙,更是信心大增。

为了确保万无一失,到达周鼎落水地点后,秦始皇先沐浴焚香,祈祷天神保佑。如此三日,再将河段划分为若干小片,每片一队水军负责,又有两名刘季手下帮助,不漏过每一寸河床。可是,一天、两天、三天过去了,下水的一千多人都累得筋疲力尽,从河床中捞出的石块等杂物堆成了一堵墙,可就没有周鼎的影子。秦始皇的心情由兴奋、焦虑逐渐转为失望、愤怒。他把王贲、水军军官、刘季都叫来,各打一百大板,再下令把搜寻的范围扩大到上、下游各十里。三人心里都委曲万分,但也只能照办。如此折腾了一个来月,仍然一无所获。秦始皇的心情就像冰雪一样寒冷,无奈之下,只得下令作罢,带领大队人马向西南而去。

公孙云本来尾随着秦始皇的车队从琅邪西行，但到达微山湖西南岸边的时候，意外地踅到了王陵。原来王陵、夏侯婴都是本地人，前年两人回太平山庄后就遣散了宾客，捣毁了山庄，就带小公子不疑回到了老家，现由王陵家人看管。王陵见公孙云身体已无异样，也非常高兴，忙领公孙云到家父子相见。公孙云见到儿子已经三岁，健康可爱，不由得悲喜交加，便在王陵家先住了下来，共享天伦。至于秦始皇捞周鼎的事，他也没放在心上，因为那不过是探囊取物，没有什么热闹可瞧。

过了半个来月，坊间小道消息传得满天飞，说秦始皇没有捞到周鼎，灰溜溜地走了。公孙云奇怪，便赶来中阳里找刘季了解情况。

刘季自屁股挨了一百大板，当亭长的兴奋早已烟消云散，对秦始皇的怨气却实实在在。见到公孙云来访，又高兴起来，连忙热情款待。公孙云谢过，问明了捞鼎的过程，便与刘季一起，再来到捞鼎的地方。

当年落鼎的河段由于受秦军的保护没有任何变化，只是岸边由于刚驻扎过大军而显得有些脏乱，但当年留下的标记还在。公孙云当年比谁都看得清晰，于是下水到沉船地点，摸索了半日，确实一无所有。回到岸来，对刘季苦笑："始皇帝确实冤枉你们了。"

与刘季告别后，公孙云陷入了沉思。回想刚才在水下河床上摸到的坑凹，公孙云忽然明白了，原来泗水河自北向南流入洪泽湖，虽然水流很急，但并不能冲走沉重的周鼎，却会在周鼎的后面冲走泥沙，冲刷出一个大坑，周鼎便向后倾倒。如此反复，天长日久，周鼎便会逆流而上，现在怕是已经上行一百多里，沉入微山湖中。公孙云忽然想起仓海君曾说他要收回周鼎，归还于先祖微子启。而微子启的坟墓不就在微山湖中吗？微山湖就因此得名的呀。想自己当时还暗中嘲笑仓海君大言不惭，现在轮到他自惭形秽了。原来仓海君才是真正的高人啊！老子说，道可道，非常道。人力哪能与道比高低啊！

那么，周鼎还要去找它吗？且不说仓海君要让它永远伴随微子，就算不尊仓海君之言，此物若现世，不知又要引起多少争端？又有多少人因此丧命？与其如此，还是让它在世上消失的好。不过，那始皇帝还要去寻找舜帝及家人的坟墓，不知又要生出什么事来，还是该跟着去看看。

洞庭湖畔，烟波浩渺，水雾迷茫。

秦始皇一行二十余条大船，依次向湘山岛进发。秦始皇的大船居中，跟在一起的是文武大臣和贴身侍卫。前后的船只上则载满了秦军卫队。公孙云混到秦始皇后面的一艘船上，充当摇桨的民工。

渐渐地，前面的船只已经靠岸，大队秦军上岸，去做一些准备工作。然后船只离开，把唯一的码头让出来，等候秦始皇的船到岸。秦始皇的船离岸还有两百多步远，船上的人纷纷收拾东西，秦始皇本人也正了衣冠，预备离船。就在这时，船忽然猛烈地摇晃起来，水面上掀起了大浪。随着浪越来越高，船上的人纷纷落水。眼看就要翻船，秦始皇见众人都在找紧要的东西，只是玉玺没人敢拿，便把玉玺紧紧抱起。还没来得及找其他物品，船已经翻扣过来，把秦始皇等人打在水下。秦始皇就势往下一扎，然后向侧边猛一蹬腿，就浮出了水面。这时，一个接一个巨浪迎头打来，秦始皇由于双手紧抱着玉玺，无法用手划水，连喝几口大水，呛得他鼻子出血，头晕眼花，眼见就要下沉。

公孙云在附近的船上看到这一切，周围的人也许是为秦始皇的安危焦急，除了公孙云，没有人奇怪为什么只有秦始皇那艘船周边才有巨浪将船倾覆。有胆大的人跳下水向秦始皇游过去，不会水的人则在船上高叫："陛下！快丢掉手中的东西！"

秦始皇朦朦胧胧中听到叫声，也是出于本能，双手松开，玉玺就从手中掉落。秦始皇腾出手来划水，双脚下蹬，终于稳住不往下沉。眼见着船也沉了下去，说也奇怪，水面上的巨浪也很快平息了下来，众水手游到秦始皇身边，把他救上了船。

其时公孙云也早已跳入水中，游到秦始皇附近。透过湖水，他依稀见到水下有一个人影花晃动，一手舞动着一柄长剑，另一手挽着一个包裹，行动颇为艰难。随即沉船就朝那人身上盖过去，公孙云连忙伸手将他拉出，浮上水面深吸几口气，又潜到水底，拉起那人向岸边的芦苇丛中游去。船上船下的秦军都手忙脚乱，注意力全在秦始皇身上，谁也没有注意到公孙云救了一人潜走。

众人把秦始皇救上岸，压胸捶背，倒出腹中的湖水。然后把他抬到湘山祠内，给他更衣休息。过了好半天，秦始皇才缓过神来。他眼睛睁得大大的，出了半天神，忽然对身边的赵高说道："朕……朕的玉玺掉到了水里，你赶紧找人捞起来！"

众人也回过神来，原来船翻时皇帝抱的是用和氏璧做的玉玺，难怪他紧抱着不肯放手。好在彭城捞周鼎的一千水军都在，赵高急令他们下水寻找玉玺。

忙了几个时辰，直到天黑，一千水军也没有找到玉玺。除了沉船倒扣在湖底，因船体沉重，无法挪动，这一区域无法寻找，周围几百步的湖底都摸遍了，就是不见玉玺的踪影。难道玉玺刚好被沉船盖住？秦始皇心里疑惑，他想，这块宝玉得之不易，寄托了几代先王的梦想，岂能在他的手里遗失？无论如何不能重蹈周鼎的覆辙，再也不能让玉玺也丢了。想到这里，秦始皇把来湘山祠的目的忘得一干二净，下令想尽一切办法、不惜一切代价找回玉玺。

秦军连夜想办法。费了三天时间，终于把沉船拖到了岸上。船沉的地方多了一只大口径的铜盆，舍此一无所有。然后清点船上物品，所有的东西都已找到，只缺玉玺。

秦始皇的心情一天比一天阴暗，直到物品清点完毕，尘埃落定。他的脸色由白变青，由青变紫。他感到事情的唯一解释就是天神在与他作对。他忽然大叫道："叔孙通，这湘山祠祭祀的是何方神圣？"

叔孙通博士谨慎地答道："湘山祠祭祀的神是湘君。"

"啊！是上天为湘君之事惩罚我吗？不，不！我是把湘君敬献给上天，决无意杀她！上天啊，你已经收走了湘君，为何还要与我为难啊？"秦始皇的脸因痛苦和疑惑而扭曲。

"陛下！"叔孙通劝说道："此湘君非彼湘君。此湘君乃是舜帝的妻子娥皇女英，与韩湘同名实属巧合。皇上不必多虑！"

"那你说玉玺哪里去了？周鼎哪里去了？说！说！"

"这……"

众大臣都吓得战战兢兢，秦始皇反而平静了下来："好吧，来吧！既然想与我作对，那就让我们斗一斗吧！尉缭，传朕旨意，销毁湘山祠。岛上每一棵树每一根草都不能留。每一寸土都要过刀，都要火烧成黑色。"

"这……这恐怕要费很多人力……"

"朕给你留下三千人，够不够？李斯，传旨，回咸阳！"

"诺！只是九嶷山、苍梧……"

"朕不去了！传朕的命令，令屠睢统领五十万大军征讨岭南。定要踏平九嶷山、苍梧，把那虞舜给朕找到！"

"九嶷山、苍梧位于十万大山之中，恐进军困难……"

"令史禄开凿灵渠，连接湘江和漓江，从水路进军桂林、象郡！"

秦始皇忽然又想起一事，叫道："尉缭，那公孙云捉住没有？"

"禀皇上，没……没有。据臣查明，公孙云得了重病，恐已不在人世。"

"朕活要见人，死要见尸。朕再给你一年时间，你若拿不到公孙云的人头，便拿你的人头来见朕！"

在水下掀翻秦始皇大船、取走玉玺的正是湘君！公孙云把韩湘背到芦苇深处，虽然意外，但顾不上惊喜，便把她平躺在草丛上，开始急救。

　　韩湘脸色苍白，毫无血色，嘴角却流出血来。她四肢瘫软，手指张开，口说不出话来，意识却是清醒的。见到救自己的竟然是日夜思念的夫君，两人的心灵仿佛又融合到了一起。两人都没想到对方还活着，都想着替对方报仇。两人也都没想到今生今世还会见面，而且是在这种场合、这种时刻。幸福来得这样突然，又不知能停留多久？

　　公孙云替韩湘把脉，见她脉象虚弱散乱，知她受内伤极重，恐怕体内的主血脉已被振碎，如果稍微动弹恐有性命之忧。沉默了一会儿，公孙云已经明白了事情的原委。他后悔曾经向韩湘讲述楚军在泗水沉船及淮阳陈胡公水下铁墓的故事，结果韩湘有心记住了，就铸了一个大铜盆，放在秦始皇必经的水道上，自己则用芦苇伸出水面呼吸，潜伏在水底专候秦始皇的到来。公孙云确也告诉过韩湘，此法甚为凶险。因为人的血液与水相似，水能激起巨浪，血脉里的血也会狂奔暴涨，人如何受得了？韩湘完全是在以命相搏，想与那秦始皇同归于尽！

　　过了好久，韩湘的心情已经平复，精神也好了些，已能微弱地讲话，她轻声呼唤公孙云："子房……"

　　"湘君，你是如何知道那秦始皇要来湘山？"

　　从韩湘断断续续的讲述中，公孙云知道了事情的来历。原来，那天晚上尉缭命人把韩湘与无疆绑上献给天神，奉命执行的武士惧怕韩湘的身份可能有变，不敢紧绑。但韩湘的五官都被缠住，对金人底下发生的事情一无所知。不知过了多久，她从昏睡中醒来，蹭到铜托盘边缘，把手上的绳子磨断。解开眼罩，发现身边的无疆早已窒息而死，身体冰凉。此外黑夜中空无一人。

韩湘强忍住悲痛和饥饿,在金人中找了一遍,也没有找到任何人。
于是潜出金人外,混到露宿街头的一群流民之中,胡乱吃些东
西勉强充饥。向人一打听,才知道由于悲愤过度,她已昏睡了
三天之久。她继续伪装成流民,打探消息,有一次遇到了卢生。
原来卢生、侯生与主人失散后被朝廷强征,替皇帝炼丹药。二
人也在暗中寻找公孙云等人,但一直没有确切消息,恐怕是凶
多吉少。从卢生那里知道,秦始皇要南游湘山、九嶷山求长生
不老,韩湘便离开了咸阳,想回太平山庄。但看到山庄已被捣毁,
三百多人也一个不剩,更加相信公孙云已经遇害。于是赶到湘山,
雇人铸了铜盆,等候秦始皇来到。

公孙云也简略地说了自己的遭遇。末了,公孙云动情地道:
"湘君,我要告诉你一个好消息,我们的不疑还活着,长得又
白又胖,可好玩了。你慢慢调养,等你好一些了,我就带你去
见我们的儿子。"说罢,他又深深地望了韩湘一眼,看见她脸
上挂着满足的笑容,便起身去寻找水鸟野蛋,给韩湘喂食。

如此过了三天,韩湘的身体已逐渐好转,但依然不能动弹。
公孙云盘指计算,也许再过十天半月,韩湘就能够起身。正思
量间,远处传来了秦军走动吆喝的声音,过了不久,他们就对
芦苇放起火来。时值深秋,风大火急,眼看着火势渐渐逼近,
公孙云焦急万分。韩湘催公孙云自己离开,公孙云坚定地答道:
"不,我再也不离开你!我背你走。"

"我一动弹便会血管破裂而死,你何必背我?"

"要死我们一块死!"

"看!那是什么?"韩湘手指公孙云身后,趁公孙云扭头

后看，韩湘猛地抬头，奋力站起。待公孙云回过神来去搀扶，
韩湘已经轰然倒下，双目紧闭，牙关紧咬，很快就没有了气息。

公孙云明白，这是韩湘舍身救己。本想守着她一同归去，
但岂不辜负了爱妻的临终心意，况且妻子的遗志未成，大仇未
报，自己舍难择易，枉为八尺男儿！想到这里，公孙云擦干眼泪，
转身离去。走了百十来步，回头一看，身后已陷入一片火海之中。
然而，在公孙云的心目中，它却是湘君灵魂的居所，哀婉凄楚，
却又美若仙境，正如屈原在歌唱：

筑室兮水中，葺之兮荷盖。

荪壁兮紫坛，播芳椒兮成堂。

桂栋兮兰橑，辛夷楣兮药房。

罔薜荔兮为帷，擗蕙櫋兮既张。

白玉兮为镇，疏石兰兮为芳。

芷葺兮荷屋，缭之兮杜衡。

合百草兮实庭，建芳馨兮庑门。

九嶷缤兮并迎，灵之来兮如云。

捐余袂兮江中，遗余褋兮澧浦。

搴汀洲兮杜若，将以遗兮远者。

时不可兮骤得，聊逍遥兮容与。

注释：

秦始皇此次出巡的记录见《史记·秦始皇本纪》：既已，
齐人徐市等上书，言海中有三神山，名曰蓬莱、方丈、瀛洲，
仙人居之。请得斋戒，与童男女求之。于是遣徐市发童男女数

千人，入海求仙人。

始皇还，过彭城，斋戒祷祠，欲出周鼎泗水。使千人没水求之，弗得，乃西南渡淮水，之衡山、南郡。浮江，至湘山祠。逢大风，几不得渡。上问博士曰："湘君何神？"博士对曰："闻之，尧女，舜之妻，而葬此。"于是始皇大怒，使刑徒三千人皆伐湘山树，赭其山。上自南郡由武关归。

根据此记载，这时秦始皇唯一一次怒及神灵、树木、山石，说明他的愤怒是空前绝后的，但他至死都念念不忘祭祀舜帝，表明他对湘君的心情极端矛盾。本书中的主要人物都可见于正史记载，唯韩湘是虚构的，但虚构的理由即源于此。

徐市还有一个我们更熟悉的名字徐福，徐福出海的目的是什么，目的地是哪里，两千年来众说纷纭。现在流行的说法是徐福到了日本，并成为日本的第一代天皇神武天皇，据说日本国内目前有很多徐福遗迹，还有人自称是徐福后代，但这些证据多为附会，不足为凭。日本天皇见诸史料，是在徐福之后五百年。根据现代人种遗传学、语言学以及日本考古学的研究，日本人的主要来源应该属于"南岛语系"，即江浙沿海一带。这也与当地"吴泰伯之后移民日本"的传说相符。当然，也有北亚人经过朝鲜半岛进入日本。本书后面讲到，秦亡后赢氏后人逃亡日本，汉亡后也有皇室后裔流亡日本，这些史料比较可信。

本书作者认为，徐福的目的地是吕宋岛，即今天的菲律宾。徐福的目的是避秦暴政，寻找属于自己的生活，与桃花源的传说如出一辙。

第九章
博浪沙

在原魏国故地阳武县（今河南原阳县）户牖乡，有一户人家，父母双亡，只有一对兄弟，哥哥叫陈伯，已经成家。弟弟叫陈平，和兄嫂住在一起。家里虽然有三十亩薄田，但都是黄河水淹过的盐碱地，长不出几颗庄稼，因此家里穷得只能捡别人扔下的破草席当房门。更可恼的是，这陈平人高马大，长得仪表堂堂，吃过饭后却不事劳作，喜好黄老之学，一心寻师访友，四乡八里也没有人愿意把女儿嫁给他。陈平的嫂子自然对他冷眼相对，经常对人说这样的小叔子还不如没有呢。陈伯听到后大怒，休了老婆再娶，条件只有一个，要能宽容弟弟。

迫于生计，陈平不得不在乡邻中有死人的人家去帮闲，混口饭吃。有一日在办丧事时被一个富户张负看上了。原来这张负也有烦恼，他有一个孙女，连嫁了五个老公，新郎都是婚后不久因故因病死亡。乡邻都说她命中克夫，谁还再敢娶她？因此一直留在娘家，祖父张负、父亲张仲都一筹莫展。这天张负见到陈平，眼睛一亮，把他拉到一旁，说愿意倒贴嫁妆把孙女嫁给他。陈平大喜，连忙把克夫女娶回了家。有了张家资助，陈家的日子好过起来，陈平也有资本交朋结友。

邻里却对陈平议论纷纷，有的说陈平想女人想疯了，色胆包天。有的说陈平是"石榴裙下死，做鬼也风流"。还有的说陈平不过是想骗取张家钱财。总之说什么的都有，陈平一概不理。一次，户牖乡库上里在土地庙祭祀河神，祭祀后因分配祭肉起了争执。众百姓不满里正张虎、张霸父子平日里欺行霸市、鱼肉百姓，把张氏父子赶开，推举陈平主持分祭肉。陈平也不谦让，分肉的结果父老乡亲都满意，连张氏父子也挑不出毛病，县乡德高望重的贤达都说陈平处事公正，当丞相治理国家都没有问题啊。于是联名上书县令，免了张虎里正之职，让陈平接替。

陈平刚一上任，就接到要事要办。原来朝廷在全国各郡县张榜缉拿公孙云，死活都要。捉到者，赏十万金，封侯。提供确切消息者，赏万金。隐匿不报者，灭族，十户连座。朝廷又令，黔首外出，需持县令颁发的身份牌，上书姓名住址。各乡里如遇外人，无身份牌者一律拘拿，违者罚充劳役。此系朝廷大事，陈平不敢耽误，连忙召集乡亲传达，又派人沿街敲锣宣示。

一日，陈平早起，按惯例到哥嫂屋里请安问好，陈伯早到地里干活去了，陈平便帮嫂子做些杂活，说几句闲话。忽然房门被踢开，十多个人闯了进来，为首的正是张虎、张霸父子。张虎大喝一声道："你二人孤男寡女，独处一室，不是私通又是什么？我捉奸刚好捉个正着。霸儿，你去把陈伯叫来，让他看看他家里的丑事！"

陈平待要辩解，忽然手下人来报，说捉到了一个没有身份牌的外乡人，形迹十分可疑，请里正前去审理。于是陈平鄙夷地看了张虎等一眼，说道："我有要务在身，此乃朝廷大事。等我审清了案子，再来与你理论。"说罢奔出门去。

陈平来到里公所，见几个彪形大汉五花大绑着一个中年人，兴奋地议论着。陈平问为首的汉子缘由，那汉子答道："我们早几天就发现这个人住在客栈里，既不像做生意的，又不像儒生，还带着一把剑。我才找几个力大的人，趁他熟睡，将他按住绑了。一搜身，果然没有身份牌。我等都有正当营生，不求奖赏，但求不受牵连，能保我邻里平安。"

"各位大哥有劳了，我也正是此意。"陈平转首问绑着的汉子："你是何人？到此地何事？为何没有身份牌？"

被绑的中年人平静地答道："你快替我解开绳索。我乃朝廷命官，奉尉缭大人之命，微服探访钦犯公孙云下落。"

"你有何凭证？"

"你先解开绳索。"

"你先说凭证！"

正争论间，张虎一伙人气势汹汹地赶到，不仅押着陈平的妻子、兄嫂，还簇拥着本县两位德高望重的前辈先生而来。一位是张苍，本朝廷柱下史，辞官回老家隐居。另一位魏无知，原本魏国公族，也居于此地。县乡民事杂务有何疑难问题，常找二人决断。

"陈平盗嫂，人赃俱获。还请两位先生秉公决断，还乡里一个公道，不然人心不平。"张虎强压住内心的兴奋，尽量和缓地对张苍和魏无知说话，但语气里仍然咄咄逼人。

张苍看了看越聚越多看热闹的人群，又瞧了一眼张虎，问道："你说陈平盗嫂，依据何在？"

"他两人孤男寡女被我们拿住，还不算证据？"

众人一阵嘲笑。人群中冲出一个女人来，正是张虎的妻子张王氏。她见老公有理讲不出来，便出来帮腔。

"我来说给两位先生听，大家都来评评理。这陈平娶了克夫女只是图财大家说是不是？他没有被克死说明他没有蹍那个女人一个指头是不是？陈平又色胆包天只好惦记嫂子是不是？然后他两人独处一室被乡亲拿住是不是？他两人要是清白的，就拿出证据来！"

人群中不断地有人起哄。张氏一家又用同样的问题逼问陈氏兄弟的妻子，两个女人又羞又急，只知道号啕大哭，哪里能自证清白？陈氏兄弟也气得脸色苍白，说不出话来。张苍与魏无知也哑口无言，神色颇为尴尬。人群中有几个人高叫起来："把奸夫淫妇绑起来沉河！沉河！"人群骚动起来。

被捆绑的中年人突然高叫："都安静下来。我乃朝廷命官，此案由我来审理。"

众人安静下来。中年人瞧了一眼张虎，问道："张虎，你是说这两人孤男寡女独处一室就必有苟且之事。是不是？"

"正是！"

"众位乡亲说是不是？"

"是！"众人齐声答道。

"本官看也是！差官，先把这对狗男女拿下，待我审完案子，一起沉河。"

张虎张霸跟着叫起来："大人英明！大胆陈平，竟敢捆绑朝廷命官。张先生，魏先生，这样的人也能任里正之职吗？"一边说一边把中年人身上的绳索解了下来。

中年人活动了一下筋骨，忽然高声喝道："来人，给我把张王氏、张霸拿下，一同沉河！"

张虎大惊："大、大人！草民无罪，大人何故要拿小人妻子儿子？"

"张虎，我问你！你夫妻结婚二十多年，你是否一直牵着你老婆的手，从来没松开过？"

"是……不，不是。"

"那你老婆就有机会与人通奸，生了张霸。是不是？"

"不，不是。小人冤枉。"张虎豆大的汗滴从头上掉下来。

"你既然与你老婆分开过，那你如何证明张霸是你老婆与人私通生下的孽种？"

"这，这……"

"既然你老婆与人私通生下孽种，他们就应该拿下沉河，是不是？"

张虎忽然跪倒在地，头磕得嘣嘣直响："大人饶命，小人知错了。小人诬陷陈平，原是为夺回里正一职。大人英明，小人知错了，大人饶命！"

陈平遣散众人，又把家人劝回，再回来拜伏在陌生中年人脚下："多谢大人救我。大人自称朝廷命官，还请出示凭证！"

张苍恨恨地看了陈平一眼，嘻笑道："他就是你想捉拿的朝廷钦犯公孙云。"

陈平大惊，看见公孙云也在微笑，便问道："先生就不怕陈平把先生交给朝廷，换取十万赏金？先生刚才已经知道，陈平乃贪财之辈。"

张苍喝道："陈平，你不知还有更大的买卖可做。过去，你总缠着我教你学道。如今，真正的高人就在眼前，你还不求教？唉，我张苍忝为师叔，道行怕不及公孙先生十分之一啊。"

"张先生过谦！"

陈平忽然问道："公孙先生来此地有何贵干？"

"我家人侯生告诉我，故魏公子信陵君的门客朱亥隐居于阳武，我特来寻找。"

"区区小事，何足挂齿？此事就包在陈平身上。不过我有一条件，公孙先生需收我为徒！"

公孙云哈哈大笑。当晚，公孙云、张苍、魏无知、陈平饮酒谈天，互诉情谊，尽兴而归。

有了陈平相助，公孙云没用几天就找到了朱亥。三十多年前，朱亥随信陵君出征救赵，由于魏军统帅晋鄙不相信信陵君盗来的兵符，拒不交出兵权，朱亥从袖中抽出一百二十斤铁锤，打碎了晋鄙的脑袋。信陵君成功击退秦军，但朱亥因此得罪了魏安釐王，有家不能回。因为他在大梁城是屠夫，认识他的人多。后来实在想家了，就潜到阳武居住，因为阳武靠大梁城很近。此事只告诉了侯嬴家人，连信陵君本人、魏无知都不知道。如今三十多年过去，朱亥已经是年近七旬的老人，突然见到了魏无知和公孙云，谈起当年往事，不禁老泪纵横。

末了，公孙云屏退魏无知，单独对朱亥道："秦皇无道，天下生灵涂炭。我想诛杀秦皇，为天下人除害，请前辈老英雄教我！"

"唉！当年信陵君境遇不佳，才华得不到施展，才有今日秦皇之祸。你有志完成信陵君未竟之愿，老夫我死可瞑目了！只是我年纪大了，不能亲力助你，但我儿子尚在，勇力也不比我差啊，他可与你一道前往。"说罢令儿子朱雷出来相见。

公孙云见过朱雷。这父子俩不仅长相极为相似，而且性格同样豪爽，义薄云天。听说要去刺秦，朱雷爽快应允。两人谈得甚为投机。

朱亥从屋后取出当年那两只一百二十斤的铁锤，虽然锈迹斑斑，但完好无损。公孙云道："我们虽然有两只铁锤，无坚不摧。但秦皇不是晋鄙，他有贴身武士护卫，我们近不得身，也难用铁锤击到他。我意在铁锤手柄上安装铁链，手牵着铁链飞转，然后突然放手，铁锤飞出，就能远距离击中秦皇。"

朱亥笑道："此计甚好。只是哪里有地方可攻击秦皇？到皇宫吗？"

"我已经打探清楚，秦皇今年又要东巡到琅邪、之罘求长生不老之药。阳武县有一地名博浪沙，是秦皇必经之地。我们可在沙丘后面挖坑，藏在里面，躲过秦军卫队的事先搜寻。这藏坑距丘下驰道只有百步之远，等秦皇车到，即可出击取他性命。"

朱亥朱雷父子大笑："原来公孙先生早就计算好了，我们依计而行就是。"于是三人分头行动。朱亥购买炼铁的原料、工具，公孙云打造并安装铁链，朱雷则开始训练，从小到大，摸索身体旋转如何保持平衡，何时脱手，又从何角度脱手才能准确命中目标。如此三个月过去，一切准备停当，公孙云与朱雷也训练纯熟。此时街市上也在传闻秦始皇将到的消息，公孙云与朱雷听到了，赶紧回去告诉朱亥。

两人兴冲冲地回到家里，却看到朱亥仰面倒在院子里，原来他已经自刎而死，脸上却带着微笑。地上用剑写着几个大字：我效侯嬴、田光去也！两人顿时明白老人心意，抱定有死无回之决心！

公孙云与朱雷安葬了朱亥，换上宽袖大袍，出院门，穿街市而过，直赴博浪沙。街上的行人只见到这两人行色古怪，却不知道他们的袖子里各提了一只大铁锤！

从咸阳出发，东出潼关，经洛邑、荥阳、大梁、商丘，便是通往琅邪的驰道。秦始皇出巡，前有一万步骑开道，后有一万步骑压阵，中间则是秦始皇本人及六宫妃嫔、文武百官、禁军护卫。整个队伍绵延十多里。按秦宫礼仪，秦始皇居中，乘坐六驾马车，十来个妃嫔陪伴他。在大车的前后，依次是四驾、二驾马车二十多辆，坐各级文武官员和管事的太监。车上有御马的车夫，车旁则是骑马的武士守护，闲杂人等不可能近身。

车队过了荥阳，一直东到商丘，都是黄泛区。十年前，王贲水淹大梁，灭了魏国。洪水退后，留下遍地黄沙，而魏国故都大梁城已经掩埋在黄沙之中，只有些许王宫屋顶露出沙面，依稀诉说着昔日的繁华。这条驰道便是在沙丘中所建，无法种树，只是在驰道旁开挖了一条引水的渠道，名为鸿沟，渠坡上长满

了芦苇等杂草，很是凄凉。秦始皇看看窗外的景物，又瞧瞧身
边的美女，顿时觉得索然寡味，烦闷无比。他叫停车队，来到
前面的车中。

这辆四驾马车中坐着王翦、李斯、尉缭、赵佗，秦始皇上
来之后，占了一排座位，其余四人稍嫌拥挤。

秦始皇首先对李斯说道："李斯！朕觉得咸阳宫太小，住
在里面憋得难受。朕这几天想好了，就在丰、镐之间的阿房新
造一个大宫殿，宫殿叫什么名字你们先想想。朕还想修建天桥，
把关中三百座宫殿、关外五百座宫殿连接起来。这样，朕来往
于各处宫殿，都不需在地上行走，岂不是与天神更近？这两件
事你传旨咸阳的王绾丞相，要他加紧办理！"

"诺！"

"还有，博士淳于越上书给朕，说朕的亲属子弟，没有一
人封王掌兵，万一朝廷有变，谁来挽救？所以他劝朕效法周朝，
封土建国，拱卫我大秦。周青臣上书反对。这件事你怎么看？"

"臣以为周青臣有理。如果朝廷有难，定是发难的人知道
太多。因此，臣建议，收集天下的诗、书、礼、易、春秋以及
诸子百家之书，全部烧毁。这样，黔首无知，就不会闹事了。
臣也是受王翦将军收兵器铸金人的启发啊。"

"办法是好。但以后如何教化黔首遵礼守法啊。此事容朕
再考虑考虑。

"你说到王翦将军，朕也有一事求教。去年，朕派五十万
大军南下伐越，刚才朕接到战报，我五十万大军统帅屠睢将军
在象郡丛林中了蜀人埋伏，被乱箭射死。自我大秦非子开国

以来，还未遇如此大辱啊。王老将军，你看该怎么办？"

"刚才李斯丞相赞王某铸金人，王翦惭愧，这实是失策啊。我五十万大军没有武器，徒手搏斗，战斗力自然不强，屠将军因此遇害。好在南人也武器不多，我大军可兵分五路，大路人马从东越入岭南，抄蜀人后路，南越便可一鼓而下。臣老了，臣推荐任嚣将军继任统帅。"

"此议甚好。不过，赵佗，朕还要任命你为副帅，统管南越西线战事。赵佗，朕是用你所长，你可知朕的意图？"

"臣明白。臣最擅长与胡狄蛮夷打交道了。"

"说说看！"秦始皇来了兴趣。

"凡世上之人，不论地域、相貌、肤色、风俗、语言如何不同，也不论贫富尊卑，心中所求都是一样的。臣只要知道了这一点，便有制敌之策，定能完成陛下心愿！"

秦始皇面带微笑，点头称许。然后转向尉缭："公孙云捉拿得到么？"

"臣所施行，乃当年商鞅之法。以商鞅之能，自己尚不能逃脱其法网，公孙云又能逃到哪里去？臣只担心他躲在深山里，饿死也不出来。"

"朕不管你用什么办法，拿到他就成。哼！朕就不信，他一个公孙云能与我大秦举国相抗。不过，尉缭，朕给你的一年期限就要到了……"

正说着话，车外响起了一阵喧闹声。秦始皇扒开窗帘向外观看，只见左手一百步开外的沙丘上一个壮汉手牵着什么东西在打转，车队中很多士兵都在驻足观看。突然，那大汉手中的重物脱手，向车队飞了过来。众人还来不及反应，铁锤已经砸在后面的六驾马车上。随着女声凄厉的惨叫和六马的嘶鸣，豪华马车已经砸扁，并翻下路基。车队骚然，众武士回过神来，挺剑向沙丘上的壮汉围过去。

秦始皇领着众臣下车，要去查看受袭的御车。他刚下车，沙丘后又闪出一个人来，正是公孙云。他见武士在与朱雷缠斗，就抡起铁锤，直奔秦始皇。还有三十多步远，公孙云一跃七尺高，手中的铁锤就向秦始皇迎面飞来。就在这千钧一发之际，一个人影闪出，挡在秦始皇面前，正是王翦。王翦口中高叫"公孙云勿伤我主！"公孙云不及多想，下意识地就拉住了铁链。铁锤落下，距王翦还有五步远。几双眼睛又惊又怒地对视在一起。

转眼间，七、八个武士就向公孙云围过来，另有一帮武士护着秦始皇君臣退走。公孙云铁锤已经脱手，来不及捡起，持剑迎敌，就被武士围在中央，凶险万分。他忽然转起身来，宽袍大袖随风飞舞，卷起地上的黄沙漫天飞扬。随着他越转越快，在他的周围形成了一个龙卷风气团，沙粒卷进很多人的眼睛，一时天昏地暗。狂风夹杂着惊叫声、奔跑声、撞击声，呼啸噼啪，乱成一团。

混乱持续的时间不长，一会儿就风止沙落，四周清亮起来。秦始皇等人从趴着的地上爬了起来，揉着眼睛，奔跑的人也陆续回来。只见地上躺着十多具秦军武士的尸体，最先击锤的壮汉朱雷也被杀死在地，剁成肉泥。秦始皇的御车里，车的部件与尸骨夹杂在一起，血肉模糊，六匹拉车的马也死了四匹。清点人数，只不见了公孙云，活不见人，死不见尸。

尉缭舌头哆嗦着命令军士搜索，无论沙土、草丛、芦苇、水下，每一寸地方都不能错过。不到一个时辰，方圆五里都报来结果，没有搜到公孙云。秦始皇把王翦叫到跟前，用奇怪的眼神看了他一会，问道："王翦，你可知罪？"

王翦匍匐于地："臣知罪，臣罪该万死！"

"知道没有冤枉你就好。史官，记录！大将军王翦，于始皇帝二十六年病逝于咸阳。"

"臣谢陛下隆恩，让臣多活三年！"言毕自刎而死。

秦始皇又喝问一声："尉缭！"

尉缭跪在地上并不答话。赵高上前推了一把他，尉缭侧倒地上，原来他已心胆俱裂，惊惧身死。

"李斯！尉缭已死，他未完成的事你接着来办！"

李斯趴在地下，汗如雨下，心里怦怦乱跳。这公孙云来不见影，去不见踪，莫非真的上天入地了不成？如此神人，哪里去找？难道自己真的比尉缭多一颗脑袋？自己原以为，人就是仓中鼠与厕中鼠的区别，没想到仓中鼠也是要有本事才能当的。但事已至此，怕也没用了，只得硬着头皮应承下来。他结结巴巴地答道："臣，臣遵旨。皇，皇上，我们是继续走，还是，还是回，回咸阳？"

"哼！朕就知道你们吓破了胆。就算公孙云变成了妖怪，难道朕还怕他不成？你们给朕记住了，朕堂堂皇帝，难道还不如那周穆王么？"

公孙云就藏在李斯等人的车下，这辆车现在成了秦始皇的御车。原来，这些车辆都是用青铜铸成零件，然后装配而成。这些车辆不同于普通战车单骑双人，而是要六马或四马并驾齐驱，因此车辐有近一丈之宽。为了与马的高度匹配，马车的底板也较高。再加上车上载人和物较多，虽然是四轮双轴，两寸粗的铜轴恐不能承载车体的重量。因此在车轴与车厢底板之间安装了一个箱体，以加强车体结构。这种箱体结构原是公孙云在咸阳铸金人时专为铜车设计，其他人并不知道，更不会去使用，所以自秦始皇以下满朝文武和官兵都没想到车底下能藏人。公孙云躲在暗箱内，耳中能听到秦始皇与李斯等说话，只恨这车厢底板也用铜铸成，自己的剑无法穿透。近在咫尺却不能下手，公孙云心急如焚，但无奈只能忍住。

天黑后赶到阳武县城，秦始皇等人下车歇息。马车赶到马厩给马喂料，直到夜深人静，公孙云才从车下出来，巡视了一下四周，本想去找秦始皇的住处，但见城中戒备森严，以一己之力再刺秦始皇已无可能，心中喟然长叹一声，提剑翻出城去。

公孙云奔回博浪沙，坐在曾经埋伏的沙丘上，白天搏斗的现场在月光照射下一片凄凉，公孙云不由得悲从中来，泪如雨下。想到自己刺秦不成，还牺牲了朱氏父子性命，再加上自己本已决心赴死，便抽出剑来，要往脖子上抹。

忽然，一只手搭在公孙云肩上，并将他的手拉住。公孙云回头一看，是张苍。原来，公孙云拉着魏无知去找朱亥，张苍就猜到了公孙云的意图。今天发生这件大事，张苍便知道是公孙云所为，便趁深夜无人之际过来察看，刚好碰到公孙云，便拦住他自杀。

"因为朱雷死了，你便要自杀。那么昨日其父朱亥死了，你为何不自杀？"

"昨日大仇未报。"

"今日大仇已报？"

公孙云语塞。张苍继续说道："你今日要是死了，那韩湘、朱亥朱雷就白白牺牲了，他们真的死不瞑目了，他们不会原谅你的！"

公孙云心里一震。还有王翦将军，公孙云与王翦本是忘年之交，二人理念契合，因为情谊深厚自己才无意识地拉回铁锤。王将军本是为大秦着想，今日若不是王将军挺身而出，秦皇哪里还有命在？这样的人秦皇也不放过，若留他在世，还要残害多少人？公孙云终于想明白了，他必须活下去，不为自己，而是为了正义！为了信义！

"信义"二字在头脑中一闪，公孙云又想到了朱亥自杀的前一天晚上，他与朱亥的一段对话。他问："朱老前辈，我听说当年邯郸被围，城内粮草断绝，邯郸人易子而食，人人对秦恨之入骨。有人抓住当时还是小孩的秦皇，要吃他解恨。当时就是您与毛遂挺身相救。因为您两人对邯郸有再造之恩，故邯郸人才听从你们的劝告。要是当初杀了他就没有今日之祸，您后悔吗？"朱亥答道："当日救那个小孩是信义，今日杀秦皇也是信义。信义之士，只诛有罪之人！不然，谁都有正当理由滥杀无辜。朱亥虽然屠夫出身，但尚知信义。秦皇冠冕堂皇，其实才是屠人的屠夫。"

经过这一番深思熟虑，公孙云下决心活下来。他感激地看了张苍一眼，这时才想到，多年来这位师叔总是默默无闻地站在自己的身后，自己丝毫没意识到他也是自己的支柱和后盾。现今韩非和韩湘这些亲人都不在了，自己的身份已为天下所知，如何再刺秦皇？在自己最脆弱、最需要支持的时刻，不如就认张苍为大哥，改姓为张吧。又看到现场环境苍凉，自己的心情也是悲凉，便按兄弟起名的习惯，取"凉"的谐音，改名为"良"。

公孙云把这番意思对张苍说了，张苍欣然同意。张良道："大哥，我今日做下此事，恐怕要连累到你。现在是李斯办这个案子，你在老家怕是待不下去了。打打杀杀是我等之事，毕竟与你本性不合，我想替你找一个安静的去处。去年我路过湘水、云梦，见到很多人为避秦暴政，迁到桃花源去。那里很是隐蔽，秦人找不到。从桃花源西走，有一山名酉山，是个读书修行的好地方。我想托你将诸子百家书籍运到那里，替后人保存下来。我刚听到李斯的计谋，他要收集烧毁全天下的书籍……"

"这事张苍自然能办。只是贤弟你如何能逃过秦人追缉？"

"大哥放心，我到咸阳去。秦皇迁各国富人到咸阳，各国往来咸阳的人也最多，大家都不认识，官府也不好以身份牌为由乱拿陌生人。再说秦皇和李斯决不会想到我敢去咸阳，待在他眼皮底下，越是危险的地方反而越安全。"

注释：

（1）关于"陈平盗嫂"事件，史书上没有详细记载。《史记·陈丞相世家》只是提到，陈平初投刘邦时，周勃与灌婴向刘邦告状，说陈平盗嫂品行不端，劝刘邦不要重用。两人之前并不认识陈平，可见"陈平盗嫂"流传甚广。陈平对贪财做了解释，但对盗嫂一事没有作任何辩解。以陈平之智，知道这样的事是没法解释的。现代鲁迅也有类似的经历和选择。

（2）灵渠：秦始皇扫灭六国后，为运送征服岭南所需的军队和物资，便命史禄开凿河渠以沟通湘漓二水。运河在秦始皇二十年（前219年）至二十三年（前215年）修成，初名秦凿渠，后因漓江的上游为零水，故又称零渠、澪渠。唐代以后，方改名为灵渠，但也俗称为陡河。

（3）博浪沙事件的史料：《史记·秦始皇本纪》：二十九年，始皇东游。至阳武博狼沙中，为盗所惊。求弗得，乃令天下大索十日。登之罘，刻石。

《史记 留侯世家》：良尝学礼淮阳。东见仓海君。得力士，为铁锤重百二十斤。秦皇帝东游，良与客狙击秦始皇博浪沙中，误中副车。秦皇帝大怒，大索天下，求贼甚急，为张良故也。良乃更名姓，亡匿下邳。

第十章
情与义

东出咸阳，沿渭河东下，不远处有一湖泊，因湖水清亮，蓝天映底，取名兰池。这里原是渭河故道，因河中心有一块又长又大的岩石，河水遇到阻力，在此回旋打转，岩石西头的河床便冲刷出一个深坑，河岸也向南北两面扩展，使河床变宽。后来渭河改道南移，这里便形成了一个天然湖泊，湖中心的巨岩露出水面，远看颇像一条滑水而过的大鱼。秦始皇东巡回咸阳，路过此地一看，立即想起徐市的话来。徐市说，东海的蓬莱、方丈、瀛洲三座仙山其实是由鲸鱼托付，在大海中航行。眼前，鲸鱼看似很像，而且是在向咸阳游去，美中不足的就是鱼背上没有仙山，如果有了仙山，神仙一样背来。于是派人下水把巨石雕到成鲸鱼模样，再在鱼的后背上筑土为山。山上种植奇花异草，名贵香木，又修建亭台楼阁，恭候神仙大驾光临。

这时，咸阳城又有民谣传说：帝若学仙腊嘉平。此谣传到宫中，正是十一新年（秦历以十月为岁首），秦始皇龙颜大悦，传旨将当年的腊月改名"嘉平"，并下令嘉平月普天同庆。全国每里（里为乡的下一级行政机构，一百户为一里）赐羊两只，米六石。在渭河北岸建畜舍，从西北征集山羊绵羊，在此屠宰，或熏或腌，制成腊肉。再广建馆驿，令各郡县派人来领取，以示皇恩浩荡。由于是寒冬腊月渭河上下结满了厚厚的一层冰，船只不能行走，行人车马便拥挤在河两岸的道路上。到了兰池，各地公差云集，咸阳商人也不愿放弃这个机会，赶来做生意。羊群与人群混杂在一起，熙熙攘攘。羊的叫声和人的吆喝声交织在一起，此起彼伏，比新年还热闹。

张良也来到兰池集市，混迹于人群之中。因为人员来自全国各地，很可能会遇到熟人或朋友，可以打探消息。即使见不到熟人，也可与各地人闲谈，了解行情动态。

果然不出所料，张良就遇到了熟人。张良在一个小摊上买小吃，听到有人讲话耳熟，抬眼一看，是项梁带着几个人。项梁也认出张良，非常高兴，忙邀他到馆驿喝酒。

酒过三巡，叙旧已毕。张良看了看项梁手下的几个壮汉，微笑道："项公此来咸阳，并不单是为了领取腊羊吧？"

"孙先生，哦，不，张先生，我还是改不了口。张先生是我的救命恩人，我这点事也瞒不了先生。再说先生博浪沙一击，振动天下，我们自然不能与先生相比，这件小事还请先生指教。"

"项公过谦，但讲不妨。"

"当年我父亲项燕将军为国殉难，立誓说，楚虽三户，亡秦必楚。遗言在耳，不敢忘记。我楚人八百年江山，靠的就是历代楚人不屈不挠。只有心念楚国，我楚人才复国有望。但不想我楚人现今出了败类，那李斯虽为楚人，却助纣为虐，残害楚民。我已探知，李斯好在咸阳招摇过市，我们想找机会混到

追逐

他的车上，挟持他为人质，他若愿意效仿昌平君反秦，我们便饶他性命，共同复楚。他若不愿意，我们便取他性命，以儆效尤，示我楚人复国决心。先生你看此计若何？"

张良心里琢磨，此计对楚人复国而言，倒不失为一步好棋，也是一步险棋。只是，李期虽然可恨，但非首恶。无论李斯是否曲从，项梁等人都非常危险。再说，如此胁迫他人，违背他人意愿，恐有违道义，也不一定能得到想要的结果。张良站起身来，走到窗边，望着窗外来来往往逛夜市的人群，陷入沉思之中。

外面已经天黑，街面上灯火通明，把街上的人照得通亮。张良抬头，突然发现二十多步外一个熟悉的身影，在一个小摊前张望。那人也看到了张良，四目相对，两人都惊叫一声。

"公孙云！"

"秦皇！"

仇人相见，分外眼红。张良不及多想，一跃跳出窗外，挺剑就向秦始皇刺去。秦始皇的身后，早转出四个彪形大汉，踢翻摊位，向张良围过去。原来秦始皇微服出行，身边带着四个贴身侍卫，都是顶级高手。狭路相逢，双方都出乎意料，但张良更是缺乏准备，刚才一跃而出只是出于下意识，现在与四个高手相斗才知不敌，边打边退。

四个侍卫已经杀死了几个摊贩和行人，人群顿时惊叫着四处奔走，很多火把、灯笼也被丢弃或熄灭。张良也挤入人群中向黑暗处退走，四个卫士见人群挡住，追不着张良，便杀人开路。一时惨叫连走，鲜血四溅，成片的人倒在地下。

追逃的路上，人还没有散尽，忽然成千上万的羊群拥挤而来，原来是前面的人为了逃命，有意打开羊圈。人与羊挤在一起，行走更加艰难。而且羊群不听使唤吆喝，不知避让，很多人被羊绊倒，四侍卫离目标也越来越远。

张良心急，不小心也被羊绊倒，他索性就躺在地下不站起来，然后找空隙地方爬行。慢慢地，四侍卫就失去了目标，只得在羊群中慢慢寻找。

大队秦军士兵闻讯赶来，听四侍卫介绍了钦犯的衣着特征，也加入羊群中找人的行列。由于卧藏在羊群中躲命的人很多，秦军便见人在地就杀，以把无关的人都先赶到一边，同时也逼张良现身。这时张良已经爬到了一阴暗处，刚好一秦军士兵寻到此处，张良摸地上石子向士兵打去，正好击中士兵喉咙，士兵来不及叫唤一声便躺倒在地。张良迅速解开他盔甲，与他调换衣装，然后站起身来，加入找人的秦军。由于张良在秦军中待过多年，熟悉秦军规军令，很容易就从秦军中悄悄退出，消失在黑暗之中。

过了不久，几名秦军士兵举着火把，照见羊群中躺着一个人，走过去先踢了两脚，没有动静，便一剑刺死。叫过侍卫来辨认，见衣帽相符，便惊喜高叫，一面派人去通报皇帝，一面抬着尸体到皇帝那儿领赏。

秦始皇听闻公孙云已经被捉住并杀死，大喜过望，忙命人把尸体搬过来亲自查看。四个士兵把尸体搬来，扯过脸面，秦始皇一看，笑脸顿时僵住，狂怒道："错！错！你们也竟敢骗朕！来人，把这几个报喜领赏的人就地正法！"

随着咔嚓几声，五个人头滚落到地上。秦始皇还不解恨，继续下令："公孙云跳出窗的那间馆驿，必定都是他同伙，也全部杀了！"

"陛下，臣已经查看过登记簿，公孙云并不住在这里，这间馆驿的五个人来自吴郡，都有合法身份牌。他们都说并不认识公孙云，那公孙云是突然从后面闯来的。"李斯上前奏道。

"你是何意？"

"臣以为嘉平月普天同庆，杀人不吉利，而且有损皇上神威远播。"

"那你想怎么办？"

"臣以为应先把他们关起来。他们若是公孙云同伙，现在杀他们未免太便宜了他们。他们若不是同伙，现今各地劳役不足，杀他们也是便宜了他们。"其实，李斯心想的是，他难得有这么一点线索，如果把人都杀死了，他到哪儿寻公孙云去？

"准奏！"

秦始皇一面宣告杀死了贼首公孙云，一面又将他的画像张贴到各处，在关中地区大搜捕，整整二十天一无所获。原来，张良逃走时，顺手牵走了两只熟羊，再一次躲到了终南山的山洞中，日子过得也算逍遥自在。只是觉得项梁等受自己连累，身陷狱中，心里颇为歉疚，便想有什么办法救出他们。等风声过后，张良便从山中出来。由于天冷，所有人穿衣戴帽都厚实，谁还能认出他来？经辗转打听，终于探明项梁等人关押在咸阳东面不远的栎阳监狱。张良来到栎阳，花重金买通狱吏，来到囚室，见到了项梁。

"我想救你出去。项公有何打算？"张良单刀直入道。

"此地关押的都是重犯，有重兵把守，戒备森严，张先生千万不要起孤身一人劫狱的念头。张先生若要救我，我倒有一个办法。昔日我在楚国寿郢为官时，有一个好友名叫曹咎，他现今在蕲县监狱当狱掾。我来咸阳时，曹咎告诉我他有一个生死之交司马欣，就在这里当狱掾。你去见曹咎，让他写信给司马欣，然后许以重金，我等就出去有望。这个办法虽然要耗时日，但比较妥当。"

"项公高见。我即到楚地去找曹咎。"

"多谢张先生。我还有一事请先生帮忙。不瞒先生，这么多年我兄弟带着侄子项羽，就是原来的项藉，以办丧事为名，在吴郡招揽义士贤人，已有三百多人的规模，为将来复楚做好准备。我这次来咸阳，家里的事务就交给了我弟弟项伯。项伯为人最讲义气，但性格冲动，感情用事，随波逐流，不能当大事。我侄儿项羽又年幼，不学无术，徒有勇力，我担心他们见我不回，就灰心丧气，解散了队伍，那我多年的心血就白费了。还烦请先生去告诉他们，我还活着，很快就可以回去！"

"项公的意思我明白了。我定当不负项公重托。张良告辞！"

张良从栎阳监狱出来，躲开追捕，潜行两千多里，来到蕲县（今安徽蕲县镇），找到曹咎，讲明事由，曹咎欣然同意相助，只是苦无银钱。张良便深入山中，找到银矿石，冶炼铸锭，凑足银钱。然后曹咎吩咐从人携带给司马欣的亲笔书信和银钱，

● 追逐

前往栎阳活动不提。

　　张良与曹咎告别，去办项梁交代的另一件大事。他想，由于时间耽搁太久，恐怕项梁担心的事已经发生，于是决定绕道从项梁的老家下相（今江苏宿迁）到吴地去。如果项伯放弃了，他必然要回老家，这样就可以截个正着。

　　张良经过彭城、下邳（今江苏邳州），再往东南到达下相，没有听到项家的消息，于是继续往南行走。

　　这一日，到了淮阴（今江苏淮阴）。走近街市，张良看见一个人被一群人围打辱骂。他见这个人二十多岁，身材高大，衣衫褴褛，蓬头垢面，有一点面熟，但记不起是谁，便驻足观看。周围看热闹的人也议论纷纷。

　　"唉！这个韩信，算他父母白养了他。他看起来不笨，可既不种田，也不做生意。这么高大的人，这样下去还不饿死了啊！"

　　"听说他就想弄个官做，还去参加过考试呢。可他穷得连饭都没吃的，哪有钱送礼？考了还不是白考！"

　　"他是想当将军，成天挎着一柄长剑装模作样，其实胆小得要命。前几天张屠户堵住他，说他要是有胆量就用剑刺张屠户，没胆量就从张屠户的胯下爬过去。这韩信急了半天，还是从张屠户的绔下钻了过去。"

　　"他原来在南昌里里长家里吃了几个月的白食，里长老婆讨厌他，有意给他做糠吃，他便气呼呼地跑了，几乎饿死。后来河边洗衣服的老太婆见他可怜，便做了饼给他吃。韩信还嚷着日后发达了要报答她。人家不过是要救他一命，谁稀罕他的

188

报答啊！现在他活不活得了命还难说呢。"

原来这个人就是十年前见过一面的小韩信，如今已经长大成人，可养不活自己，惹得人见人厌，所以一帮人围着欺负他。张良正思忖着是不是要出手帮他，因为他怕暴露身份再耽误项梁所托。这时人群中已经有一个人忍耐不住，跳出来阻挡欺负韩信的人。这群人本身也是游手好闲的地痞无赖，见有人帮忙，便一起向这个壮汉围攻。其中一个人高叫道："这个人我认识，他就是朝廷通缉的要犯项伯，我们一起抓住到县衙领赏去啊！"

项伯大怒，伸手把其他人扔在一旁，抓住认得他的那个人的衣领，右手一拳头打进那人的左眼眶，随着一声嚎叫，右眼和着鲜血就从他的眼眶中迸射出来。围观的人见出了人命，便一哄而散。张良拉着项伯的手道："壮士，快随我走！"

二人往城外没跑多远，一队秦军士兵就闻讯赶来，截住二人，双方对打起来。张良与项伯本来武艺高强，但秦军仗着人多势众，又熟悉地形，缠住二人不放。二人只得且战且退，不久就退到一大片树林丛中。这片树林都是参天巨木，遮天蔽日，张项二人进入树林，如鱼入水，顿时难见踪影。秦军分散搜寻，人在明处，不断受到袭击，伤亡惨重。秦兵纵是人多，也无可奈何，只得放弃撤走。

看到秦军远去，项伯对张良拱手相谢："多谢义士相救！今日若不是义士援手，我命休矣！请教义士尊姓大名？"

"我叫张良，受你兄项梁之托，特来寻你。"

"我哥哥怎么啦？这么久不通音讯，是不是出了意外？"

张良把项梁陷身栎阳狱中的事说了一遍，末了，他说道："你哥哥虽在狱中,但并没有危险,现已通过曹咎找到司马欣疏通关系,早晚就可以出狱返回吴中。你哥哥最担心的就是你胡思乱想,放弃了项家的事业,特命我来相劝,不巧就碰着了你。"

项伯羞得满脸通红:"在下该死,正犯了此错。我见兄长不回,下人吵吵嚷嚷,便由他们自行决断。我回老家也是为了打探消息,如果吴中待不住了,我就想带羽儿回老家。幸亏遇到了张先生你,不然我就真正铸成大错了。我这就赶回吴中去,把走散的人都收集起来。"

"我愿追随项将军!"小韩信从树后转出身来。"韩信久闻项家历代为楚大将,用兵如神,威震四方,韩信仰慕得不得了。今天又有幸蒙项将军相救,韩信此生跟定了项将军,誓为复兴楚国效力!"韩信一心要投身军旅,觉得此次机不可失。

项伯之前出手救韩信,只不过是出于义愤,并不是看中了这个小伙子,见韩信要跟自己去,忙拱手谢道:"项伯有急事在身,成败还不可知,带上你有诸多不便。小将若有意,待我事成之后,定然欢迎你来。"

韩信见项伯不愿带自己,不禁快快不乐。张良想项伯说的也不错,便劝韩信道:"项将军既然有言在先,日后他一定收留你。你等一等便是。"

二人送别项伯,张良对小韩信道:"韩信,你师祖仓海君在哪里?我有事要请教于他。"

"仓海君来无影去无踪,哪里会告诉我他的去处?我不见他已经好几年了。仓海君是齐人,你若是要找他,不妨到齐地去试试。"

张良见小韩信讲得有道理，便取出一百金相谢，足够他几年的生活费用，小韩信大喜，也谢过张良，二人也分手别去。

张良打听仓海君的消息事出有因。早先路过彭城时就想到在此与仓海君第一次相遇。其后路过下邳，遇到了正在偷渡六国后人的徐市，徐市又引他见了秦始皇派来的使者卢生。卢生告诉张良，秦皇又要出巡，这次的路线是先到碣石（今河北秦皇岛），寻访燕地的神仙羡门与高誓，求长生之药。然后沿北边西行到上郡，看匈奴王子冒顿是否从月氏返回。因为赵佗南征南越，不能随行，此次北巡的随从以卢生为主，方士还有韩终、侯公与石生等。张良心想，秦皇此次出巡，又是行刺的好机会。但此次不能再效仿博浪沙了，一则张良孤身一人，没有助手。二则秦始皇也吸取了教训，道路前方都预先派兵搜索，埋伏已无可能。张良想最好的办法是混在秦皇的亲随卫队之中，但秦皇认得自己，如何近得了他身？唯一的办法是改变自己的容貌声音，让秦皇和他周围的人都认不出来，这样才有机会下手。于是张良便想找到仓海君，学习血液修炼的道法，以改变自己的容颜。再说，原先修建金人时中毒甚深，至今未全康复，仓海君的修炼法也许于身体健康有益。

张良之所以想到这个办法主要是受刺客聂政的启发。在张良经过的齐、楚等地，聂政的侠义广为流传。作为韩国人，张良当然对聂政颇为熟悉。聂政是韩哀侯时人，侠名在外。因为伤了人命，与母亲和姐姐逃到齐国，以屠户为生。韩国大臣严仲子上奏哀侯揭发哀侯的叔父侠累，受到报复，便重金求聂政去刺杀侠累，聂政拒绝了。等聂政母亲去世、姐姐出嫁之后，他毅然闯进韩国宫殿，杀侠累，伤哀侯。为了不连累严仲子和姐姐，聂政以剑毁容后切腹自杀。此事已经过去一百二十多年，民间流传的聂政故事却是另外一个版本：韩哀侯命聂政的父亲为其铸剑，逾期未成，便杀了聂父。聂政作为遗腹子长大后，立誓为父报仇。但第一次行刺失败了，聂政受到追缉。他逃到泰山，跟仙人学得精湛琴艺。为了避免被韩侯认出，他毁了自己的容貌，吞碳改变了声音，甚至敲掉了自己的牙齿，直到连自己的母亲也认不出来。然后聂政下山抚琴，弹奏一曲《广陵散》，一时间观者如堵，牛马止听，很快就被哀侯请到宫中演奏。正在哀侯听得如醉如痴之际，聂政忽然从琴中取出短剑，刺死哀侯，终于报得大仇。张良受到启发的正是这个民间故事。不然，他如何能见到秦皇？

经历一番周折，张良终于得知仓海君在泰山深处隐居，也就是传说中聂政遇到仙人的地方。等张良找到其草庐山洞，并不见仓海君身影，只有小童奉上几枚竹简，上面写道：形由血生，血随气行，气由意动。调息则气生，气动则血行，血至则形成。张良一看，仓海君已知道他的来意，答案已经告诉了他，但并不愿意见他。张良向山中遥拜道谢，然后与小童告别西去。

一日，到达单父（今山东单县）地界，张良在林中道路上行走，忽然见两个女子惊慌地迎面跑来，后面有一群男人在追赶叫骂，眼看就要抓住两名女子，张良挺身喝住："光天化日之下，你们为何要欺负两个弱女子？"

"我们在追讨债务。她们若是跟我去，自然没事，想跑则是跑不掉的。这事与你无关,你不要多管闲事!"为首的一个汉子气呼呼地说道,满脸横肉,气势汹汹。

"就算她们欠你的钱,也有说理的地方,你们凭什么捉人?"张良两眼逼视着横肉汉子,不让他捉人。

"成啊。既然这小子想多管闲事,就先把他拿了,大伙上啊。"

张良见这伙流氓地痞先动手,也不客气,三拳五脚就把十多个人打在地下,哭爹叫娘。横肉汉子见张良惹不起,便恨恨地骂了一句,带着手下人连滚带爬地溜走。

张良打量两个女子,似是两姐妹,均是富家女子打扮,姿容秀丽。两人由于受了惊吓,惊魂甫定,花容失色。年纪大一些的女子缓过神来,谢过张良。张良问道:"这帮人为何要追你们?"

"他们是我爹的仇家,想劫持我姐妹要挟我爹。我姐妹外出游玩,不想正被这帮人蹬着……"

张良听口音她们都是当地人,心想此事原委恐怕复杂,便不再多问,说道:"我先送护你们回家。"

三人走出不远,迎面两个男子持剑赶来,两姐妹也迎了上去,张良看他们似一家人。一问,果然如此,来的两兄弟名吕泽、吕释之,是两姐妹的哥哥。两姐妹名吕雉、吕嫕。原来是吕氏兄弟听说妹妹遇险,特来救护。见张良已经救了妹妹,千恩万谢,邀张良到家中歇息。张良见盛情难却,推辞不过,便跟他们来到吕家。

早有家人报知吕太公吕文,吕文便与夫人一起出门迎接张良一行。

吕家果然是大户人家，高墙深院，气派不凡。张良被请进客厅，与吕文分宾主坐定，两人叙礼已毕，张良随口问道："我看吕公家境殷实，定是本地名门望族，何故与人结仇？"

"张先生眼光不错。实不相瞒，我乃姜太公吕尚之后，自太公辅佐周室，立齐建国，迄今已八百多年，吕家世世代代都在这里生活。唉，不想两百多年前，我吕氏王业竟然落入田氏手中，也怪我吕家无人啊。

"那田氏原本是陈国陈胡公之后，陈亡国后，陈氏的一支改姓田氏，迁居我齐国，置业为官，累世下来，在我齐国官做到丞相。这田家处心积虑要代我吕氏，借放贷谷物之机，大斗出小斗进，以此收买人心，骗取民众信任。如此一百年过去，我吕氏不知不觉中失去了江山。那田氏当了国王之后，与燕国连年征战，又与秦国争雄，灭鲁国又得罪了诸侯，终于一蹶不振，被秦国灭亡。田氏后人不甘心齐国不战而降，一直在密谋反秦复国。田氏有一后人名田假，他知道我有一部《太公兵法》，乃是我祖姜太公所传，便想据为己有，借此与秦军作战。我吕氏已经丢了江山，岂能将老祖宗的遗物拱手送人？田假讨要不到《兵法》，便打起了我家人的主意。"

"田家巧取豪夺，无法无天，当地官府难道不管？"

"田家的目的是反秦，照说官府定然不容。但田氏反秦并无实据，我家也不便去告发他。再说田家惯于收买人心，官府反而与他贯通一气，哪里有说理的地方？"

"吕公何不迁居他地以避田氏？"

"要走早走啦。前些年皇帝传旨要各地富户迁居咸阳，我就是不肯走。这地方我家住了几百年啊！也怪我吕家后继无人啊，竟是一代不如一代啊！"

"吕公不必过谦，我看两位公子也是英雄了得。"

吕公连连摇头，似乎触到了伤心事："两个儿子不成器也就罢了，我这两个女儿更是叫我操碎了心啊。"

张良关切地望着吕公并不言语。

"我大女儿字娥姁，快三十岁了，就找不着婆家。你不要这种眼光看我。不是我家条件不好，我不知与她找过多少人，都是娥姁心高气傲，看不上人家，才拖到这么大。妹妹见姐姐不嫁，自己也不嫁。都说儿大不由娘，这女儿也是要自己做主，哪里听得进去父母的话？中年时得了这两个女儿，还高兴得不得了，哪晓得有操不完的心啊。"

张良对吕公满怀同情，但无能为力，只好好言劝慰。不觉天时已晚，家人奉上晚宴，宾主继续叙谈。忽然，屋外响起了一阵喧闹声，家人来报，田家来了几百人，把吕家院子围了起来，声称若不交出兵书，就要杀人放火。说话间，已经听得到院外的吼叫，看到火把的光亮。吕家人来往奔跑，惊慌失措，因为吕家把家丁算上，也不到一百人，且多老弱妇孺，一家人都没有了主意。吕泽吕释之兄弟嚷着要与仇人拼命，吕公哪里肯让，但又苦无良策，急得直跺脚。

张良让众人安静下来，对吕公说道："我有一个主意，吕公看是否可行。此地南行一百多里，便是泗水郡沛县，原是楚国故地，田氏的势力所不及。沛县丰邑泗水亭长刘季，原是我朋友，手下也有一百多人，黑道白道通吃。两地相距不远，也算没离开家乡。吕公若是愿意，我就送护您一家到刘季处暂避。不知吕公意下如何？"

吕公感激地看了张良一眼，说道："看来也只能如此了。只是我们人少，如何冲得出去？"

"这个不难。吕公只管安排家人收拾细软，准备车马。我先去把贼人杀退。"说罢，张良提剑跃出围墙，接连刺倒两个敌人。众敌丁都围了上来，与张良打斗，但哪里是张良的对手？不到一顿饭工夫，都打得趴倒在地下。早有小喽啰去报告总管，田总管赶到，见手下都被打翻在地，心里大怒，也不打话，挺剑直刺张良。两人斗了二十多个回合，张良纵身一跃，飞过总管头顶，伸手抓过那人衣领，提在手里，再狠狠扔在地下。总管还来不及爬起来，张良又抓住他的后腰，扔进院内，张良也跟着跃进院内，命家丁把总管绑了。

院内，吕公还在指挥家人，见张良询问，便答道："我吩咐只带食物和随身必备物品。至于家财，就留给那帮贼人得了，只有《兵法》是万万不能丢的。"

张良点头称是，便让老弱妇孺乘车居中，男人持兵器棍棒在周边护卫，自己则乘高头大马，牵着五花大绑的田总管，打开大门，抢先冲了出去。门口的田家兵丁见总管被绑着出来，投鼠忌器，只得让开一条路来。张良让吕家人先过，自己则押着田总管断后。走不到十里，回首一望，吕家庄园已陷入一片火海之中。

由于夜路难行，吕氏又是拖家带口，一路走走停停，行走十分缓慢。后面田家兵丁也尾随着，不断骚扰，每次都被张良打回。但吕家人一夕数惊，十分疲惫。

天亮后，一行人已经离开了单父地界，田家人也不敢再追赶，吕家人才安定下来。张良仍不敢大意，小心护卫。好在路程并不遥远，仅走了三天，就到了沛县。张良把吕家安顿在县城，放回田家总管，就到丰邑中阳里找刘季托付保护吕家之事。刘季满口应承下来，忙吩咐一帮朋友去照顾吕家，然后又去找萧何疏通上层关系。原来萧何此时已经升任县丞，是县令的助手，人脉关系比刘季要广，有些事只有他才能做到。

刘季忙上忙下，动用的全是私人关系，他在亭长的职务上除了骗点吃喝之外，实际上做不了任何事，也没有人拿他这个亭长当回事。张良看到刘季义气，就请吕刘双方一起吃个饭，一则对刘季表示感谢，二则自己离开后，还要请刘季继续保护吕家。

刘季戴一个竹编的帽子赴宴，身后跟着樊哙与周勃。那顶竹帽子就是周勃所编织，以示亭长的气概，刘季自称是"刘氏冠"。刘季的想法是，别人不拿我亭长当回事，我可不能小看了自己。张良见刘季到来，忙引入酒店与吕公父子相见。酒过三巡，气氛便热烈起来，吕公父子不断地道谢，张良又反复相托，刘季笑逐颜开，满口应承，口中却污言秽语，两只脚架在案几上，露出满腿数不清的黑痣，丝毫不理会吕公不住地皱眉头。不久，刘季三人与吕氏兄弟都酩酊大醉。吕公把张良拉到一旁，轻声说道："张先生，我还有两件事托付你。"

"吕公请讲。"

"仇家追杀我，不过是为了《太公兵法》。这部书留在我手中无益，说不定哪天又被人抢去，所以它最好还是归于有用的人手中。我观张先生胸怀大志，文武全才，这部书正好适合张先生。还请张先生不要推辞！"

"这部书是吕家传家之宝，我如何要得？再说张良并不喜欢打仗……"

"祖宗家传，我如何敢轻易送人？但我辈无能，这部书眼看就要保不住了。张先生今日不取，明日就不知在谁手中了。若是转给张先生，我吕文也算对得起祖宗了。"

张良见吕公言辞恳切，话也有道理，便应承下来："我替吕公暂且保管也行。将来天下太平了，我再归还吕家。"说罢将几简竹简收入袖内。

吕公继续说道："还有一事。我听说张先生丧偶无妻，我大女儿娥娴与先生年龄相仿，也未嫁人。我意把娥娴许与张先生为妻……"

张良大惊失色："我收吕公家宝已经不妥，若再娶吕公之女，叫世人如何看我？我岂不成了贪财好色之徒？"

"张先生对我吕家有再造之恩，世人明鉴。张先生不必管他人议论。"

"我救人只是出于公义……"张良急得满头大汗。

"张先生既然救了小女，还请救到底。实不相瞒，娥娴说了，她三十不嫁，等的就是张先生。她此生非张先生不嫁。小女现在就在隔壁，只等张先生点头……"

"我也不瞒吕公，张良欠了太多的债要还，张良的生命自己已不能做主……"

"嘭"的一声，从隔壁传来案几被掀翻的巨响，随后门又被狠狠地一摔，有人从房间急促离去。

张良与吕公对望一眼，尴尬无比。

注释：

（1）秦始皇兰池遇险。秦始皇时饮水为池，就近建筑兰池宫，可视为秦代的水景园。风景佳丽，是游憩的好去处。《三秦记》："始皇引渭水为池，东西二百里，南北二十里，筑土为蓬莱，刻石为鲸，长二百丈"。

《史记·秦始皇本纪》：三十一年十二月，更名腊日"嘉平"。赐黔首里六石米，二羊。始皇为微行咸阳，与武士四人俱，夜出，逢盗兰池，见窘，武士击杀盗，关中大索二十日。米石千六百。

《集解》引《太原真人茅盈内纪》记载了茅盈曾祖父茅濛得仙的故事，其中一首民谣中有"帝若学之腊嘉平"一句，秦始皇亦有求仙之志，因此改腊为"嘉平"。

秦始皇为了学仙而给天下每一个臣民奖赏，看似皇恩浩荡，普天同庆，但司马迁罕见地提到了当时的米价之贵，说明秦始皇的举动造成了普遍性地大饥荒。米价每石一千六百钱贵到什么程度呢？读者在下一章中可以看到，当时富豪家宴，送礼一千钱就可以与县令同席。

（2）项梁项伯事见《史记·项羽本纪》：项梁尝有栎阳逮，乃请蕲狱掾曹咎书抵栎阳狱掾司马欣，以故事得已。

项伯常杀人，从良匿。（此处"常"为"尝"的通假字）

（3）吕雉与刘邦的婚姻。人类有男女爱情，就会伴随剩男剩女的社会现象，很多这类现象无关当事人的智力和自身条件，而与当事人的人生追求与选择有关。刘邦和吕雉就是他们那个年代的剩男剩女。

时间过去了两千多年，尽管人类的物质条件、生活习俗、社会环境、思维方式、价值观念都发生了天翻地覆的变化，但人类的求偶心理却没有发生任何变化。史书没有明确记载刘邦与吕雉结婚是哪一年，但从二人养育子女（惠帝和鲁元公主）的年龄情况分析，他们结合时，刘邦 45 岁，吕雉 30 岁。从中国古代的实际情况看，他们都是到了可以当公公婆婆的年龄才结婚。如此晚婚，在中国古代实属罕见。然而，他们的婚姻只是政治婚姻，没有爱情或较少爱情。

先说刘邦。刘邦出身社会底层，没有任何家庭背景和资历。当然，在他的那个年代，大多数人都是他这种出身。对于这样的人，当农民是最好的选择；尽管面朝黄土背朝天，但过上老婆孩子热炕头的安稳日子还是没有问题的，刘邦的两个哥哥和一个弟弟不就是这样吗？在刘邦的父母看来，他们就是刘邦的榜样。然而，刘邦不这么想。年轻的时候，他的偶像是信陵君魏无忌，不顾一切地跑到大梁城投奔信陵君的门客张耳。但大梁城被秦军攻破了，张耳也成了逃犯，只好怏怏回家。后来到咸阳城服役的时候，见到秦始皇出巡的壮观场面，不由得心动，感慨"大丈夫当如是"。但强大的秦王朝刚建立，似乎坚不可摧。正常情况下，刘邦注定是没有任何机会了，只有用亭长的身份聊以自慰，可以想象刘邦在家整日愁眉苦脸的样子。不做农活，不事产业，自然贫穷如洗；偏偏刘邦性格也不好，整日在街头混吃混喝，满口污言秽语，活脱脱是一个地痞无赖。这样的一个人，谁会愿意嫁给他呢？就算是与他有了私生子刘肥的曹寡妇，也不愿意嫁给他；她已经养了一个私生子，难道还要多养一个根本就没有家庭观念的男人？与其这样还不如继续当寡妇自在呢。所以，刘邦找不到老婆是很正常的。后来，当吕雉的父亲吕太公看上刘邦的时候，作为刘邦好友的萧何对吕太公直言相告，刘邦这个人其实什么都不是，什么也没有，您老人家千万别上当了。萧何是厚道人，朋友归朋友，良心归良心。可是，吕氏父女偏偏就是看上了刘邦，这又是怎么回事呢？难道吕太公真的是一个料事如神的算命高手吗？或者说，吕太公真的把女儿一生的幸福和希望寄托在虚无缥缈的预测和已经40多岁的落魄男人身上？（类似刘邦这种情况当时也不是个案。陈平，刘邦的重要谋士，少时家里贫穷，本人也不事产业，30多岁才娶了一个克夫的寡妇，但陈平还是有优点的，长相俊美，名声好。苏秦和张仪，就因为没有本事，老婆都不待见他们。刘邦的第一个老师张耳，估计和刘邦一样晚婚；有一个富豪家的女儿，瞧不起自己窝囊的老公，义无反顾地跟张耳走了。张耳的搭档陈馀也有类似的经历，女追男，但前提是男方是有资本的人）

吕家家境殷实，是名门望族。吕雉自幼受过良好的教育，有教养，通文墨，相貌应该也不会差，嫁一个社会认可度高的夫婿，应该不是什么难事。但吕雉直到30岁还没有把自己嫁出去，这就有一点奇怪了。当然，这也可以解释成吕雉是爱情理想主义者，没有找到理想的男人坚决不嫁。现代社会我们很容易找到这样的女性，她们以事业为精神寄托，终身不嫁。这样的女人通常被叫成"女强人"，而吕雉"为人刚毅"（司马迁语），野心勃勃，正好符合"女强人"的特点，她完全可以不依赖男人而成就自己的事业（吕雉这一点与武则天、慈禧太后不同，她们是靠已经成功的男人起家的；而吕雉嫁刘邦后就变得一无所有，自己历尽艰辛，可以说，吕雉是刘邦成功的起点）。然而，吕雉在30岁的时候却把自己嫁了，而且嫁给了什么都不是的刘邦，这就不能用理想主义来解释吕雉的心理了，这件事情只说明吕雉受到过感情上的创伤，她嫁给刘邦完全是自虐性的、报复性的。吕太公在嫁女儿的时候（根据《史记·高祖本纪》的记载，是吕太公做主嫁的女儿；但以吕雉的性格，他父亲恐怕是做不了主的，否则，吕雉就不会拖到30岁才嫁人了），虽然强颜欢笑，心里应该是和女儿一样痛苦的。但生米已经煮成了熟饭，为了吕家的脸面、为了女儿的脸面，吕氏父女不得不刻意制造一些神话、神迹来包装刘邦，并引导刘邦。但这不是出于爱情，而是面子。吕家人没有了退路，只能把刘邦往帝王的道路上赶。而刘邦呢，打了大半辈子光棍，晚年又是玩着命在闯荡，与吕雉又是聚少离多，自然不会有太多的感情，他们的婚姻只是政治婚姻。从后来的实际情况看，刘邦更喜欢的女人是那种小鸟依人型的，头脑简单，但温柔可爱，而不是性格坚毅的"女强人"。

那么，吕雉深爱而又受到剧创的男人是谁呢？野史传说审食其是吕雉的小情人（主要依据应来源于《史记·陈丞相世家》：食其亦沛人。汉王之败彭城西，楚取太上皇、吕后为质，食其

202

以舍人侍吕后。其后从破项籍为侯，幸于吕太后。及为相，居中，百官皆因决事）。如果是这样的话，吕雉就没有必要再回到刘邦身边了。所以此说并不可靠。作者在本书中认定是张良，主要理由如下：

①张良是侠客，也是饱学之士，对理想主义的女性吕雉自然有强大的吸引力。

②张良是修行的道家、又立志寻秦报仇，自然不能答应吕雉的追求，这必然会伤害到吕雉。

③吕雉在面临着太子将废，实际上也是自己的政治生命甚至是自己的生理生命将要终结的私事和家事难题时，想到的帮手是张良而不是萧何（萧何只能公事公办，难以获得吕雉希望的结果），而张良也帮上了她的忙；而且，这件事是以吕泽劫持张良开始的，如果熟人之间发生劫持事件，那么双方当事人必有恩怨。一个"劫"字后面，隐含着无数故事。《史记·留侯世家》记载如下：上欲废太子，立戚夫人子赵王如意。大臣多谏争，未能得坚决者也。吕后恐，不知所为。人或谓吕后曰："留侯善画计策，上信用之。"吕后乃建成侯吕泽劫留侯，曰："君常为上谋臣，今上欲易太子，君安得高枕而卧乎？"留侯曰："始上数在困急之中，幸用臣策。今天下安定，以爱欲易太子，骨肉之间，虽臣等百余人何益。"吕泽强要曰："为我画计"。

④四、晚年吕雉对张良曾经有一段比较私密的对话，主题是人生短暂，劝张良放弃劈谷修炼，享受人生，而张良居然接受了吕雉的建议。《史记·留侯世家》记载如下：乃学辟谷，道引轻身。会高帝崩，吕后德留侯，乃强食之，曰："人生一

世间，如白驹过隙，何至自苦如此乎！"留侯不得已，强听而食。这几乎是《史记》中张良与吕雉仅有的对话。所以，仅从记载本身看，张良与吕雉的生活轨迹几乎找不到交集，两人之间没有更多的来往。但对话的内容，不是生疏者之间所能讲的话。

⑤吕雉性格杀伐果决，但执政后却以黄老之道治国，内政外交皆然，显然是受到张良思想的影响。

所以，就吕雉而言，在心灵交通的层面，刘邦远不如张良。

对于吕雉的为人，世人多记其阴狠的一面，以戚姬"人彘"一事为最，但同时代的郦商却认为"高帝与吕后共定天下"。虽然郦商对诛杀害父仇人韩信的吕后难免有溢美之词，但吕雉在刘邦事业中所起的作用是不可否认的。刘邦在换太子失败后对他这位妻子的评价是"吕后真而主矣"。对于吕雉的政绩，司马迁评价说："孝惠皇帝、高后之时，黎民得离战国之苦，君臣俱欲休息乎无为，故惠帝垂拱，高后女主称制，政不出房户，天下晏然。刑罚罕用，罪人是希。民务稼穑，衣食滋殖。"

而刘邦对吕后与张良的态度也是值得玩味的。长期以来，无论是历史学家还是民间人士，普遍认为刘邦是与越王勾践一样的人，刻薄寡恩，猜忌成性。相反，张良则是范蠡的翻版，洞察人性，远离是非，故能避开萧何韩信那样的祸害，是功成身退、明哲保身的典范。但我们读《史记·留侯世家》，张良运筹帷幄的事迹很难见到，倒是大量的篇幅介绍他深度介入皇帝的家事，这与普遍的认识相反，也犯了历代为臣者的大忌。如果我们认可《史记》与《汉书》的记载，那么张良就不是范蠡那种急流勇退的逍遥之士。他之所以经常在朝堂缺席，实在是因为他身体不好，但在事态的发展与他的理念不合时，他依然能奋不顾身挺身而出。在刘邦晚年，朝廷内显然存在一个帝党和一个后党，而张良则是后党的首领，并取得了斗争的胜利。刘邦最终认输了，如果他真是个猜忌的人，那么后党不可能赢，而且张良吕后的下场会非常惨。这件事也说明了两点：一、张良与刘邦和吕后的关系都非同寻常，他们之间有许多史书所不载的隐情，否则，以张良之智，何以会帮吕后而得罪刘邦，而刘邦还接受这一结果！二、张良、刘邦、吕后都是能力相当的高明政治家，都懂得政治是妥协和平衡的艺术。如果其中任何一人打破这个平衡，汉朝就会像秦朝一样成为一个二世而亡的短命王朝。

第十一章
欲望与蜕变

张良原本是路见不平，拔刃相助，但不想生出这等事来，远离初衷，心想就算没事也要离开了，何况真的是有要事在身，用他自己的话说，就是要去还债。于是，他收拾好行李，准备默无声息地离开。

正在这时，周勃气喘吁吁地闯了进来，结结巴巴地告诉他三个消息。一是吕家的两个女儿已经作出决定，要分别嫁给刘季和樊哙。二是刘季昨日酒醉后回家，路上与一个车夫争执打架，打伤了对方，被捉到县里，虽经萧何曹参疏通，仍然判了一年徒刑。三是曹寡妇得知刘季入狱后，带着三岁的私生子刘肥到刘家大吵大闹要抚养费。

张良听了，第三件事最好处理，交钱就是了。第二件事也不太难，费点周折也能摆平。难办的就是第一件事。张良明白，刘季打架，显然是因为有美女要嫁给他而过于兴奋，又喝醉了酒不能自己。而嫁给刘季，显然不是吕雉小姐的本意，二人对比各方面悬殊太大，不可能有幸福。吕须嫁樊哙，肯定是出自吕雉的操控。吕氏姐妹不过是在用这种方法逼自己改变主意。

若是改变主意娶了吕氏，自己以后如何能去为韩湘等人报仇？就算吕氏大度，自己如何面对刘季？又如何能托刘季保护吕家老小？如果刘季不能保护吕家，那自己当初救吕家岂不是半途而废？自己的信义又何在？如果现在就离开，那前面所做的一切就是白费，那岂是自己的初衷？总之，张良陷入前所未有的矛盾之中，怎么做都为难，唯一可做的决定就是不能一走了之。

张良一打听，原来与刘季打架的车夫不是别人，正是夏侯婴。张良掏出一把钱，让周勃去打发曹寡妇母子，自己便去夏侯婴家里探望。

王陵也闻讯赶到。二人又查看了夏侯婴的伤势，见他头被打破，脑袋又红又肿，躺在床上不能动弹，想刘季的手也够狠的，王陵也怒骂刘季。二人重新用水清洗，用三七药敷好包扎。忙完，张良轻声对夏侯婴道："夏侯婴，我有一事求你。"

夏侯婴大惊："主公有事，吩咐就是。说到求字，夏侯婴如何受得了？"

"我想要你到县衙承认，是你先打了刘季。"

这次轮到王陵大惊了："那夏侯婴就得坐一年牢了！他已经伤成这样……"

"我知道你们受了委屈，心里不平。一切都看在我的面子上吧，我会补偿你的。"

王陵道："我们照办就是。我们命都主公的，哪敢要主公补偿？我只是不明白，主公儿子近在身边都不管，却管那混蛋刘季的闲事？"王陵自此看不上刘季。尽管此后刘季见着王陵就大哥长大哥短，王陵就是不理。此系后话。

张良苦笑无言，只得把二人劝慰一番。告辞出来，又去拜访吕公。

吕公迎入，问道："张先生可是为我女儿的事而来？"

"正是。"

吕公满怀希望地道："张先生改变了主意？"心想女儿的激将法见效了。

"君子一言，驷马难追。就算张良改变了主意，吕公已对刘季樊哙许婚，如何能追得回？再说刘季是义士，岂容得下你悔婚？"

"这，这……你岂不是把我的一双女儿往火坑里推？"吕公是急不择言，马上意识到自己不对。"我，我是说，我吕家虽然是流落异乡，但好歹也是名门世家。若是把女儿嫁给刘季樊哙，那我以后在沛县如何见人？我女儿金枝贵叶，如何活得下去？"

"我正是为此事而来。我与你一起想办法，定能让刘季成为贵人。再说，令爱娥姁三十不嫁，我看也非寻常之人。只要略作指点，她定然有办法让刘季变为人杰。"

吕公满脸狐疑地看着张良："就算你的办法能成，那也是多年之后的事，吕某早就死啦！只是我现在这张老脸往哪儿搁？"

"吕公莫急，我自有妙计。我让萧何出面，请县令宴请吕公，广邀宾朋。请吕公当场宣布，把娥姁嫁给刘季，反正这事大家都要知道的。现场一定有人不解，吕公就说自己会相面，一眼就看出刘季是大福大贵之人，前途无量。全沛县的人只有羡慕你，谁还敢轻看你吕公和令爱？"

"这……"

"吕公莫疑,这是唯一的办法了。我这就去找刘季和萧何。"

宴会那天,由萧何主理内外事务。他把客人分为两等,送礼一千钱以上者坐内厅,与县令、吕公同席,其余的人在外厅聚餐。客人到得快齐了,刘季戴着竹帽子冲了进来,高叫:"我送礼一万钱。"说着直奔内厅。此事萧何全蒙在鼓里,见刘季进来,知他实际上一文钱的礼金也送不出来,便过来责怪刘季莽撞无礼。二人正在争吵,吕公上前制止萧何道:"我观面相,这位刘季贵不可言。我不仅要请刘季同席,还要把娥姁嫁给他。请刘贵人不要推辞,也莫要辜负了天意。"

刘季坦然上坐,众人皆哗然。吕老夫人也连连抱怨老爷轻率。萧何把吕公拉到一旁,悄悄说道:"我是刘季的朋友,最知道他的底细。他除了有一个私生子,别的一无所有啊。他已经四十五岁了,哪里还有什么前程啊?相面术萧何也略知一二,我怎么看不出他有什么贵人相啊?"

"我家相面术乃我祖姜太公所传,奥妙无穷,他人岂能窥探?"

"这……"萧何连连摇头,心中后悔承接了这件差事。

刘季这些天完全是云里雾中,如梦游一般,听人摆布。刘老太公眼见天上掉下一个漂亮媳妇,大喜过望,多年的难事终于有了着落,连忙张罗婚事,以免夜长梦多。他与樊家商量,反正二人是狐朋狗友,干脆婚事就一起办了。樊家人欣然同意,两家合办喜事,自然更为热闹。好在两人的亲朋邻里都是差不多的人,合两家之力,再有吕公张良资助,婚礼也办得风风光光。

婚后,刘季感觉吕雉对自己甚为冷淡。本来,二人婚前就没见过面，学识志趣也反差太大，话自然说不到一起去。但刘季注意到，吕雉从富家下嫁，粗衣淡饭，非但没有仆人照料，还要侍候公婆，到田间地头劳动，从无一句怨言。其忍耐之力，刘季自愧不如。

很多天过去了，刘季也从兴奋中回过神来，回想这一连串事情是如何发生的。他先买了一袋礼品，到监狱里去看望夏侯婴，见面就问："明明是我打伤了你，你为何要自担罪责？"

"你是贵人天相，我冒犯了你，自然是罪过不小。"

刘季奇怪，反复追问"贵人"一事何来，夏侯婴只答是天意。刘季无奈，只得谈些朋友交往之事。不想二人语言投机，整宿不知疲倦。

刘季又去看望老岳父。二人寒暄几句，刘季问起相面之事。吕公本来情绪还好，一听相面之事，马上变了脸色："哼！都是张良替你看的相，你要问就去问他吧。"

刘季又跑到王陵家去找张良，遇到王陵冷眼相待，说张良修炼去了，这倒也是实话。刘季怏怏而回，心想，不管别人怎么看，既然有这么多人说他是贵人，说不准自己就真是贵人呢。当年秦皇不是也高看自己一眼么？他现在已经对张良佩服得五体投地，如果不能成为贵人，如何对得起张先生、岳父和妻子？刘季心中暗暗立下重誓。

处理完刘季与吕雉的事，张良便返回王陵家，辟一石室，杜门谢客，闭关修炼。主要是按仓海君的提示运行气血，以改变自己的容貌与声带。本来，仓海君的提示是人生长发育的自然规律，只是人的相貌声音由人摄取的营养、生活习惯、思想意识的影响自然形成，通常没有人预设目标，由意识地通过修炼去达到。只是这一过程在人的生长发育期自然而行，但过了这一时期，人体发育成熟，再想通过修炼来改变音容，其难度无异于让时光倒转。张良其时早已步入中年，要练成仓海君的功法本来是不可能的事，但张良从小就熟知道家气功，早年随韩非、张苍一起在咸阳被扣为人质时，他就随义兄张苍修炼导引之术。修建金人中毒后，又到商山跟商山四皓学习辟谷术以逼出体毒，因此基础很好，小周天、大周天俱已打通。此次调息修炼，只要他双目微闭，舌顶上颚，鼻吸鼻呼，保持鼻息细、长、深、匀、微，气自然而然沉入丹田，气血便随着自己的意识流动，他便体会到仓海君所说的意境。随着时间的推移，他入静、入定程度的加深，他的意识逐渐归于虚空，仿佛又回到了婴儿时代，重新开始生长。与此同时，整个宇宙的结构、形象也占据他的脑际，自然法则、人生真谛在他眼前也豁然开朗了，包罗万象的知识涌入他的胸中，他不知不觉已经进入师祖荀子所说的"虚壹而静"的状态，知晓了宇宙最高的智慧，这也是意外的收获。

光阴荏苒，转瞬间三年的时间已过。三年来，张良留在家里与儿子团聚，大部分时间还是用于练功，道行大增，而且容貌与声音都在渐渐发生改变。刘季虽然容貌不变，但性情已大为改变。吕雉已经产下一男一女，儿名刘盈，女名刘元。一日，吕雉在田边一边忙农活，一边带孩子，与一般村妇无异。这时，一老者路过，向吕雉讨碗水喝。吕雉随手递过，老者一边喝水，一边瞧着吕雉，慢慢说道："我替无数人看过相，从来没有像夫人这么高贵的。"吕雉红了脸，要老者顺便也给儿女看看。老者看了一双儿女，恍然大悟道："我说夫人命相高贵，原来是因为儿子啊。你女儿也是公主的命。"说罢，又与吕雉聊几句闲话，便起身告辞。

不久，刘季从外面回来，吕雉便告诉夫君刚才的趣事。刘季听了，起身追了过去，拦住老者，要老者替自己也看看。老者看了看刘季，把刘季拉过来，凑近耳朵轻声说道："阁下龙骨龙颜，秦皇也比不上啊！阁下好自为之！"言罢飘然而去，留下刘季呆若木鸡。

这老者不是别人，其实就是张良所扮。刘季吕雉都认不出来，张良感到功已练成，该出手了。

三年来，形势又发生了很大的变化。因为张良没有出动，秦始皇巡游碣石与北方边境很顺利，没有出现任何意外，还顺便驱逐了阴山的胡人，重新占领了河套之地，又设置了多个县治。只是仙人仍然没有遇到，匈奴王子也没有消息，只是从燕市里带回了一名声名远播的盲人乐师高渐离，以消遣打发闲暇时光。秦始皇对徐市迟迟没有结果也大为不满，觉得不能把希望全部寄托在徐市一个人的身上，便命卢生也出海求仙。卢生倒是回来得很快，不过并没有带回来仙药，而是带回来了一部仙人所送的图册，上面五个字让秦始皇心惊肉跳：亡秦者胡也。他刚从北境回来，那里不是很平静么？怎么还会有胡人来危害我大秦？难道是仙人有意跟我过不去？

秦始皇急忙把仙人所赠图册烧毁，民间的相关书籍也得烧毁，决不能让黔首知道任何信息，但仙人的话又不能完全不信。于是下达两条命令，一是令蒙恬增调三十万民夫修长城，一定要把胡人拦在长城之外。二是实施酝酿已久的焚书计划。这两项措施是国家的千年大计，但自己的千年大计呢？他忙过之后，招来卢生，沮丧地问道："朕自即位以来，就没有办不成的事。就算公孙云存心与朕作对，如今也不见了踪影。只有见神仙一事，如此难办。朕如此心诚，派了四百六十多人去寻找神仙，你说神仙为何不愿见我？"

卢生想了半天，缓慢答道："陛下成天与凡夫俗子在一起，神仙如何肯来？陛下想，凡人就如同天界的鬼怪，神仙肯与鬼怪为伍吗？陛下除了不能与凡人来往，还不能接地气，这样才能与真人相通。黄帝曾说，余闻上古有真人者，提挈天地，把握阴阳，呼吸精气，独立守神，肌肉若一，故能寿敝天地，无有终时，此其道生。中古之时，有至人者，淳德全道，和于阴阳，调于四时，去世离俗，积精全神，游行天地之间，视听八达之外，此盖益其寿命而强者也，亦归于真人。"

"言之有理。你何不早说？从今以后，我不再称朕，而称真人。俗人也不许见真人。"至此，他人要见秦始皇就难矣！

本来，秦始皇除接见朝臣、将军之外，成天琢磨着长生不老之事，心中不免烦闷，把高渐离带回咸阳宫就是为了散心。为了安全，他事先也作了调查，知道高渐离是荆轲挚友。但高渐离文弱清瘦，手无缚鸡之力，再加上眼睛也瞎了，有什么能力当刺客为荆轲复仇？如果堂堂皇帝连这样的人都害怕，岂不令天下人耻笑？况且，高渐离飘飘然有神仙之气，说不准还能沾点光呢！就这样，高渐离在经过仔细检查搜身后进了秦宫，除了他的那张筑之外，所有其他的东西都禁止带入。

高渐离终于有机会与秦始皇同处一室，他从容跪坐，左手抱筑，右手五指尽情地拨弄着十三根琴弦，一种似吼似吟的超重低音在筑头部的音箱里激荡，又从筑口中弥漫出来，在高大的秦宫中回响。高渐离忘情地演奏，全身衣服被汗水浸透，似乎力竭。忽然"嘭"的一声巨响，几根金属琴弦一齐断裂，筑头口中飞出一铅粒，迎着秦始皇的脑袋飞去。不巧的是，在秦皇与高渐离之间，刚好有根铜柱隔住，铅粒打进了铜柱之中，铜柱被打弯，宫殿的梁上吱嘎直响，饰物也纷纷掉落。本来，秦始皇在闭眼听琴，可琴声戛然而止，又听到了其他响动。他睁眼看时，高渐离已经瘫软在地，弯曲的铜柱被铅粒打进两寸多深，秦始皇立即明白过来，倒吸三口凉气，挥剑杀死高渐离。

原来，这个铅粒是筑的部件，用以在音箱中产生金属低音。在高渐离拨弄琴弦时，它与金属琴弦产生共振，能量越积累越大。当琴弦断开，铅粒失去约束，便从口中飞出，飞向目标。本来，作为乐师，高渐离对声音特别敏感，在眼瞎了之后，又很快掌握了一套方法，通过声音辨别物体的远近大小，但仅限寸相对活动的物体。所以，高渐离能准确地判断秦始皇的位置距离，却没有注意到他们中间隔了一根铜柱。高渐离本意是要给荆轲复仇，却重复了荆轲一样的命运！通过这件事，秦始皇得到了一个结论，所有的人都不可相信，尤其是从六国来的人，以后决不能让他们靠近自己！

尽管秦始皇反复告诫身边的太监，不要让外人知道了他的行踪而来打扰他，表面上是为了修仙，实际上是为了安全，但大臣们尤其是李斯总能找到他。于是，他便心生一计，率太监们登上城楼，观赏街景市容。远处，李斯的车队经过，耀武扬威。秦始皇感叹道："丞相的威仪，赶得上真人了啊！"第二天，秦始皇率同一班人再上城楼,看见李斯路过，已经换了一辆小车，随从也大为减少。秦始皇把太监横扫一遍，怒道："说！你们是谁把真人昨天的话传给了丞相？"太监们跪在地下，战战兢兢，谁都不敢承认。秦始皇便下令把前一天在场的人全部杀死。至此，除了个别太监，谁也不知道秦始皇的行踪了。

卢生和侯生终于从容逃走。由于不通音讯，过了很久秦始皇才知道，此时已经无能为力了。秦始皇勃然大怒："我那么尊重他们，优待他们，满足他们的一切要求，他们却存心骗我。这些方士没有一个好人，把他们全部捉起来活埋！"

长子扶苏谏道："目前只有卢生和侯生逃走，尚不能证明四百六十名方士都有罪。若是把他们都杀了，恐人心不服。父皇还当以德治天下。"

"大胆！轮到你来教训我！传旨，扶苏充军上郡，由蒙恬监管！传令天下，皇子犯法与庶民同罪。无论何人，违皇命者杀无赦！"

卢生和侯生来向张良复命。听了高渐离事迹的介绍，张良唏嘘不已。这两人都是张良故交，张良了解他们。当年荆轲刺秦失败，高渐离就不是为自己活着了。他活着的目的只有一个，就是为荆轲复仇。为此他自残熏瞎自己的双眼，他想尽办法出名，就是为了能够接近秦始皇。这不就是民间传说的聂政故事的翻版吗？世上就有这样侠肝义胆、豪气冲天的伟男子，他自己不也是这样的人吗？

谈到秦始皇最近的种种行径，已使天下民怨沸腾。各地已是遍布干柴，就差一点火星。现在刺秦，恰好正是时机，况且张良的准备已经就绪。

然而，新的问题又来了。卢生劝秦始皇断绝与人来往，本来是脱身之计，谁知秦始皇虽然恨透了卢生，却对卢生的话深信不疑。同时也为了安全，秦始皇放弃了巡游，没有任何人知道他在哪里，张良混进巡游队伍寻机刺杀秦始皇的计划根本无法实施！

唯一的可能是，把秦始皇调出来，让他暴露在光天化日之下。但是，秦始皇身边已经没有了内线，该怎么办呢？

张良思虑良久，终于有了办法。秦始皇毕竟成不了神仙，他焦虑的是什么，什么就能把他调出来。

张良让王陵出马，从酉阳请来了张苍和陈平，再与卢生等一起商议。众人见张良自己的相貌都能改变，对他的计划便深信不疑，便着手计算和准备。

经过一个多月反复核算无误，张良便带人东行，来到鲁中沂蒙山深处。早有一帮人在此等候，为首的名叫彭越，齐地巨野泽人，前几年张良在齐地游历时结识，也是一条好汉。手下有陈豨、陈胜、吴广等，都是反秦义士。

彭越把张良等人领上一座高山，与泰山比肩。此山山势奇特，西南方向是缓坡，很容易上来。东面却是悬崖峭壁，云雾缭绕山腰，深不见底，堪比西岳华山。按张良、张苍、卢生人的计划，彭越指挥一百多精壮汉子紧靠悬崖边用木料搭建起一个坚固的塔架，共有三十丈高。塔顶装上一个活动轴承作支点。又在支点上安装长杆，两尺直径，四十丈长，用木料拼接加固。以支点为界，木杆长端斜伸到木塔脚下悬崖边，端部安装一木斗，斗内装一六十来斤的铁砂石，上书一行大字，铁砂石用细网兜罩着，以防滑脱。木杆的短端高出木塔约十丈，斜插天际，顶端系一条又粗又结实的长绳，向下延伸到悬崖边，拴在一个结实的网兜上。网兜内装着几块巨石，共有一千斤重，搁在几块木板桥上，桥底下就是万丈深渊。

一切准备停当，张良挥剑砍断木板桥，一千斤的巨石向悬崖下坠落，拉动长木杆的上端，木杆下端也带动铁砂石升起，速度也骤然加快，转瞬间便已经高过木塔顶端。长木杆由于受力巨大，断为两截，木斗内的铁砂石冲破细网兜，向西面天空飞去，速度之快，众人都未见过，瞬间就消失在天空之中。众人还在诧异，又听到轰隆隆一声巨响，高大的木塔也被巨石拉着倒向悬崖，不见了踪影。半晌，崖底下传来了沉闷的回响。

"我们能打多远？"彭越问道，他明白这实际上是一台超级投石机。

"我们计算是打到东郡。"张良答道。

张苍也帮腔道："只要高塔做得结实，打到咸阳也是没问题的。"

张良开起了玩笑："看来大哥来劲了。等日后天下太平，我把你送到月亮上去，让你去与嫦娥相会。"

陈平道："还是先顾眼前吧。张先生这块石头落地，不仅打在秦皇心里，六国后人也必然振奋，还是要早做准备呀。"

"陈平之言有理。还请彭义士派人通知天下群豪，一旦得知秦皇死讯，即可举义旗铲除暴秦！"

约过了半个时辰，几百里外的东郡（今河南濮阳），天色刚暗了下来，各家各户都在准备晚饭，炊烟缭绕。忽然天空中传来轰轰声响，众百姓都出门观看，只见一道亮光从天空划过，飞近时已变成一团火焰，瞬间便落在一块空地上，在地下砸开一个大坑。

"落陨石啦！"消息不胫而走，很快陨石坑周围就挤满了看热闹的人群。有几个大胆的人跳进坑内，用木棍扒开还在冒热气的陨石，口中念出陨石上的几个大字：始皇帝死而地分。

消息很快传开，惊动了郡守，他连夜赶来，看着那块令人胆战心惊的陨石，又找了几个目击证人问明情况，不敢耽搁，骑马往咸阳奔去。

两天之后，陨石放到了秦始皇眼前。秦始皇叫来李斯、赵高、叔孙通、淳于越等一帮最博学的人，抱起陨石反复细看，研究了十多天，仍然得不出结论，它究竟是从天上掉下来的呢？还是人为造假？

众大臣博士都帮不上忙，陨石的千钧之重就全部压在秦始皇心头。假若陨石上没有什么字，这也不是什么大事。但陨石上的这七个字却如万箭穿心。它说明了什么呢？始皇帝要死了，长生不老的希望就此破灭。死也罢了，死后天下又要分裂，皇帝赖以成名的统一六国功业也将烟消云散，始皇帝也将成为笑柄。若陨石是假的倒好办，逮住元凶碎尸万段便罢了。但倘若是真的呢？没有人找到这块石头是人造的痕迹。几十年来，秦始皇终于感到了自己的渺小与无助。好在他的思维还正常，如果这块石头真是天意，那么唯一的出路就是想办法活下去，他要战胜上天！

想到这里，秦始皇下达两道旨意，一是把这块陨石销毁，令史官记录是人为造假。二是把东郡知道陨石上有字的人全部杀死，以防消息外泄，六国残余分子蠢蠢欲动。

处理完这件事，秦始皇重新考虑长生不老的事。正在这时，赵高来报，有使者急事求见。秦始皇召入，使者献上一块宝玉，秦始皇一看，正是二十八年他投入湘水又没有找到的传国玉玺。秦始皇大喜："快说，你是如何找到它的？真人要重重赏你！"

"臣回咸阳，路过华阴，夜遇一人。他把玉玺给臣，并对臣说，请转告镐池君，今年祖龙死！臣正要问他个究竟，他竟突然不见了。"

秦始皇的心情从云端落进了地狱。原来，镐池君和祖龙都不是别人，正是秦始皇自己。当年兰池遇险后，秦始皇为图吉利，将兰池改名镐池，自称镐池君，其他人投其所好，称其为祖龙。如果说，那块陨石还有可能是人为造假的话，那么和氏璧失而复得，显然非人力所为，这件事就是那个湘君所做。湘君也要自己死，是为了报复朕把她送给天神吗？抑或是因为朕一直把皇后之位给她留着而心存感激，而来事先报信？这个爱与恨都让他刻骨铭心的女人，不，现在是女神了，她究竟是想要干什么呢？

无论如何，得采取行动。秦始皇叫来史官问道："今天是什么日期？"

"禀陛下，今天是九月二十六日。"

秦始皇心放下了大半，今年只剩下四天了。四天一过，就是来年，自己身体并无病痛，难道四天还挺不过去吗？秦始皇立即下令，取消自己镐池君封号，禁止任何人再称自己为祖龙。然后下定决心待在宫殿里寸步不离，命赵高日夜侍候，又命李斯一只苍蝇也不可放进宫殿。

漫长的四天终于过去，秦始皇安然无恙，但身体几近虚脱。

追逐

秦始皇心里释然，看来湘君此番是好意。但碍于自己曾经对湘山祠大开杀戒，不便改口认错，便故作轻松地对左右说道："看来山鬼也只不过能预测一年之事，他能奈我真人若何？"

然而，危机并没有结束，陨石的事怎么办呢？秦始皇召来易经博士，命其占卜。博士掐手算了半天，答道："禀陛下，根据卦象，陛下出巡才能避祸，且有大吉。"

"正合朕意！"

"请问陛下，到哪里去？"李斯小心翼翼地问道。

"卢生侯生跑了，方士都是骗子。现在只剩下赵佗和徐市了，还是最早的人实在。"

正说到此处，有使者急匆匆地跑来，边跑边喊："陛下，陛下，好消息！赵佗派人来报告，舜帝的墓穴找到啦！就等陛下前去呢。"

"赵佗果然不负朕望！命冯去疾留守咸阳。李斯，你速作准备，明日出发！"

秦始皇走出宫殿大门，明亮的阳光照射下来，刺得他眼睛生痛。他模模糊糊地看到一个肥胖的身影在巨大的台阶上移动，有些眼熟又记不起是谁，便问身边的赵高："此人是谁？"

"是陛下的公子胡亥。他听说皇上危难，便一直守在宫殿门口，整整四天，不休不眠。"

秦始皇忽然想起自己的父亲身份和二十多个子女，一丝慈爱涌上心头。他召来胡亥，满意地说道："危难时刻才见孝子忠臣。我儿辛苦了，你要什么奖赏？"

"儿臣不要奖赏。儿臣愿陪伴父皇出巡，为父皇分忧！"

由于一贯坚持彻底的郡县制，反对任何形式的分封制，又

220

与长子扶苏政见不合，嬴氏庞大的皇室成员几乎没有一人担任
要职。再由于对长生不老一直充满信心，秦始皇从未意识到子
女的价值。在此生死危急时刻，听了胡亥的话，秦始皇第一次
感到了儿子的作用。面对胡亥的要求，他的回答充满了关切和
爱护："准奏！"

　　秦始皇所不知道的是，胡亥的出场其实是赵高的精心安排，
赵高早年在邯郸跟随父亲看管异人和赵政父子，颇知律法，后
来自宫成了秦始皇的内侍，深受信任，便派去教授皇子胡亥。
赵高当年也曾目睹吕不韦是如何把毫不起眼的异人推上王位的，
渐渐地觉得胡亥奇货可居，有了取法吕不韦之心。只不过，吕
不韦太无能，一个玩偶都控制不住，让赵政坐大，反害了自己
的性命。他赵高比吕不韦周密得多，决不会功亏一篑，自寻死路。
现今，围绕着秦始皇的异象不断，他虽然不明就里，但他敏锐
地嗅觉到，这个不可一世的人，这个整日幻想着长生不老的人
终究无法摆脱死亡的宿命，也许真的活不长了，那他的机会不
就要来了吗？他一定要干一件改天换地的大事！

　　注释：

　　（1）刘邦婚姻的来历见《史记·高祖本纪》：单父人吕公
善沛令，避仇从之客，因家沛焉。沛中豪杰吏闻令有重客，皆往贺。
萧何为主吏，主进，令诸大夫曰："进不满千钱，坐之堂下。"
高祖为亭长，素易诸吏，乃绐为谒曰"贺钱万"，实不持一钱。
谒入，吕公大惊，起，迎之门。吕公者，好相人，见高祖状貌，
因重敬之，引入坐。萧何曰："刘季固多大言，少成事。"高
祖因狎侮诸客，遂坐上坐，无所诎。酒阑，吕公因目固留高祖。

高祖竟酒，后。吕公曰："臣少好相人，相人多矣，无如季相，愿季自爱，臣有息女，愿为季箕帚妾。"酒罢，吕媪怒吕公曰："公始常欲奇此女，与贵人，沛令善公，求之不与，何自妄许与刘季？"吕公曰："此非儿女子所知也。"卒与刘季。吕公女乃吕后也，生孝惠帝、鲁元公主。

高祖为亭长时，常告归之田。吕后与两子居田中耨，有一老父过请饮，吕后因餔之。老父相吕后曰："夫人天下贵人。"令相两子，见孝惠，曰："夫人所以贵者，乃此男也。"相鲁元，亦皆贵。老父已去，高祖适从旁舍来，吕后具言客有过，相我子母皆大贵。高祖问，曰："未远。"乃追及，问老父。老父曰："乡者夫人、婴儿皆似君，君相贵不可言。"高祖乃谢曰："诚如父言，不敢忘德。"及高祖贵，遂不知老父处。

（2）关于"虚壹而静"。《荀子·解蔽》：其法为：人何以知道？曰：心。心何以知？曰：虚壹而静。心未尝不臧也，然而有所谓虚；心未尝不满也，然而有所谓一；心未尝不动也，然而有所谓静。人生而有知，知而有志，志也者，臧也；然而有所谓虚，不以所已臧害所将受，谓之虚。心生而有知，知而有异，异也者，同时兼知之；同时兼知之，两也；然而有所谓一，不以夫一害此一谓之壹。心，卧则梦，偷则自行，使之则谋。故心未尝不动也，然而有所谓静，不以梦剧乱知谓之静。未得道而求道者，谓之虚壹而静，作之，则将须道之，虚则人；将事道者之壹则尽，将思道者。静则察。知道察，知道行，体道者也。虚壹而静，谓之大清明。万物莫形而不见，莫见而不论，莫论而失位。坐于室而见四海，处于今而论久远，疏观万物而知其情，参稽治乱而通其度，经纬天地而材官万物，制割大理而宇宙里矣。该思想与陆九渊的"宇宙便是吾心，吾心即是宇宙"、王阳明心学一脉相通，但在实践方法上更为具体。

（3）关于卢生。卢生，在秦始皇晚期是一个很重要的人物，秦始皇弃用"朕"自称，改称"真人"；北逐胡人，修长城，放逐长子扶苏；坑杀四百六十多方士等，都与卢生有关，可以说卢生影响了秦朝的历史进程。但关于卢生的生平事迹却鲜有记载，在有关文献中，只有《酉阳杂俎》中记录了一个卢生的故事。但《酉阳杂俎》是唐朝人段成式（803～863）作品，书中记载的卢生也说成是唐朝人。乍一看来，此"卢生"非"卢生"。然而，仔细考究一下这本书的书名，就会发现另有玄机。

原来，《酉阳杂俎》中的酉阳，即小酉山（在今湖南沅陵），相传山下有石穴，中藏书千卷。秦时有人避乱隐居学习于此。梁元帝为湘东王时，镇荆州，好聚书，赋有"访酉阳之逸典"语。《新唐书·段成式传》称段成式"博学强记，多奇篇秘籍"，其书内容又广泛驳杂，多隐僻诡异，如《酉阳杂俎》卷十六有探矿原理："山上有葱，下有银；山上有薤，下有金；山上有姜，下有铜锡；山上有宝玉，木旁枝皆下垂。"此类知识显然不是段成式原创，而来源于先秦古籍，因此可以推测，段成式因机缘巧合，见到了酉阳逸典，即先秦古籍，整理成书，故名《酉阳杂俎》。为了吸引读者，段成式把古人说成是今人，于是，卢生就从秦朝穿越来到了唐朝。

当然了，有人会说，酉阳石穴所藏应该为先秦古籍，而卢生是秦朝人，他的事迹不应出现在石穴藏书中。到了明朝，有托名酉阳野史的佚名作者写了一本书《续三国演义》，讲述蜀汉亡国后刘渊等人复国的故事，这段历史本作者已另有论证。

该书作者如此署名，显然也有得到酉阳秘籍之意。可见，酉阳藏书的传奇并没有到秦朝就结束，其中有卢生的故事并不奇怪。

《酉阳杂俎》中的卢生，金庸先生把他当作侠客做过专门介绍。鉴于金庸先生此文对于本书的理解非常有帮助，作者把金庸先生的原文照录如下：

如果你可以有两个愿望，那是甚么？相信绝大多数人都会说：第一是长生不老，第二是用不完的钱。中国道家所修炼的，主要就是这两种法术，一是长生术，二是黄白术。黄是黄金，白是白银。中国的方士们一向相信，可以将水银加药料烧炼而成黄金。西方中世纪的术士们长期来也在进行着相同的钻研，"炼金术"便是近代化学的祖先。炼金虽然没有成功，但对物质和元素的性质与变化，却是知识越来越丰富，终于累积发展而成为近代的化学。

中国道家讲究金丹大道。上乘的修士认为那是一种修身养性的气功。次一等人物希望炼成金丹之后点铁成金，或烧汞成金，用以救贫济世。下焉者则是希望大发横财，金银取用不绝。中国道家的影响所以始终不衰，自和长生术及黄金术这两种方术的引人入胜有重大关系。

如果再有第三个愿望，多半和"性"有关了。所以落于下乘的道家也有"房中术"。

皇帝和大官对黄白术不感兴趣，长生术却是一等一的大事。毛泽东最近屡次指到"吐故纳新"四字，这典故源出《庄子》，是后世道家长生术的基本观念之一，认为吐纳（呼吸）得法，可以寿同彭祖。

古代许多高明之士见解很卓越，但对金丹大道却深信不疑，李白便是其中之一。他有许多诗篇都提到对烧丹修炼之术的向往。唐朝皇帝或崇佛教，或好道术，皇帝姓李，便和李耳拉上了关系，所以唐代道家特别盛行。

《酉阳杂俎》中记载了一个卢生的故事。

唐代元和年间，江淮有个姓唐的人，学问相当不错而好道，到处游览名山，人家叫他唐山人。他自称会"缩锡"之术。所谓缩锡，当是将锡变为银子。锡和银的颜色相像，当时人们相信两者的性质有类似之处，将价钱便宜的锡凝缩而变为银子，自是一个极大的财源。许多人大为美慕，要跟着他学。

唐山人出外游历，在楚州的客栈之中，遇到一位姓卢的书生，言谈之下，甚是投机。卢生也谈判到炉火修炼的方术，又说他妈妈姓唐，于是便叫唐山人为舅舅。两人越谈越是高兴，当真相见恨晚。唐山人要到南岳山去，便邀卢生同行。卢生说有一名亲戚在阳羡，正要去探亲，和舅舅同行一程，路上有伴，那是再好不过了。

中途错过了宿头，在一座僧庙中借宿。两人说起平生经历，甚是欢杨，谈到半夜，兀自未睡。卢生道："听说舅舅善于缩锡之术，可以将此术的要点赐告吗？"唐山人笑道："我数十年到处寻师访道，只学得此术，岂能随随便便就传给你？"卢生不断地恳求。唐山人推托说，真要传授，也无不可，但须择吉日拜师，伺到南岳拜师之后，便可传你。

卢生突然脸上变色，厉声道："舅舅，非今晚传授不可，否则的话，可莫怪我对你不起了。"唐山人也怒了，道："阁下虽叫我舅舅，其实我二人风马牛不相关，只不过路上偶然相逢，结为游伴而已。我敬重你是读书人，大家客客气气，怎可对我耍这种无赖手段？"

卢生卷起衣袖，向他怒目而视，似乎就要跳起来杀人，这样看了良久，说道："你当我是甚么人？我是个杀人不眨眼的刺客。你今晚若不将缩锡之术说了出来，那便死在这寺院之中。"说着从怀中取出一只黑色皮囊，开囊取出一柄青光闪闪的匕首，形如新月，左手拿起火堆前的一只铁熨斗，挥匕首削去，但听得嗤嗤声响，那铁熨斗便如是土木所制，一片片的随手而落。

唐山人大惊，只得将缩锡之术说了出来。

卢生这才笑道："你倒不顽固，刚才险些误杀了舅舅。"听他说了良久，这才说道："我师父是仙人，令我们师兄弟十人周游天下查察，若见到有人妄自传授黄白术的，便杀了他，有人传授添金缩锡之术的也杀。我早通仙术，见你不肯随便传人，这才饶你。"说着行了一礼，出庙而去。

唐山人汗流浃背，以后遇到同道中人，常提到此事，郑重告诫（事见《酉阳杂俎》）

据我猜想，卢生早闻唐山人之名，想骗他传授发财秘诀，所以"舅舅、舅舅"的叫得十分亲热，待唐山人坚执不肯，便出匕首威胁，"师父是仙人"云云，只是吓吓唐山人而已。又或许唐山人的名气大了，大家追住了要他传法，事实上他根本不会，只好造了个故事来推托。锡和银都是金属元素，根本不可能将锡变为银子。

（4）秦始皇遭陨石、玉玺等事困扰，见《史记·秦始皇本纪》：三十六年，荧惑守心。有坠星下东郡，至地为石，黔首或刻其石曰"始皇帝死而地分。"始皇闻之，遣御史逐问，莫服，尽取石旁居人诛之，因燔销其石。始皇不乐，使博士为《仙真人诗》，及行所游天下，传令乐人歌弦之。秋，使者从关东夜过华阴平舒道，有人持璧遮使者曰："为吾遗滈池君。"因言曰："今年祖龙死。"使者问其故，因忽不见，置其璧去。使者奉璧具以闻。始皇默然良久，曰："山鬼固不过知一岁事也。"退言曰："祖龙者，人之先也。"使御府视璧，乃二十八年行渡江所沉璧也。于是始皇卜之，卦得游徙吉。迁北河榆中三万家。拜爵一级。

荧惑守心：指火星居于心宿。火星是一颗行星，古人认为它是妖星。心宿是一组恒星，为二十八宿之一，也叫商星，由天蝎座内三颗星组成，古人认为它们象征天王、太子、庶子。火星运行到心宿附近就叫做"荧惑守心"，这种天象象征着帝王会有灾祸发生。

第十二章
死亡之旅

庞大的车队出了咸阳南门,往武关、南郡方向前进。

秦始皇孤零零地一人坐在车上,他没有任何兴致与美姬玩乐,或与他人交谈,他的大脑与硕大的车厢一样空旷,但他能够意识到自己的存在,他孜孜以求的就是这种感觉,他害怕这种感觉消失。由于陨石与和氏璧的出现,他有生以来第一次对死亡充满了恐惧,求生的欲望不可遏制。此次出巡,不管有任何艰难险阻,一定要达到目的,否则将万劫不复。

队伍中还有一个人的心情比秦始皇更为紧张和沉重,这就是李斯。李斯并不相信此行能找到长生不老之药,他宁愿秦始皇待在咸阳宫殿里,哪怕是死在宫殿里。这并非他不忠君,而是他觉得待在宫殿里更为安全。秦始皇比他还年轻十多岁,身体强健,待在宫殿里,谁能奈何不了他,就算暴病死了,也属天意,后事也好安排。但出来之后呢,一切都是未知的了。何况天神已经下了死亡通知。与秦始皇相反,李斯根本不相信湘君神的通知是出于善意。李斯再有能耐,如何能与天神作对?万一皇上在路上出了意外,李斯一世的英名全毁不说,恐怕还要赔上全家老小的性命。而路上的危险是无所不在的，风雪雷电、山洪地震且不谈，最可怕的就是那个神通广大的公孙云，虽然多年不见踪影，但他比皇帝还年轻，未必就死了，万一是他把皇上诱出来的呢？想到这里，李斯把随行的卫队长蒙毅将军找来。蒙毅是蒙恬将军的胞弟，因为武功高强、忠心耿耿，才被秦始皇调来负责安全保卫，所以他的职责同样重大。李斯与他商量一番，然后下令，在皇帝车队经过的前方和左右两方，事先都要搜索三次。车队经过的后面，也要搜查三次。皇帝的贴身侍卫，都要经过严格审查，不允许任何陌生人靠近。皇帝的食物饮水，都要先经过蒙毅亲自尝过，无误后才能送进车内。李斯如此一安排，秦始皇身边的太监赵高等人倒清闲了，他看见赵高无忧无虑地给公子胡亥讲解律法，想到自己殚精竭虑，夜不能寐，再照铜镜看见自己满脸憔悴苍老，心中也涌起一丝悲凉。

张良就在华阴等候，没过几天，果然秦始皇出动。由于李斯总在派人四出搜巡，张良很容易就混入秦军队伍中，但却没有任何机会接近核心车队。张良只能随队伍前行，慢慢寻找或创造时机。

秦始皇一行出了武关，经南阳，在襄城换乘船只，沿汉水南下，经云梦泽，到洞庭湖入湘江。过湘山时，秦始皇不再上岸，而是屏退众人，一个人在船舱中独自祭奠湘君，内心虔诚。他当然不知道，在他的队伍中，还有一个人也在心中默念着屈原的诗《湘君》。

● 追逐

　　船队沿湘江南下，本来可以通过新建的灵渠直通桂江，然后进入西江。但秦始皇此行的目的地九嶷山并不在江道上，大队人马便在衡山弃舟登岸，在山林间寻找道路，望九嶷山而去。

　　从咸阳到衡山，虽然有三千多里，但前有驰道，后有水路，一路畅通，只花了一个月时间。但从衡山进入大山之后，哪里还有道路？所谓的驰道不过是地方官虚言应付，哪里能够走车？就算有一万大军开路，仓促之间也不可能抢修出一条路来。秦始皇一行只得弃车，或骑马或乘轿，在深山密林中穿行。山高林密，行路十分艰难。前后护卫部队也分散开来，联络不上时有发生。北方士卒人生地不熟，又有毒虫猛兽侵袭，水土不服，苦不堪言。秦始皇这才体会到屠睢南征为何失利。好在这时赵佗派来了向导，秦始皇一行人才稍为顺利，但与大队人马越来越联系不上。

　　好不容易挨了二十多天，据报九嶷山就要到了，可突然向导不见了。一丝不祥的感觉涌上众人心头，难道赵佗要谋反？秦始皇一行一百来人顿时陷入恐慌之中，在山林中瞎撞，越慌越找不到出路，急得团团转。

　　这时，张良出现了，一身土著人打扮，却能讲华夏语言。侍卫押着张良来见秦始皇，李斯心细，先令人搜身，没有发现刀刃和可疑物品，才让他靠近秦始皇答话。

　　秦始皇问道："你是何人？何故到此？"

　　张良答道："草民张良，本中原人士，不幸流落南蛮之地，以打猎为生。听说皇帝陛下要到九嶷山苍梧祭拜舜帝，特来为陛下效劳。"

230

"你可知到九嶷山道路？"

"草民常年在此打猎，当然知道道路。"说罢，张良取出一物介绍道："此物名司南，是我师父憨非所传。司南指针只指向南方，顺着指针方向走，就能走出丛林。"张良说韩非名字的谐音，并不为欺；同时把"韩"念成"憨"，暗指韩非受到了眼前这伙人的欺骗，他要替师父报仇。

秦始皇试了一下司南，果然指针方向始终不变，心下还有疑惑，但也没有更好的办法，只得令张良带路。

一个官员凑近李斯耳朵，轻声说道："禀丞相，这个张良下官有些面熟，九月份在华阴道上送还玉玺的人好像是他。"

李斯惊出一身冷汗，立即令多名侍卫把张良与皇帝隔开，再令两名侍卫紧盯住张良，寸步不离。同时暗中打定主意，一旦把张良用完，立即杀死，以绝后患。

其实，张良早年在森林中单独生活过，经验十分丰富，随身又带有司南，因此南方丛林虽然没来过，但也难不倒他。不几日，他带着秦始皇一行就走出了丛林。遇到路人一打听，已是九嶷山界。

不一日，迎面过来大队人马。原来是赵佗得到消息，前来见驾。秦始皇一见赵佗，心中怒火陡然升起，正要喝令把他绑了，责问他不臣之罪，忽然见到李斯与他使眼色，便明白过来，若赵佗真有反心，己方只有一百多人，怎敌得过赵佗大队人马？还是先稳住为上。于是笑容满面地说道："赵将军辛苦，快快请起。"

赵佗起身，谢过皇帝。他脸色平静，不慌不乱，似乎根本不知道向导失踪之事。他与皇帝等人寒暄已毕，便安排手下向皇帝进献食品饮料。

"赵将军不必心急，还是先与朕讲讲你是如何打败越人的。"秦始皇心想，戏还得先演下去。

"禀陛下，桂林与象郡的越人，与东越人并不同种，他们实是蜀王之后。一百多年前，惠文王力排众议，出兵攻占蜀国，置蜀郡。那蜀王便率部南迁至此。这蜀人虽打不过我大秦军队，但也有一门绝技。他们善于金属冶炼，来此地后，王位传给了一个女巫。女王聪明异常，带领蜀人兼并了西迁的越人部落，又发明了一种连弩，一按机括，即百箭齐射，无人能够幸免，屠雎将军即死在她箭下。臣接任后，苦无良策，便派吾儿出使女王。三年后，女王便死心踏地地喜爱上了吾儿，把连弩的机密全部告诉了吾儿。这女王以巫术治国，她的机密手下其实无一人知晓。臣领大兵进攻时，吾儿把连弩机括全部破坏，故臣兵不血刃就占领了桂林和象郡。"

"赵将军果然智勇超群。丞相，与赵将军议赏。"秦始皇心想，此人果然厉害，须小心应对，不可贸然行事。

"赵佗，你再给朕说说是如何找到舜帝长生不老之方的？"

"禀陛下，此事也好办。只要舜帝确有此方，臣就能找到。臣用重金招募土著人士，寻找知道故事的老人，果然奏效。经打听，事情是这样的，当年舜帝被大禹驱逐，才明白昔日囚禁尧帝不义，于是按彭祖给他的方法，铸了能长生的器皿，南巡到苍梧，想把器皿送给尧的儿子丹朱。但丹朱没找到，舜帝就去世了。从人按遗愿把他安葬在九嶷山，器皿就在他的墓中。

此墓臣已找到，已派重兵把守，没人敢进。请问陛下是先到臣大营中休息，等养足了精神再去，还是现在就去？"

"直接去祭拜舜帝。李斯，你去准备足够多的食物，真人可能要与舜帝多陪伴些时日。"赵佗心中好笑，皇帝一向认为三皇五帝都不如他，今日倒要去祭拜舜帝了，莫非他哪一天还要去祭奠大禹？

于是秦始皇一行跟随赵佗进发。李斯暗传皇帝密令，一是到舜帝墓后，只允许皇帝带来的人进入，赵佗的人一律挡在外面。二是急派人去寻找丛林中的两万大军，找到后迅速向皇帝靠拢。

九嶷山所在的桂林郡，位于今湖南西南部和广西北部，包括今桂林在内，是典型的喀斯特地貌，山内地下，溶洞暗河纵横交错，不可胜数。当年虞舜的墓地，就选择在一处溶洞内，由于溶洞众多，天长日久，便无人知道其墓穴究竟藏在哪一个溶洞内。这也是虞舜的本意，故人们把虞舜葬身的方圆几百里统称九嶷山。若不是赵佗精明能干，要找到虞舜的墓地还真不容易。

在大山里转了两日，终于来到了舜墓所在的溶洞口。这口溶洞在一座高山脚下，外观与其他溶洞相似，没有任何特别之处。秦始皇一行人携带了一大堆火把，往洞内走了一百多步，才可见明显的人为痕迹。这条狭窄的通道仅能容两人并肩通过，但道路却被修整过，通行并不困难，只是洞内寒气逼人。在通道的尽头，忽然豁然开朗，原来是一处几百步见方的大厅，高达十丈。厅内水声清脆，石笋石钟乳在火把的映照下五光十色，色彩斑斓。还有常年不化的冰块犹如水晶一般，反射着火把的光芒，绚丽夺目，宛如仙境。好在天气本是冬季，秦始皇等人衣服本来厚实，众人也不觉寒冷。秦始皇颇为高兴，因为这与他想象中的死后世界颇为相似，他在骊山修建的坟墓就类似这种设计。但骊山墓他从来就没有打算过要使用，修建它只不过是前朝惯例。为此，就必须先找到虞舜留下的长生器皿。秦始皇便下令众人分头寻找。

找了半天，一无所获。李斯令人再找，忽然想起一件事来，原来张良也在洞中，刚才大家都兴奋过度，才把他忘了，若他趁机动手……李斯不敢想，便命侍从从背后偷袭张良。张良感觉到背后有异动，知道形势危急，便手指前方，口中高叫："大伙看！那是什么？"

原来，古今中外，各地葬俗虽异，但也有一个共同的特点，就是事死如生。原始时代，北方人多穴居或半穴居，所以死后多土葬。海边或湖边的居民多流行船葬。而古越人呢，他们生前住在吊脚楼里，最初死后是将棺木置于树上，但这种方式会带来一些问题，比如腐烂发臭，比如从树上掉下来。后来终于想到了一个好办法，就是把棺木悬挂在悬崖峭壁之上。但时间长了，风吹日晒雨淋，也难免有掉落的事发生，这也是对古人的大不敬。所以慢慢地，悬棺又有置于悬崖的洞穴之内。当年，张良随王翦将军灭楚后，又征越人，路过武夷山，去拜祭彭祖，当时就看到彭氏子孙就沿用了这种葬俗。不过，彭氏到武夷山后，悬棺葬又多了一层含义，有了修炼成仙之义，于是越人的上层纷纷效仿，悬棺越悬越高，以示灵魂升天。从武夷山往西北方向走两日，又有一处山，土红色的悬崖峭壁更多更险，是典型的丹霞地貌，群峰在山下碧水的映照下灿若朝霞，故名云锦山（今江西鹰潭龙虎山）。千百年来，许多越族高人都在此修炼，死后悬葬，因此气场强大，张良也不由得动了心思，准备战事结束后携妻儿在此隐居，效仓海君抚十三弦琴（考古学家曾在龙虎山悬棺内发现了两张战国时期的十三弦琴），不亦乐乎！不想后来事态逆转，妻儿双亡，而他不得不走上了寻秦复仇之路。至于悬棺是如何挂上去的，张良了解了，其实也很简单。古代木制品，包括建筑，都是榫卯结构，即先制成部件，然后到安置地点组装。具体到悬棺上，先有人攀绝壁而上，在预定位置固定绳索，然后人分次背负木部件和仙体沿绳索爬上去，组装成棺椁，安放先人仙体。由于有这些经历，再加上从赵佗处了解到，当年舜帝去世时嘱咐按当地风俗安葬，所以进溶洞后张良并不像秦军那样在地面搜寻，而是把眼光投向绝壁，果然很快就发现了棺木。不过张良并不想马上说出来，而是想等秦军疲惫不堪之后，他可以趁机刺秦始皇。但李斯有了防备，意欲先下手为强，于是张良急中生智，说出悬棺位置，意在通过立功先争取到对方信任，获取安全后再找机会下手。

众人随张良的手指望过去，只见洞壁半腰有一处凹坑，里面放的赫然就是棺木。众人靠拢过去，但见洞壁陡峭光滑，棺木有五丈多高，也不知当初棺木是如何放上去的，众人都束手无策。

张良道："我有办法。"经李斯同意，他向众兵士借了十多把匕首，飞镖打出，钉在石壁上，如同阶梯，然后施展轻功，踏匕首飞跃而上，瞬间便到了悬棺之上。张良打开棺盖，见尸身早已风化，头顶放有一铜盆，与他昔日收藏的鱼洗相似，只不过不是两只耳朵，而是十六只。它在潮湿的环境中躺了二千多年，仍然光亮如新。此外棺内别无他物。

张良带着铜盆下来，交给李斯，再转给秦始皇查看。没有人明白铜盆如何使用，如何让人长生。只见铜盆底部有两个字，不是原铸，而是后来人刻的。李斯与赵高识古字，认得这两个字是"送禹"。李斯想了半天，解释道："可能是舜帝找不到丹朱，就想把这只盆送给大禹，劝其悔悟自新……"

正说着，突然身后一声巨响，众人循声过去查看，只见大厅入口处被一块巨石砸下，堵住了通道，几乎不见一丝缝隙。再寻赵佗，也不见踪影。秦始皇命人去推巨石，但通道只能容纳两人，如何能够推动巨石？秦始皇又命人刀砍剑削，也没有任何功效。洞内的人顿时明白，他们已陷入绝境之中，此处就是他们的墓穴！

李斯明白，他们掉入了赵佗的陷阱。但秦始皇却对赵佗还抱有一丝希望，他吩咐众人一边等待，一边想办法。身边的蒙毅将军也说道："我们的食物还能支撑十天半月，但火把却用不了多久，如何是好？"

胡亥年少，哪里经历过这种场面？干嚎几声，肥胖的身躯就瘫倒在地。赵高瞧了一眼胡亥，说道："陛下，臣有一计，或可逃生。"

"快讲！"

"长生的铜盆还在我们手中，赵佗必然会来取。陛下只要坚持到那一天，就有活路。眼下火把不够倒也罢了，只怕食物不够。臣请陛下杀军士取肉，赶紧用剩余的火把熏熟。如此多备食物，陛下就有生机。"

众人闻言大惊，张良也想起早年赵高自宫之事，这个人果然什么事都做得出来。秦始皇下令赶快执行，于是十多个贴身卫士护卫在皇帝身边，另外十多个人则去杀人。随着几名士兵惨叫倒地，有人明白过来，起身反抗。洞内便厮杀一片。良久，双方已经死伤了五十来人。秦始皇下令停住，按法制熏肉。

也不知过了多久，火把就将用尽。众人又惊恐起来，李斯道："我素知赵佗有耐心。他若等三年之后再来取长生之盆，我们哪里还有希望？"没有人理他，但他周围却响起了一片哀鸣。

张良早年曾多次在山洞栖身，虽是独自一人，却能与蝙蝠为伴。他曾观察那蝙蝠，虽在空中飞翔，但身体结构与其他鸟类不同，而与走兽和人相似。更怪的是，蝙蝠虽然也长了眼睛，但完全是摆设，其实什么也看不见。但只要一有响动，蝙蝠马上能辨别出异物。张良因此判定蝙蝠是靠声音辨别方向与位置，这种声音张良虽然不能完全听到，但他的手能够感觉得到微弱的冲击与振动。由于洞内变得安静，张良才忽然回想起他在虞舜棺木中取到铜盆时手指曾感觉振动，与蝙蝠的振动十分相似，突然眼前一亮，于是对秦始皇说道："陛下，能否借铜盆给草民一用？"

秦始皇了无兴致地一挥手，赵高便把铜盆递给张良。张良接过，闭上双目，用手摩擦盆上耳朵，心中计算方位与距离，然后睁开眼睛核对。不到半个时辰，张良操作铜盆就已十分纯熟。

　　李斯与赵高一直在观察张良，很快就明白了张良的用意，就赶紧向秦始皇汇报。秦始皇看了，问道："张良，你可有办法出洞？"

　　"草民观察九嶷山溶洞众多，它们在地下可能相通。与其坐而待毙，不如冒险一试。陛下若愿意，张良愿在前领路。"

　　秦始皇大喜，其他人也欢呼雀跃。于是众人一起动手，用衣服布片编一条绳索，一端系在张良腰间，依次连接五个侍卫，然后是秦始皇和公子胡亥、众文武大臣，最后面是其余侍卫，携带食物等物品。每人头上都用厚衣裹住，以防撞上山石。准备完毕，最后一根火把的余光也熄灭。张良便领人朝无边的黑暗中进发。

　　洞内狭窄路滑，还有水流不断，头顶也时常碰到石钟乳，因此一行人的行走十分缓慢。黑暗中的人没有时间观念，秦始皇饿了，大家停下吃干粮。秦始皇困了，大家睡觉。如果有人滑倒撞伤，队伍也得停下来。好在四十多人中大多数都身体强健，只有李斯和胡亥最差。李斯是因为年纪大了，胡亥则是因为身体太重，缺乏锻炼，心理素质也最差，不住地叫苦叫累，秦始皇也拿他没有一丝办法，只得走走停停。几天之后，众人都适应了环境，才走得快些。

　　时间久了，有人的承受能力达到极限，心理崩溃，狂叫乱撞，只得把他从队伍中剪除。渐渐地，原来带进洞中的干粮已经吃完，据此推算，他们已经走了一个多月。接着就要吃人体熏肉了，张良坚决拒绝，饿了累了便打坐辟谷，众人没有任何办法，只得由他，因此队伍又进行得缓慢。

计算着人肉也快吃尽，而黑暗却没有尽头，众人又都绝望起来。张良手中却感觉到了一种前所未有的振劲，他明白，洞口快要到了。果然，不多久就见到了一丝光亮，接着光亮越来越大，他们终于走到了洞口。几个士兵兴奋地冲出洞外，眼睛马上被阳光刺瞎。张良便拦住众人，让眼睛缓慢适应光线，才走出洞口。

众人彼此一看，都成了野人，疲惫不堪。秦始皇的威严也荡然无存。再看四周，阳光温暖和煦，漫山遍野开满了火红的映山红，煞是好看。刚好有行人路过，一打听，才知道此处已是长沙郡地界，时间已近四月。原来他们在地下已走了几百里，历时三个多月。

李斯马上令来人带去见官。乡里官员闻是皇帝驾到，虽不敢相信，也慌忙迎接慰劳，安排更衣休息。不两日，长沙郡守吴芮也闻讯赶来，把秦始皇一行接入府邸居住休息。

休息了几天之后，秦始皇终于缓过神来，他面临的首要问题是如何处理赵佗事件。李斯奏道："赵佗连续两次陷陛下于绝境，臣观其反状已现。但处置却颇为棘手。朝廷五十万大军近在南越，统帅虽然名为任嚣，但任嚣年老病弱，兵权实握赵佗手中。若直斥其反，赵佗必公然扯起反旗，陛下与朝廷则又危矣！臣意不能与他撕破脸皮，先把他召来，好言劝慰，调任闲职，带回咸阳。等到剪除其羽翼，再寻机杀掉。"

秦始皇点头称是，心想赵佗当然不能现在就杀，他知道很多秘密还没有掏出来呢。还有那个张良也是异能之士，既要防之，也要用之。

没想到,秦始皇的诏书还没有发出去,赵佗就闻讯跑了过来。一见到秦始皇,就跪下地把头磕得山响:"臣死罪!臣罪该万死!自臣发现虞舜墓葬之后,专派军士把守,只等陛下亲来,未敢擅自进入,并不知道墓道内有如此厉害的机关。陛下进去后,臣遵命在外守护,不敢移动半步。后来听到有巨石挡住墓道,臣心急如焚,忙命大军挖山营救。无奈山石坚固,进展缓慢。陛下若是不信,可亲去查看。若是有半句不实,赵佗甘受天打五雷轰!"其实,当时真实的情况是,已经有几支失散的队伍走出丛林,找到九嶷山虞舜的溶洞。赵佗传旨,皇帝在洞内静修,下令任何人不得打扰。反正众将军见不到皇帝已经习惯了,没有任何人起疑心。

秦始皇心想,我还去呢!便不理他,且听他还说什么。

赵佗继续说道:"所幸皇上洪福齐天,自有天神保佑。这也是我大秦臣民之福。虞舜虽然机心深不可测,但想害陛下,岂不是蚂蚁撼树。臣就知道陛下一定能够脱险,万寿无疆。臣一听说陛下果然脱险,高兴得不得了,立即赶来向陛下道喜道贺!臣愿誓死保卫陛下!"

秦始皇满脸笑容,但心里并不糊涂,于是说道:"赵将军忠心可鉴,实为众臣表率。朕看你在军旅浴血奋战,拼杀多年,实属不易,想让你去休养一番,但南越又无人替代。朕有一个主意,你就先到南海郡龙川县当个县令。文官嘛,就不必那么辛苦了,也没有什么危险。不过,你也不必急着去就任,先陪陪朕,与朕聊聊天吧。"

正中赵佗下怀，赵佗心下大喜，便时常与秦始皇等近臣凑到一起，仔细研究那只铜盆，不时也找张良去咨询一下，张良以偶然所得并不知情答对。

张良事情不多，皇帝也下令不许伤害，但也不许离开。张良闲来无事，便在吴芮府中花园内四处溜达，也无人阻挡。一日夜间，张良在后花园观赏花木，忽见小径上一个高大的身影闪过，定睛一看，原来是黥布，张良见他行踪诡秘，便悄悄地跟了上去。

黥布转了几道弯，来到一处房间，原来是吴芮的密室，吴芮早在室内等候。

"小婿来迟，让岳父大人久等。"原来黥布从骊山逃脱，成了吴芮的女婿。

"来迟不要紧。你脸上有字，千万不可让他们认出。此事机密，还是小心为上。"

"谨慎是应该的。但现在是天赐良机，可遇而不可求。机不可失，失不再来。我这次回来，打听得千真万确。半年前天降陨石，始皇帝死而地分，此乃天意。天与不取，反受其害。千秋功业，在此一举。岳父不要再犹豫了！"

"贤婿言之有理。秦皇所带人马，大部已在九嶷山密林中失踪，长沙城内都是我的人马。明晚三更，我在外围警戒，并为后应，你带一百死士，冲入内衙，直取暴君性命……"

第二天，长沙府内像往常一样平和安静。连日来，秦始皇已经适应了长沙的平静生活。大难不死，让他的心情前所未有地放松。以前，秦始皇也经历过多次危难，荆轲、博浪沙、兰池，但每一次都很快过去，不似这一次受尽煎熬，他的意志几乎压垮。此后，他明白生命的宝贵。他想，难怪有人说长沙郡有世外桃源呢！长沙府就是嘛。他甚至产生了放弃求仙的念头，一心在此终老。他一边想一边望着花园里正在玩笑打闹的孩童，脸上露出满足的笑容。

玩耍的孩子中有一个十多岁的女孩，柳眉杏眼，尖鼻薄唇，天真无邪，甚是可爱。秦始皇把她召到跟前，看着她红扑扑的脸庞，想到自己也有十多个女儿，却记不清她们的模样。他抚摸着小女孩的头，问她的话前所未有的轻柔。

"小姑娘，你叫什么名字？"

"我叫辛追。辛苦的辛，追求的追。"

秦始皇心头一震，辛苦追求，那不就是人的命运吗？是人就有追求，有追求必然辛苦，甚至会丢掉性命。若无追求，人与禽兽何异？这个天真的女孩虽然还不晓人事，但她的名字却道出了人生真谛啊。给她取名的父母，莫不是哲人么？这个名字一定永世不朽。顺便说一句，1975 年，作为贵妇人的辛追尸身在长沙马王堆汉墓被考古人员发现。在地下埋藏了两千多年，辛追的面貌仍然栩栩如生。此是后话。

想到这里，秦始皇忽然满脸通红，心里惭愧无比，怎么能放弃追求呢？他站了起来，大声高叫："赵高！传令，马上出发！"

"诺！陛下，到哪儿去？"

"乘船，到会稽山祭拜大禹。"因为铜盆底部写了"送禹"二字，秦始皇便想上大禹墓寻找灵感，解开铜盆的秘密。

长沙府上下顿时忙碌起来，吴芮和黥布却为错失良机暗暗叫苦。张良趁众人忙乱，偷偷找到黥布。经提起陈年旧事，黥布才相信眼前的张良就是当年的公孙云。张良道："黥布壮士请转告吴郡守，机会并没有消失。我一路跟随秦皇，定有机会在路上结果了他性命。黥壮士可即刻返回骊山刑徒之中，我一旦刺秦成功，便会传消息给你。你在七十万刑徒中举义，大事可成。"

黥布与吴芮商议，觉得可行，便依计而行。一年后，陈胜吴广在蕲县大泽乡起义，吴芮在秦朝官吏中第一个举兵响应。此是后话。

秦始皇的船队顺江而下，速度很快。一路上，秦始皇一切事务概不过问，埋头阅读调集来的有关书籍，冥思苦想铜盆的奥秘。想当年，他也是从史籍中发现周鼎线索的，结果还是弄丢了，令他百思不得其解。而今，宝物在手，他无论如何也要解开这个秘密。这不仅关系到他会不会长生，也关系到他的帝国的命运，他必须与死神赛跑！

船到丹阳上岸，走陆路向东越进发。不两日就到了浙江（即今钱塘江）边。正赶上浙江潮涌，虽不是大潮，潮浪也不是很高，但潮头却如万马奔腾，夹杂着轰鸣声，有雷霆万钧之势。彼时钱江还没有筑海塘防潮，潮头所过，如海啸一般横扫两岸。秦始皇的马车虽然离江岸还有两百多步，也差点被掀翻。秦始皇心惊，想起昔年在洞庭湖遇险，不敢渡江，下令沿河上溯一百二十里，此处江面狭窄，秦始皇观察良久，确认不会有潮头袭来，才下令渡江。随从中，有人暗中嘲笑皇帝也变得疑神疑鬼、胆小怕事了，李斯心里却大为宽慰，皇帝怯于弄险，他们的安全才愈有把握。

来到会稽山下，大禹墓前，秦始皇举行盛大仪式，祭祀大禹，周围挤满了从四面八方赶来看热闹的百姓。秦始皇令人献上祭品，自己则沐浴熏香，在墓前行礼参拜。由于心有所求而不得，秦始皇显得心神不定，脸上写满了焦虑和惶恐，近处围观的百姓都能看到他忐忑不安、魂不守舍的样子。

人群中有一个身材高大的年轻人，眼里长着双瞳，此人正是二十三岁的项羽。不知是看得真切还是模糊，他感到秦始皇不过如此，心里充满了对秦始皇的不屑，想的话没有经过年轻人的大脑便情不自禁地脱口而出："我看皇帝也没有什么了不起，我可取而代之……"

话音未落，旁边的项梁就伸手捂住他的嘴巴，并把他按倒在地。旁边的秦军卫士听不懂楚语方言，见两人喧闹，不过也没有危险动作，便只训斥一番。项羽仍然不肯罢休，与项梁争辩："天降陨石的事路人皆知。狗皇帝就在眼前，正是千载难逢之机，我只需一拳就可以结果了他性命。叔叔不要拦我。"

"羽儿你有此志向，真是老天有眼，我楚国复兴有望。我也对得起你死去的父亲。只是今天我们毫无准备，即便得手，也无处逃生。如此项家就要灭族啊！羽儿暂且忍耐！"

"干大事永远没有准备好的时候，你要忍耐到何时？"

叔侄两争论不休，一旁的项伯、项庄、龙且、钟离昧也莫衷一是，近处无关的百姓听闻后吓得赶紧逃走，人群中出现骚动。

秦始皇本来已经十分敏感，听到近处有人大胆吵闹，不免惊慌。李斯忙命令卫士驱赶吵闹人群，并让太监扶秦始皇上车，赶紧上路，以免不测。

秦始皇等马不停蹄赶到江边，早有几艘大船在江边迎候。秦始皇一行平安登船，心里才安定下来。随从又在一旁嘀咕，皇上这是怎么啦？怎么变得不认识了？

船队扬帆北行，驶向下一个目的地琅邪。

琅邪已经没有了昔日的繁荣，显得冷冷清清。秦始皇也没有了祭拜海神的兴致，命人把徐市带上船问话。长生的器皿在手，他却参不透如何使用，还是吃药来的痛快。徐市忙了十年了，耗资无数，总得有个交代。

徐市当然知道秦始皇要什么，他伏在甲板上，战战兢兢，汗流浃背。秦始皇逼视他良久，才缓慢地问道："徐市，你知道那四百六十个方士的下场吗？你是否想追随他们而去？"

"禀皇上，臣没有骗皇上，臣多年努力，前不久终于登上了蓬莱仙山。太上真人为陛下诚心所感动，愿意随臣来见皇上，并亲手奉献仙药。无奈背负仙山的鲸鱼不肯，臣已查明，是另有鲸鱼阻挡。只要把挡路的鲸鱼杀死，仙药就自然到了。臣请皇上再宽限些时日，臣一定为皇上请到仙药。"

"你可知道挡路的鲸鱼在哪里？"

"臣……知道。"

"好。朕的船就随你去杀了那该死的鲸鱼。赵佗，你连夜打造连弩。到了地方，若不见鲸鱼，徐市你就下去寻找。若鲸鱼来了而射不死，赵佗你就陪伴鲸鱼去吧！"

两人领命后都强作镇静，内心实则恐惧。鲸鱼挡道之说，本是徐市急中生智信口而言，鲸鱼哪里是他找得到叫得来的？看来此劫难逃，不过好歹义举已大致完成，生死就听天由命吧。赵佗则全不知内情，他后悔曾夸耀智取蜀国女王。这连弩他自然做得出来，此弩杀人容易，但要杀死庞然大物鲸鱼，谁有把握？他明白皇帝是要找借口除掉他，现在也没有别的办法，只有先做了再说，到时候再随机应变。

张良心想，赵佗的事他不必操心，但徐市他不可不救，因为徐市所为完全出自自己的主意。张良略加思索，便有了救徐的计策，同时能趁机刺秦。因为蒙毅防卫严密，张良左思右想找不到机会接近秦始皇下手，更谈不上得手后全身而退了，眼下因为要救徐市，他忽然有了两全其美的方法。先由自己设法把鲸鱼群引来，赵佗必然开连弩射杀鲸鱼，鱼群喷水反击，就可颠覆秦始皇所乘之船。大家都落在水里，张良就有机会溺死秦皇，而救出想救的人。早年他随王翦将军征吴越，与吴人多有接触，从吴人海民那里了解了不少鲸鱼习性，联想到九嶷山脱险的经历，已经有了招来鲸鱼的办法。想到这里，张良与徐市打个招乎，拍拍他的肩膀，并用亲切的眼光注视着他。徐市虽然不认识这个人，但他的眼睛却似曾相识，从他的眼光里也看出了鼓励相助之意，悬着的心也慢慢地安稳了下来。

船队航行到徐市指定的之罘海面，秦始皇等众人的眼睛都紧盯着徐市。张良走到秦始皇面前说道："禀皇上，草民忽然想明白了一件事，再想借铜盆一用。"

有了九嶷山溶洞的经历，秦始皇知道张良是异能之士，便示意把铜盆借给张良。但张良必须进船舱，且有武士四周看护。张良领命，接过铜盆，又在盆耳朵上摸索。不久，一种无人能听得到而张良却能感觉到的振动便向四周传播开去。原来，鲸鱼是群居动物，它们在水中生活，虽然不能说话，但却也是靠声音来传递信息，互相沟通配合。这种声音与蝙蝠类似，人虽然听不着，但张良从吴人那里学到，通过振动就能判断是否有鲸鱼来到。吴人常在大海中航行，必须具备这种本领。现在，张良用铜盆把这种频次的声音发了出去，远处的一群鲸鱼得到信息，以为同伴遇险，就一起快速游到大船附近。

全船的人都到舷边看鲸鱼群。秦始皇大喜，他不知鲸鱼是张良引来，心想徐市果然不负我，于是下令赵佗射杀。

赵佗的心凉了半截。他的连弩虽然厉害，但射杀一头鲸鱼却未可知，现在却来了一群。无奈，赵佗只得将连弩对准最小的一头鲸鱼，按下机括，二十只利箭射到鲸鱼身上，有的箭柄全没入鲸鱼体内。海面上顿时被鲜血染红。小鲸扑腾了几下，就没有了动静。群鲸大怒，有的撞击船只，有的喷水攻击。一时间海面上波涛翻滚，大船摇晃不止，船上的人也惊慌四窜。张良走到秦始皇身边，想趁乱将他推入海中。突然一股巨大的水柱射上来，将张良与秦始皇都打落到海中。

"皇上落水啦！"船上有人大叫，李斯赵高也不顾危险，组织士兵营救，但海面上群鲸环绕，没有人敢跳下水。秦始皇有过落水的经历，也颇知水性，但海面风浪非湖上可比，秦始皇连喝几口苦水，四肢胡乱扑腾。张良水性虽好，冷静中却要考虑如何面对鲸鱼。他本能地抽出秦始皇的佩剑，但却顾不上秦始皇，注意力全集中在鲸鱼身上。这鲸鱼也是非常聪明的动物，为首的巨鲸见张良是个威胁，便张开巨嘴向张良冲来，其速度之快非人力可比，张良躲闪不及，被一股不可抗拒的海流吸入巨鲸嘴内，船上的人目睹张良瞬间就不见了踪影。

领头的巨鲸吞下张良，不知是要消化食物，还是另有原因，停止了攻击，摇头摆尾，不知是在干什么。群鲸也游到头鲸周围，海面上顿时平静下来。李斯忙令军士下水，救上秦始皇。秦始皇喝了一肚子海水，已经奄奄一息。好在太医医术了得，很快就把秦始皇救活过来。李斯大喜，再看海面，群鲸徘徊良久，终于无声无息地离去。李斯心中石头落地，刚才一幕虽然惊险，但好歹皇帝无恙，张良也葬身鱼腹，正好去了他一块心病，他再也不用担心这个人暗中下手，让他紧张兮兮。

秦始皇惊吓过度，身体也受到了很大的损伤，但他醒来后却非常高兴。因为徐市的话全部应验，他对徐市的信任已经不可动摇。现在，仙人来见他的障碍已经扫除，仙药唾手可得，他长生不老的心愿即将实现，他岂能不高兴得意？这样，在他极度衰弱的身体内，精神却是极度地亢奋。他一面命徐市立即去取仙药，一面遥望着大海，不吃不喝、不休不眠。即便是困睡过去，也兴奋得手舞足蹈，口中高叫："好！来了！射箭！射那只最大的！好！杀死了！太好了！"

船早已驶到之罘岸边，众人都明白，皇帝病得不轻。李斯力排众议，不能等徐市的仙药回来，赶紧换乘马车，沿驰道向咸阳方向飞奔而去。

秦始皇仍然在迷糊之中，不能自己。四日后，车队到达平原津，秦始皇终于支撑不住，昏迷过去。醒来后则满口胡话，忽冷忽热。时值六月酷暑天气，高温难耐，也加重了病情。李斯等人深恐皇帝不治，趁秦始皇清醒之际问他身后之事。但秦始皇讳言死亡，群臣束手无策。

就在李斯等众大臣惊慌失措之际，忽然接报有医生自愿来给皇帝看病。李斯急令引入，但一见医生，所有的人都惊愕万分。因为这个医生不是别人，正是张良！

"你，你不是被鲸鱼吃了吗？你，你究竟是人还是鬼？"李斯张目结舌，其实，他心里想的是，张良既不是鬼，也不是人，而是神。他是众目睽睽之下被鲸吞，就算他能从鲸鱼的肚子里逃出来，但茫茫大海，他又如何能飞身上岸？

"草民张良，大家都认识，特来给皇上治病。"张良平静地答道，心里却另有打算。原来，这鲸鱼虽然以大海为家，其实并不是鱼类，而是与走兽人类一样，胎生哺乳，体内有五脏六腑，这一点倒与蝙蝠相似。就在张良被鲸吞的一霎间，张良虽然控制不住身体被吸进鲸鱼口中，但他手使劲朝下一按，身体便进入鲸鱼的气管而非食道。张良进入鲸鱼的肺内，并带着利刃。他的身体被鲸鱼的肺泡紧紧裹住，四周全部漆黑。黑暗对张良并不可怕，而且巨鲸的肺内有足够的空气和水分，张良并没有感到呼吸困难，只是身体动弹不得有些难受。而吞他的巨鲸则是难受得多，哪里还有心思攻击船只？其他鲸鱼见头领疼痛难忍，也过来问候，但也毫无办法，任由头鲸难受得在海面上翻滚跳跃不止。张良在鲸鱼肺里虽然安全，但也颠簸得恶心，奋力挣扎，这样头鲸就更为痛苦。如此这般，头鲸在海里折磨了两日，最终痛不欲生，使尽全身最后的力气，奋力跃上海滩，然后头一歪，再也动弹不得。李斯于野生动物只对老鼠的习性有所了解，对鲸鱼哪里知道一丝半点？张良在肺内本不想伤害鲸鱼，但鲸鱼最后一跃后再也不动了，他也渐感呼吸困难，知道鲸鱼已经不行了，只得用剑割开鲸鱼皮脂，从鲸鱼的胸部钻了出来。环顾四周，不见任何人影，只有几十头大小鲸鱼与巨鲸一起，横尸沙滩。原来，看到头鲸跃上沙滩，也纷纷跟着自杀。张良见此情景，不由得悲从中来。张良用海水洗净衣物，然后到附近村庄求食，从百姓那里打听到秦始皇并未淹死，已经向咸阳方向去了。张良想到自己的使命并未完成，便向西追踪秦始皇的车队而去。路过齐国故都临淄的时候，张良感慨末代齐王田健的命运，忽然又心生一计。因为秦始皇受惊后会更加紧张，现在想直接刺杀他恐更为困难，但可否利用他身边的人呢？一路上，他看到秦始皇身边的赵高，虽然对秦始皇百般恭顺，但背地里眼神里却流露出异样，特别是他总在想法讨好胡亥，肯定暗藏机谋。赵高早年自宫求生，乃张良亲眼所见，他不相信赵高真的会对秦始皇死心塌地，而且这样的人没有做不出来的事。随后，张良又打听到秦始皇病重，正在悬赏求医，便赶来给秦始皇"看病"，寻机让他步田健后辙。文武大臣哪里知道这一节，只道张良是神人。

张良给秦始皇号脉，心下明白秦始皇其实身体并无大碍，便对众御医大臣说道："《黄帝内经》说，喜伤心。皇上这是大喜过望，因此情志受累。只需静心调养即可复原，但需要时日。诸位若是焦急，我也有一剂良药。只是此地没有药引，此药引沙丘平台即有，我先去备药，诸位可在后面慢慢而行。"看了秦始皇的病，张良的计划已经成熟，因为沙丘平台是赵武灵王的饿死之地，李斯、赵高、胡亥等人到了该地之后，现场情景自然会让他们各自进入自己应当扮演的角色。对沙丘平台，赵佗再熟悉不过了，他立刻明白了张良的用意，便随声附和。

文武大臣之间意见产生分歧。李斯一派认为，皇帝病情危重，应该马不停蹄直奔咸阳，一刻也不能耽误。由于平原津是德水渡口，最近的路线便是溯德水西上，或者走德水旁的驰道。其实，过去几次来往之罘，秦始皇走的都是这条线路。

李斯不敢说出来的想法是，只要到达咸阳时皇帝还有一口气在，他李斯就不算输，否则若是皇帝死在路途，他就不能给满朝文武一个交代。赵高等多数人同意御医的意见，皇帝的病情并不严重，但经不起旅途劳顿。再加上张良也这么说，众人几乎一边倒地相信张良，因为张良的神力太让他们感到不可思议了。大家七嘴八舌地议论，到沙丘只不过稍微绕路，里程并没有多出多少。李斯如此固执己见，万一耽误了皇上治疗，他如何对得起皇恩？还有人质问李斯居心何在？李斯心力交瘁，只得从众。同时在赵高的压力下派蒙毅将军到泰山等地祭祀天神，为皇帝祈福祈寿。其实李斯是荀子学生，并不信鬼神，但事到紧急时刻，李斯是抱着宁信其有的态度，寄希望于万一。但赵高想的是，皇帝病重，事态进入关键时期，他不能让蒙毅替代他的角色，不然他就没法掌控局势。李斯哪里想得到这一点！

● 追逐

　　沙丘在黄河故道上。远古时期，黄河流经此地，水草丰美，林木茂盛，既有良田万顷，又有牛羊成群。商朝末年，商纣王在此建酒池肉林，享尽人间快乐，但乐极生悲，终于引火烧身，国破身死，酒池肉林也成为传说。其后，黄河泥沙日积月累，河床越升越高，远高于两岸地面。终于有一天，暴涨的河水冲破两岸堤防，一泻千里，昔日的繁华顿时成为过眼云烟。黄河改道南移后，原来的河道变成绵延百里的沙丘，与朔北大漠类似。战国后期，赵国赵武灵王一生与北方胡人作战，推行胡服骑射，说胡语，住胡人帐篷，慢慢地就喜欢上了大漠的雄浑粗犷，便在距离邯郸不远的沙丘上修建行宫，名为沙丘平台（今河北广宗县），并打算死后也长眠于此，没想到竟成谶言。赵武灵王死后，沙丘成为不祥之地，行宫便被废弃，已达八十五年，到处是一片荒凉破败的景象。

　　秦始皇一行到达后，李斯赵高等立即安排人清理打扫宫殿，安置皇帝住下，并布置好警戒。

　　秦始皇在车上几经颠簸，病体更为沉重。五十年来，秦始皇身体强健，几乎没有体验过病痛的滋味，便把这次生病估计得过于严重。这个一辈子没有向命运屈服的人，此时感觉到命运可能比他更为强大，死神可能不可战胜，他不得不面对这个现实。刚好这时，张良赶来，给他煎了安神补脑的药。秦始皇服后，精神有所好转，便提笔写下一道诏书，命公子扶苏回咸阳准备丧事。盖上玺印后，交给赵高保管，暂不要发出，因为他对张良与徐市都存有一线希望，如果他的病好了呢？如果他真的长生不老呢？所以这份诏书只是以备万一，随时可以撤回。回想前几天他清醒时，李斯劝他赶紧立大公子扶苏为太子，以免出现政权危机，被他严厉地驳回。如果正式册立了太子，等于承认了长生不老的失败，而且不可挽回。只要有一线希望，他绝不能把机会留给任何人，哪怕是他的儿子。

赵高侍候秦始皇睡下，走出门来，见张良与赵佗并排坐在沙丘之上，沉默不语，明亮的月光把他们的身影拉得老长。赵高正要找张良了解皇帝的病情，便走了过去，却见到赵佗泪流满面。原来此处正是赵佗的伤心之地，八十五年前，他的曾祖父赵武灵王在此死于非命，改变了赵国与赵佗一家的命运，赵佗触景伤情，又想到自己复国的道路艰险曲折、前途难料，不觉悲从中来。赵高本来也知道赵国的这段历史，见赵佗流泪，也不禁哀叹自己的命运。他也姓赵，世代居住赵国，说不准也是王室后裔，或许也是赵章之后。本来，平民的日子也过得去，可忽然飞来横祸，幸亏自己急中生智，以自宫保得性命。二十多年来，他虽然活着，却如同行尸走肉，没有一丝一毫做人的感觉。他忍耐了这么多年，难道就没有机会改变命运吗？难道就不可以追回失去的一切吗？即便不能，也要为过去的损失获得报偿。

赵高决定要做一回人了，要像当年自宫一样放手一搏了，他不再理会张良与赵佗，径直去找胡亥公子和李斯丞相商议事情。

胡亥正和李斯在一起，缠着李斯讲述沙丘平台的往事。一人讲一人听，两人心里都不知不觉把现实与历史故事联系到一起，但都说不出口，气氛异常沉闷难耐。

正在这时，赵高闯了进来，眼睛逼视着二人，说道："皇帝病重，昏迷不醒。他既没有立太子，也没有立遗嘱，万一……"

"不能有万一发生。"李斯不敢想象万一的后果。

"那就请李丞相把皇上治愈。"

"这……这样，我们得赶紧赶回咸阳，与朝中文武大臣与诸公子商议，以决大事。"

"皇帝病成这样，你还有脸回去见文武大臣和诸公子？你对得起皇上的重托吗？你是一个称职的丞相吗？回去还轮得上你说话吗？再说，朝中的形势你也清楚，大公子扶苏待人仁爱宽厚，素孚人望，必然会推举为帝。而且，始皇帝已经留下遗命，令扶苏公子主持丧事，明显有让他继承皇位之意，所以扶苏上位已经板上钉钉啦！俗话说，一朝天子一朝臣，扶苏为帝，会重用谁？李丞相与蒙恬将军相比，论人品、论功劳、论地位、论关系，你自己考虑，你哪点比得过他？"

李斯沉思良久，答道："我确实没有一点比得过蒙恬。但李斯为国辛劳一世，人臣已极。于国于己，不求有功，但求平安而已。"

"你想安度晚年？那始皇帝病重的罪责由谁来承担？"

"这，这……赵公公，你有什么高见？"

"丞相应该拥立新君。有了拥立之功，新帝感激丞相，自然高看丞相一眼，其他人谁也不敢把丞相怎么样，丞相自然就可以高枕无忧了。"

"依赵公公之意，应该拥立何人为君？"

"李丞相是真糊涂还是假糊涂？我们远离咸阳，你还能拥立何人？胡亥公子就近在眼前。"胡亥在一旁听了好久，一直插不上话，听了赵高之言，顿时眉开眼笑。

李斯心想，胡亥虽然是形象不佳，但人还聪明。反正是嬴氏的公子，立谁不是立呢？而只有立胡亥自己才能免于灾祸，于是点头同意。但问题又来了，秦始皇并没有这种意思表示，立胡亥何以服众？李斯脑筋转得快，主意马上就来了，皇帝出巡，从来不带任何公子，此次却带着胡亥公子出巡，实际上就是立储之意。这样自然能堵住汹汹众口。李斯急于表功，便立即说了出来。

"丞相高见。我们三人意见一致，就可照此办理。现在，就该考虑一下如何处置始皇帝了！"

"处置始皇帝？！"李斯与胡亥都惊愕地睁大了眼睛。

"二位糊涂。皇帝还活着，我们三人还商量立什么新君？李丞相，你这不是要陷公子胡亥于不忠不义吗？这与谋反何异？再说，若大公子扶苏和朝中大臣闻讯赶来，我们刚才的一切谋划便化为乌有。若是皇帝万一康复过来，你有几个脑袋？"

胡亥惊恐得说不出话来，李斯却回过神来，勃然大怒："大胆赵高，你想弑君吗？老夫要先将你绳之以法！"李斯一生的功名是与秦始皇联系在一起的，他无法想象杀死秦始皇对他意味着什么。

"丞相息怒！皇帝是什么样的人，丞相还不清楚吗？孟子说，君之视臣如草芥，臣则视君为仇寇。对于桀、纣一类的暴君，孟子还说，闻诛独夫，未闻弑君也。丞相饱读诗书，理应知晓春秋大义。"

"赵高，皇上待你恩重如山，你凭什么说皇上是桀纣之君？"其实，李斯心里想的是，如果始皇帝成了桀纣，那他李斯又是什么人？

"李丞相是想当肥义吗？我劝你还是当赵成为妙！丞相是聪明人，选择在哪儿做老鼠，丞相不比我清楚吗？"赵高提起了赵武灵王故事，逼李斯对号入座。

李斯听到了自己的人生哲学从赵高的口中说出来，而且听到了赵高语气中的阴森可怖，颓然坐地。这时，胡亥也缓过神来，歇斯底里地狂叫："不！不！不！我不能杀父皇，也不能允许你们杀皇上！"

"胡亥公子！生死富贵，全在公子一念之间。当年赵何公子比现在公子还年幼，他若不痛下杀手，便死无葬身之地啊。正是他把握住了机会，才有后来的赵孝成王啊！公子三思！"

"公公讲得有道理。可我如何下得了手啊？我也不能看着你们下手而无动于衷啊。"胡亥口带哭腔，眼泪也掉了出来。

"不用公子动手，公子只需效法当年赵何，假装不知道就是了。李丞相，我们也不用任何人动手。皇上一生英武，不输于赵武灵王，他们又是同宗，就让皇上追随赵武灵王而去吧。我们为臣的，同样可以给他最为隆重的葬礼。大家忠臣孝子的美名仍在！遥想当年，春秋五霸之首齐桓公也是这样死的啊。"

"既然有先例，我等就照此办理吧。这样也不算违了祖制。"胡亥终于以主人的身份说了话，语气虽然哀切，心里却是爽快。

赵氏嬴氏同祖，所以胡亥把赵武灵王之死说成是祖制，他心中也颇为得意。想到李斯刚才给他讲的历史课，他很快进入了角色。"只是，只是我大哥和蒙恬将军……"

"陛下既然是遵从赵武灵王祖制，难道忘了是如何处置伪王赵章的吗？臣已经想好了，就以始皇帝的名义责骂他们不遵法度，妄议朝政，令他们自刎谢罪。我这就去准备诏书，连夜发出。"

李斯已经发了半天呆，这时却醒过神来，悲愤地喊道："好！好！我李斯一世的英名，就毁在了你们手里。赵高，这是你们的谋划，我不说出去就是了。但我绝不参与！你就是齐桓公身边的那个竖刁，你自宫讨好皇上，其实就是为了谋害皇上！"赵高也愤怒了，眼睛直逼李斯，一字一顿道："丞相好不知好歹！我们一切谋划，全都是为了你，为了你能保住相位，为了你能永享荣华富贵。我已经帮过你大忙了，若不是我想法支走蒙毅将军，就凭你在医治皇帝上的失职，蒙毅将军就不会饶你，蒙恬将军更不会放过你！你还有机会选择是待在厕中还是仓中吗？"李斯顿时无语。是啊，事已至此，也只能按赵高的谋划办了，不然，他几十年来的努力都白费了。面对内心的矛盾与痛苦，李斯唯有沉默才能摆脱尴尬，他身心俱疲，步履蹒跚地走出屋去。李斯一辈子信奉自己独创的鼠辈哲学，凡事把自己的个人利益和成败得失摆放在最前面，这注定了他一生的悲剧。

赵高望着李斯的背影，怒骂道："老滑头！既想当婊子，又想立牌坊！既得了好处，还不想出力。总有一天，我要让你碎尸万段。"心下已经打定主意，李斯终不是一路人，必须尽

追逐

早设法除去，以确保安全。

大计已定，赵高与胡亥都松了一口气。这时，使者来报："好消息！匈奴王子冒顿已经从昆仑山返回，有宝物要献给皇上，请皇上去九原接收。"赵高说声知道了，屏退使者，与胡亥相视一笑，说道："这仙药只有一份，陛下愿意把它让给别人吗？"胡亥暗中高兴，幸亏刚才定下大计，若父皇吃了仙药，长生不老，那他胡亥不就白来到人世了？胡亥在心里对赵高感激不尽。

谁也不知道，张良与赵佗躲在月光的阴影里，把刚才的一切听得明明白白！

接下来的几天中，赵高传达胡亥的命令，皇帝吃了张良的灵丹妙药，正在好转，需要安心静养，一切食品药物，必须经赵高转送，此外任何人都不得面圣惊扰，违者杀无赦！一切都在掌控之中，赵高不免心中得意。

另一方面，李斯却陷入了有生以来最深的痛苦之中，他无事可做，表面上从未如此清闲，内心却备受煎熬。他平生最为自负的就是自己的智力超群，现在却被牵着鼻子走到一个看得见的陷阱之中，明知是陷阱，还不得不往其中跳，直到万劫不复。他反复思量事态是如何发展到今天这一步的。他们这一帮人，虽然各怀心思，但为何不约而同地要重演八十五年前赵武灵王的故事？包括他自己，为何要重蹈赵成覆辙？而且，这一切都发生在一夜之间？如果不在沙丘平台，这一切还会发生吗？不，绝对不会！那么，我们为什么要来沙丘平台？是张良，不错，就是他！

李斯狂怒，命人把张良带到跟前。他眼睛逼视着张良，忽然发现这双眼睛好熟悉！他强压住自己的愤怒与惊恐，但说话的声音仍然颤抖："你，你，你不叫张良，你是公孙云。你想学那聂政与高渐离刺杀皇上，你虽然改变得了相貌和声音，但你的眼睛永远也改变不了，可惜我太迟了。你好狠啊，你借刀杀人，你杀人不见血。好！好！你终于报仇了！"李斯恨不得一刀把这个人杀了，以解心头之恨。但转念一想，自己已经在赵高胡亥面前放弃了参与权，若是把神医杀了，犯了众怒，那不正给赵高以口实，自己还活得过今天吗？

张良也在心里默念，老师，弟子为你报仇了！口中却答道："草民张良，不知丞相所言何事？"

李斯望着张良的眼睛，像一泓清水，平静但深不可测。他忽然又怀疑起自己的判断。不过，无论如何，这个人与赵佗都要严加看管，一定要活着带回咸阳。没有了人证，他就真的跳进黄河也洗不清了。张良也看穿了李斯的心思，他忽然可怜李斯起来。这个李斯，剩下的日子恐怕已经屈指可数，而且他的余生将生不如死！

正在这时，侍者来报："皇上已经病愈。胡亥公子、赵公公请丞相和张神医前去探视！"赵高请张良，实际上是想让张良以医生的身份确认皇帝的状态，并借机封他的嘴，免得他泄露了消息。如果他不配合，就地解决！

原来，赵高去秦始皇的病榻，察看他的病情，计算一下还需要几天才能送走皇上。看到皇帝仍然在熟睡，赵高嘴馋，便开始独自享用皇帝的食物，毫不知觉秦始皇醒了过来。秦始皇本来没什么大病，只不过十个月来的紧张、恐惧、疲劳压垮了他，使他精神错乱。几天的昏睡，使他的头脑得到了休息，神志也自然恢复。他醒来第一个感觉就是口干和饥饿，然后就闻到了鲍鱼的香味。扭头一看，赵高吃得正香呢。秦始皇顾不上赵高僭越，赶紧用微弱的声音呼叫赵高。赵高正沉浸在饿死皇帝的梦想之中，听到皇帝的呼叫大吃一惊。赵高自然不理，自顾自地吃鱼。秦始皇挣扎着抬起头斥问道："大胆赵高，你想饿死朕吗？"赵高阴阳怪气地答道："皇上以为赵高当年自宫是为了什么呢？"秦始皇心中一惊，是啊，他当年自宫是为了什么呢？秦始皇自诩为聪明盖世，古今中外无人能及，几十年来却没有看透这位太监的用心！而且，自己的命运就掌握在这个貌似忠心耿耿的太监手中。太不可思议了，从来都是他掌握别人的命运，现在也沦落到任人宰割的地步！多少年来，他费尽心力，想长生不老，想成仙，现在眼看就要实现了，可转眼之间这一切可能成空。不，决不能放弃！决不能功亏一篑！秦始皇不由得暴怒，一时来了力气，像一头疯牛一样扑向赵高，赵高一时惊慌，被掀翻在地，但他毕竟劲大，比饿坏了的秦始皇更有耐力，不多久就翻过身来，扑在皇帝的身上，双手掐住皇帝的喉咙。秦始皇正在挣扎，胡亥听到动静闯了进来，看到这个场面惊得目瞪口呆，直到听到叫唤，才提剑冲到两人身边，却不知道应该帮谁。赵高眼快手疾，握住胡亥拿剑的右手，猛地向下使劲，利剑嗤的一声就穿透了秦始皇的胸膛，鲜血向上喷射到两人的脸上。胡亥顿时号啕大哭，赵高抽出宝剑，双眼紧盯住胡亥："哭什么哭？剑不是握在你手上吗？"胡亥立刻明白了赵高的用意，脸色顿时变得惨白，马上止住了哭声，但颤抖的声音仍然带着哭腔："公公料事如神，这一切都在计划之中。公公大功大德，胡亥不敢忘记！"于是二人赶紧收拾完现场，再派人去请李斯和张良。

张良原以为秦始皇得过些天才会饿死，忽然接报说皇上病愈了，便明白赵高已经下了手，秦始皇已经被杀死。同时，他也明白了赵高请他去的用意，便打定主意先予配合，再想办法脱身。当李斯与张良赶到秦始皇的病榻，胡亥与赵高已经收拾妥当。只见秦始皇的身体早已冰凉，毫无气息。他瘦骨嶙峋，双脸凹陷，嘴唇干裂，布满血丝。一颗不屈的大脑袋向上伸出，一双大眼睛盯在空中，充满了愤怒、悲伤与困惑，赵高怎么也合不上。李斯掀开被子，看到秦始皇的胸洞和血迹，忽然来了勇气，大声斥问赵高与胡亥："你们不是说只是断了皇上的食物吗？你们竟敢……"但他被胡亥更为刺耳的声音打断："大胆李斯，你不想活了吗？"李斯猛然省过神来，顿时泄了气，赶紧配合。张良却顾不上可怜李斯，这时他更可怜的是秦始皇，这个人一生下来就处在敌视的环境中，在屈辱中长大，从来不知道人世间还有亲情与信任，也不知道人类作为一个整体还有共同的利害，而把自己的利益视为至高无上，与他人的利益对立起来，并视所有人的生命为草芥！这样看来，他也是罪有应得。否则，后世的暴君将无以为戒！秦始皇自统一了中国，贪天功为己有，自以为无所不能，可以主宰天下万物的命运。他的欲望永无止境，追求权力、追求名声、追求疆土、追求财富、追求美女、追求永生，结果后半辈子都处于得不到满足的痛苦和煎熬之中，而天下人为此却饱受苦难，流血漂杵。实际上以他的智力和经验，他是有可能获得解脱的。当年在洞庭湖落水，他不就是放下了手中的和氏璧才逃过一死吗？他为什么就不懂得"放下"的道理呢？看来，他落得今天的下场也是其个性使然。天道自有公平！

赵高走到殿外，高声宣布："张神医功高盖世，赏一万金！"殿外的秦军卫兵齐呼"万岁"。这时刻松了一口气的还有赵佗。为了得到长生不老的铜盆，他不惜以身犯险，自投秦始皇的罗网，却时时刻刻处在被秦始皇杀掉的危险之中。幸亏张良妙计迭出，使秦始皇没有机会杀他，反而自己丢了性命，自己盗取铜盆的机会也增加了许多。他感激张良，同时张良成了他有生以来唯一一个服气的人，今后无论做什么，都不能跟张良作对！现在，赵高与胡亥不会急着杀他，他暂时安全了，可以更为从容地寻找机会拿到铜盆，然后制造混乱逃走。同时，也可借机帮张良一把，还他个一情。因为赵高李斯的关注焦点已经转移到了张良身上，他要逃走更为困难。

李斯跟着赵高出来，令张良去领赏，又暗中吩咐亲随重兵看护张良，让他插翅难飞，这一点倒与赵高不谋而合。安排好后，李斯与赵高一起返回室内。

沉默了一会，李斯说道："皇帝死了，当务之急是赶紧回咸阳发丧，然后宣布胡亥公子继承大位。否则，夜长梦多，日久生变，谁也不能控制局面。"于公于私，李斯都想尽最后的努力，以洗刷耻辱，至少不能再让赵高嘲弄自己的智力。

"我看丞相是老糊涂了。大行皇帝这副模样，你让他如何见朝廷文武百官、公子公主？你是想承担谋杀皇帝的罪名吗？

你想死便罢了，别拉着我们垫背！我们还想活着享受人生呢。"赵高讲话阴阳怪气，让人毛骨悚然。

李斯又羞又气又急："那，那你说怎么办？"

"我们等大行皇帝的遗体腐烂了再回去，这样就看不出来他是怎么死的，没人敢说三道四了。丞相，你还怕回不了咸阳吗？"

"那我们就在沙丘等一年半载？"

"不。在沙丘待长了会引起怀疑。我们到九原去，接受匈奴王子献宝。你说呢，胡亥公子陛下？如果知道了大行皇帝的死讯，匈奴王子还会把宝物献给您吗？"

"赵公公之计，一举两得。我意已决，就依赵公公之计而行。李丞相，传我的命令，皇上虽然龙体已愈，但在专心修仙，不得惊扰。此后一应事务，均报胡亥公子决断。"胡亥开始行使皇帝的权力，但强忍住不以"朕"自称。

"现在天气炎热，大行皇帝的遗体很快就会腐烂发臭，但要辨认不出模样还远。这臭味怎么办？"李斯发现自己的智力不管用了。

"这有何难？皇上喜爱吃鲍鱼，臣吩咐人去买些鲍鱼放到大行皇帝的车上，鲍鱼一臭，就分辨不出气味了。此事要严守机密，有怀疑者、信谣传谣者、乱说乱动者，一律格杀勿论！"

"好！丞相，你应该向赵公公学学。传我的命令，明日一早出发，出井陉口，走晋阳，过德水，向九原进发！"

"公子陛下说的是。不过我们还是要慢慢走，急急忙忙还能修仙吗？"赵高心思缜密，他自己都佩服起自己来。

北朝有一首民歌敕勒歌：敕勒川，阴山下。天似穹庐，笼盖四野。天苍苍，野茫茫，风吹草低见牛羊。这首歌在收入北朝乐府之前，实际上已经传唱了几百年之久。因为在阴山脚下，黄河之滨，这里的景色亘古未变。在晴朗的日子里，绿草如茵，天空湛蓝透明，白云如絮，九月的气候，也是凉爽宜人，与中原南蛮之地有天壤之别。但远道而来的客人却无心欣赏美景，享受清凉。对张良来说，秦始皇虽然已经死亡，但消息被严密封锁。他原与黥布有约，一旦刺秦成功，便立即通知黥布。黥布在骊山率七十万刑徒举事，便可一举推翻秦朝，天下百姓便可获得解放。因此张良的当务之急便是逃到骊山去找黥布。看守张良的二十个士兵虽然对他佩服得五体投地，但碍于秦法苛严，谁也不敢有丝毫的马虎大意，张良始终找不到机会。

同样琢磨着逃走的还有赵佗。他冒着巨大的风险主动来到秦始皇身边，其实是为了那只长生器皿铜盆。对胡亥、赵高、李斯来说，他是谋杀皇帝的钦犯，众所周知。但不能杀他，一是要留活证，二则当年始皇帝与匈奴王的交易，都是他居中交涉，熟悉情况，且只有他会胡人语言，胡亥要找到昆仑山之路，还离不开赵佗。

胡亥等人也不是高枕无忧。他们有意拖延时间，好让秦始皇的尸体腐化。前几天，传来了一个好消息，大公子扶苏在上郡接到假诏书后，不听大将军蒙恬的劝阻，大哭一场，伏剑自刎，以全忠臣孝子的名节。蒙恬却不肯奉诏，他说事出无因，他要面见皇帝，只要皇上当面说出他的不是，他万死不辞。否则，他决不稀里糊涂去死。胡亥闻报大怒，正要下令去捉拿，被赵高扯住，说道："公子，就让蒙恬来见皇上吧！"

蒙恬急忙从上郡赶到九原。他久经沙场，并不怕死，但满肚子冤屈却要向皇上倾诉。他刚进入室内，"皇上"还没有喊完，门后刀光一闪，人头顿时滚落在地，向秦始皇报到去了。

处理完了蒙恬，胡亥与赵高心就放下了大半，急忙召见匈奴王子冒顿，并令赵佗翻译。

冒顿进了九原城见胡亥等人，见胡亥周围刀光剑影，戒备森严，顿时起了疑心，他不知道此举并非针对他，而是针对赵佗。双方寒暄之后，冒顿便讲述了他十多年来在月氏国的所见所闻，那里的人金发碧眼，高鼻深目，信奉的是佛陀，已非西王母，得佛陀之法即可长寿。但西域万里流沙，若不知路径冒险进入只有死路一条。又讲到他如何盗得汗血宝马、逃脱追捕的艰险历程。又讲到宝马如何了得、日行千里，世所罕见。就不提献宝之事。胡亥早听得不耐烦，催他先把宝物献出来。

冒顿答道："我父子受始皇帝之恩，领始皇帝之命，宝物自然只能献给始皇帝。胡亥何人，敢如此无理？"草原上的人，向来直率，不知道拐弯抹角，好在胡亥等人听不懂胡语，但从语气中听出了他的不满。

赵佗委婉地转述了冒顿之意，说冒顿只愿把宝物献给始皇帝。末了说道："公子及众位大人莫急，待我慢慢劝说他。"

胡亥无奈，只得点头应允。

赵佗与冒顿用胡语交谈，其他人只有干坐在一旁。赵佗问道："王子十年辛苦所得，何不自己享受，而要送与他人？"

"这都是父王的意思,我不得不从。父王当年受始皇帝之恩,要图报答。"

"我实话告诉你,始皇帝已经成为僵尸两个月了。你要见他,只能到阴间去见了。"

"他是何故死的?为何不发丧?"

"他是胡亥下令所杀,目的是独享你献的长生之药。"

"中国号称礼仪之邦,倘且如此。我戎狄向来贵壮贱老,自然可以效法。只是头曼是我父王单于,杀他需要理由。"

"胡亥公子都能找到理由,你还找不到?你就说你到月氏之后,头曼单于另结新欢,生了少子。头曼受惑于新阏氏,试图废长立幼,便派兵攻打月氏国,想借月氏王之手杀死你,幸亏你机智逃脱。此仇不报,枉为男儿。"赵佗情急之下,只是根据刚经历过的胡亥事件信口胡说,根本就不顾矛盾百出。其实,立长不立贤只是华夏人的传统,草原民族是幼子传家,根本没有所谓的废长立幼之说。再说,匈奴是刚兴起的部落,此前还被赵将李牧和秦将蒙恬打败,周边敌人虎视眈眈,哪有能力攻打万里之外的月氏?头曼若是真想杀冒顿,为何又让他统兵?

冒顿哪想到这一节?忙点头称是:"理由是有了,但办法呢?我虽然统兵,但手下都是老单于旧将,如何能听命于我?"

赵佗道:"你是我看着长大的,我果然没看错你。你先想想胡亥是如何成功的。我送你一袋响箭,我们华夏人称为'鸣镝',你们匈奴人当然不知道名字。此箭的箭头用铜铸成,中间有孔。箭柄是中空的,壁上也开了小孔。箭射出后,气流从铜孔进入,从柄尾流出,箭便像竹笛一样鸣响。我在军中常以此箭为攻击号令。我送给你，你自幼聪明，自然有办法。"

赵佗将箭袋送与冒顿，对胡亥等人解释说，箭是当年始皇帝与头曼单于的信物。单于见箭，必然将宝物送来。胡亥大喜，心想莫非真的冤枉了赵佗？

冒顿回去之后，招集自己的一百亲兵，下达命令，自己的鸣镝射向何处，箭响之时，一百人的箭就一起射向该处，违令者斩！一百亲兵齐声说听令。于是冒顿的第一支鸣镝射不远处的一只羊，马上百箭齐发，冒顿叫声好，然后取一支鸣镝射向自己的坐骑。马为草原上的第一宝贵之物，无论放牧打仗，草原人都离不开马，况且是王子的宝马？有几个亲兵舍不得放箭，被冒顿立即斩决。冒顿再把自己的妻子从帐篷中叫出来站定，然后第三支鸣镝射向妻子。草原上部落征战，从不杀女人，而是抢女人为妻。因为死亡率极高，而女人能繁衍后代，所以草原上有父死妻其母的习俗。有几个亲兵认为冒顿王子疯了，拒不射箭，又被冒顿斩杀。于是，这九十号人再也不敢抗拒冒顿的命令。冒顿领这些亲兵去见父王头曼单于。离单于还有老远，冒顿就一支鸣镝射过去，老单于瞬间便变成刺猬。帐篷中跑出头曼的阏氏、幼子和大臣，要上来理论，冒顿再一支鸣镝射去，惨叫声过后，所有活着的人都拜倒在地。冒顿下达三道命令。一、新单于冒顿继位。二、鸣镝为草原上的最高法律。三、将老单于送与秦国公子胡亥。

胡亥听说头曼单于不肯献宝，被冒顿所杀，冒顿自立为新单于。又接报新单于送来了宝物，大喜过望，慌忙整理衣冠，前往迎接。一见是头曼单于插满了箭的尸体，倒吸两口凉气。

追逐

好歹他反应还快，还是先逃命吧，长生不老药就顾不上了，于是登上马车就往南奔。其余的人闻讯也纷纷跟着南逃。其实，冒顿不过是想吓走秦人，以便有时间在内部巩固自己的地位。否则，如果他以骑兵追杀胡亥，胡亥无论如何是跑不脱的。

通过直道过了黄河，然后毁断浮桥，胡亥没有发现匈奴人有追赶的迹象，才定下神来，收集自己的队伍。清点之后，人员基本没有损失，只是不见了张良和赵佗，还有那只铜盆。胡亥气得咬牙切齿，要发兵追赶捉拿。李斯奏道："铜盆定是赵佗盗走。臣料此人必回南海郡就任龙川县令。"

"既然如此，还不派人去捉拿该犯归案？"

"此人多智，且掌管我南越几十万精锐之师，先皇尚且投鼠忌器，公子万不可轻举妄动。臣料此人虽然阴险狡诈，可恶可恨，但只要我朝廷不乱，谅他也掀不起大浪。倒是那个张良才是我大秦的心腹大患，要不惜代价追捕到案。"

"丞相所言极是。这事就交给蒙恬将军去办吧。"

"公子忘了，蒙将军已经被公子正法。"赵高提醒。

"啊？那蒙将军的副手王离将军呢？"

"王离因为其祖王翦将军过世，早就对朝廷心怀怨恨，此人不可重用。据臣所知，上郡蒙将军的部下已经四散而去。"

"啊！？那我们后有追兵，前有叛将，又没有军队保护，走慢了岂不是送死？马上出发，敢言休息者斩！"其实，胡亥等人是缺乏经验。冒顿刚刚篡位新立，不可能发兵追赶他！王离虽然心怀不满，也不可能谋害他。

从九原到云阳的驰道又名直道，其筑路标准远远高于普通驰道。秦始皇修建它的目的就是为了重温当年造父一日千里的美梦。现在，他的美梦终于成真，只是他自己毫无感觉。一夜之间，胡亥的车已经跑了几百里路，所有的人员与马匹都累得几乎散架。清晨，胡亥喘着粗气，揉揉眼睛，瞧见前面父皇的车上掉下一只胳膊。原来，秦始皇的遗体没有装在棺材内，只是躺在车厢底板上。由于腐烂及长途颠簸，其遗骸已经散架，故一只手掉下车来。胡亥大惊失色，忙下令停车查看，秦始皇的脑袋滚在一旁，而一条腿已经不知去向！

胡亥、赵高、李斯都紧张万分，大汗淋漓。原以为尸体腐烂了就能蒙混过关，可欲盖弥彰，现在更无法举办丧礼了！很快就要到咸阳了，怎么办？！

赵高最先冷静下来，说道："我们兵分两路，一路带着先皇遗体不回咸阳，直奔骊山陵墓下葬。好在骊山陵已修建完毕。去年我就去看过墓室，室内山川地形、江河湖海、日月星辰都已布置妥当，奇珍异宝也充满其间。现在缺的就是一具棺材。事态紧急，也顾不得这些礼节了，随便找一副便是了。此事得找最亲信的人办理。公子、丞相和我赶紧回咸阳宫，立刻宣布始皇帝遗诏，立胡亥公子继位。先皇的三千妃嫔，只要没有子女的，立即押往骊山殉葬。这样，先皇的丧礼也便风光了。"

"朝中大臣、公子公主要见先皇最后一面怎么办？"

"大臣们倒好办，皇上只需下一道圣旨，说不能因国丧而废公务，下令禁止便罢了。至于公子公主，只有让他们去与先皇永远相伴了。"

"这……"

"皇上若不想让他们去，便只能自己去陪伴先皇了。"

"就按赵公公的意见办！"

◎ 追逐

　　李斯所料不错，张良与赵佗是各走各的路，两人并无串谋。
张良因为事先与黥布有约，便急于赶到骊山通知黥布起事，一
举推翻秦朝。由于心急，张良走得飞快。尽管如此，人不如马，
张良仍然晚了一步，胡亥等人已经早一天到达咸阳。

　　张良进入咸阳，顿时有物是人非之感。一年前，秦始皇正
在准备南巡，尽管他内心紧张万分，咸阳城倒是一片安静祥和。
一年后，咸阳城却是一片血雨腥风。由于不知道半路上秦始皇
的遗骸已经散架，张良没有料到风暴来得如此迅速猛烈。城墙
内外，到处贴着皇帝的诏令，言始皇帝巡游中驾崩，生前遗诏，
令公子胡亥继位。李斯、冯去疾、蒙毅、赵高等在现场听旨，
誓言辅佐新帝云云。也许是时间过于仓促，胡亥等人似乎忘记
了冯去疾并没有随皇帝出巡，而是留守咸阳；蒙毅当时也不在
场。这些瑕疵大部分百姓当然无法看出，但张良明白，冯去疾、
蒙毅应该活不长了。宫墙外，成群结队的妃嫔在刀斧的威逼下
哭爹叫娘，这些人中的大部分在秦始皇当政的三十七年里从来
没见到过他。由于自愿殉葬的人寥寥无几，绝大多数人都要捆
绑起来，地位高的扔进车内，大多数则拴成一长串，由马拉着
赶往骊山。在宫城东门外的街市，新皇帝所有的兄弟姐妹都五
花大绑，跪在地下，准备行刑。周围站满了看热闹的人群。公
子公主们有的瘫软在地，有的大喊冤枉。还有一人高声叫道：
"只要先见父皇一面，我们死而无憾！"行刑官阴冷地笑道："既
然你们已经等得不耐烦了，就不等午时三刻，先送你们上路吧！"
随着一声令下，刀斧砍落，几十颗人头乱滚，地上积血成洼。

　　走到城南的金人广场，却见士兵在张灯结彩，准备新皇帝

的登基大典，一派喜庆气氛，张良感到颇为滑稽，便转身走开。

大街上，骑兵来往奔驰，传达新皇帝的诏令。市民则是惊愕恐惧，各种流言暗中飞传。对于官方所说李斯冯去疾等在病榻前推举胡亥为帝、始皇帝流泪同意，民众大多不信，但说不出依据，也不敢有任何反对，但他们更愿意是大公子扶苏继位。

张良从胡亥与赵高的疯狂举动中感到了事态的严重。多年来，他孜孜以求的目标只是诛杀罪魁祸首的始皇帝，推翻暴政，而不是屠灭嬴氏家族。由于秦始皇集权，他们大多数人都没有罪恶，而且嬴氏王族大多数人都对秦始皇不满，更有少数人仍在暗中说始皇帝其实是吕不韦的儿子，也在谋划推翻他。所以秦始皇被杀，并不会引起秦人反感，但如果事态发展下去，秦国履灭，六国复仇，庞大的嬴氏家族将荡然无存。

想到这里，张良急匆匆地闯入一家府邸，面见主人子婴。这子婴是秦始皇的叔叔，与秦始皇的父亲太上皇子楚是一辈，六十多岁了，在嬴氏家族德高望重。但因为没有任何官职，也没有继承皇位的资格，所以暂时还没有人想到要动他。面对着一夜之间天翻地覆的变故，子婴震惊、悲愤、焦虑、不解。张良向子婴简述了秦始皇死亡的经过，然后劝子婴率族人远离是非之地。

张良讨要了一张绢布和毛笔，画了一幅地图，对子婴说道："你带族人到辽东，再往东走就是朝鲜。我有一铜挂件给你，凭此信物你可与卢生联系。他会帮你渡海到达亶洲，亶洲人乃吴人之后，与秦无仇，定会容纳你们嬴氏。"

"多谢义士为我嬴氏着想。我虽然不知道义士你的姓名，但会记住你的恩德。我嬴氏遭此大难，我自然会帮那些想走的人离开，这是我的责任。但我决不会走。大秦不是赵政一个人的，更不是胡亥小儿的。想我嬴氏两千多年的血脉、六百多年的基业，不能毁在他们手里。我要留下来与大秦共存亡！"后来在日本国出现了一族人，自称是嬴氏之后，为躲避秦末灭族之祸才迁居东瀛。此系后话不提。

张良哽咽点头，心想各国人其实并无不同，为何不能相容？不过既然对子婴已经有了交代，张良便与子婴告别，去办另一件大事。

来到骊山秦始皇陵，秦始皇的棺椁与殉葬的妃嫔已经就位，各道工序的工匠与头领都奉命到墓室做最后的补充检查，之后就要关闭墓门。张良料想黥布也在墓室内部，就混入工匠队伍中去找人。秦陵地下构造宏大繁复，墓室众多，里面摆满了从各地征收的奇珍异宝。主墓室中央摆放着始皇帝的金制棺椁，周边是铜制的山地貌，间或有水银相隔，代表着江河湖海。墓室的穹顶则布满金光闪闪的日月星辰，象征着主人在阴间仍然统治着世界。由于地下结构复杂，人员众多，张良寻找不到黥布，于是决定先出来。经过长长的墓道，张良迎面与一个人碰个满怀。墓道与墓室都用鱼油点着长明灯，其实比没有灯还恐怖。借着微弱的灯光，张良看出此人正是黥布。黥布从长沙回骊山后，就暗中召集了一帮工头，密谋造反，只等着秦始皇的死讯。由于好几个月都不见动静，大家都有所松懈。但忽然之间，没有任何预兆，秦始皇的棺椁就进了墓室。黥布猝不及防，正好工头工匠们接到命令进入墓室，主要人员都在，他们便商议了行动计划，就等张良来领头。由于左等右等不到，黥布便想出来接他，不想碰个正着。两人在道旁小声交换信息，不知不觉

第十二章
死亡之旅

已有一碗饭的工夫。墓道里除了两人说话的低声，非常安静。张良忽然听到墓道口方向有一丝异常响动，与几个月前在九嶷山溶洞里关石门的声音相似，于是大叫一声"不好"，又向墓室里高喊"要封墓道了，快跑！"手牵着黥布就往外跑。墓道又厚又重的石门由滑轮吊着缓缓下落，张良与黥布跑到门前时离地面只有三尺来高，两人卧在地下，快速滚了出来。后面的人跟着，身体已经伸不进来，只见他一双手绝望地向上托石门，但石门瞬间就砸落在地上，把人与惨叫声都牢牢地关在里面。原来，为了预防工匠泄露陵墓里财宝的秘密，李斯等人早有计划在最后一刻把这些工匠都关在坟墓里！

紧接着，就听到了用铜水浇灌石头缝隙的声音，两人身边青烟直冒。张良与黥布刚站起，就听到嗖嗖的风响。张良又叫声"不好"，拉起黥布一跃一人多高，一排箭从脚下穿过。好在这排箭是自动装置射出，并无后续箭射过来。这是预防盗墓的措施，两人稍微心安，便跳上来准备杀了放石门的士兵，然后救墓室里的人。此时，大队秦军士兵闻讯赶来，追杀二人。他们不可能再救墓中的工匠了，因为只要隔绝空气片刻，里面的人就会窒息而死。况且，他们得先保全自己。于是双方混战在一起，直到天黑，两人才找到机会逃走。

注释：

（1）司南：中国古代关于"司南"即指南针的最早记载见于《韩非子·有度》："夫人臣之侵其主也，如地形焉，即渐以往，使人主失端，东西易面而不自知。故先王立司南以端朝夕。"故张良知道使用司南是很自然的事。"司南"也隐喻秦始皇当时的处境。

273

（2）赵佗征服南越见越南《大越史略·国初沿革》：昔黄帝既建万国，以交趾远在百粤之表，莫能统属，遂界于西南隅，其部落十有五焉，曰交趾、越裳氏、武宁、军宁、嘉宁、宁海、陆海、汤泉、新昌、平文、文郎、九真、日南、怀骧、九德，皆禹贡之所不及。至周成王时，越裳氏始献白雉，《春秋》谓之阙地，《戴记》谓之雕题。至周庄王时，嘉宁部有异人焉，能以幻术服诸部落，自称碓王，都于文郎，号文郎国。以淳质为俗，结绳为政，传十八世，皆称碓王。越勾践尝遣使来谕，碓王拒之。周末，为蜀王子泮所逐而代之。泮筑城于越裳，号安阳王，竟不与周通。秦末赵佗据鬱林、南海、象郡以称王，都番禺，国号越，自称武皇。时安阳王有神人曰皋鲁，能造柳弩，一张十放，教军万人。武皇知之，乃遣其子始为质，请通好焉。后王遇皋鲁稍薄，皋鲁去之。王女媚珠又与始私焉，始诱媚珠求看神弩，因毁其机。驰使报武皇，武皇复兴兵攻之，军至，王又如初，弩折，众皆溃散，武皇遂破之。王衔生犀入水，水为之开，国遂属赵。

（3）秦始皇此次出巡经历见《史记·秦始皇本纪》：三十七年十月癸丑，始皇出游。左丞相斯从，右丞相去疾守。少子胡亥爱慕请从，上许之。十一月，行至云梦，望祀虞舜于九嶷山。浮江下，观籍柯，渡海渚。过丹阳，至钱唐。临浙江，水波恶，乃西百二十里从狭中渡。上会稽，祭大禹，望于南海，而立石刻颂秦德。

还过吴，从江乘渡，并海上，北至琅邪。方士徐市等入海求神药，数岁不得，费多，恐谴，乃诈曰："蓬莱药可得，然常为大鲛鱼所苦，故不得至，愿望请善射与俱，见则以连弩射之。"始皇梦与海神战，如人状。问占梦，博士曰："水神不可见，以大鱼蛟龙为候。今上祷祠备谨，而有此恶神，当除去，而善神可致。"乃令入海者赍捕巨鱼具，而自以连弩候大鱼出射之。自琅邪北至荣成山，弗见。至之罘，见巨鱼，射杀一鱼。遂并海西。

　　至平原津而病。始皇恶言死，群臣莫敢言死事。上病益甚，乃为玺书赐公子扶苏曰："与丧会咸阳而葬。"书已封，在中车府令赵高行符玺事所，未授使者。七月丙寅，始皇崩于沙丘平台。丞相斯为上崩在外，恐诸公子天下有变，乃秘之，不发丧。棺载辒凉车中，故幸宦者参乘，所至上食。百官奏事如故，宦者辄从辒凉车中可其奏事。独子胡亥、赵高及所幸宦者五六人知上死。赵高故尝教胡亥书及狱律令法事，胡亥私幸之。高乃与公子胡亥、丞相斯阴谋破去始皇所封书赐公子扶苏者，而更诈为丞相斯受始皇遗诏沙丘，立子胡亥为太子。更为书赐公子扶苏、蒙恬，数以罪，赐死。语具在李斯传中。行，遂从井陉抵九原。会暑，上辒车臭，乃诏从官令车载一石鲍鱼，以乱其臭。

　　行从直道至咸阳，发丧。太子胡亥袭位，为二世皇帝。九月，葬始皇骊山。始皇初即位，穿治骊山，及并天下，天下徒送诣七十余万人，穿三泉，下铜而致椁，宫观百官奇器珍怪徙臧满之。令匠作机弩矢，有所穿近者辄射之。以水银为百川江河大海，机相灌输，上具天文，下具地理。以人鱼膏为烛，度不灭者久之。二世曰："先帝后宫非有子者，出焉不宜。"皆令从死，死者甚众。葬既已下，或言工匠为机，臧皆知之，臧重即泄。大事毕，已臧，闭中羡，下外羡门，尽闭工匠臧者，无复出者。树草木以象山。"

　　（4）秦二世与赵高屠杀大臣及诸公子见《史记·秦始皇本纪》

于是二世乃遵用赵高，申法令。乃阴与赵高谋曰："大臣不服，官吏尚强，及诸公子必与我争，为之奈何？"高曰："臣固愿言而未敢也。先帝之大臣，皆天下累世名贵人也，积功劳世以相传久矣。今高素小，陛下幸称举，令在上位，管中事。大臣鞅鞅，特以貌从臣，其心实不服。今上出，不因此时案郡县守尉有罪者诛之，上以振威天下，下以除去上生平所不可者。今时不师文而决于武力，愿陛下遂从时毋疑，即群臣不及谋。明主收举余民，贱者贵之，贫者富之，远者近之，则上下集而国安矣。"二世曰："善。"乃行诛大臣及诸公子，以罪过连逮少近官三郎，无得立者，而六公子戮死于杜。公子将闾昆弟三人囚于内宫，议其罪独后。二世使使令将闾曰："公子不臣，罪当死，吏致法焉。"将闾曰："阙廷之礼，吾未尝敢不从宾赞也；廊庙之位，吾未尝敢失节也；受命应时，吾未尝敢失辞也。何谓不臣？愿闻罪而死。"使者曰："臣不得与谋，奉书从事。"将闾乃仰天大呼天者三，曰："天乎！吾无罪！"昆弟三人皆流涕拔剑自杀。宗室振恐。群臣谏者以为诽谤，大吏持禄取容，黔首振恐。

（5）匈奴政变过程见《史记·匈奴列传》：匈奴单于曰头曼，头曼不胜秦，北徙。十余年而蒙恬死，诸侯畔秦，中国扰乱，诸秦所徙適戍边者皆复去，于是匈奴得宽，复稍度河南与中国界于故塞。

单于有太子名冒顿。后有所爱阏氏，生少子。而单于欲废冒顿而立少子，乃使冒顿质于月氏。冒顿既质于月氏，而头曼急击月氏。月氏欲杀冒顿，冒顿盗其善马，骑之亡归。头曼以为壮，令将万骑。冒顿乃作为鸣镝，习勒其骑射，令曰："鸣镝所射而不悉射者，斩之。"行猎鸟兽，有不射鸣镝所射者，辄斩之。已而冒顿以鸣镝自射其善马，左右或不敢射者，冒顿立斩不射善马者。居顷之，复以鸣镝自射其爱妻，左右或颇恐，不敢射，冒顿又复斩之。居顷之，冒顿出猎，以鸣镝射单于善马，左右皆射之。于是冒顿知其左右皆可用。从其父单于头曼猎，以鸣镝射头曼，其左右亦皆随鸣镝而射杀单于头曼，遂尽诛其后母与弟及在臣不听从者。冒顿自立为单于。

单于、阏氏是匈奴称呼，而"太子"显然是汉人称呼，"鸣镝"显然也不是匈奴土特产。可见冒顿的血腥政变是受某个华夏人士挑唆。那么，这位华夏人士制造混乱的动机是什么呢？

（6）秦始皇死亡之谜探析：关于秦始皇的确切死因，作者已经在自序一里做了剖析。2009年，北京大学获得了一批来自海外捐赠的西汉竹简，其中有一篇《赵正书》提供了不同于《史记》的说法，它认为秦始皇是正常死亡，死前在李斯与冯去疾的要求下指定胡亥继位。不管胡亥继位是否合法，秦朝的官方文件肯定会如此记载，而不会说什么沙丘之谋。因此，西汉竹书有这样的记载并不奇怪。问题是，如果这个记载是真实的，那么秦始皇死后为什么还要旅行两个多月？秦二世又为什么要杀掉自己的兄弟姐妹(有考古材料为证)和冯去疾等大臣？综合比较，司马迁的记载更为可信。

第十三章
揭竿而起

张良的心情非常沮丧。本来，借赵高与胡亥之手杀死了秦皇，张良的大仇已报，但他高兴不起来。不知从哪一天起，他寻秦报仇，已经不是为了个人，而是为了天下百姓。如今，秦始皇虽死，但秦的暴政仍在，且变本加厉，民众困苦尤甚。自从博浪沙一击，张良名震天下，各国反秦人士都暗中奉张良为领袖，愿意听他号令，这就是黥布在关键时刻仍然要等他的原因。但是，他这个领袖却做得不好，决战时刻顾忌太多，如果不是去见子婴救秦宗室，他就会提前赶到骊山面见黥布，就有可能一举推翻暴秦，至少那么多反秦义士就不会被埋入坟墓之中。但是，无辜的秦人也不能见死不救啊。由于他的瞻前顾后，结果起义失败，头领中只有黥布逃生。黥布孤掌难鸣，又不敢再回长沙，只好逃到鄱阳湖中去避难，重新积蓄力量，伺机再起。张良反思自己，这样的事情还不只一例。十年前在博浪沙，本来也可以一举击毙秦始皇，却因为王翦将军的情面突然收手，结果王将军的性命仍然没有保住。似他这样如何能当大任？如何能统领群雄？张良感到他没有这个能力。

张良回到沛县微山湖畔的留地闭门思过。这时，又有不好的消息传来。在他离开沛县追踪秦始皇的一年多时间里，沛县也发生了一件大事。刘季聚集一帮人举行反秦起义，结果也失败了。

事情经过是这样的，咸阳向各郡县征召劳役，准备营建阿房宫。该宫殿早在计划之中，只不过以前在集中力量建骊山坟墓，阿房宫因缺少人力迟迟没有开工。此次征劳役，丰邑分到一百个名额。由于长年徭役不断，各地都人力短缺，丰邑能征到一百人实属不易，县令就让作为亭长的刘季押解到咸阳去交差。才走出丰邑，陆续有人逃离。西行到芒砀山的时候，人只剩下不到五十个。刘季长叹一声，把余下的人叫到一起，说道："逃走了这么多人，我也交不了差，去咸阳也是死路一条了。反正是到不了咸阳了，你们各自逃生吧，我也要逃走了。"于是人又走了大半，还有十多个人被刘季的义气所感动，也许也没有别的出路，就决意追随刘季，尊刘季为大哥。反正是逃命，刘季就收留了他们。但十多个人能成什么大事？只有在芒砀山的丛林中东躲西藏地过日子。

沛县出了这等大事，县令自然不敢怠慢，一面上告朝廷，一面派兵去追捕刘季，同时把吕雉捉进县衙，打入死牢。狱卒中有几个凶狠之徒，知道吕雉娘家是大户，趁机虐待吕雉，以便敲诈勒索钱财，连曹参都制止不住。张良得知吕雉受难，深感不能不救。但想到上次救吕雉后反而引起感情纠葛，所以这次施救他不能亲自出面，以免日后陷入不义。然而，吕雉的案子太大，萧何曹参都是有公职的人，家有妻儿老小，若说疏通关系照顾一下在狱中的吕雉，两人都没有问题，但要把吕雉放出来，两人都没有这个胆量。张良本想让王陵去劫狱，但王陵对刘季与吕雉素无好感，面露难色。好在任敖、夏侯婴、灌婴三人痛快地应承下来。这三个人原本是张良的家童，因此乐意为张良效劳。他们趁着夜色，翻墙进入县衙，砸开牢门，救出吕雉，刚好遇到欺负吕雉的恶霸狱卒，任敖便把他揍个半死。吕雉出来后，坚决拒绝回娘家躲藏，而是径直回到中阳里夫家，过起正常人的生活。在她看来，这样做反而更安全。果然，中阳里里正雍齿看到她大大方方地出入家门，也曾有心告发，但想到刘季的义气和吕雉的泰然，又听说监狱的看守四肢都被打断，便默不作声，任由吕雉四处活动。

很快，张良再一次感到了刘季与吕雉婚前婚后的变化。原来，里坊间开始流传的刘季故事。先是说刘季的母亲刘媪有一天干活累了，在大泽之陂休息，睡梦中电闪雷鸣，有天神下来保护刘媪，刘媪便与天神抱在一起。此时刚好刘季的父亲刘太公经过，瞧见一条蛟龙伏在妻子身上。自此刘媪怀孕，产下的男孩便是刘季。又说刘季这两年总到王媪、武负的酒店去饮酒，经常喝得酩酊大醉，也不给酒钱。王媪、武负去要时，见刘季身上有一条龙在上面，再也不敢要钱了，到年底干脆把他的赊账全免。

张良想，这些事情传得神奇活现，定有缘由。刘季的父母都是老实的庄稼人，这样的奇遇即使真有其事，也决不敢讲出来，弄得沸沸扬扬。而刘季正在逃避官府追捕，急于藏匿自己，传这些神话对他有什么好处呢？很容易就被官府捉去杀了。显然是吕雉干的，定是她望夫成龙心切，又要挽回嫁给刘季的面子，也要报入狱之仇，才用钱收买王媪、武负，制造声势，然后起事。

张良赶到吕媭家，亮明身份，好言劝说道："现在刘季逃亡在外，官府在追捕他，你也是逃犯，还是不要张扬为好。"

没想到吕媭横眉冷对："刘季和我的命都贵不可言，这话不是你说的么？你张子房既然说得，难道我娥姁就做不得？"

"我只是担心你们一家的安危……"

"我的安危不用你操心。你还有事没事？我要给刘季送饭去了。"说罢，一把提起装满烧饼的竹篮，门一摔，扬长而去，把两个孩子吓得哇哇大哭。这次入狱已经彻底改变了她对自己、对未来的打算，孩子她已经失去过一次了，她不在乎再失去一次。其实，吕媭何尝不知道四处张扬的危险，但她更明白，反正刘季已经是朝廷钦犯，已经不可能回到正常生活了，退一步讲，即使是回到过去，也不会有出头之日，他们这一家子以后就没希望了。与其如此，还不如奋力一搏，或许还有改变命运的机会。她家祖传的兵书她尽管没有细研，但也略知置之死地而后生的道理。况且，前面一些神话已经传出去了，开弓没有回头箭，她没有理由不去执行下一步计划。大行不顾细谨，在这种时候，她不可能像张良那样把情义摆在前面，当然，她也明白，张良会出面帮她收拾局面的。

果然，张良尴尬之余，摇头苦笑，然后把两个孩子送到吕媭公公婆婆家。

过了几天，吕媭回来，街坊邻居都来家打听刘季的消息。实际上他们也有亲友跟着刘季，故而打听，其他人则是好奇。同时，他们对吕媭一个女人家、一个从前的大家闺秀有如此胆气非常敬佩。其中一人问道："芒砀山虽然不高，但地广人稀、丛林密布。刘嫂，你是如何找到我刘季大哥的？"

"其实我也不知道他躲在哪里。我只看见天空中有一团紫气，我就跟着它走。走到紫气下面，刘季果然在那里。好几次都这样啦。"

众人都惊愕地睁大了眼睛。

"还有奇事呢。你们都过来，我悄悄跟你们说，你们绝不许外传！"

众人齐声应诺，并凑到跟前。吕雉低声道："大前天晚上，我们一起在树林中赶路，领路的来报告，说前面有白蛇挡道，走不了啦。我家刘季听了大怒，冲上前去，挥剑就将碗口粗的白蛇斩为两段。这事就罢了。晚上睡觉的时候，忽然听到有老妪在伤心地哭泣。使人去问，老妪说，那条白蛇实际上是秦帝所化，而她是白蛇的母亲。但白蛇忽然被赤帝之子斩了，老妪便来给儿子哭丧。我家刘季也奇怪，就想上去问她。可老妪突然就不见了。你们说奇怪不？"

"老太婆定是害怕我刘大哥，吓跑了。"

"我听说秦始皇被人斩首，莫不是应了老太婆的话？看来是要变天了。"

"我早就知道刘大哥是贵人……"

很快，刘季的事迹一传十、十传百，整个沛县妇孺皆知。县令也知道了，当初他捉吕雉，本也是敷衍应付朝廷。后来吕雉被救走，他也曾大怒，但在萧何劝说下也就算了。然后，刘季母亲怀孕的事传出来，他只当是笑料。再后来刘季声势大了起来，又有龙的传说，县令感到要认真对待了。他一方面发兵到芒砀山去追剿，另一方面也计划再次去捉拿刘季的家属，斩草除根。没想到，更惊愕的消息传来，刘季是赤帝的儿子，已经斩杀了秦始皇。联想到朝廷的变局和流言，县令吓着了，再也不敢动手。而沛县的民众则在周勃、卢绾、樊哙的带领下纷纷去投奔刘季，刘季很快就有了几百号人马，便筑坛祭祀兵神蚩尤（沛县在远古时期属于蚩尤的地盘，所以当地对他的战功传得神乎其神），正式起兵反秦。为了与斩蛇的传说相呼应，他的队伍赤旗赤衣，与秦针锋相对，只是暂时还没有能力攻城略地。

　　蕲县的曹咎新近升任了县丞，但他高兴不起来。辽东东胡人侵扰边疆，朝廷要征召十万士兵驻守渔阳（今北京），蕲县有一千个名额。蕲县户籍上总共也不到五万人，年年都要征召兵役和劳役，往往有去无回。就在前不久刚征召了两千民夫去咸阳修建阿房宫，现在还哪里找得出青壮男丁？曹咎找了一些老弱病残，又把监狱里的囚犯全部充数，也只有八百多人。曹咎正在焦急，忽然接到报告，有陈胜、吴广两人，带着三十多人，自愿到渔阳去戍边。这陈胜、吴广曹咎都认识，陈胜原籍阳城，吴广原籍阳夏。两人早年都曾在楚军中服役，楚亡后都在蕲县安家。这两人都心念楚国，曹咎是知道的。但曹咎也知道，陈胜不喜欢在田间劳作，自己穷得一无所有，却常自吹有鸿鹄之志，成天做着富贵发财的美梦。按说这样的人也适合当兵，可服兵役时几次逃走，是他监狱里的常客，出狱后也不知道人在

追逐

哪里。今日怎么突然自愿当戍卒了？曹咎没空细想。自己正愁
凑不够一千人的数，现在有人自愿报名，曹咎高兴还来不及呢！
但加上陈胜的人也只有九百，陈胜出主意道："朝廷期限很紧！
不如我们九百人先出发。若是等到一千人凑齐，不知要到什么
时候。那时大人的罪责岂不更大？若有九百人先到，另一百人
也在路上，朝廷也怪罪不得大人。"曹咎想也是，就任命陈胜
吴广两人为屯长，统领九百士卒。另派两名都尉押送，这样曹
咎就放心不少。一年前，沛县征集的民夫出发不久就全部逃亡，
这样的事情不能在蕲县再次发生，否则他的脑袋就保不住了。

九百人的队伍出发刚两天，就天降大雨，满路泥泞不便行走，
低洼地带被洪水淹没，举目一片汪洋，只是间断地露出几个孤岛。
于是队伍被困在了大泽乡的一处高地上。曹咎接报，心想每年
的七月是雨季，下几天雨实属正常，等天晴继续赶路就是了。
再说鱼下到这个样子也确实无法走路，想朝廷也不会因此怪罪
于他，因此并不心急。

此时心急的倒是陈胜吴广。第一步计划成功，二人心中暗喜。
但接下来他们只有二十多人，如何能控制九百人？这些人虽然
大多是同县乡亲，但彼此并不熟识，陈胜吴广并没有太多的影
响力。就算是熟悉陈胜的人，听他吹牛多了，也没有什么人把
他当回事。下一步该怎么办呢？

陈胜找吴广商议："去年我们替张良先生办事，也算学到
了不少本事。前些天我又专程拜访过张先生，张先生能把秦始
皇调出来，能耐确实大。我们虽然蒙不了皇帝和文武大臣，但
这九百村夫百姓还是蒙得住的。我们钻不到鱼的肚子里，但往

鱼的肚子里塞点东西总做得到吧。"

两人商议已毕，先在戍卒中散布不能按期到达渔阳就要处斩的消息，引起戍卒普遍恐慌。有人策划逃走，但被水围困，逃不出去，九百多人都惶恐不安。过了两天，做饭的士卒买回几条大青鱼，其中一条剖开鱼腹后，竟藏着一块绢布，上书三个大字"陈胜王"，有认得字的人一渲染，顿时传遍了整个高地，所有的人都赶过来看稀奇，议论纷纷。到了晚上，大家都已经安歇，忽然听到凄厉的鬼叫："大楚兴，陈胜王！"声音尖厉刺耳，众人出来看时，鬼火闪烁，都不敢靠近。如此折腾了一夜。

天亮后，陈胜走了出来，大家都用异样的目光看着他，指指点点，躲在远处议论纷纷。吴广见时机成熟，就走到都尉面前，故意用语言挑衅刺激两个都尉。两名都尉本来心情不好，正要找茬，就有人送上门来，便抽出剑来想教训吴广一通，不然何以立威？一则吴广早有准备，二则吴广也是军人出身，武艺高强。他顺手夺过长剑，刷刷两下，两个都尉便被刺倒在地，营地顿时大乱。

陈胜跳上高台，高声说道："弟兄们安静，我是陈胜。大伙不要乱，听我说几句好不好？我们去渔阳当兵打仗，最终的结果是死。因为大雨，我们误了期限，结果也是死。秦军都尉欺负我们，被吴广兄弟杀了，杀了朝廷官员，我们还是死。总是一死，与其窝窝囊囊地死，还不如轰轰烈烈地死，你们说是不是？"

"是啊，我们什么也没有了，只剩下一条命了，还不如拼死一搏吧！"

"是啊，拼一次说不准还能活呢！"

"陈大哥，我们听你的！"

"弟兄们安静，我是陈胜。我们与其等死，还不如拼出一条活路。那些王侯将相，难道就是天生的贵种吗？不，不是。大伙只要愿意拼命，都可以成为王侯将相！"

九百人群情激愤，热血沸腾。

"大伙听着，我是陈胜，那个受命于天的陈胜。天神命令我当你们的国王，重建楚国！你们都是我楚国复兴的功臣！只要大伙跟着我干，我保你们富贵！"

人群高举木棍，欢呼雀跃。有人找来一片破布，用都尉的血歪歪斜斜写上一个大字"楚"，然后系在一根长竹竿上，割下都尉的头祭旗，旗帜在大泽乡的上空迎风招展。

天公作美，雨过天晴，通往蕲县的道路也从水中露了出来。陈胜率九百士卒回师，一路通行无阻，当天就赶到蕲县，守城的几个残兵一哄而散。曹咎知道自己上了陈胜的当，闯下大祸，县令是做不下去了，被陈胜捉住也不会有什么好下场，还是保命要紧啊！于是换上便服逃走了。不久，听到项梁起兵响应陈胜，他于项梁有救命之恩，于是投奔项梁去了。

陈胜乘胜追击，连克数县。一个月后，占领楚国故都陈郢，陈胜正式称陈王，国号"张楚"，各路英雄豪杰纷至沓来，一时声势颇为浩大。陈胜封吴广为假王，进攻荥阳；派遣陈人武臣与张耳、陈馀一起攻赵，派遣魏人周市进攻原魏地。各地也纷纷响应。项梁项羽在吴中（今江苏苏州）起兵。此地自春申君起楚人就开始经营，基础良好，项梁一呼百应，很快就募得八千子弟兵，渡江北上。刘季在萧何、曹参、樊哙、卢绾等人的帮助下占领沛县，杀了县令，被众人推举为"沛公"。因为刘邦自称为赤帝之子，兵甲旗帜皆用赤色。齐人田儋，原是齐国贵族，齐亡后藏匿匈奴十二年，这时也潜回齐地起兵，称齐王。武臣占领邯郸后称赵王。武臣部将韩广自立为燕王。周市立原魏国王族魏咎为魏王。其余如黥布、彭越拥兵称雄者不可胜数。

胡亥继位为秦二世后，因害怕阴谋败露，内心恐惧，便采用赵高的主意，大肆屠杀知情的朝臣和有威胁的皇族。为了建立皇帝的权威，他也要学父皇那样大兴土木。骊山陵完工后，开工兴建阿房宫。而且，父皇长生不老的事业也要继续进行下去，于是在李斯、赵高陪同下巡游碣石、之罘、琅邪，查看徐市是否带了仙药回来，结果失望而返。赵高自持有功，又给秦二世出主意："陛下资历威望都赶不上先皇，又年轻不善言辞，万一在群臣面前讲错了话，有失皇帝的体面。还不如不与他们见面，免得说错了话，国事自有臣替陛下办理。"秦二世觉得有理，同时也碍于情面，便答应下来，盘算着来日方长，等自己有经验了再撇开赵高不迟。这样，秦二世便与群臣隔离起来，群臣只能通过赵高才能与秦二世联系，赵高开始掌握实权。

正在这时，陈胜在大泽乡起义成功，各地告急文书如雪片般飞到咸阳，赵高压着，并不向秦二世报告。但时间久了，也有消息也传进二世的耳中。秦二世问身边的博士是怎么回事？回答说是戍卒造反，声势浩大，应发兵镇压。二世哪里肯信，不由得勃然大怒，斥责博士们讲话不得体，喝令推出去斩首。

叔孙通道："是啊，不过是一帮鼠窃狗盗之徒罢了，有什么好大惊小怪的呢！"二世高兴，赏了叔孙通。叔孙通出朝，遭到其他正直朝臣的质疑，认为他也变成了佞臣，叔孙通道："我不过是在保命啊！"说罢直接投奔义军去了。顺便说一句，这叔孙通前后服侍过秦始皇、秦二世、项梁、义帝、项羽、刘邦、吕后和惠帝等多个最高统治者，算是五代时期职业宰相冯道的老前辈了。

此时吴广已经打到荥阳（今河南郑州），消息再也瞒不住了，而秦朝原以为天下太平，只知营建工程，精锐兵力部署在长城和南越，而关中防备空虚，没有可用之兵。少府章邯建议，暂停骊山阿房宫施工，将刑徒和奴隶改编为军队，出关镇压义军。

张良多年辛劳，积劳成疾，在留地休息养病。听到陈胜成功的消息，非常高兴，但随后传来的消息又让他皱眉。原来，陈胜在大泽乡起义时，打出了两个旗号以争取人心，一个是兵败自杀的楚将项燕，另一个是冤死的秦始皇大公子扶苏，两人在民间都颇得同情。这个陈胜看来脑筋不够用，这两个人怎么能弄到一起呢？陈胜是要反秦呢，还是助秦？好在这两个旗号很快都不用了，因为扶苏的旗号并不好用，部将不知道他究竟要干什么；另一方面，项燕的后人项梁很快也出来反秦了。而后陈胜又犯错误，名为复楚，却自立为陈王，号召力大为降低。

陈胜早年当兵之前在家乡务农，但并不甘心当农民。同伴们在田地里满头大汗地劳作，他却袖手旁观，无聊了就对同伴们嚷嚷："弟兄们今日一起耕田受苦，将来有一天谁富贵了，可不要相互忘了啊！"同伴们都嘲笑他只不过是一个农夫，却整天做白日梦，陈胜只好叹息燕雀难知鸿鹄之志。如今，陈胜当了陈王，这些旧时的伙伴都记得陈胜当年的诺言，纷纷来找他共富贵，且兄弟长兄弟短地乱叫一气，以示亲热。陈胜却受不了，认为他们是有意宣扬自己的贫寒出身，让自己难堪，便把他们都杀了。这件事使他身边的人寒心。陈胜不仅不自知，还遣将四处出击，但又驾驭不了这些将军，这些将领纷纷效尤，自立为王。张良心急，便让王陵去给陈胜献计。张良认为，灭秦才是首要目标。而灭秦的进军路线有两条，首先以一支劲旅进攻函谷关，吸引秦军主力，而关中必然空虚。然后以一支偏师绕道南阳，经武关而直取关中，天下便可一战而定。陈胜相信张良，欣然从命。遣周文进攻函谷关，遣宋留进攻南阳，入武关。

周文是老将，早年在春申君手下，任"视日"一职，与张良也有交情。他一路西进，沿途民众纷纷加入，很快聚积起二三十万人马。秦军望风披靡，周文很快打到戏水（今陕西临潼），秦朝危在旦夕。但此时刚好章邯军组成。虽然两军都由农民组成，但秦军都是年轻力壮的苦力，在劳役过程中形成了良好的组织纪律，而且装备有武器。而周文的军队完全是滚雪球形成的，没有军官，没有队形，也没有武器，只有木棒。两军大战，周文大败，自刎而亡。宋留闻讯，赶紧向秦军投降。

兵败如山倒，陈胜被自己的车夫庄贾杀害，吴广被部将田臧杀害，这距离他们在大泽乡起义不过半年之久。陈胜吴广都是有鸿鹄之志的人，但地位身份的变化使他们看不清真实的自己，为自己的失败埋下了祸根。首义之士虽然死了，但王冠却依旧展现出强大的诱惑力。赵王武臣被部将李良杀死，张耳陈馀立原赵室后裔赵歇为赵王。楚将秦嘉立景驹为楚王。秦楚两军在陈郢反复争夺，最后陈郢落入项梁之手。项梁杀秦嘉景驹，汲取陈胜败亡教训，采纳谋士范增之计，自己不称王，寻找到原楚怀王之孙芈心，立为楚王，仍称楚怀王，以收拢争取民心，壮大声势。这一招果然见效。于是项梁建都盱眙，自号武信君。由于项梁势大，举措得当，渐成义军领袖，刘季等各路英雄也去投奔。

张良痛惜陈胜失败，就去见项梁出谋划策。没想到途中遇到刘季，二人共商反秦大计，相谈甚欢。第二天又遇到了老主人韩成韩信兄弟，多年未见，二人也老矣。张良与项梁是故交，力荐立韩成为韩王，项梁欣然允诺，封张良为韩司徒。由于诸侯割据的局面已成，张良便带上张苍、王陵等一班过去家将，与韩氏兄弟一起去收复韩地，与刘季遥相呼应，伺机由武关攻秦。

章邯败周文后，沿黄河向东攻击魏。齐、楚救魏，再次大败于章邯，齐王田儋、魏王魏咎均战死。武信君项梁立魏咎的弟弟魏豹为魏王。田假称齐王，田荣立田儋之子田市为王，击走田假。章邯乘胜追击，在定陶（今山东定陶）攻击楚军主力，项梁由于轻敌，兵败战死。章邯连战连胜，声威大振，转而北进，渡黄河，围赵邯郸。最后一支义军主力也危在旦夕。

项羽、刘季及陈胜旧将吕臣拥楚怀王迁都彭城。危急时刻，楚怀王决定再用张良两路伐秦之策，以宋义为上将军，项羽、范增为副，迎战章邯，救赵邯郸。同时遣刘季分兵从南面击秦。为鼓舞士气，楚怀王与诸将约定，先入关中者为王！

宋义到达邯郸外围，却以天雨为由，惧战不出。项羽怒杀宋义，反诬宋义谋反，三军骇然，无不惧怕项羽。楚怀王无奈，只得任命项羽为帅，项羽引兵渡漳河，破釜沉舟，背水决战，在巨鹿（今河北平乡）大败秦军，三天九胜，打破章邯不败的神话。邯郸解围，诸侯军都归属项羽统领，诸侯唯项羽马首是瞻。

刘季在昌邑得彭越，在高阳得郦食其、郦商父子为谋士，攻占陈留获得军资。进攻大梁不下，从南面进入韩地，与韩成合兵。

刘季占领原韩国故地颍阳，便琢磨如何抢先入关，到楚怀王那里讨封为王。为此，他必须建立权威，要威慑秦军，首先必须威慑己军。于是，他下令屠城。张苍急忙谏阻，刘季喝令拿下，推出帐外问斩。恰好王陵路过，见张苍雪白的脖子架在刀刃之上，慌忙入见刘季，惊问其故。刘季道："张苍犯我军规，理应处死，以儆效尤。"

"沛公可知张苍乃张良先生的义兄？"

刘季心想，我岂不知？我就是要给点颜色让张良瞧瞧，让你们韩国人都听我的。王陵见刘季不答话，已经猜中他的心思，便大声叫道："刘季，秦始皇也不能强迫张良先生。你比秦始皇若何？"

刘季闻言猛醒，急忙奔出帐外，解开张苍绳索。又遣使到韩成处，找张良赔礼道歉，张良并不理睬。刘季亲去，也吃了闭门羹。刘季心中非常懊悔。

张良的确为刘季的屠城令非常气愤。此前，项羽已经在城阳、襄城两地屠城。如此行径，算什么义军？他又何必费尽心机灭秦？张良想，这也许是人性的弱点，难以克服，尤其是在乱世。张良为此心灰意冷，懒得搭理刘季。

一个月后，张良在室内休息，忽然一个人闯进室来。定睛一看，不是别人，却是吕雉。张良惊问："你来干什么？"

"我来讨债。"

"我欠你什么债？"

"你承诺让刘季成为天下贵人，现在为何不管他了？"

"此事非你所知……"

"我知道。刘季屠城的事是他错了，他也认错。张子房，刘季的事你若不管，从今以后会有更多的屠城。你还自诩什么为民请命吊民伐罪？"

对吕雉的专横霸道，张良又好气又好笑，对自己的名声，张良也不放在心上。但吕雉话中"还有更多的人屠城"却敲打在张良的心坎上。是啊，其他的人就比刘季更好吗？刘季能认错也属难得啊。想到这里，张良道："快请刘季！"

其实刘季早在门外，听到张良叫喊赶紧进来跪倒在地："刘季决心痛改前非！从今以后，刘季改名刘邦，以示心中念着邦国天下。张先生明鉴！"

张良扶着刘邦："沛公请起！我们一言为定！"

刘邦兵过南阳，攻宛城不克，欲弃宛城不顾，直入武关。张良劝道："万一沛公攻武关不克，而宛城秦军抄沛公后路，沛公何以自处？"刘邦闻言，半夜回师宛城。守城秦军猝不及防，无奈投降。刘邦吸取教训，不杀降卒，仍令降将守城。刘邦便放心向武关进发。沿途秦军听说刘邦仁义，纷纷不战而降，刘邦毫无阻碍，一路攻到关中蓝田。

秦朝内部早乱成了一锅粥。早在上一年，李斯等大臣就劝二世皇帝停建阿房宫，减少征戍转运，以争取民心，缓和局势。二世不听，将上书的大臣全部下狱。这主意其实是赵高出的，目的是排除异己，独揽大权。被捕的右丞相冯去疾、大将军冯劫不堪羞辱，含恨自杀。李斯不想死，赵高就诬李斯谋反。李斯精通大秦的法典，在狱中两次向御史写信辩白，自信没有谋反的证据，御使必能为他洗冤。没想到御使都是赵高派人假扮，李斯两次申冤都被打得半死。李斯明白了御使是假的，也假意认罪，想出狱后再找机会见皇帝。赵高却拿他的认罪书去见皇帝，这样，李斯与当年韩非一样，谋反的罪行被坐实，一家老小都被腰斩。临死前，李斯终于明白，自从他参与沙丘之谋，他就难逃一死。赵高这样做，一则是为了争权，更重要的是为了灭口。可惜他只看到了位高权重的好处，而没有看到富贵的风险。想当年，为了博取前程，他也用同样的办法陷害过自己的同窗好友韩非，现在真是一报还一报。他一向对自己的才学颇为自负，不然秦始皇为什么会重用他依赖他？只是让赵高这个阉人玩弄于股掌之上，他不心甘。他明白，二世皇帝可能知道他是冤枉的，知道赵高是为了灭口，但他却不能在皇帝面前点破缘由，否则死得更快更惨。而且，沙丘之谋一经他的口说出来，他不仅命丢了，一辈子的名节也全完了。这杯苦酒只能他独自咽下去，哪怕是到阴曹地府他没法跟始皇帝交代。回味起年轻时在上蔡的平民生活，下班后带着儿子玩耍，在东城外遛狗，和邻里同僚喝酒聊天开玩笑,无忧无虑,多么单纯,多么美好,多么快活,这样的日子永远不可能有了,自从他决定做仓中鼠的时候,他就已经走上了不归路了。当初,他就是不甘于平凡,就是在豪赌。因为是赌博,目的只是富贵,手段可以不择,他变得没有原则,没有立场,一心琢磨心计,但玩阴谋又玩不过赵高,就只有死路一条了。赵高如愿以偿清除了障碍,同时又消除了谋杀秦始皇阴谋泄密的隐患,代替李斯做了丞相。

这时,章邯在巨鹿被项羽打败,受到秦二世斥责。章邯派司马欣回去见皇上,解释求情。司马欣当然见不到皇帝,赵高也不理睬他。司马欣害怕了,便逃走,又受到赵高派武士追杀。回到军中,司马欣明白章邯与他的处境一样,便劝章邯投降,并说他于项氏有恩,当年与曹咎一起救过项梁性命,可以引见。章邯走投无路,便投降了项羽。此时秦军的主力已经大多被歼灭,顶羽的声势更为浩大。

赵高又在朝堂上演了一出指鹿为马的好戏。他牵了一头鹿上朝堂,秦二世忙问他牵鹿来干什么。赵高答道"这是一匹上好的千里马,特地来送给皇上。皇上怎么说是鹿呢?"秦二世糊涂了,连忙高声问朝中的大臣"谁能告诉朕这究竟是鹿还是马啊?"大多数人不敢出声,有一两个大臣想告诉皇上是鹿,但口刚张开就遇到了赵高凶狠的目光,只好战战兢兢地说道:"皇上,丞相所言极是,这的确是千里马!"众大臣齐声高叫:"恭喜皇上!贺喜皇上得到千里马!"

在秦始皇的众多儿子中,秦二世胡亥智力与手段都是一流的,不然,他不会在父皇最焦虑惶恐的时候争取到随父一起出巡的机会，也不会在沙丘做下大事。在这些事情中，赵高的功劳他是心知肚明的，所以即位后他尽量迁就赵高，在不损害自己利益的前提下对赵高言听计从，包括杀了李斯，让赵高替代，算是报答他。但今天，赵高公然在朝堂上指鹿为马，胁迫众大臣，视他皇帝为何物？是可忍孰不可忍。退朝后他留下赵高，愤怒地斥责他为何藐视皇上。哪知赵高平静地答道："陛下若认为臣藐视了皇帝，可杀了臣。可一旦天下知道了皇上在沙丘平台是如何对待先帝的，看看天下还有谁把陛下视为皇帝？只有臣能保证陛下的皇位！"秦二世顿时泄了气。以前他当皇子时，跟着赵高学律法，只知道赵高博闻强记，过目不忘，喜怒不形于色，现在才知道他别有意图，心机深不可测，不由得不寒而栗。为了保住性命享受富贵，他只好任由赵高摆布了。

　　就这样，赵高完全架空了秦二世，独掌秦朝的大权。这时，刘邦占领了蓝田，很快就要兵临咸阳城下。赵高便写信给刘邦，说自己种种行为，也是为了寻秦报仇，与关外诸侯的目标是一样的。现在义军到了，他愿意里应外合，杀死胡亥，共同推翻秦朝。这时的赵高，已经不满足于在幕后摆弄秦二世这个木偶了，他要成为名副其实的国王。多年来，他表面上是秦始皇、秦二世父子的心腹，但他心里埋藏着的刻骨仇恨却与日俱增。本来他日子过得好好的，凭自己的本事也能够拜将入相，福荫子孙，就是秦始皇使他成为这样一个不人不鬼的阉人，成了一个行尸走肉的奴才，他是多么地不甘心啊！他当年自宫就是为了活下来，而他活着的目的就是为了报仇。在杀死秦始皇之后，他的野心又膨胀了。本来嘛，他与秦始皇都是造父之后，凭什么只有他能做国王、做皇帝？这样威风不可一世的人，不同样被他杀死了吗？难道他们不可以取而代之吗？于是，赵高便命女婿阎乐、弟弟赵成率一千多亲兵，以捉拿刺客为名，冲进二世居住的望夷宫，又以二世弄得天下大乱为由，逼胡亥自杀。胡亥求情，表示愿意让出皇位换取活命，哪怕是当黔首也行。阎乐不耐烦了，他手起刀落，把胡亥砍为两段。胡亥连后悔一下自己的所作所为都来不及就去见父皇去了。可怜胡亥与李斯一样，愿当黔首而不可得。

赵高还有两个顾忌，仍然不敢直接称王。此时的嬴氏王族，他已经借秦二世之刀杀了不少，很多人已经逃亡，不知跑到哪里去了，但仍然有一位深孚众望的子婴，一直找不到机会杀他。若是留下他，必然是后患，这次就以立他为秦王为由去请他，等他来后杀死，然后自己继位做秦王。但是刘邦兵临城下，自己又无抵御之兵，于是他不断地写信给刘邦，假意投降，引诱刘邦前来，埋伏兵杀之，然后堂而皇之称王。

早在刘邦第一次接到赵高来信时，张良就猜到其用意。当年赵高自宫及杀死秦始皇，张良都在现场，深感此人心机之深，又听了他谋害李斯的事，知道他没有什么做不出来的事。自己已经利用了赵高一次杀死了秦始皇，现今不妨再利用他一次灭了秦朝，于是他一面劝刘邦接受赵高建议，以减少进军的阻力，赶在项羽之前入咸阳，灭亡秦朝。否则，被秦军挡在城下，久攻不克，灭秦的功劳就只能留给项羽了。随后又接到消息，秦二世暴病而亡，赵高欲立子婴为帝，张良立即明白了赵高的图谋，马上给子婴去密信，提醒他注意赵高另有阴谋，并告之应对之法。

三年前秦始皇死后，张良与子婴有过交往，对子婴的人品颇为佩服，因此不愿意他成为赵高阴谋的牺牲品。况且赵高若杀了子婴自立为秦王，咸阳就很难和平占领，为此就必须先除去赵高。刘邦起义前为泗水亭长，一直以为秦皇是正常死亡，胡亥是合法继位，当然不知道其中赵高的图谋，更不知道赵高眼下的野心，但他乐于尽早入咸阳为王，便接受张良的建议，假意与赵高合作，以尽可能少的代价推翻秦朝。

子婴在府中听到赵高杀了二世，觉得并不可惜。但不久赵高派人来请他去当秦王，子婴本来愿意出面挽救危局，但不知赵高葫芦里卖的什么药，正犹豫不决。就在这时，张良来信，使他顿时明白了赵高的用意，并决定依计而行。子婴与两个儿子商议妥当，以国家大事需斋戒三日为名，不去继位，反而放出风去，说赵高若有诚意，需亲自来请。赵高本来心思缜密，行事滴水不漏，但此时他一方面谋划得太远，另一方面心太急切，再加上只知道子婴为人厚道，知道他从来不会玩什么心眼，便亲自到子婴府上来请。想到自己隐忍二十多年，现在即将大功告成，不免洋洋得意，不假思索就往里闯，不料屏后伏兵杀出，将赵高斩为两段。兴奋中的赵高至死也没有想到他的计谋会被人看破，这个疯狂追求报偿的人终于得到了回报，这个善于玩弄阴谋的高手最终也死于阴谋。

子婴继位，也没指望恢复秦始皇的疆土，也没有希望保住赢氏社稷，只希望关中不再受兵祸之苦。张良与子婴也算是故交，对他诛杀赵高也颇为赞许，而子婴的要求也符合张良的本意，就劝说刘邦接受子婴投降。而刘邦得知自己险些中了赵高奸计，

＠ 追逐

差点命丧黄泉，因此对子婴也颇有好感，于是接受了他的请求。

按双方约定，子婴率文武百官，素车白马，素练系颈，伏于轵道旁，向刘邦献上传国玉玺。秦朝自秦始皇称帝，历二世，十五年，就此灭亡。时间刚好在秦始皇最后一次巡游，魂归咸阳三周年之际。张良多年心愿已毕，但晚了三年。

注释：

（1）有关刘邦的神话见《史记·高祖本纪》：高祖，沛丰邑中阳里人，姓刘氏，字季。父曰太公，母曰刘媪。其先刘媪尝息大泽之陂，梦与神遇。是时雷电晦冥，太公往视，则见蛟龙于其上。已而有身，遂产高祖。

高祖为人，隆准而龙颜，美须髯，左股有七十二黑子。仁而爱人，喜施，意豁如也。常有大度，不事家人生产作业。及壮，试为吏，为泗水亭长，廷中吏无所不狎侮，好酒及色。常从王媪、武负贳酒，醉卧，武负、王媪见其上常有龙，怪之。高祖每酤留饮，酒雠数倍。及见怪，岁竟，此两家常折券弃责。

高祖以亭长为县送徒郦山，徒多道亡。自度比至皆亡之，到丰西泽中，止饮，夜乃解纵所送徒。曰："公等皆去，吾亦从此逝矣！"徒中壮士愿从者十余人。高祖被酒，夜径泽中，令一人行前。行前者还报曰："前有大蛇当径，愿还。"高祖醉，曰："壮士行，何畏！"乃前，拔剑击斩蛇。蛇遂分为两，径开。行数里，醉，因卧。后人来至蛇所，有一老妪夜哭。人问何哭，妪曰："人杀吾子，故哭之。"人曰："妪子何为见杀？"妪曰："吾，白帝子也，化为蛇，当道，今为赤帝子斩之，故哭。"人乃以姬为不诚，欲告之，姬因忽不见。后人至，高祖觉。后人告高祖，高祖乃心独喜，自负。诸从者日益畏之。

秦始皇帝常曰"东南有天子气"，于是因东游以厌之。高祖即自疑，亡匿，隐于芒、砀山泽岩石之闲。吕后与人俱求，常得之。高祖怪问之。吕后曰："季所居上常有云气，故从往常得季。"高祖心喜。沛中子弟或闻之，多欲附者矣。

汉朝以前，中国是氏族社会，长达两千多年，帝王由世袭产生。自刘邦开始，帝王的出生便要由鬼神来证明，这是帝王谋略的组成部分。即使不成功，这道程序也是不可少的，陈胜即是例子，与刘邦如出一辙。

（2）陈胜密谋起义事见《史记·陈涉世家》：二世元年七月，发闾左适戍渔阳，九百人屯大泽乡。陈胜、吴广皆次当行，为屯长。会天大雨，道不通，度已失期。失期，法皆斩。陈胜、吴广乃谋曰："今亡亦死，举大计亦死，等死，死国可乎？"陈胜曰："天下苦秦久矣。吾闻二世少子也，不当立，当立者乃公子扶苏。扶苏以数谏故，将兵。今或闻无罪，二世杀之。百姓多闻其贤，未知其死也。项燕为楚将，数有功，爱士卒，楚人怜之。或以为死，或以为亡。今诚以吾众诈自称公子扶苏、项燕，为天下唱，宜多应者。"吴广以为然。乃行卜。卜者知其指意，曰："足下事皆成，有功。然足下卜之鬼乎！"陈胜、吴广喜，念鬼，曰："此教我先威众耳。"乃丹书帛曰"陈胜王"，置人所罾鱼腹中。卒买鱼烹食，得鱼腹中书，固以怪之矣。又强令吴广之次所旁丛祠中，夜篝火，狐鸣呼曰"大楚兴，陈胜王"。卒皆夜惊恐。旦日，卒中往往语，皆指目陈胜。

（3）李斯与赵高争斗失败被杀之事见《史记·李斯列传》：是时二世在甘泉，方作觳抵优俳之观。李斯不得见，因上书言赵高之短曰："臣闻之，臣疑其君，无不危国；妾疑其夫，无不危家。今有大臣于陛下擅利擅害，与陛下无异，此甚不便。昔者司城子罕相宋，身行刑罚，以威行之，期年遂劫其君。田常为简公臣，爵列无敌于国，私家之富与公家均，布惠施德，下得百姓，上得群臣，阴取齐国，杀宰予于庭，即弑简公于朝，遂有齐国。此天下所明知也。今高有邪佚之志，危反之行，如子罕相宋也；私家之富，若田氏之于齐也。兼行田常、子罕之逆道而劫陛下之威信，其志若韩玘为韩安相也。陛下不图，臣恐其为变也。"二世曰："何哉？夫高，故宦人也，然不为安肆志，不以危易心，絜修缮，自使至此，以忠得进，以信守位，朕实贤之，而君疑之，何也？且朕少失先人，无所识知，不习治民，而君又老，恐与天下绝矣。朕非属赵君，当谁任哉？且赵君为人精廉强力，下知人情，上能适朕，君其勿疑。"李斯曰："不然。夫高，故贱人也，无识于理，贪欲无厌，求利不止，列势次主，求欲无穷，臣故曰殆。"二世已前信赵高，恐李斯杀之，乃私告赵高。高曰："丞相所患者独高，高已死，丞相即欲为田常所为。"于是二世曰："其以李斯属郎中令。"

赵高案治李斯。李斯拘执束缚，居囹圄中，仰天而叹曰："嗟乎！悲夫！不道之君，何可为计哉！昔者桀杀关逢龙，纣杀王子比干，吴王夫差杀伍子胥。此三臣者，岂不忠哉！然而不免于死，身死而所忠者非也。今吾智不及三子，而二世之无道过于桀、纣、夫差，吾以忠死，宜矣。且二世之治岂不乱哉！

日者夷其兄弟而自立也，杀忠臣而贵贱人，作为阿房之宫，赋敛天下。吾非不谏也，而不吾听也。凡古圣王，饮食有节，车器有数，宫室有度，出令造事，加费而无益于民利者禁，故能长久治安。今行逆于昆弟，不顾其咎；侵杀忠臣，不思其殃；大为宫室，厚赋天下，不爱其费。三者已行，天下不听。今反者已有天下之半矣，而心尚未寤也，而以赵高为佐，吾必见寇至咸阳，麋鹿游于朝也。"

于是二世乃使高案丞相狱，治罪，责斯与子由谋反状，皆收捕宗族宾客。赵高治斯，榜掠千余，不胜痛，自诬服。斯所以不死者，自负其有功，实无反心，幸得上书自陈，幸二世之寤而赦之。李斯乃从狱中上书曰："臣为丞相治民，三十余年矣。逮秦之地狭隘。先王之时秦地不过千里，兵数十万。臣尽薄材，谨奉法令，阴行谋臣，资之金玉，使游说诸侯，阴修甲兵，饰政教，官斗士，尊功臣，盛其爵禄，故终以胁韩弱魏，破燕、赵、夷齐、楚，卒兼六国，虏其王，立秦为天子。罪一矣。地非不广，又北逐胡、貉，南定百越，以见秦之强。罪二矣。尊大臣，盛其爵位，以固其亲。罪三矣。立社稷，修宗庙，以明主之贤。罪四矣。更克画，平斗斛度量文章，布之天下，以树秦之名。罪五矣。治驰道，兴游观，以见主之得意。罪六矣。缓刑罚，薄赋敛，以遂主得众之心，万民戴主，死而不忘。罪七矣。若斯之为臣者，罪足以死固久矣。上幸尽其能力，乃得至今，愿陛下察之！"书上，赵高使吏弃去不奏，曰："囚安得上书！"

赵高使其客十余辈诈为御史、谒者，侍中，更往覆讯斯。斯更以其实对，辄使人复榜之。后二世使人验斯，斯以为如前，终不敢更言，辞服。奏当上，二世喜曰："微赵君，几为丞相所卖。"及二世所使案三川之守至，则项梁已击杀之。使者来，会丞相下吏，赵高皆妄为反辞。

二世二年七月，具斯五刑，论腰斩咸阳市。斯出狱，与其中子俱执，顾谓其中子曰："吾欲与若复牵黄犬俱出上蔡东门逐狡兔，岂可得乎！"遂父子相哭，而夷三族。

（4）秦二世及赵高被杀见《史记·秦始皇本纪》：高前数言"关东盗毋能为也"，及项羽虏秦将王离等钜鹿下而前，章邯等军数却，上书请益助，燕、赵、齐、楚、韩、魏皆立为王，自关以东，大氐尽畔秦吏应诸侯，诸侯咸率其众西乡。沛公将数万人已屠武关，使人私于高，高恐二世怒，诛及其身，乃谢病不朝见。二世梦白虎啮其左骖马，杀之，心不乐，怪问占梦。卜曰："泾水为祟。"二世乃斋于望夷宫，欲祠泾，沈四白马。使使责让高以盗贼事。高惧，乃阴与其婿咸阳令阎乐、其弟赵成谋曰："上不听谏，今事急，欲归祸于吾宗。吾欲易置上，更立公子婴。子婴仁俭，百姓皆载其言。"使郎中令为内应，诈为有大贼，令乐召吏发卒，追劫乐母置高舍。遣乐将吏卒千余人至望夷宫殿门，缚卫令仆射，曰："贼入此，何不止？"卫令曰："周庐设卒甚谨，安得贼敢入宫？"乐遂斩卫令，直将吏入，行射，郎宦者大惊，或走或格，格者辄死，死者数十人。郎中令与乐俱入，射上幄坐帏。二世怒，召左右，左右皆惶扰不斗。旁有宦者一人，侍不敢去。二世入内，谓曰："公何不蚤告我？乃至于此！"宦者曰："臣不敢言，故得全。使臣蚤言，皆已诛，安得至今？"阎乐前即二世数曰："足下

骄恣，诛杀无道，天下共畔足下，足下其自为计。"二世曰："丞
相可得见否？"乐曰："不可。"二世曰："吾愿得一郡为王。"
弗许。又曰："愿为万户侯。"弗许。曰："愿与妻子为黔首，
比诸公子。"阎乐曰："臣受命于丞相，为天下诛足下，足下
虽多言，臣不敢报。"麾其兵进。二世自杀。

　　阎乐归报赵高，赵高乃悉召诸大臣公子，告以诛二世之状。
曰："秦故王国，始皇君天下，故称帝。今六国复自立，秦地益小，
乃以空名为帝，不可。宜为王如故，便。"立二世之兄子公子
婴为秦王。以黔首葬二世杜南宜春苑中。令子婴斋，当庙见，
受王玺。斋五日，子婴与其子二人谋曰："丞相高杀二世望夷宫，
恐群臣诛之，乃佯以义立我。我闻赵高乃与楚约，灭秦宗室而
王关中。今使我斋见庙，此欲因庙中杀我。我称病不行，丞相
必自来，来则杀之。"高使人请子婴数辈，子婴不行，高果自往，
曰："宗庙重事，王奈何不行？"子婴遂刺杀高于斋宫，三族
高家以徇咸阳。

第十四章
鸿门宴

　　咸阳刘邦来过两次，秦始皇本人刘邦也见过两回。咸阳的辉煌壮丽，秦始皇的威风凛凛，都是刘邦梦寐以求的事，但他做梦也没有想到，有一天他真的成为咸阳城的主人，像秦始皇一样威严。而且，这一天来得是这样的迅速，这样的突然，这样的不可思议，同时还如此的惊险，他一时还不知所措。如果说，他过去见到的咸阳和秦始皇只是外表，那么现在，他就要尽情地去体验其实质。原来，皇宫的内部是如此的奢华，皇宫的床垫是如此的柔软，皇宫里的妃嫔是如此的香艳。刘邦的五官全部运转起来，忘记了外面的一切。

　　属下当然知道刘邦在哪里。既然主公没有时间，那大伙何不乐得也放松放松呢？不然，大伙玩着命打仗是为了什么呢！眼见军纪涣散，张良心急，但又不能自己去把刘邦从床上拉出来。这事谁都不敢做，但有一个人例外，那就是刘邦的连襟樊哙。樊哙把张良教他的话一说，刘邦马上警醒过来。

　　刘邦跑出宫殿，立即安排整顿军纪，查封府库，善待子婴等降人。然后骑马巡视咸阳大街小巷，当众与百姓约法三章，

明确杀人者死，伤人与盗窃者按受害人的损失赔偿，其余严法
苛律一概废除。咸阳的老百姓几百年来从未享受过这种宽松自
由，于是欢声雷动。

刘邦出城，还军灞上，静候一个人的到来。

刘邦等的人是项羽。因为项羽吸引并消灭秦军主力，关中
空虚，刘邦才得以乘虚而入，兵不血刃抢先灭了秦朝。按出征
前楚怀王与诸将的约定，刘邦可以在关中称王，手下也纷纷劝进，
也作了适当的安排部署，按张良建议，任老成持重的子婴为相，
以收拢秦人人心。但刘邦吸收了降卒也只有十万人马，而项羽
在新安坑杀了二十万秦军降卒后仍有四十多万人马，项羽本人
勇猛无敌，且乘得胜之威，诸侯莫敢仰视。再说项羽本来就对
怀王之约不满，项羽生气了，后果将非常严重。

项羽果然对刘邦先入关灭秦非常恼怒，西进时在函谷关又
受到刘邦军阻挡。项羽大怒，一举破关，长驱直入，进驻鸿门，
与刘邦两军对峙。范增劝项羽道："我素知刘季贪财好色，但
此次他判若两人，看来志不在小。若不一举歼灭，必成后患。"
项羽便下令："明晨三更造饭，五更攻击，活捉或杀死刘季者
封万户侯！"

项伯知道故交张良在沛公军中，便连夜去对方军中拉张良
逃走，免得他死于乱军之中。不料张良要把消息告诉刘邦。项
伯大惊道："沛公现在是我项家敌人。把军情告诉他，那我算
什么？我回去怎么向项王交代？"

"项兄莫急。项兄来救我命是出于义气。同样，我奉韩王
之命帮沛公，若见死不救，也是无义之人，那项兄救我还有何

必要？项兄放心，我会让你们两家和好，化干戈为玉帛，这也是帮项家啊！"

项伯无奈，只得跟着张良去见刘邦。刘邦置酒款待项伯，一个劲地解释他如何忠于楚王，如何与项羽同心伐秦、义同兄弟，他是如何地仰慕项羽、不敢有二心，然后肯定有小人搬弄是非，目的是使楚军内讧等。末了又与项伯拉起家常，并把女儿许配给项伯公子，刘项结为亲家。项伯越听越觉得有理，不住地点头称是。末了，他道："我不能久留，得赶紧回去阻止羽儿，不然就来不及了。还请沛公明日一早去向项王当面解释，这样我两家才能真正和好。你说呢，张先生？"

项伯赶回军营时，项羽军已经在埋锅造饭。听了项伯的介绍，项羽也有一点后悔操之过急。范增在一旁听着，刚开始满脸怒容，听说刘邦要亲来，又高兴了："这样更好，在宴席上就结果了他，万无一失，免得我军大动干戈，还不一定能擒住他。"项伯走后，范增便向项羽讲述了他新的计划。项羽听得不耐烦，挥手道："亚父，你爱干什么就干什么吧。"范增以为得到了默许，就令人去布置。

两个多时辰后，刘邦在张良陪同下，由樊哙带领一小队亲随卫兵护送，来到鸿门见项羽。项羽在大营内设宴款待，但只许刘邦和张良进入，其他人挡在帐外。席间，刘邦把前一晚对项伯的说辞又说了一遍，言辞恳切。张良也跟着帮腔，项羽被打动了，便道："是沛公军中左司马曹无伤说你要称秦王，才引起了误会……"

范增早就在以目光示意项羽举杯摔盏，这样帐后伏兵就可以听令动手。但听到项羽的答辞已知无望，便出来吩咐项庄去席间舞剑，如此如此。项庄进入席间，提出军中无以为乐，愿舞剑以助酒兴，言毕已动起手来，剑锋直指刘邦。刘邦大惊失色，低头躲避时又瞧到帐外埋伏的甲士，再以求救的眼光看项羽，项羽却心不在焉，无动于衷。原来项羽已知项庄的意图，也知是范增的主意，但他觉得范增与刘邦的话都有道理，莫衷一是，拿不定主意，只好听之任之。项伯大急，沛公是他项伯请来赴宴的，如果在宴会上被杀了，世人只当是他的诡计，今后他还有何面目见人？忙说要二人对舞才更能助兴，也跳到席间以身护卫刘邦。张良也正在着急想办法，帐外樊哙听到刀剑撞击的声音，手持长剑与盾牌，接连撞倒守门的卫兵，闯进大帐，其余三个卫士则挡在帐外。项庄项伯都停了下来，项羽对樊哙之勇也颇为惊异，问明身份，便口称壮士，赏赐大块生肉给他，明褒暗罚。樊哙用佩刀在盾牌上把肉切开，狼吞虎咽而下，又喝下一坛酒，散乱的短发竖起，怒目圆睁，双眼血红，紧盯项羽，声音如雷地责问："秦王残害百姓，天下人共诛之。怀王与诸侯有约，先入关者为王。现在沛公灭秦已成，却无意称王，就是为了项王的天下。沛公有大功于项王，项王却要在宴席间杀有功之臣，与秦王何异？樊哙今日已吃下酒肉，拼将一死也不能让项王铸下大错！"

项羽虽然不知道在刘邦与范增之间作何选择，但他明白如果自己不干预必然是范增得逞。项羽想这也好，免得自己承担不义的骂名，可以减轻自己道义上的负担。但樊哙无意中揭穿他的心思，因此他对樊哙的指责无言以对。但樊哙胆敢当众辱骂而且威胁他，他的脸色也为之一变，心里忽然有了主意，正好可以借樊哙的无理犯上之由杀了刘邦，也堵住了诸侯的嘴。张良瞧见了项羽面露杀机，随即起身喝住樊哙怒骂："大胆樊哙！项王正在与沛公庆贺灭秦之功，叙兄弟之情，其乐融融。谁说项王要杀沛公？还不快向项王赔罪！不然，项王是不杀沛公，但要斩了你这个大胆狂徒！"又向项羽道："项王，樊哙屠夫出身，是个粗野之人，哪里能领会项王的仁义之心。我看不如打他三百大棍，惩戒他对大王无礼！"

自起兵以来，特别是杀了宋义之后，项羽就没被人当面骂过，连楚怀王都怕他，听了樊哙的怒骂，的确恶向胆边生。但张良一番话却堵住了他的嘴，张良对项羽有救命之恩，而且在诸侯之间德高望重，他就算不给张良面子，也得想办法稳住诸侯之心，看来刘邦杀不得了，至多只能杀了樊哙，但樊哙也是事出有因，若杀樊哙，那项庄也得杀了，不然何以服众？他沉下脸来，说道："今天我宴请沛公，是为了庆贺我们灭秦成功，兄弟相聚！这是天大的喜事，你们却来捣乱。从现在起，谁要是再惹是生非，我就剐他的心下酒！听到了么？"

上午的酒宴结束，项羽下令先事休息，晚上再饮，不醉不休。刘邦走出大营，顿时瘫倒。缓过神后，刘邦向张良提议带四个贴身护卫偷偷溜走。张良怕夜长梦多，再有不测，也认可刘邦的安排，但不打算跟刘邦回灞上。刘邦惊问其故，张良反问道："沛公不辞而别，是礼数不周；违抗军令擅自回营，又是大罪。若项王发怒，再次改变主意，挥军攻打沛公，沛公将何以自处？"

"我本来是一介草民，大不了就直接逃回沛县。"

"世上没有回头路可走，沛公已经当不成草民了。而且项王发怒，也不关沛公一人安危，事关十万人性命。所以我要留下来。"

"那项王迁怒于你如何？"

"我本韩臣，项王杀我何益？"

于是，刘邦带樊哙、夏侯婴、靳强、纪信四人，假意观赏风景，溜达出项军大营。因有项羽保护刘邦的命令在先，无人敢阻挡。出营后，五人捡荒僻小路奔回刘营。

此时，范增也去找项羽劝说："请问项王何以有今日之功？"

"我项家历代是楚国豪杰，我叔父项梁奠定基业，更是功不可没……"

"项王当年若不杀吴中郡守，若不杀冠军将军宋义，可有今日？"范增所言，为项羽平生两件自傲之事。前年，陈胜吴广首义成功，吴中郡守也打算起兵响应，便邀士人领袖项梁商议大事，项梁推荐由项羽去寻找另一反秦领袖桓楚。项羽进入郡守密室，便手起刀落砍下郡守的脑袋，然后提着郡守的头和印信走出房间。府内卫兵纷纷上前围攻，项羽一连杀死一百多名卫兵，余下的人不敢再战，全都跪倒在地下听项羽号令，项氏起义一举成功。去年，宋义为主帅，奉楚怀王之命率军救赵，一连四十六天不出战。项羽大怒，闯入帐中斩下宋义的头，宣称宋义谋反，奉楚王密令杀之。结果楚国朝野震动，楚王也不得不认可，任命项羽为上将军，这才有项羽破釜沉舟，三天九胜，消灭秦军精锐主力，然后才有今日。听了范增的话，项羽又想起大前年秦始皇在会稽山祭拜大禹，他本想上前一拳结果始皇帝性命，然而被叔叔阻拦失去了机会，此事至今他仍然痒痒。

"亚父之意我明白，应该当机立断才能成就大事。只是刘季反秦有功……"

"吴中郡守、宋义也反秦，他们何罪之有？"

项羽大悟："幸亏亚父提醒，不然坏了我大事。"于是，令都尉陈平去请沛公赴晚宴，以便在宴会上杀之，也算是亡羊补牢。

陈平来到宾客营帐，只见到张良。师徒在这种场合相见，没有时间叙旧。张良言沛公已回军中，便随陈平去见项羽，赫然发现项羽身后的执戟卫士竟是小韩信。他对项羽满脸的不屑，求助的眼光却望着张良。张良急事在身，顾不上小韩信相认，忙向项羽与范增解释道："沛公不胜酒力，已经回去了。他怕项王责备，托我给项王和亚父献上薄礼。"说罢将白璧一双献给项王，将玉斗一双献给范增。

范增把刘邦的礼物用剑击碎，冷笑道："我早听说沛公是酒色之徒，怎么戒酒戒色啦！他把名字改为刘邦，是不是也与此有关啊？哼？项王，刘季逃走，分明是怀有二心，午间对大王所说，全是虚情假意。既然他背信弃义在先……"

"项王亚父息怒，请听臣张良一言。我虽在沛公军中，实受韩王之命，而韩王现为项王麾下。若论交情，我与项家更深……"

"张先生不必客气，有话只讲不妨。"项羽心里的怒火本来已经烧起，但被张良的话浇灭了大半。

"前年陈王首义，天下英雄群起响应，目的都是推翻暴秦。

项王诛杀宋义也是为此，所以群雄拜服，一举灭秦报仇。但此一时也彼一时也，如今大业才刚告成，群雄间便起内讧，徒惹天下人耻笑，秦人高兴，诸侯也难心服，项王的江山也不稳啊！当年周武王、齐桓公、晋文公都不是这样做的啊！还请项王吸取齐缗王的前车之鉴啊。"

"还是张先生考虑周到，我意也是效法周武王齐桓公，以德服人。"项羽用责备的眼光看了范增一眼。

"张良知道，项王与亚父只是担心沛公不服，日后恐有反叛之事，令天下再启兵祸。但解决此事当另择良策，不必大动干戈。孙子兵法说，不战而屈人之兵，善之善者也。"

"张先生有何良策？"

"亚父在此，何劳张某挂心？"

"是的，计策我有了。前年怀王与诸将约定，先入关中者为王。前日怀王又来信重申此约。项王要效法齐桓公，当诸侯霸主，当然要守此约定。我看蜀地也属关中，不如封沛公到蜀地为王。"范增想，蜀地山高路远，不适合生存。此前都是秦朝流放犯人的地方，就让刘季到那里去自生自灭吧。

项羽点头称是，张良看透了两人的心思，心中颇为不平，忙道："汉中也属秦地，不如把汉中也给沛公。臣张良不要封赏，愿保沛公不反。"其实，刘邦辞别后张良已经找过项伯，以万金相赠，一谢项伯，二来让项伯再劝项羽，让刘邦得到汉中封地。张良的想法是，若只给蜀地，刘邦难保不反。但加了汉中，刘邦的怒气就会小很多，这样就能维持刘项两家之间的平衡，避免再次发生战争。项羽已经听过项伯的劝导，此刻又信了张良安定天下的大计，内心已经释然，痛痛快快就答应了张良的要求。张良当时没想到的是，就是他的这个小举动，几百年后竟然让世界上人口最多的民族取名为"汉"！当时张良只是心里说，沛公，为了天下苍生，你就受受委屈吧！

"天下人都知道张先生一诺千金……"范增忘不了要将张良一军，让张良再次承诺为刘邦担保。

"张良重诺，也是对有信之人。若谁轻启战端，便是与张某过不去，与天下人过不去，张良定然阻止！"张良言之在理，范增心里痒痒。

"范增还有一计，要单独向项王禀告。"范增对张良又妒又恨，想在项羽面前挽回一点面子。

张良知趣，推说要去见韩王，告辞出来。路上被一人拦住，原来是小韩信，诉说自己在项王处怀才不遇，向张良讨要主意。张良道："如今天下就项刘两家，此处不行，就投奔另一处去吧！"小韩信大喜离去，张良也去见另一个韩信和韩王去了。

刘邦从鸿门宴上回营后，第一件事就是杀了内鬼曹无伤，然后做了最坏的打算。直到深夜，张良派人传回消息，说他暂时安全了，刘邦一颗悬着的心才放下来。他也责怪了樊哙鲁莽，激怒了项羽，幸亏张良反应快，堵住了项羽的嘴，不然自己的小命就丢在鸿门了。

随后的几天里，项兵逐渐进驻咸阳。刘邦派萧何曹参给项羽送去府库钥匙账册文书，项羽扔在一旁，驱兵直接进入秦朝宫殿和府库，收刮珍宝宫女殆尽，拿不走的就损毁无遗。再下令屠杀秦朝文武降臣和嬴氏族人，子婴首当其冲。此举大出张良意外，亦令张良蒙羞，因为张良曾力保这些人性命。早在新安坑杀二十万降卒之时，张良就对项羽十分失望，想到是战争之中，也便罢了。但现在战事已经结束，屠杀还有意义吗？张良去找项羽劝阻，项羽反问道："你张先生不报秦仇誓不罢休，难道我楚人的血海深仇就可以不报吗？"

张良又去找屠杀的执行者黥布，想劝他手下留情。黥布不听，反而带兵去掘秦始皇陵墓。因为他既知道墓内珍宝最多，也知道进入墓内的通道所在。等到掘开墓道前的封土，巨大的石墓门已经与石壁焊接在一起，石头缝隙里都注满了铜水，形成了一座密不透风的石山。黥布费尽了九牛二虎之力，也没有丝毫进展，只得悻悻作罢。

项羽在金人广场召集大会，效仿周武王分封诸侯。项羽首先尊楚怀王为义帝，然后说义帝应居上水，统领百川。于是迁义帝于江南，都郴（今湖南郴州）。

见诸侯没有异议，项羽接着说道："今日诸侯会盟，天子不在，我便效齐桓公登霸主之位。我本楚人，蒙上天眷顾，赐号楚霸王，都彭城。诸侯若有不听号令者，天下共讨之！"

人群中有秦人推举的贤德之辈，出来奏道："禀霸王！关中土地肥沃，山川险固，可为万世基业。霸王为天下计，还请以关中为都。"

"我本楚人，身为楚王，怎能与秦人为伍？再说，富贵不返乡，如锦衣夜行，谁看得到？"其实，项羽的真实想法是，彭城是他父亲项超命殒的地方，也是他获得新生的地方，更是周鼎的所在地。夏、商、周替代，都以鼎为象征。秦始皇自以为了不得，但没有得到周鼎，所以二世而亡。他那个和氏璧传国玉玺，找不到便罢了，没什么了不起。但周鼎不可没有，他秦始皇找不着，并不意味着我项羽也找不着。自从他父辈周鼎得而复失之后，项羽一有机会便在水中练习举鼎，以便将来有一天他亲自把泗水中的周鼎捞出来。他一身神力就是如此练成的，一人杀死数百人丝毫不困难。早在举事前，他就已经能举起千斤巨鼎，自忖再也不会重蹈秦武王的覆辙。去年楚怀王迁都时，正是他力主定都彭城，刚才封义帝并把他迁到郴，也是出于不让他得到周鼎的考虑。现在怎么能因为这个秦人的话而放弃彭城呢？但其中的道理哪是跟这个山野村夫讲得清楚的？所以项羽另找借口搪塞。

劝谏的秦人当然不懂项羽的心思，以为项羽是嫌咸阳城已被乱军损坏，于是长叹一声道："早就听说楚人是沐猴而冠，现在看来果然是如此啊！"

项羽大怒，下令把这个胆敢讥讽自己的人烹食。项羽见诸侯失色，心中颇为得意，继续宣布："沛公先入关破秦，劳苦功高。按怀王之约，封为汉王，领蜀郡、汉中，都南郑。"

"秦人暴虐无道，寡人将秦一分为三。令章邯为雍王，领关中西部。司马欣为塞王，领关中东部。董翳为翟王，领关中以北至上郡。"这三人都是秦朝降将，其中章邯英勇善战。此前项羽已经对三人有所交代，他们的任务就是死死地盯住刘邦，不能让他有任何轻举妄动，这是困死刘邦的第二着棋。

项羽接着封魏豹为西魏王，瑕丘申阳为河南王，韩成为韩王，司马卬为殷王，赵歇为代王，张耳为常山王，黥布为九江王，吴芮为衡山王，共敖为临江王，燕王韩广改封辽东王，臧荼为燕王，齐王田市改封胶东王，田都为齐王，田安为济北王。诸侯听罢，都认为项羽是在按亲疏关系分配，并没有考虑军功，没有人认为公平。尤其是被改封了的人更是愤愤不平，最不满的是彭越、田荣和陈馀，彭越、田荣自恃功大，陈馀战巨鹿降章邯有大功，却为霸王所不喜，没有任何封赏。诸侯怒在心里，没有一个人敢说出来。

分封完毕，项羽命令诸侯王从明天起陆续返国理政，不得有误。但韩王留下，陪伴霸王返彭城。理由是韩成没有军功。这是范增所献对付刘邦的第三招棋。韩成到彭城，张良作为韩臣自然得跟着，这样他就帮不了刘邦。张良在秦时就已经名震天下，这样的人必须控制住，免得为潜在的对手所用。范增心里还有一个小算盘，想寻机把张良杀了，好报一箭之仇，也免除对自己的威胁。范增出主意时项羽曾问过："你肯定张良会跟韩成走么？"范增答道："项王放心！张良是信义之人，不会背弃故主。"

末了，项羽宣布最后一项决定："秦王无道，残害天下百姓。秦宫壮丽，全是民脂民膏。我决意烧毁秦宫和十二金人，为死难的人洗冤雪耻！"项羽此举，藏着对付刘邦和诸侯的最后一着棋。当年，秦始皇收集天下兵器，令张良铸成十二金人，结果战争爆发后秦军也无兵器可用，陈胜吴广凭木棒就能连打胜仗。后来义军与秦军决战，几乎全凭项羽一人神力，所以项羽纵横天下，没人敢对他不服。范增建议纵火的意图是，把金人融化，把所得青铜带回彭城重铸兵器。这样，兵器便永远掌握在楚人手中，诸侯世世代代也没有能力向楚国挑战！这是秦始皇也没想到的。

话音刚落，听众一片哗然，但诸侯没有一个人敢提异议。张良知道项羽的意图，也满腔气愤，正想表示反对，人群中走出四个白发苍苍的老者，张良认得，他们是商山四皓，即东园公唐秉、夏黄公崔广、绮里季吴实、甪里先生周术。不等张良上去相认，四皓就已经走上前去，齐声反对火烧金人。

项羽问明四人的来历，见都是年过七旬的长者，便好言相劝。不料四皓嘴硬："我们明日就守候在金人旁边，大王您想烧便烧吧。"

"你等欺本王不敢烧？"项羽大怒，令龙且、钟离昧去备柴火，明日一早开烧，与诸侯送行！说罢拂袖而去。

张良明白，十二金人被焚毁的命运已无法改变。这十二个金人，当年他本不愿铸，可既然成了，他也不愿被毁。这也就罢了，更可恨的是，商山四皓以性命要挟，只是为了逼迫项羽让步，他们名闻天下，自以为很有面子，哪知道项羽也是不会让步的，他们只会白白送了性命。商山四皓于张良有恩，当年他因铸造金人而身中剧毒，在商山四皓处学得采气补身之术，才得以大致康复。四人虽然待人孤傲冷淡，但也是隐士通常的脾气，他们在这个时候挺身而出，表明隐士也心系天下百姓。张良可以听任金人被焚毁，但对于商山四皓，于公于私，张良都得救他们性命。但双方都是骑虎难下，张良不可能劝说任何一方让步。张良苦思良久，抬头又看看即将焚毁的金人，想到铸造金人的艰辛，忽然灵光一闪，终于有了办法。他找到都尉陈平，对他耳语一番，陈平急匆匆地离开去办理。

张良知道，大多数诸侯对项羽的分封不满，只要有机会就会爆发，但他对和平仍然抱有希望。况且他对项王曾有承诺保证，所以此时也不忘去与刘邦告别，同时劝刘邦入蜀后烧毁进出的栈道，以示和平的决心，也绝了项羽的疑心。如果烧了栈道，刘邦就不可能从蜀地打出来，项羽当然也不能打进去。只要刘、项两家不打起来，和平就有希望。刘邦本来对项羽的分封也耿耿于怀，但想到这点利益也是张良争取而来，不然自己想做草民也不可得，于是含泪接受了张良的意见，依依不舍地与他话别。

第二天一早，双方都如期进入金人广场。商山四皓选择在金人旁的空地上打坐，沉默不语。而大批楚军士兵则忙碌着搬来成车的木柴，堆放在金人四周。这些木柴有的是拆了宫殿，有的是拆了民房，由于担心木材不够，还有士兵被安排去伐路边的大树。因为是隆冬季节，树叶早已枯黄，所以树木容易引燃。此次行动的总指挥是范增，他站在宫殿的高台上，俯瞰着台下楚军的进展。忽然，他吃惊地睁大了眼睛，原来金人旁静坐的四人中多出了一人，看模样打扮像是张良。范增走近察看，不是张良是谁？范增大喜，自己前一天还在琢磨办法怎么除掉张良呢，没想到他就如愿送上门来！范增下令，薪柴四周严密守护，一只苍蝇也不许放出来。

商山四皓感觉来了一个人，看了张良一眼，又闭上了眼睛。意思是说，我们没有请你来赔死，你来赔我们也不领情，知趣就自己赶紧出去。张良明白他们的意思，也盘腿坐在地上一言不发。

很快楚军就准备就绪，范增下令点火。眼见张良与商山四皓的身影被滚滚浓烟吞噬，范增得意地哈哈大笑。

眼见着大火已经近在身边，五人与场外的视线也被烟雾阻断，张良不由分说，背起一人就跑，到中间一个金人的后面，一脚踢开后门，将人先放在里面，转身再去背其余三人。四皓本意是同归于尽，但在烟熏火烤之下，出于本能，也没有抗拒张良。

金人内部中央，是一个深达六丈的深井。原来，金人是张良设计建造，其内部构造他是再熟悉不过，其中的滑轮、绳索都在。前一天晚上，陈平带领一队士兵潜入金人内，拆开中心基础立柱与金人内壁的连接，然后用绳索系住立柱顶端，绳索绕过滑轮，再系在巨石上。用另一组滑轮把巨石提上金人项部，再突然放下。如此反复多次，立柱便从地中逐渐抽提出来，斜靠在金人内壁上，而地下则形成一个深井。陈平又让士兵乘吊篮下去，在井的五丈深处挖一侧室，可容五人盘腿而坐。张良先将一人放入吊篮，自己也进入坐定，慢慢放手中的缆绳，吊篮渐渐下降到侧室处，张良将他推入室内，再手拉绳，升出井口，依次将其余三皓也吊到侧洞内。吊完最后一人，张良才轻松下来，心像室内的空气一样清凉，外面的漫天大火已与他们隔绝。

但还是有意外情况产生。木柴燃烧的烟气往下窜，仍然呛人，也有燃烧残留物落下。张良脱下衣服，罩住室口，黑烟进不来，但空气依然沉闷，五人都感到呼吸困难。五人赶紧凝神屏气调息，过了好久，才逐渐适应了这略感刺鼻的气味。

接下来的问题是饮食。原来，张良和陈平仓促之间都出了疏忽，洞室内并没有准备食物，这也是由于事先并没有考虑到要在洞内待多久，现在估计时间可能很长。不过，这倒难不倒这五个人，他们都会食气辟谷之术，这时刚好用得上。巧合的是，幸亏他们在辟谷，呼吸和血液循环都降到了最低限度，室内有毒气体（一氧化碳）对他们的影响甚微。事实上，洞内有毒气体的含量早已超过人体安全极限，如果正常呼吸，没有人能够活下来。

商山四皓经常闭关修炼，感觉此次辟谷也没有太大的区别。而张良多次历险，与溶洞、鲸腹内相比，这一次算是享受了。他只需摒除一切杂念，与外界唯一的沟通是他还能感受到白天黑夜的变化，存留的唯一意识就是时间在一天一天地过去。

在张良的意识中，时间过去了将近一百天，空气中微弱的刺激气味消失，张良睁开眼睛细听，火势噼里啪啦的声音也没有了，外面死一样地安静。张良明白，大火结束了，金人不存在了，上面的人也走光了。张良把商山四皓叫醒，琢磨着用什么办法出去。

原来，放在井内的吊篮、绳索早已化为灰烬，更别提上面的滑轮机构了。伸出头上望，透过井口的残渣，看到的只是蓝天白云。再往下看，也许正值阳春，地下水位上涨，已经接近洞室口。井底则已积满从井口掉下来的杂物。再看井壁，光溜圆滑，没有任何抓手，如何爬得上去？张良随身带有一柄长剑，如果身强力壮，也可以用剑在井壁上凿出凹坑，再把剑顶在凹坑对面，或可爬出去，但现在张良哪里有力气来做这件事？

眼见着陷入绝境，过去三个多月的努力付诸东流，张良气恼地一剑劈在水里，长叹一声。但他叹声未落，一股水柱从井底激起，打在他脸上。张良心奇，用剑对水底沉积物再次撞击，激起的水柱更大更高。张良马上明白了是怎么一回事。原来，金人在火烧融化时，不时地有铜汁从井口落下，逐渐堆积，在井底中央形成了一个鱼嘴一样的豁口，这不就是张良研究过的鱼洗鱼嘴吗？张良大喜，立即向商山四皓讲明原委，让他们候在室口，自己潜入水中用剑摩擦鱼嘴，水柱上升，就可以把四皓托顶出洞外。四皓依法而行，果然一个接一个飞出井外。最后，张良把水柱调到最大，再猛一转身，身体后仰，一屁股坐在水柱上，身体被托着冲上来。高过地面后，张良把身体横过来，用脚一蹬，便滚落在井边。与商山四皓一看，虽然狼狈，但身体都没有受伤，只是有筋疲力尽之感。

再看四周，金人、宫殿、民房都荡然无存，全成焦土。间或还有一些没有烧尽的残肢骸髅。远处的城墙也成了残垣断壁，杳无人迹。秦人历两百多年打造的山巅之城已经沦为人间地狱，在阳光的照耀下倍感恐怖！

过了好久，一群人走过来，让人感到世上还有一线生机。走近一看，是老韩信带着一帮人。原来，楚霸王项羽只掳走了韩成，老韩信投奔了汉王刘邦，又奉汉王的命令来寻找张良等人的尸骨收葬。考虑到张良的功绩和品德，汉王下令追谥张良为"成信侯"。张良不禁哑然失笑，不过，虽然事先有准备，但能够活下来也实属侥幸。

五人吃过食物，并略事休息，再谈起时局的变化。原来，他们在地下短短的三个多月时间，地上又发生了巨变。臧荼杀了韩广，兼并辽东。田荣逐走田都，攻杀田市，自立为齐王，又击杀田安。项羽一直在等咸阳大火烧完，但听到田荣反讯，几天前刚离开咸阳，返回彭城，准备攻击田荣，但对汉王还有后顾之忧。天下战火实际上已经再起！

商山四皓一直不动声色，对张良也不谢救命之恩，但听到战争又打了起来，冷冷地对张良说道："事情都因你而起，你考虑如何收场吧。"说罢不辞而别。

早在三月前项羽分封诸侯时，张良就感到他会引起争端，现在被他不幸而料中，张良确实该考虑如何收场了。考虑到根源在项羽身上，他必须去彭城说服项羽；同时，他还要充分考虑到项羽不能够被说服，大战还是爆发了，他只能通过战争来消除战争的根源。为此，他把计策面授给老韩信，让他转给汉王，然后说声"天下没有不散的宴席"，也起身告辞。老韩信惊讶："张先生不随我去见汉王，还要到哪儿去？"

"我去彭城拜见韩王。"这也是张良要去彭城的理由。名义上他还是韩臣，王上有难，他不可能置身事外。

老韩信热泪盈眶，知道拦他不住，叹道："汉王封先生成信侯，名副其实啊！"

注释：

（1）鸿门宴的详细经过见《史记·项羽本纪》：行略定秦

地。函谷关有兵守关，不得入。又闻沛公已破咸阳，项羽大怒，使当阳君等击关，项羽遂入，至于戏西。沛公军霸上，未得与项羽相见。沛公左司马曹无伤使人言于项羽曰："沛公欲王关中，使子婴为相，珍宝尽有之。"项羽大怒，曰："旦日飨士卒，为击破沛公军！"当是时，项羽兵四十万，在新丰鸿门，沛公兵十万，在霸上；范增说项羽曰："沛公居山东时，贪于财货，好美姬。今入关，财物无所取，妇女无所幸，此其志不在小。吾令人望其气，皆为龙虎，成五彩，此天子气也。急击勿失。"

　　楚左尹项伯者，项羽季父也，素善留侯张良。张良是时从沛公，项伯乃夜驰之沛公军，私见张良，具告以事。欲呼张良与俱去，曰："毋从俱死也。"张良曰："臣为韩王送沛公，沛公今事有急，亡去不义，不可不语。"良乃入，具告沛公。沛公大惊，曰："为之奈何？"张良曰："谁为大王为此计者？"曰："鲰生说我曰：'距关，毋内诸侯，秦地可尽王也。'故听之。"良曰："料大王士卒足以当项王乎？"沛公默然，曰："固不如也，且为之奈何？"张良曰："请往谓项伯，言沛公不敢背项王也。"沛公曰："君安与项伯有故？"张良曰："秦时与臣游，项伯杀人，臣活之。今事有急，故幸来告良。"沛公曰："孰与君少长？"良曰："长于臣。"沛公曰："君为我呼入，吾得兄事之。"张良出，要项伯。项伯即入见沛公。沛公奉卮酒为寿，约为婚姻，曰："吾入关，秋毫不敢有所近，籍吏民，封府库，而待将军。所以遣将守关者，备他盗之出入与非常也。日夜望将军至，岂敢反乎！愿伯具言臣之不敢倍德也。"项伯许诺，谓沛公曰："旦日不可不蚤自来谢项王。"沛公曰："诺。"

于是项伯复夜去，至军中，具以沛公言报项王，因言曰："沛公不先破关中，公岂敢入乎？今人有大功而击之，不义也，不如因善遇之。"项王许诺。

沛公旦日从百余骑来见项王，至鸿门，谢曰："臣与将军戮力而攻秦，将军战河北，臣战河南，然不自意能先入关破秦，得复见将军于此。今者有小人之言，令将军与臣有隙。"项王曰："此沛公左司马曹无伤言之；不然，籍何以生此？"项王即日因留沛公与饮。项王、项伯东向坐，亚父南向坐。亚父者，范增也。沛公北向坐，张良西向侍。范增数目项王，举所佩玉玦以示之者三，项王默然不应。范增起，出召项庄，谓曰："君王为人不忍，若入前为寿，寿毕，请以剑舞，因击沛公于坐，杀之。不者，若属皆且为所虏。"庄则入为寿。寿毕，曰："君王与沛公饮，军中无以为乐，请以剑舞。"项王曰："诺。"项庄拔剑起舞，项伯亦拔剑起舞，常以身翼蔽沛公，庄不得击。

于是张良至军门见樊哙，樊哙曰："今日之事何如？"良曰："甚急！今者项庄拔剑舞，其意常在沛公也。"哙曰："此迫矣，臣请入，与之同命。"哙即带剑拥盾入军门。交戟之卫士欲止不内，樊哙侧其盾以撞，卫士仆地，哙遂入，披帷西向立，瞋目视项王，头发上指，目眦尽裂。项王按剑而跽曰："客何为者？"张良曰："沛公之参乘樊哙者也。"项王曰："壮士！赐之卮酒。"则与斗卮酒。哙拜谢，起，立而饮之。项王曰："赐之彘肩。"则与一生彘肩。樊哙覆其盾于地，加彘肩上，拔剑切而啖之。项王曰："壮士，能复饮乎？"樊哙曰："臣死且不避，卮酒安足辞！夫秦王有虎狼之心，杀人如不能举，刑人如不恐胜，天下皆叛之。怀王与诸将约曰：'先破秦入咸阳者王之。'今沛公先破秦入咸阳，毫毛不敢有所近，封闭宫室，还军霸上，以待大王来。故遣将守关者，备他盗出入与非常也。劳苦而功高如此，未有封侯之赏，而听细说，欲诛有功之人，此亡秦之续耳，窃为大王不取也。"项王未有以应，曰："坐！"樊哙从良坐。坐须臾，沛公起如厕，因招樊哙出。

沛公已出，项王使都尉陈平召沛公。沛公曰："今者出，未辞也，为之奈何？"樊哙曰："大行不顾细谨，大礼不辞小让。如今人方为刀俎，我为鱼肉，何辞为！"于是遂去。乃令张良留谢。良问曰："大王来何操？"曰："我持白璧一双，欲献项王；玉斗一双，欲与亚父。会其怒，不敢献。公为我献之。"张良曰："谨诺。"当是时，项王军在鸿门下，沛公军在霸上，相去四十里。沛公则置车骑，脱身独骑，与樊哙、夏侯婴、靳强、纪信等四人持剑盾步走。从郦山下，道芷阳间行。沛公谓张良曰："从此道至吾军，不过二十里耳。度我至军中，公乃入。"沛公已去，间至军中。张良入谢，曰："沛公不胜杯杓，不能辞。谨使臣良奉白璧一双，再拜献大王足下；玉斗一双，再拜奉大将军足下。"项王曰："沛公安在？"良曰："闻大王有意督过之，脱身独去，已至军矣。"项王则受璧，置之坐上。亚父受玉斗，置之地，拔剑撞而破之，曰："唉！竖子不足与谋。夺项王天下者，必沛公也。吾属今为之虏矣。"沛公至军，立诛杀曹无伤。

居数日，项羽引兵西屠咸阳，杀秦降王子婴，烧秦宫室，火三月不灭，收其货宝妇女而东。人或说项王曰："关中阻山河四塞，地肥饶，可都以霸。"项王见秦宫室皆以烧残破，又心怀思欲东归，曰："富贵不归故乡，如衣绣夜行，谁知之者！"说者曰："人言楚人沐猴而冠耳，果然。"项王闻之，烹说者。

司马迁的记载颇为详尽，但也存在明显的矛盾之处。第一，刘邦离席那么长的时间，陈平召不致，为何无人理睬？第二，刘邦不辞而别，正好留下口实，项羽与范增为何善罢甘休？第三，如果说项羽与范增完全听信了刘邦，为何其后又要对刘邦出处设防？显然，鸿门内外，还有大量剑拔弩张的攻防对决。此外，秦汉史专家普遍认为，张良始终是站在刘邦一边，此论可能有误。作者认为，此时的张良是中立的，不然，就难以解释项羽为何要扣留韩成以及张良为何主动去彭城。否则，张良就会主动跟刘邦去汉中。两个韩信就是在这个时候离项随刘。

（2）秦宫室的大火为什么烧了三个月？

《史记项羽本纪》说："项羽引兵西屠咸阳，杀秦降王子婴，烧秦宫室，火三月不灭；收其货宝妇女而东。"中国古代的宫廷建筑基本上是土木结构，读者朋友可以想象，秦朝宫室（包括未竣工的阿房宫）无论多么雄伟壮丽（根据《史记秦始皇本纪》，阿房宫的规模不过"东西五百步，南北五十丈，上可以坐万人，下可以建五丈旗"），用了多少巨大坚实的木料，四十万大军举火焚毁，三日足够，何须三月？

根据《史记高祖本纪》的记载推算，刘邦是汉王元年（公元前206年）十月（按当时的历法，十月是这一年的第一个月）进入咸阳灭秦，十二月中旬，项羽也达到咸阳，随后举行了鸿门宴，与刘邦达成妥协。一月，项羽尊义帝而迁其江南；自立为西楚霸王，都彭城；分封诸侯，免不了要争吵一番（事后看，诸侯之间的矛盾非常尖锐，当年就有韩王成、胶东王田市、辽东王韩广死于内讧火并），历时一月左右（项羽也不会有耐心花更长的时间）。接着，项羽屠咸阳、收货宝、烧秦宫，与诸侯分赃，在关中的大事已毕，一月底或二月初即可东返彭城。但项羽一直待到四月底才离开咸阳，也就是说，项羽一直等到那把烧了三个月的大火熄灭才离开。那么，项羽究竟是在烧什么呢？

十二金人。它们的体积和重量过于庞大，既不能带走，也不能投入熔炉熔化，只有用木材逐步焚烧，熔成小块后带走。

做这一系列事情时，项羽并不想当秦始皇，他的政治理想蓝图是春秋时代（所以说，有人劝说项羽定都关中是不可能成功的；项羽所谓"富贵不还乡，如锦衣夜行，谁人知之？"也不过是借口。谁说定都关中就不能回乡炫耀，刘邦不就做到了吗？）。上有天子义帝，下有诸侯封国，项羽本人则效仿齐桓晋文，当诸侯霸主，维护公平正义，确保列国和平。项羽自称"楚霸王"，就是这个意思。那么，项羽当霸主的底气何来呢？十二金人。把它们焚毁，铸成兵器，就相当于把天下所有的兵器都掌握在自己手中，诸侯谁还敢不俯首听命？这样项羽霸王的宝座就坐得稳当。所以，无论花多长的时间，项羽也要把十二金人焚化带回彭城。

总之，项羽走后，十二金人和阿房宫一起，从中国的历史中消失了。

第十五章
暗渡陈仓

还在咸阳烧金人时，项羽就得到消息，齐将田荣杀了项羽所封的齐王和胶东王，自立为齐王。这本是齐国内部事务，与楚国无关。但它却严重挑衅了项羽的权威，作为霸王他不能不管，不然他何以像齐桓公、晋文公那样号令诸侯？于是项羽决定提前东归。

刚到彭城，又有坏消息传来。田荣授与彭越大将军印，令彭越在梁地造反。陈馀游说田荣，借得一支齐军，偷袭襄国（今河北邢台），赶走常山王张耳，把代王赵歇接过来，立为赵王，赵歇反过来封陈馀为代王。张耳陈馀这一对多年共同奋斗的老搭档为争夺赵地反目成仇，张耳孤身逃跑，后来投靠刘邦，并在刘邦的帮助下杀死陈馀，当了赵王。张耳与陈馀从生死之交到你死我活，都是当初没有料到王冠的吸引力之大。当然此系后话。

项羽没想到他精心构建的秩序崩塌得如此迅速。项羽正在气恼，忽然接到张良的来信，指责他一心防备刘邦，却忽视了身边齐国的大患，项王也有分配不公之责。项羽接信后又惊又喜又愧。他原以为张良和商山四皓必死无疑，为此还责备过范增嫉贤妒能，坏了项王的名声。没想到张良还活着，看信的意思还颇愿意为自己谋划，于是召范增来商议。范增看了信，道："张良不可能活着。信是假的，有人冒名顶替，目的是羞辱大王。此人该杀！"

项羽正将信将疑，忽然接报张良求见。项羽急令召入，二人定睛一看，不是张良是谁？范增惊愕得眼睛和嘴都张得老大："你，你是人还是鬼？"范增自幼熟读鬼谷子兵法，然并不信鬼。但以他七十多年的人生阅历，他实在无法想象张良被大火烧了三个月居然毫发无损，难道他是神？不，他不是神，也不能成神，咸阳大火一定是出了什么漏洞，让他偷偷地跑了。这次，他不可能再有这个机会了，自己一定要亲眼见到他人头落地！

项羽却没有耐心研究这个问题，忙道："张先生平安就好。你快告诉我，天下是我用拳头打下来的，田荣、彭越、陈馀为何不服我？"

"秩序与安宁要靠公正来维持，拳头岂能服人心？"

"大胆张良，大王是让你出主意收拾反贼田荣陈馀，你不仅不出主意，反而攻击大王！"范增一边高叫，一边瞧项羽的脸色。看到项羽赞许，他声调越说越高。

"田荣、彭越、陈馀造反的根源在项王。项王若不改弦易辙，还会有更多的人造反，天下又将大乱！"说罢，张良掏出田、彭、陈的讨项檄文给二人看，文中尽是指斥项羽的语言。

项羽看罢大怒，拂袖而去。范增跟着，回头狠狠地看了张良一眼，恨恨地道："今天霸王心情好，没扭断你的脖子。你

以后不会有这样的好运了。"张良来面见项羽，本来也不抱多
大的希望，他只想作最后的努力。他的计划已经交刘邦在实施，
但他仍然想中止下来。但现在看来，已经中止不了了。

范增跟在项羽后面，说道："张良这个人是有大才，但恐
怕不能为大王所用。大王千万不能让他跑了，大王请记着，前秦、
秦始皇就是坏在他手里！"

"这件事就交给你办吧，不得有任何差错！"

"诺！"范增转身向随从交代，然后又对项羽道："臣还
有一计。诸侯之所以敢藐视大王，不听大王号令，是因为大王
之上还有一个义帝。当初，臣主立他，是要推翻秦王。现在秦
不在了，他也就没用了。"

"言之有理。寡人想，芈心可能还在路上。这事就让九江
王和临江王去办吧。"想到这个人搞过什么"先入关者为王"
的盟约，结果让刘邦占了先，让他颜面尽失。想起这事，项羽
就觉得窝囊。虽然在咸阳时由于张良的干预没能杀了刘邦泄愤，
但此时杀了这个始作俑者芈心，也能挽回一点面子。不过，他
忘了，他想效法的齐桓公之所以能号会诸侯，是因为他打着周
天子的旗号。芈心尽管是傀儡，却是诸侯认同的共主，是一块
他当霸王必不可少的招牌。没有了这块招牌，天下将更为混乱。
而且，谁杀死了芈心，谁就会成为众矢之的。项羽是被田、彭、
陈的檄文气昏了，故想不到这层利害关系。本来，范增是能知
道杀芈心的后果的，因为当初立芈心为楚王就是他的谋略，目
的就是为了驾驭诸侯。几个月前在鸿门宴上，若不是张良替刘
邦谋划，他和项王本来可以杀了刘邦，以威吓诸侯。错过了那

个机会，他不得不杀芈心来立威了。眼下，他的心思全在如何
报复张良，其他的事都顾不上了，听到项羽的指令，他赶快应承。

"诺！"

剩下就是张良该怎么处置。范增本来想就此杀了他，赶紧
提出建议，但项羽冷静下来之后，觉得张良虽然言辞激烈，但
未必怀有敌意，或可继续争取。再说，杀芈心已经足够震慑诸
侯了，再多杀人无益，而且杀张良的后果可能更为严重。从张
良透露的信息看，刘邦暂时也不会轻举妄动，这样，他就可以
先集中精力就近灭了田荣，以儆效尤，然后腾出手来歼灭刘邦，
就那个在鸿门宴上吓破了胆的刘邦，他倒要看看这个刘邦究竟
有什么能耐，尤其是没有张良帮忙，看他能折腾出什么。

出咸阳西行四百多里，南渡渭水，驰道便为一座高大的山
脉所阻断。这条山脉便是绵延千里的秦岭，崇山峻岭中有一条
人工开凿的栈道，称为蜀道。一千多年后，唐朝诗仙李白在感
叹蜀道艰难时说："噫吁嚱，危乎高哉！蜀道难，难于上青天。
蚕丛及鱼凫，开国何茫然？尔来四万八千岁，不与秦塞通人烟。"
后来秦国通过商鞅变法走向强盛，秦惠文王东出崤关受阻，觉
得秦国的发展和回旋空间有限，便力排众议，派兵翻山越岭，
驱逐蜀人，占有蜀地。再后来李冰父子治蜀郡，开都江堰，遂
使成都平原成天府之国，富庶繁荣，成为秦国的战略大后方。
在蜀郡与关中之间的大山之中，也逐渐开通了一条翻越秦岭的
栈道。尽管如此，由于与中原路途遥远，来到蜀郡的人仍然以
流犯、流民、逃犯为主。不是因为这些原因，中原几乎没有人

愿意背井离乡来到这里。所以李白说："其险也如此，嗟尔远道之人胡为乎来哉！剑阁峥嵘而崔嵬，一夫当关，万夫莫开。所守或匪亲，化为狼与豺。朝避猛虎，夕避长蛇；磨牙吮血，杀人如麻。锦城虽云乐，不如早还家。"

刘邦最初封到蜀郡时，还颇高兴。尽管他知道这个地方不好，但总比死在项羽手里强，因为项羽性情反复无常，说不准哪一天又改变了主意。许多对项羽不满的人也抱着同样的想法随刘邦入蜀。刘邦走过秦岭栈道后，按张良的吩咐烧毁了栈道，固然是为了宽项羽的心，也宽了自己的心，因为项羽也无法追到他，他终于安全了。但随着他往南行进，他的心也变得与荒山野岭一样凄凉，这块地方荒无人烟，几乎采办不到任何后勤补给，如何生存得下去？刘邦的队伍中每天都有人逃跑，开始是单兵，然后是成群结队，后来亲信将领也跑了几十个。刘邦明白，所有的人逃跑都有出路，唯独他逃跑没有出路。如此下去，所有的人都会跑光，最后只剩下他一个人，自生自灭。刘邦终于明白了范增主意的厉害，他必须想办法东归，不然死路一条。

刘邦想起了张良。要是张先生在，他准有办法。可惜他死了，为了信义而死。因为张良是韩臣，而韩王被项羽劫持，刘邦就派韩王的弟弟去料理后事，几个月下来也没有结果。

忽然，周勃慌慌张张跑来报告，说丞相萧何也逃走了。刘邦大惊，萧何虽然不是最早跟随他的人，但自沛县起义以来，一直待在他身边，刘邦倚为左膀右臂。现在他都逃了，这支队伍还能维持多久？刘邦颓然坐倒在地。

两天后，萧何却回来了。刘邦气得发抖，指着他鼻子道："你，你也背叛我？”

萧何却满脸笑容："王上，我若逃跑就不回来了。我不是逃跑，而是追逃跑的人去了。"

"跑了几十个将军你都无动于衷，是什么人值得你去追？"

"韩信！"

"韩信回来啦！怎么不来见我？"

"我说的不是韩王的兄弟，而是另外一个年轻人。他原来是项王手下的人，因得不到重用才跑到我军中来。先担任连敖之职，管理军马。后来伙同十三个人一起逃跑，被追了回来，按律当斩。其他人都处死了，轮到他时，他仰天长叹，恨不能施展平生才学抱负，刚好滕公路过，就带他来见我。我与他长谈，见他胸怀大志，腹有良谋，确是我汉军急需的人才，只是还没有找到合适的机会向王上推荐。没想到，这个韩信等得不耐烦，又逃走了。王上，千军易得，一将难求。汉军可以没有我萧何，但不能没有这个韩信啊。"其实，萧何是受张良之托才去挽留韩信的。几个月前，张良在鸿门就建议韩信投奔刘邦，又预感到刘项之间还会有争端，为了保住刘邦，就专门委托萧何和夏侯婴，无论如何要留住韩信。

"既然如此高才，他如何愿意跟你回来呢？"

萧何是老实人，没有听出刘邦的讥讽之意，继续侃侃而谈："我对他说，你既已离开项王，现又离开汉王，还有谁能用你呢？汉王得不到你也便罢了，只是你满腹才学可惜了啊。这样，他才跟了我回来。"

"这么说，我还不得不重用这个年轻人了？"

"汉王若是想老死蜀郡，自然可以不理他。汉王若想东归，一定要拜他为将，不是一般的将军，而是统领三军的大将军。而且王上要筑坛告天，郑重其事，决不可敷衍应付。"

刘邦把小韩信叫进帐来，上下左右打量半天，满腹狐疑，怎么也拿不定主意。正在这时，老韩信闯进帐来。刘邦惊喜，把小韩信晾在一旁，急切问道："快说，张先生后事如何？"

"禀汉王，好消息。张先生没死，活得好好的！"

"人呢？"

"张先生到彭城见项王和韩王去了。"

短短的瞬间，刘邦的心情两起两落，但他仍不死心："那张先生有何话交代？"

老韩信喝了几口水，平静下来，把张良逃生的经过讲述了一遍。然后转述张良的计策："首先要拜韩信为大将军……"

"你？"

"不是他，是我。"小韩信手指自己。

"既然张先生说了，我照办就是。"

"其次，汉王要停止南下，立即准备挥师东进。"

"是的，汉王。汉王若不回师东进，我这个大将军也不用干了。"小韩信已经进入角色。

"寡人也在日思夜想如何回去。可栈道烧了，人快跑光了，我们飞过秦岭啊？"

"汉王莫急，张先生早有安排。"老韩信如此这般，把张良的计划全盘托出。刘邦听毕大喜，立刻下令："传令三军，即刻准备东归！令周勃筑坛，寡人明日要拜大将军。萧丞相，

你辛苦一趟，到临邛去拜访卓氏，说寡人不日将亲自前往。总之，
修桥补路、后勤保障的事就交给丞相了。"

　　章邯在雍城，日子过得颇为舒心。项王临走交代给他唯一
的任务就是看住刘邦，不让他出来。章邯也是一世名将，一生
只被项羽打怕了，他不明白项羽如何这样担心刘邦。刘邦入蜀后，
退路就已经烧毁了。前些天也听说他在重修栈道，那就让他修
吧。等哪一天栈道修好了，刘邦也许早就老死了。再说，修好
了栈道汉军就过得来吗？他那个新拜的大将军竟然这样地无知
愚蠢。当然了，不走栈道他们也可以过来，那就泅渡过渭河吧。
现在正值汛期，渭水河宽水急。听说刘邦这些楚人水性都不错，
那就游过来吧。可他的车马、辎重、粮草总不能也游过来吧。
他人游过来我正好可收为奴隶，我正缺人呢。

　　忽然，探马慌慌张张来报："禀大王，不好。汉军从陈仓
渡过渭水，往雍城来了！"

　　"什么不好？快让人去捉呀！"

　　"不，不行啊。汉军装备精良，刀箭锋利，锐不可挡。我
们打不过啊。"

　　"他，他们是怎么过渭河的？"

　　"不，不知道啊！"

　　正说话间，汉军已经冲到城下。章邯披挂上马，领军出城
迎敌。才与汉军交上手，他手中的长矛就被对方的大刀砍为两段。
章邯大惊失色，再看手下士兵，也大多如此。章邯哪里还有斗志，
连忙策马逃跑。

汉军占领雍城。章邯退到栎阳，与司马欣、董翳合兵一处，誓为荣誉而战。但与汉军刚一交锋，便故事重演，兵败如山倒。章邯连续兵败，只得退守废丘，最后无脸见人，拔剑自刎。

原来，汉军的秘密武器是铁。萧何、刘邦先后到临邛见卓氏，卓氏的冶铁工艺早已纯熟，见是昔日救命恩人公孙云所托，便赶紧为汉王打造铁制兵器。顺便说一句，卓氏借此成为大汉国首富，福泽子孙，他有一个孙女便是文帝时大名鼎鼎的卓文君。此系后话不提。

此时此处，卓氏还按嘱打造了大量铁环，环环相连成铁索，由车拉到渭河边。韩信派人泅过河，在河两岸的巨石上打进钢钎，在钢钎上套上铁索，横跨两岸。再在铁索之上铺上木板，就形成了一座铁桥，兵马、战车、辎重都顺利过河。须知只有铁索才有足够的强度，若是用铜制的圆环，要么太脆（青铜），要么太软（红铜），根本承受不了重量。张良早年研究过多种金属，自然知道它们的性能差异。这样，汉军便能如神兵天降，出现在三秦军面前，章邯至死也没弄明白这个原因。另外，铁制兵器坚韧锋利，也非青铜兵器可比。三秦军队本来连青铜兵器也不多，如何抵挡得过汉军？还有一个重要原因，项羽为了复仇，在关中大肆屠杀，秦人恨透了项羽，但项羽已经东归，他们便把这种仇恨转嫁到章邯、司马欣、董翳三人身上。相反，对于刘邦曾经短暂的约法三章，秦人莫不感念在心。听说刘邦率汉军又回来了，莫不箪食壶浆相迎，三秦迅速安定下来。

早在刘邦东归的路上，原先逃亡的士兵就陆续归队。平定三秦后，汉军队伍就像滚雪球一般迅速壮大。这时，又有两项消息传来。一是义帝被人沉船于湘江之中，诸侯都知道是项羽所为，项羽已激起天下人共愤。二是项羽率大军进攻齐国，齐王田荣战败，逃跑时被士民杀死。项羽立田假为齐王，但坑杀齐国降兵，掳老弱妇女，焚毁城郭房屋。齐地自战国末年自田单恢复以来，一直少有兵祸，秦始皇的统一战争也没有打仗。如今尸横遍野，齐人义愤填膺。田荣的弟弟田横趁机起兵，立田荣子田广为齐王，与楚军相持不下。楚军主力被齐军吸引粘住，西线空虚，刘邦便挥师出函谷关东进，诸侯纷纷响应。

听说刘邦奇迹般地回师关中，章邯兵败，司马欣、董翳投降，项羽与范增都惊诧万分，他们不明白，关中通往蜀地的栈道已经烧毁，他刘邦是怎么回来的，难道他们长了翅膀不成？他们精心设计，层层布防，结果不堪一击，正是担心什么，就来什么。两人都怀疑此事与张良有关，就想找张良来质问，没想到张良先找上门来了。

"禀项王和亚父，张良有一事相求。"

"快说，是不是你帮了刘邦？"

"张良身在项王军中，如何帮得了千里之外的汉王？韩王老了，有病在身，张良请项王放了韩王，另立他人。"原来，三十年过去，韩成早已被岁月磨去了棱角，不复有当年的雄心意气，他已无意于当国王，而愿意归隐山林。张良后悔当初一时冲动，向项梁推荐韩成为韩王。现在，韩成名义上是国王，实际上不过是囚徒，而且还是他张良的原因才成为囚徒，张良决心帮韩成了却心愿。

张良见项范二人都沉默不语，便继续劝说："若项王怀疑横阳君有假，张良愿为人质……"

"不管你愿意不愿意，你本来就是人质。"范增突然大叫起来："张良，你当人质也在害人。大王，臣以为应该把韩成杀了，以惩罚张良帮助刘邦！"

"好！就依亚父，令钟离昧立刻执行。传寡人令，立韩室宗亲郑昌为韩王。令郑昌立刻启程赴任，抵御刘邦！"

张良没料到出现这个结果。推究原因，只能是自己对项羽心存幻想，张良内疚万分。张良原以为，天下坏人莫过于秦始皇，此人乃万恶之源。只要秦始皇死了，天下就可以归于平静。现在看来，人性中都有恶的一面，只要有适合它的土壤，其他人也可能干出秦始皇一样的事来。本来，孤身来到彭城，张良就考虑过自身可能面对的危险。如果只求自己脱身，张良料也不会有太大的困难。但是，项羽与范增既然打开了扣押和杀害人质的闸口，今后就一定还会用同样的手段来对付他与刘邦。因为张良、刘邦以及他们众多部下如王陵的家属都住在彭城附近的沛县，项羽要攫取他们易如反掌。

张良沉思良久，提笔在绢布上写了三封信，绑在信鸽的腿上，让它们飞了出去。原来，早在沛县王陵家隐居期间，为了便于与外界沟通信息，张良便饲养训练了多只信鸽。此次孤身从咸阳来彭城，张良考虑过可能出现危急情况，便绕道留地，带上三只信鸽。到彭城后，受命看管他的武士也不知道它们的用途，只当张良是闲得无聊，故养小鸟以消磨时光，因此也并不过问。

张良的第一封信写给留地的审食其。审食其早年在南阳太平山庄时就跟随张良，一直忠心耿耿。近年来一直在老家照料家人，没有参加军旅。张良便命他速去丰邑乡下找到刘邦夫人吕雉和一双儿女，再取儿子不疑和王陵家小，间道赶到淮阳，即原来的陈郢。选择这个地方是因为它目前没有驻军，不引诸侯注意，张良也比较熟悉地形。第二封信写给南阳的王陵。原来，一年前张良随沛公由武关入秦，王陵率一支韩军一直驻守南阳，项羽分封诸侯时掳走了韩成，却忘记了这支军队的存在。张良便令王陵率轻骑到淮阳接应家属。第三封信则请王陵转给汉王。汉王目前已经声势浩大，而且武器也占先，师出有名，一旦王陵接到家小，汉王便可长驱直入，一举拿下彭城，擒获项羽。

项羽时年二十七岁，少时不喜读书，个性调皮捣蛋，脾气喜怒无常。这一日处理完公务，伸腰抬头望日，看见两只鸟从空中飞过。他忽然童趣大发，从地下捡起一块石子，尽力向飞鸟扔去。项羽果然有神力，又准又狠，一只飞鸟被击中，摇摇晃晃地坠落在地。

卫兵们齐声喝彩。早有人把飞鸟捡来，呈献给霸王。项羽一眼就瞧见了绑在鸟腿上的竹筒，拆开来一看，原来是张良写给审食其的信。项羽气得脸色苍白。

"我说张良怎么自愿当人质呢？原来他是要给刘邦当间谍。我早就怀疑他了。"想到自己有先见之明，范增不免自鸣得意起来。

"证据确凿，张良不能留了。"项羽咬牙切齿地道。

"大王息怒，这样杀了张良，太便宜他了。臣以为可将计就计，一举擒获刘邦乱党。大王神功，打下了张良一只飞鸽，还有一只飞鸽臣料是传给刘邦，让刘邦到淮阳接应，我正可以将其一网打尽。这是天助大王啊！"范增一面献计，心中仍然得意不止：张良啊张良，世人都说你神机妙算，深不可测，看来也不过如此啊，这次我要让你尝尝我范增的厉害！

"亚父你说详细点！"

"兵分三路。大王现就派一支人马赶往沛县，秘密捉拿刘邦、张良、王陵家小，押往淮阳。另派钟离昧领一支轻骑，埋伏在淮阳城外。大王对外宣称，与龙且将军一起出征齐国，大王暗中却返回彭城，带张良到淮阳去静候刘邦到来。张良狡黠多智，又武功高强，怕只有大王您才能应付。只要把刘邦诱进了陷阱擒获，齐、赵、燕何足道哉？天下可一鼓而定。"

"哼，不错！我得亚父，不输于那张良。"这句话明褒暗贬，范增心里又是一酸。

淮阳，曾经是太昊伏羲、春秋陈国、战国楚国的都城，入秦后繁华一时。三年前，陈胜首义成功，也以淮阳为都。陈胜殉难后，秦楚两军反复争夺，最后落入黥布之手时已成废墟。张良被五花大绑着重游故地，见到满目疮痍，心情就像车外的景色一样灰暗。再看到项羽与范增也在队伍中，张良明白，他的飞鸽传书出了问题，范增已经定下了诱敌聚歼的大计。懊恼之余，张良寻思只有寻机逃脱，才有可能扭转局面。但张良一不知道自己的计划泄露了多少，二来挂记着亲友的安危，就暂时隐忍不发。

到了淮阳之后，张良远远地望见楚军又押了一个人来，走近一看，原来是王陵的老母亲王媪。张良的心顿时放下了一半，看来吕雉一家与不疑楚军都没有捉到。

事情果如张良所料。原来，自去年在南阳与刘邦张良辞别，吕雉便返家伺候老人。刘邦占领咸阳的消息传来，吕雉没高兴

追逐

　　两天，又接到鸿门宴遇险与刘邦封为汉王迁往蜀郡的消息，连与家人见面都不能，吕媭立即意识到风险。她马上找哥哥吕泽和吕释之，组建一支军队，隐藏在芒砀山。由于刘家三媳妇在丰邑的名气比刘季还大，而且她对芒砀山的地形地貌也非常熟悉，这一计划很快完成。因为早有准备，一听到风声，吕媭就在审食其的帮助下把家人疏散一空。不疑机警，也顺利逃脱楚军搜捕。可怜楚军隐蔽偷袭，仅捉住了行动不便的老人王媪。

　　项羽大怒，喝令将领队的军官斩首。他当然不知道吕媭早有谋划，因此只怪手下无能。这时，又有探马来报，来淮阳接应的并不是刘邦，而只有王陵一支轻骑。项羽气呼呼地责问范增："亚父，这就是你的妙计？"

　　范增恼羞成怒："我把这两个老东西杀了给大王泄愤！"不过，范增到底脑筋转得快，马上就冷静了下来："不，大王，臣又有了一计，可以利用老太婆逼张良投降。"

　　张良与王媪被押往刑场。路上，张良听到王陵的兵马已到附近，便知送往王陵的信他已收到，汉王刘邦会依计攻击彭城，心里又放下了一块石头。但此刻，他更揪心的是王媪王陵母子的安危。王陵虽是自己的家臣，但二人情同兄弟，王媪更是如同自己的亲娘一般。多年来，张良忙于自己的事，疏于顾家，他的小儿子都是由王媪一手带大，张良对老太太情深似海，心想不管付出多少代价也要救这母子性命。

　　范增看准了张良的心思，便打断他沉思，喝问："张良，霸王一目双瞳，为上古舜帝以来第一圣人。你那点诡计，休想瞒得过霸王。只要你答应辅佐霸王，我便放了王老太太。不过，你还有一个选择，我杀了这老太婆，你也可以自由。"

张良正要回答愿意跟随项王，王媪先笑着说话了："子房，你去转告我儿，汉王仁义，你们都不要辜负了他。我与你们告辞了。"言毕，一头撞向地上的铡刀，顿时气绝身亡。

王媪的举动出乎所有人的意料。范增见逼降张良失败，便用目光向钟离眛示意对张良动手。钟离会意，绕到张良背后，举刀向张良后背砍去。张良听到背后风起，顿时运气护身。青铜大刀砍在张良背上，只砍断了绑他的绳索，然后被张良的内气弹开。张良趁势用劲，抖落绳索，反手将大刀抓在手中，并一脚将钟离眛踢翻。然后向湖边边打边退。

虽然出此变故，项羽与范增并不着急。既然张良想打，那就陪他玩玩吧，且看看他有什么能耐翻出霸王的掌心。

退到湖边，张良纵身一跳，潜入水中，不见了身影。项羽转蔑地一笑，跟我玩水？太不自量力。原来，项羽早年名籍，实因父祖希望他读书。少年时在彭城泗水失周鼎，项超殒命，他却漂浮在水面获生，从此取字为羽，意思是在水中身轻如羽毛。其后又在太湖边长大成人，时刻不忘的就是把泗水中的周鼎捞出来，最熟悉不过的就是水了。现在张良与他戏水，岂非好笑？

楚人多习水性，早有士兵纷纷跳入水中，追赶张良。眼见就要追上张良，湖面上突然翻起巨浪，楚军士兵纷纷被浪打翻，有的喝饱了肚子，有的沉入水底，再也不能上来。

岸上的人大惊，钟离眛指挥更多的人下水，但很快就遇到同样的结局。只一顿饭工夫，湖面上就飘起大量的尸体，如同死鱼一般。原来，张良把楚军带到了陈胡公的墓地，利用陈胡公的铁墓击水，消灭楚军，如同当年韩湘在洞庭湖用铜盆击水，颠覆秦始皇的座船一般。张良早年来淮阳寻仓海君学礼，与赵佗同探陈胡公墓，故知此一秘密。但张良知道，自己也并非稳操胜券。如果不及时脱身，自己很可能步韩湘后尘殒命。

钟离昧慌慌张张跑到项羽跟前求救："大王，末将无能，还请大王亲自出手！"

项羽早已心痒，不由分说跳进湖里。他一则身轻，二则力大，巨浪果然奈何不得他。眼见就要游到波浪起处，项羽突然感觉耳边嗡嗡作响，用手一抹，什么也没有，原来响声来自脑内。他顿时感到头晕目眩，头疼欲裂，四肢也莫名其妙地疼痛起来，不听使唤。项羽还来不及想是怎么回事，就被巨浪推走，连喝几口水。后面的卫士见状，拼死把他拉回。

项羽被救回岸上，脸色苍白，吐了一大滩污水，瘫软在地，喘气咳嗽不止。范增等人大惊失色，赶紧救护。

此时，又有探马来报，说龙且不敌田横田广，形势危急，请霸王回师救援。范增见状，急忙下令撤退，去救龙且。其实范增明白，他与项羽都不知道这一变故的原因，以为张良似有神助，对张良都起了畏惧之心。他料不到的是，从此项羽更无法集中精力想事，否则便剧痛难忍。

范增更想不到的是，张良受到的伤害要比项羽大得多。等到项羽退去，张良漂浮在水面上，已经气息奄奄。他意识到，这次恐怕要随湘君而去了，不免又高兴又难受。高兴的是终于能与湘君相会了，难受的是人间还有大事未了。但他已无力左右自己的命运，只能随水漂浮。正在此时，张良忽然感到一双手托住他的身体游向岸边。勉强侧过头一看，原来是陈平。

早在张良孤身到达彭城之际，陈平就在想办法救老师，但苦无良策。一个月前，殷王投降刘邦，陈平率兵收复朝歌，被项羽封为信武君。就在项羽来淮阳之前，得到朝歌又被刘邦攻取的消息，便责骂陈平，因为有淮阳要务要办，才没有杀陈平。陈平对霸王失望已极，便挂印封金，悄然离开彭城，但并没有走远，一直尾随着项羽楚军，伺机营救张良，此时刚好赶个正着。

陈平身高力大，背负起张良，按嘱来到伏羲墓旁。当年仓海君所结草庐仍在，陈平服侍张良躺下休息调养。

如此半个月过去，张良才度过危险期，已无性命之虞，但仍然身体虚弱，行动不便。他把陈平叫到身边，叮嘱道："我已是废人一个，做不了什么事了。你赶快离开这去见汉王，请汉王按约攻取彭城，不可因我而误了大事。"

"老师呢？我背你走！"

"你背我就来不及了。你走，我自能活命。"

陈平了解老师当年水银中毒后在丛林中独自存活的经历，知道他所言不虚，只是于心不忍，便找借口搪塞："我先投魏，后投楚，汉王也不认识我，叫他如何相信我的话？"

"你本是魏人，做魏臣有什么错？你弃暗投明，汉王只有高兴的份，怎会见怪你。据我所知，故信陵君的弟弟魏无知是你故交，现在也在汉王军中，你可先去见他。事情紧急，你不要再耽误了。"

陈平只得含泪与老师告别，单独去投奔汉王。过黄河的时候，不幸上了一艘贼船。船上的贼人见陈平长相俊美，衣着华丽，还腰挎一柄宝剑，以为是富商，便以目光相互示意，准备杀人劫财。陈平察觉到这些人的企图，但自己又没有武功对付他们，情急之下脱了衣服，使劲地扔在甲板上，然后光着身子帮船夫摇桨。群盗见陈平身上并无财宝，便打消了杀他的主意。双方都装着若无其事，上岸后各奔东西。

注释：

（1）根据正史记载，是萧何向刘邦推荐了韩信，故萧何月下追韩信的故事广为流传。但萧何是一个谨小慎微的技术型官僚，并不以识人见长，几年前，他向吕公介绍刘邦时，就看走了眼。再说，鉴别一个人是否有才能，鉴定者应该也是该领域的专家。萧何并不是军事家，与韩信素无交集，仅一夕之谈，就认定是军事天才，不是一件很奇怪的事吗？

（2）刘邦进出汉中见《史记留侯世家》：汉元年正月，沛公为汉王，王巴蜀。汉王赐良金百溢，珠二斗，良具以献项伯。汉王亦因令良厚遗项伯，使请汉中地。项王乃许之，遂得汉中地。汉王之国，良送至褒中，遣良归韩。良因说汉王曰："王何不烧绝所过栈道，示天下无还心，以固项王意。"乃使良还。行，烧绝栈道。

良至韩，韩王成以良从汉王故，项王不遣成之国，从与俱东。良说项王曰："汉王烧绝栈道，无还心矣。"乃以齐王田荣反书告项王。项王以此无西忧汉心，而发兵北击齐。

项王竟不肯遣韩王，乃以为侯，又杀之彭城。良亡，间行归汉王，汉王亦已还定三秦矣。复以良为成信侯，从东击楚。

"明修栈道，暗度陈仓"这句著名的成语即取自刘邦的故事。但史籍记载出入蜀郡的栈道已经被烧毁，没有任何人说明刘邦是如何渡过渭河偷袭陈仓的。作者认为，架铁索桥过河是一种符合历史逻辑的解释，而且这也是铁器首次运用于大型军事工程。这种架桥方式在中国历史上沿用了很久，最有名的但属今四川境内泸定河上的泸定桥。

　　早有学者研究认为，劝说刘邦暗度陈仓的韩信不是后来的淮阴侯韩信，而是原韩国贵族韩信。因为刘邦刚不情愿地把军队管理权交给了韩信，不可能把战略决策权也交给这个陌生的年轻人。但老韩信并不以谋略见长，他后来被刘邦封为韩王完全是因为张良的面子，因此本书作者认为，他这条计策实际上是张良赴彭城前授予的，而且这条计策没有铁索桥的配合根本无法实现。

　　（3）王陵迎取刘邦家属事见《史记高祖本纪》：八月，汉王用韩信之计，从故道还，袭雍王章邯。邯迎击汉陈仓，雍兵败，还走；止战好畤，又复败，走废丘。汉王遂定雍地。东至咸阳，引兵围雍王废丘，而遣诸将略定陇西、北地、上郡。令将军薛欧、王吸出武关，因王陵兵南阳，以迎太公、吕后于沛。楚闻之，发兵距之阳夏，不得前。令故吴令郑昌为韩王，距汉兵。

　　（4）王陵母亲遇害事见《汉书列传第十》：王陵，沛人也。始为县豪，高祖微时兄事陵。及高祖起沛，入咸阳，陵亦聚党数千人，居南阳，不肯从沛公。及汉王之还击项籍，陵乃以兵属汉。项羽取陵母置军中，陵使至，则东乡坐陵母，欲以招陵。陵母既私送使者，泣曰："愿为老妾语陵，善事汉王。汉王长者，毋以老妾故持二心。妾以死送使者。"遂伏剑而死。项王怒，烹陵母。陵卒从汉王定天下。以善雍齿，雍齿，高祖之仇，陵又本无从汉之意，以故后封陵，为安国侯。

第十六章
孰死孰生

汉王刘邦东出函谷关，占领洛阳。河南王申阳、魏王魏豹向刘邦投降，汉军乘胜攻破朝歌，俘虏项羽所立的殷王。刘邦再派老韩信攻击阳城，赶走项羽所立的韩王郑昌，然后封老韩信为韩王，算是为韩成报了一箭之仇。这时，刘邦接到王陵转来的张良信函，劝他不要与诸侯王纠缠不休，而要长驱直入，直取彭城。刘邦信然，正要出发，忽然有洛阳三老来向刘邦进言，其中董公说，项羽诛杀义帝，为诸侯所不齿。建议汉王为义帝发丧，以抢占道义先机，争取民心，壮大声势。刘邦于是为义帝举丧，洛阳全城白衣素缟，哀乐不绝。刘邦又向诸侯传檄，历数项羽罪状，然后静候诸侯回应。

魏无知领陈平来见刘邦。刘邦心里高兴，自己宣传攻势已经取到效果。于是设宴招待陈平等十多名楚军降将。酒足饭饱，刘邦吩咐送他们回馆舍好生休息。

陈平拒绝回馆舍，要与汉王面谈。刘邦道："今天已经晚了，明日再谈不行吗？"

"我的事必须现在就谈，等到明日就晚了！"

刘邦不耐烦地示意陈平有话快讲。陈平把张良遇险的事讲述了一遍，刘邦还在惊异之中，陈平问道："汉王请度算一下，您目前有多少兵马？"

"五十六万。再过几个月，就会有百万之众。"

"目前项王被齐将田横缠住，彭城空虚，汉王五十六万兵马难道还不足以攻取彭城？若是等项王收拾了田横，腾出手来，与汉王您对面决战。您纵有百万兵马，又有几分胜算？"

刘邦猛地想起王陵转递过来的张良信件，大叫道："韩信、萧何，传令三军，明日一早出发，直取彭城。延误军机者，斩！"

五天后，五十六万汉军出其不意兵临彭城城下。此时项羽还在齐地与田横作战，彭城内守军猝不及防，略作抵抗，城门就被攻破。刘邦做梦也没想到，胜利来得如此迅速容易，一时间忘乎所以，跑到霸王宫中，收集财宝美女。五十多万大军涌入彭城，也各取所需，彭城顿时乱作一团。陈平屡次进谏，提防项羽反扑，刘邦只是表彰陈平功劳，该干啥照旧。

项羽在齐国与田横相持月余，田横坚守拒战，项羽正在气恼，忽然接报老家彭城丢了。项羽大怒，把齐地指挥权再次交给龙且，然后亲率三万精锐骑兵，回师彭城。按项羽的风格，这支队伍清晨出发，中午就赶到彭城，也不吃饭休息，直接发起攻击。城内几十万汉军毫无防备，东奔西突，争相逃命。项羽猛追，数十万汉兵被赶下睢河，近十万士兵淹死，睢河为之堵塞。

刘邦在亲兵护卫下逃命，这个时候，他才想起要接家小，便向北面沛县丰邑逃去。钟离眛知道刘邦意图，紧追不舍。

吕媭自两月前楚军搜捕未果，早已返回家中。前几天听说刘邦大军已攻克彭城，便收拾家当，准备去彭城与夫君相会。由于两个孩子兴奋吵闹，吕雉便命家仆带两个孩子先行，自己则侍奉公婆在后，审食其护送。走了不到二十里地，忽见前头尘土飞扬，人叫马嘶，逃过来的百姓说，汉王兵败，项王追过来了。吕雉大惊，想退回走岔路已经来不及了，无奈被楚军俘虏。

家仆带两个孩子先发现楚军，便弃车走岔道，正巧遇上刘邦。仆人告之家中已经无人，而芒砀山中有吕泽军可接应。刘邦便让孩子上车，往芒砀山逃去。

钟离眛已知前面一伙人正是刘邦，哪里肯放过？眼见追兵越来越近，刘邦心急，把两个孩子踢下车去，以减轻车载重量，便于快跑。驾车的夏侯婴心疼孩子，跳下车把他们扶起来。如此反复三次，刘邦知道夏侯婴忠心，于是解释道："孩子下车，大不了被楚军俘虏，只要我在，他们也不敢把孩子怎么样，我们还有机会救他俩。若是我们一起被俘，那我们都死定了。做事不能只从自己的感受出发，要考虑实际的后果啊！"夏侯婴道："汉王莫急，尽管带上公子公主，我自有脱身之计。"

马车行进处，正是当年秦军水淹大梁的黄泛区，遍地砂石，无处躲藏。但道路经过一处狭窄路口，两旁巨石锁道，巨石外则水草丛生，无法通行。夏侯婴与纪信从马车后座下搬出一台机器，放到路旁。两人让马车先走，自己则扯下布片，蒙住脑袋，等追兵接近，便使劲地摇起机器手柄。

原来，张良十五年前在博浪沙刺秦始皇失败，情急之下靠旋转宽大的衣袖激起沙尘暴才得以脱身。事后，张良便与夏侯婴纪信设计制造了这样的一台机器，机器的原理实际上与鱼洗相似，只不过鱼洗搅动的是水，而这台机器搅动的是空气，可以引发龙卷风。夏侯婴是车夫，奉张良之命将机器置于车下，以备不时之需，不想今日用上了。随着两人越摇越快，机器上方形成了一个旋转上升的气流，很快变成了龙卷风。一时间飞沙走石，天昏地暗，楚军追兵纷纷跌下马来，口、耳、眼、鼻都塞满了沙子，满地打滚，哭爹叫娘。半个时辰过去，风沙停了，哪里还有刘邦等人的影子？

刘邦被吕泽接着，移往芒砀山下邑，收拾残兵败将。这次彭城兵败，虽然损失巨大，诸侯如魏豹、司马欣、董翳等也纷纷叛汉归楚，但刘邦的主要文臣武将都在，最可恨的是父母妻子被掳。刘邦没有怪罪任何人，只恨自己不听陈平之言。又想起张良，便派陈平去把张良接来。

张良原以为刘邦可一战定天下，没料到刘邦会反胜为败，形势逆转，张良原先的计谋遂成画饼。为此张良也在反思原因，半年前，他若不是单身赴楚，而是直接助汉，汉王量不至于有今日之败。而且当时赴楚，既没有说动项羽休兵，也没有救韩成性命！但当时情理所在，他义不容辞！为情义所困而误天下大计，张良已经不是第一次了。

见到刘邦垂头丧气，张良好言劝慰："项羽勇猛无敌，也出我意料之外。打仗兵贵在精，而不在多。此次兵败，也与兵多有关。这些新兵未经训练，没有兵器，一旦被项王击杀，只会传播恐慌。这样的兵员损失并不足惧，但项羽仅凭一己之勇也非取胜之道，汉王兵器远胜项羽，最终必能擒杀项羽！"

"我等得到那一天吗？我已经老了！"

"四年前，秦皇毙命，我原以为可一举推翻秦朝，结果却等了三年。今天，我再以三年为期，必当剿灭项羽！"

"张先生再也不可离开我！"

"我可以跟随汉王。但此番在淮阳，我身体已毁，已经帮不上汉王什么忙了。今后三年，汉王与项羽力战，只需用好一文三武四个人，便可打败项羽。"

"哪四人？"

"陈平是我学生，出谋划策汉王就靠他吧，他不会辜负大王期望的。当今天下武将，最出众的有韩信、黥布、彭越。韩信是智将，眼下已经在为您效劳，但要用好，不能使之失望叛离。至于黥布彭越，与我都是故交，我即可派人去游说。有此四人相助，王上您不愁打不败项羽。"

"先生所言甚是，我会重用他们。但不知打败项羽的具体方略是什么？"

"汉王与韩信、黥布可分别从西、北、南三个方向向项羽轮番攻击，彭越则可以在项羽后方扰乱牵制。项羽虽然勇猛无敌，但他过于孤傲，手下没有能独当一面的大将，只能自己亲自迎战，一定受不了四面八方轮番进攻。不出三年，项羽便会粮草短缺，兵员疲惫，人心厌战，而汉王却有关中这块稳固的后方，粮草和兵源会源源不断。一旦楚军被拖垮，汉王即可四面合围，擒杀项羽。所以汉王不必在意一时的失利，而是应该持续攻击，让项羽顾此失彼，疲于奔命，不能让他有喘息的机会。如此这般，汉王可能会屡败于项羽，但从全局看，汉王虽败尤胜，项羽则虽胜尤败，三年后必定被擒！"

刘邦重新振作起来，派随何去游说黥布反楚归汉，九江王黥布本来是骑墙派，在楚、汉两家之间左右摇摆，指望站在胜利者一方。恰逢两家都派使者来劝说他归顺，黥布便两边都答应，实则是举棋不定。随何便带领二十随从，冲进楚使住的馆驿，手起刀落，杀死项羽使者，然后将其脑袋扔到黥布面前，道："楚国使者死了，项王只能认为是大王您杀的，大王你只有归汉一条路了！"黥布大怒道："孤也可以杀了你，把头送给项王，看项王相信谁？""纵然如此，项王也不可能相信大王了。再告诉大王，我此次前来，也是受张良先生之托，大王可否记得张先生的救命之恩？"黥布当然记得张良在骊山救过他，不然，他早就在骊山与秦始皇为伴。不过，更重要的是，张良可以扳倒秦始皇，难道他项羽比秦始皇还厉害？胜利的天平肯定要滑向刘邦一边。于是借坡下驴道："原来是故人张先生的意思，你何不早说？"

彭越是最早反抗项羽的人之一，本来在与项羽作战，但势单力孤，自然愿意配合汉王，便在项羽后方袭扰，从战略上牵制楚军。刘邦又立刚逃过来的刘盈为太子，以免自己不测仍能稳定大局。然后令萧何侍太子留守关中，调兵运粮。有此基础，汉军一举攻克废丘，逼章邯自杀。

小韩信奉命再次东进，刘邦令投奔过来的张耳同行。韩张二人先袭破安邑（今山西夏县），俘获魏豹，再出井陉口，背水为阵，出奇兵袭赵营，大破赵军，斩陈馀，擒赵歇与广武君李左车。然后用李左车之计，招降燕地，威胁齐国。

刘邦等文武大臣却被项羽围在荥阳，长达一年。由于张良体弱，陈平一直在寻思为老师报仇，恰逢楚国使者来劝降，陈平摆设好酒好菜招待。等使者说明楚王项羽之意，陈平即令人撤去酒菜，佯装生气道："我原以为你是亚父的使者呢！"便把使者驱逐出去。使者回去向项羽报告，项羽便对范增起了疑心。陈平又向汉王献计，并携重金潜入楚营，离间项羽与范增、钟离眛的关系。项羽果然上当，怀疑二人通汉。范增怒而辞官，项羽也不挽留，范增在回彭城的路上就气死了。

虽然如此，荥阳城内箭尽粮绝，危在旦夕。陈平再出主意，让纪信伪装汉王，率二千多妇女，花枝招展，出东门向项羽投降。楚军兴高采烈，高呼万岁。项羽把"汉王"叫来一看，却是假的。项羽问："刘邦呢？"纪信答道："早已从西门走了。"项羽大怒，杀了纪信泄愤。

刘邦对小韩信迟迟不来救荥阳非常不满，不久，刘邦在成皋被楚军围困，也勉强逃脱性命。刘邦认为，这都是韩信见死不救之故，便假冒使者，孤身一人闯入韩信的中军大帐，夺了韩信与张耳的兵权，令韩信另募兵马攻齐，自己南下，兵出宛、叶，从南阳方向攻楚。

自此刘邦与小韩信之间已有嫌隙。张耳的家臣后来密谋刺杀刘邦，也始于此端。刘邦内心不安，便召集群臣商议。郦食其道："武将不肯用力，是因为没有得到封赏。大王应该效法周武王，大封诸侯为王，他们为自己的利益而战，当然就肯效命了。"刘邦觉得有理，正准备下诏施行，被张良拉住。张良陈述不能封王的六点理由，主要是为了防止日后战乱不止，郦食其也信服。刘邦改变了主意，但问道："既不能封韩信为王，那齐地如何攻取呢？"

郦食其想将功补过，连忙道："臣愿凭三寸不烂之舌，游说齐王降汉。"

齐王田广果然听信了郦食其的说辞，不修战备，准备附汉。此时韩信已陈兵齐国边境，准备发动进攻，郦食其忙致书韩信劝阻。韩信道："我受汉王令伐齐，眼见大功告成，难道要因为郦食其这个书生而误了大事吗？"于是下令进攻。齐军其实战斗力强大，但因毫无准备而大败。齐王田广认为是郦食其有意欺骗了他，便烹杀了郦食其，退走高密，向楚霸王项羽求救。项羽多次攻齐无果，忽闻齐王来降，大喜过望，忙遣龙且去救援。

韩信此举，不仅打乱了汉王刘邦的整体布局，还损失一名重要谋士，而韩信则轻松获得军功，项羽也捡了个大便宜。刘邦闻讯，怒从心底起，但又无可奈何。正在苦苦思虑良策，忽然接到韩信的使者来报，说齐人桀骜不驯，非王侯不能震慑，为了稳定齐地，韩信希望当齐假王，愿汉王赐封。原来，韩信迎战龙且，以囊沙壅潍水，于楚军渡河时决水灌之，大破楚军，杀龙且，追擒齐王田广。韩信占有齐全境，故有此求。

刘邦听罢使者的话，怒火中烧，正要抽出剑来砍案几，忽然衣服却被人扯住，回头一看，见张良与陈平都在向他眨眼示意，立即明白过来，转怒为喜道："大丈夫做王便要做真的，当什么假王？你先回去，传寡人的旨意，册封韩信为齐王。正式的册文和印信很快就送到！"

送走了韩信使者，张良松了一口气，庆幸刘邦反应快，需知范增就是坏在使者身上。张良提醒道："汉王，韩信的事还没完……"

"为何？"

"汉王能封韩信为齐王，项王也能封韩信为齐王，甚至给他更大的地盘。"张良担心的是，一旦项羽这样做了，韩信即使不投向项羽，也会自立称雄，那天下就会形成三足鼎立的局面，张良三年结束战争的计划就会成为泡影。

"依张先生之见该当如何？"

"我要到临淄去亲见韩信。"张良咳嗽不已，但语气坚定。

"老师一病如此，如何能远行？陈平不才，愿意代劳！"

"我非不相信你的才能。只是此行关系天下利害，我不可不亲去。"其实，张良明白，劝说韩信回心转意，怕只有自己才有这个面子，其他人如萧何也未必能说上话，更别提陈平了。如果韩信与汉王这个时候决裂，那前年他与萧何推荐韩信就是罪不是功了。

刘邦思虑再三，也没有更好的办法，只得含泪道："子房先生，那就辛苦你了！"

张良到达临淄。事情果如张良所料，项羽早已遣辩士武涉在临淄，游说韩信自立，以所占赵、燕、齐之地与刘、项三分天下，这个诱惑比"齐王"要大得多。韩信手下的谋士蒯彻也在劝韩信背弃汉王，韩信正在犹豫不决，忽然接报张良来访。韩信知道张良的分量，不敢怠慢，慌忙接入。

张良宣读册封文书、授予齐王印信完毕，满面春风，向韩信祝贺："韩大将军今日升任齐王，可喜可贺！饮水思源，齐王今日来之不易啊！"

"韩信明白，当年若不是张先生出手相救，韩信命都不在了，还当什么齐王？先生当年若不给我指路，若不向汉王推荐，我也不会有今天。先生大恩大德，韩信铭记在心，不敢忘记！"

"张良平生救的人帮的人多了，他们都能成为齐王么？所以张良的作用不足挂齿，主要是将军你有这样的能力。当然了，若不是汉王力排众议，授予将军兵权，将军能有今日的成就么？将军待在项王身边的时间更久，得到过这样的机会么？如今将军已经功成名就，项王又来送将军一顶帽子，它值钱么？"

"张先生所言极是。只是，只是韩信早年就发誓跟随项家复兴楚国，张先生当时也在场！"

"不错，我亲耳听到你对项伯的承诺。不过齐王，你可知项伯将军现在何处？"

"何处？"

"项伯将军已经投靠汉王。"

"项伯投汉？有何凭据？张先生你不要蒙我。"

"项王掳走了汉王父亲押在军中为人质，这件事齐王应该清楚吧。不久前，项王以烹杀人质相威胁，逼汉王投降。汉王传话给项王说，他当初与项王在怀王面前约为兄弟，汉王的父亲也是项王的父亲，项王若想杀自己的父亲，请别忘了给汉王分一杯羹！项王听了大怒，就下令把刘太公扔进煮沸了水的釜中。项伯上前阻止说，争天下的人都是不顾家的，所以杀刘太公根本威胁不了汉王，反而能激发汉王斗志和决心，若把事情做绝，以后讲和的机会都没有了，于项王的名誉也有损。项王觉得有理，便下令把刘太公从釜边拉了回来。其实，汉王虽然有志于天下，但岂是不孝之人？有人说汉王此举无耻，但汉王出此险招，实则是要救父亲。汉王若是软弱求情，父亲早就没有了，只是没想到项王会如何糊涂。项伯将军明智，救了汉王父亲一命，汉王早将女儿许给项伯将军为儿媳啦！"

这件事其实韩信早就听闻，只是没有琢磨项伯的动机，看来张先生的分析有道理。这时，他忽然想起，前年鸿门宴时，他是项羽的卫士，站在项羽身后，看到项庄舞剑，意在取刘邦性命，而项伯却挺身相护，原来是这样啊！自己的叔父都投向刘邦，看来项羽的为人的确不如刘邦，项羽许诺的三足鼎立之事也不可靠。看到韩信沉思犹豫，张良趁热打铁道："齐王，汉王仁义非项王可比，你要好好把握啊！张良知道你志在复兴楚国，但你要知道，汉王也是楚人啊！若怀王还在，汉王当然唯怀王马首是瞻。但怀王竟然莫名其妙地死了，究竟是谁破坏了复楚大业？你若不忘楚国，张良向你保证去游说汉王，天下太平之后改封你为楚王！"灭项羽后，刘邦果然改封韩信为楚王。

是啊，自己难道比那个楚怀王更有用或更幸运吗？韩信终于下定了决心，张良这张牌要好好利用。"张先生言重了，天下谁不知张先生一诺千金？张先生今日又救了韩信，韩信现在就去杀了那个武涉。只是汉王那里，还请张先生替我美言美言。"

"这个自然。齐王此举，才是真正的可喜可贺！"

张良的心终于放下了一半，但他仍然担心韩信会受到诱惑，尤其是那个蒯彻，但张良一时也没有什么办法。回去向刘邦复命时，他干脆就不提蒯彻，以免二人间再生猜疑。

稳住了韩信，刘邦又封黥布为淮南王。这样，从北绕西到南，韩信、彭越、刘邦、黥布对项羽在战略上形成了合围之势。

被项羽掳走的两年多时光，是吕雉有生以来最为黑暗的时期。被囚禁已经不是第一次了，但她第一次待在监狱里的时间并不长，很快就被张良派人救出来了。至于历险，她也经历多次，每次都平安度过，她甚至有点喜欢上那种刺激。但这一次，她却感到了绝望。项羽似乎是不可战胜的，她无法想象，张良和刘邦有什么办法打败项羽而把她救出去。即使有这么一天，项羽可能也会先杀了她。本来，她早年过着千金小姐的生活，衣食无忧，对未来充满了无尽的幻想。后来岁月不饶人，年纪大了，她赌气嫁给刘邦，但也没有服输，而是尽一切努力去改变命运，为此她忍受了常人难以忍受的巨大生活反差和身份变化。但她有了奋斗的自由，而且也很享受这种乐趣，与其说是为了夫君，还不如说是为了自己。而现在，她的自由没有了，不仅仅是身体的自由，而是心的自由。大军中服劳役、伺候公婆，这些苦她都能吃，但她不能忍受被忽视。她和项羽都明白，刘邦是好色之徒，没有吕雉照样活得痛快，所以她在刘邦与项羽的心目中都不重要，项羽要挟刘邦时，她连被绑的资格也没有，她多么希望被项羽威胁要投入釜中的是她而不是她公公啊！总之，她不是普通的女人，更不会像婆婆那样被那种场面吓得半死。死有何怕？只可恨这个世界上的男人都伤了她的心。

然而，似乎有一个例外，两年多来，这个叫审食其的男人一直在想尽办法照料她。尤其是听说他是奉了张良之命，而且张良曾经想过办法救她，心中不由得升起一丝安慰和满足，原来自己并没有看错人，张良绝非无情无义之徒！但是，张良对谁又不是这样呢？想到这，吕雉心中的恨意又起。

情绪比劳役更能折磨人。吕雉累了，迷迷糊糊中她听到自己在叫唤："子房，子房……"，然后一个身影出现在她面前，她揉揉眼睛，才看清答应的人并不是张良，而是审食其。怎么搞错了？他这才发现，审食其这张脸，与原先的张良何其相似。人要总是迷迷糊糊该多幸福啊！

审食其还有一点好，能够给她带来外面的信息。从审食其口中，她知道刘邦与项羽隔着鸿沟对骂，项羽要与刘邦单挑以免连累天下百姓，刘邦答宁愿斗智不愿斗力，项羽气得嗷嗷直叫，却无可奈何。刘邦又派一个匈奴武士楼烦，这是刘邦重金请来的一个神箭手，一连射死项羽数员大将，项羽大怒，取来硬弓，回射过去。啸声未息，箭已经从头到尾贯穿楼烦的坐骑。楼烦摔下马来，脸色惨白，随即逃回本阵，汉军将士无不骇然。为了稳定军心，刘邦只好跃马冲到阵前，项羽再一箭射过去，正中刘邦，刘邦俯身在马背上，高叫："哎哟！逆贼射中了我的脚趾，好痛哟！"卫士簇拥着刘邦退下，楚军齐声为项羽的神力叫好。吕雉感到庆幸，脚被射伤不会有生命的危险。不然，如果刘邦死了，她一切努力都白费了，她什么都完了。这倒不是因为他们夫妻感情有多深，她当年本来就是赌气才嫁给他，但他与她有了一双儿女，即便是为了子女，她也得站在夫君一边。当然，更重要的是，她也有自己的梦想与追求，而作为女人，她的梦想与追求只能通过刘邦来实现，为此她已经付出了太多太多，所以刘邦没有受到重伤她感到宽慰，但心里仍然默默地为他祈祷。其实，她并不知道，项羽射中的并不是刘邦的脚趾，而是刘邦的胸膛，箭镞就插在他心脏旁边！幸亏他的铁甲厚实！刘邦机敏，立即想到如果他的伤情公开，只会打击己方的士气，而助长楚军的气焰，楚军甚至会趁机发动攻击，后果不堪设想。于是他忍住剧痛，伏在马背上，左手捂住伤口，右手同时伸向右脚，一则不让别人看到自己胸口受伤，一则支撑保护身体不滚下马来，同时手抚脚趾也是佯装成脚趾受伤。回营后严密封锁消息，经过张良等人的小心治疗，才得以度过危机。

从审食其口中，吕雉还知道，刘邦派辩士陆贾来与项羽谈判，要换回人质。陆贾的辩才吕雉清楚，她心中升起了希望，但很快又归于失望。因为任凭陆贾口若悬河，信誓旦旦，项羽就是听不进去。原来，项羽认为陆贾是刘邦的策士，自然都是为刘邦的利益考虑，他作出的保证不足为信。有了鸿门宴的经历，项羽才不愿意再上刘邦的当呢。但现在楚河汉界分明，哪有中立的第三方作保呢？吕雉陷入绝望之中。

不久，楚营又来了一位客人，自称侯公。这个人项羽认识，他就是当年在魏国大梁城城楼上守护周鼎但又沉默寡言的侯生，如今上了年纪，所以称侯公，但相貌依旧，言语依然不多。项羽知道侯生后来跟了张良，但他仍然相信张良。虽然三年前他与张良在淮阳结仇，虽然他知道张良在刘邦营中，但以张良之能，三年来却没有领兵打他。项羽不知道的是，张良已经丧失这个能力了，他的身体已经不能行军打仗了。项羽只记得张良是不

追逐

愿意打仗的，所以他相信张良仍然是中立的，仍然是希望刘项两家和好的。他相信张良，也就相信张良的门客侯生，由于信任，他不需要言辞来说动，他认为张良和侯生的信义就是保证，因此他答应了侯公，楚汉两家以鸿沟为界，罢兵言和。同时楚国归还汉王的父亲和夫人。

吕雉终于解放了，原来刘邦和张良都没有忘记她。刘邦也很高兴，顾不得伤口未愈，痛饮三杯。他要奖励立下大功的侯公，封他为平国君。侯公心里清楚，他口拙舌笨，在项羽那里词不达意，达成和议哪里是他的功劳？更为重要的是，他隐约感觉到，汉军不会遵守这个协议。如果这样的话，他侯公成了什么人，又有何面目去见自己的先人？于是坚辞不受封赏，但再三也推辞不掉，只得勉强接受，然后留下赏金，偷偷溜走，藏匿了起来。

刘邦把家务安排完毕，便要下令按约撤兵，却又被张良陈平拉住。张良道："我军这次能与项羽达成和议，完全是因为项羽兵疲粮尽，无力再战，而我汉军后援则源源不绝，这全是萧何丞相的功劳啊。汉王若没有人质在楚营，投鼠忌器，我军根本不必与项羽停战议和，而是直接发起攻击，一举擒获项羽。如果今日坐失良机，必将养虎为患。等到项羽恢复了元气，我们就再无机会啦，天下战乱将永无宁日。"陈平也跟着帮腔。

"二位言之有理。只是和约墨迹未干，我们就撕毁，恐怕有失信义，惹天下人耻笑。"

"信义？难道项王溺死楚怀王是信义？屠城坑卒是信义？扣押老弱妇孺为人质并杀害他们就是信义？对待没有信义的人讲信义是愚蠢。我说过，我们与项羽订和约，目的只是营救人质。

当前，以最迅捷的方式结束战争就是对天下人最大的信义！"
陈平义愤填膺。

刘邦于是以报一箭之仇为名，下令向项羽追击！同时传旨，
令韩信、彭越、黥布从东、南、北三个方向向项羽合围！

楚军士兵早已厌倦战争，归心似箭。听闻与汉军达成和约，
便放下兵器，高呼万岁。撤退途中，也毫无戒备，忽然汉军掩
杀过来，伤亡惨重。项羽大怒，立即整军迎战，在固陵大败汉军。
刘邦被困在军营里，心中怨恨韩信、彭越、黥布迟迟不肯应召
来战。张良再出主意，把淮阳以东的土地全部封给韩信，因为
韩信早年在淮阳跟随过仓海君，对淮阳有感情。晋彭越为梁王，
封以魏国故地。封黥布为武王。三人立即率兵赶来助战。对此
刘邦颇为快慰，张良的心里却升起一丝凉意，他对人性的贪得
无厌感到困惑。特别是这个武王黥布，在来的路上竟然在城父
屠城。当年项羽在新安屠杀二十万秦军降卒时，黥布就是主要
的执行者。当年若是骊山起义成功，他可能会成为另一个项羽。
今日虽然可以一战剿灭项羽，但此后真的就天下太平了吗？怕
是还有事端。

汉军四面云集，把项羽围在垓下（今安徽灵璧）。时值严
冬，楚军本来缺衣少粮，饥寒交迫，心无斗志，又遇四面楚歌，
军心瓦解，兵逃大半。项羽情知大势已去，感叹自己力拔山兮
气盖世，却时运不济，以至于一败涂地，连爱姬也保护不了，
便与爱姬虞妃一起伤心落泪。虞姬深爱项羽，为了不连累他，
便趁项羽不备，自刎而死。项羽为了不辜负虞姬之意，率少量
亲随向东南突围。途中被一老人误引入沼泽之中，等到赶到长

江边乌江渡口，只剩二十八人骑。看到滚滚长江，想到过江就能摆脱刘邦追兵，回到自己的故乡，二十七人都兴奋异常，唯独项羽沉默不语。摆渡的船夫是当地的亭长，他劝项羽回江东仍可称王，假以时日，可以像越王勾践一样卧薪尝胆、卷土重来。其余二十七人也敦促他铭记先祖教诲，不忘复兴楚国。但此刻的项羽比所有的人、比所有的时候都冷静，眼下他是可以渡江摆脱追兵，但刘邦的大军就不会渡江吗？刘邦连刚签的协议都能撕毁，现在会放他一马不过江追击吗？他过了江江东父老还能相信他支持他吗？他还有资本与刘邦抗衡吗？他真的能卷土重来吗？不可能了！一切都不可能了！当年他祖父兵败，他与叔叔逃亡江东，遇秦军追击，当时人心向楚，又幸而遇上张良才逃过性命，如今不可能再有这样的好运了，恐怕流落民间都难了。再说，在鸿沟与刘邦定协议时，他的目标就是回彭城，兵败逃亡的目的地也是彭城，因为周鼎遗落在彭城，因为周鼎寄托着他一家几代人的梦想，寄托着他日后成仙的梦想，他无法想象，失去了这个梦想，他的存在还有什么意义，还不如直接去见自己的祖先来得痛快。但这样的话如何能说得出口？于是对下属道："来时八千，回时一人，我已无颜见江东父老，誓与汉军血战到底！"遂以座下乌骓马赠予船夫，报答他的一片好意，然后对手下道："我自起兵抗秦，八年来百战百胜。但天不助我，今日面临绝境。弟兄们，我们要为荣誉而战。我要用死来证明不是我不会打仗，而是上天要亡我，是上天要亡楚。"说罢，徒步返身，迎着追来的汉军，冲上前去，杀死几百名汉军将士，自己也遍体鳞伤，最后力竭，自刎而死，临死

前认出投汉的楚军故将吕马童，将自己的头颅赠予给他，算是
感谢他曾为自己效力。其余二十七人也全部力战而死。汉军蜂
拥而上，为了争项羽的头颅而互相斗殴，死伤过百，最后将项
羽的尸身分为五块，去向汉王领赏。

也许是被老者误导入沼泽，项羽明白连山野村夫都恨他！
临死前他终于明白，他应该以善意回报他人，不能自持勇力而
刻薄待人，或荼毒生灵。他若早能意识到这一点，何至于到今
天这一步？灭亡他的不是天，而是他自己。张良正是看穿了他
的弱点才预言他必然败亡，此时刚好是三年前张良在刘邦面前
约定的打败项羽之期。

早在汉军围攻垓下之际，刘邦就在考虑项羽死后的政治安
排。综合张良、萧何、陈平、叔孙通等文臣的意见，刘邦认为，
秦始皇虽然残暴无道，激起天下人共愤，但不分封诸侯还是对
的。似项羽那样，诸侯各自为政，利益纠纷，难免起冲突，天
下便永无宁日。另外，没有了诸侯王，为官者就不能世袭，官
府就能任贤使能，于国于民都是好事。于是，刘邦正式称汉皇帝，
定都洛阳。

由于长期战乱，天下人流离失所者众多，民贫财尽。刘邦
甚至找不到四匹同色的马为自己拉车（按礼制他应乘坐六驾
车），而将相只能乘牛车。于是刘邦遣散各国士兵回家。凡外
逃民众，不书名数者，回乡后恢复原有的爵位田宅。因饥荒和
战乱而自卖为奴婢者，免为庶人。定算赋，成年人每年纳税
一百二十钱。任张苍为计相。命叔孙通制定朝仪。

● 追逐

　　齐人娄敬上书，劝刘邦迁都关中，张良也认可。刘邦问道："你们都说洛阳如何不如关中，那先周八百年不是定都洛阳吗？那周鼎不一直在洛阳嘛。"

　　张良答道："世人误会了。其实周武王定都乃关中镐京，只是因为周幽王烽火戏诸侯，镐京被犬戎攻占焚毁，周平王才迁都洛邑。周鼎当年由微子献给武王，本来是要运到镐京去的，留在洛邑是因为运输困难。东周正因为迁都洛邑，地方狭小，无回旋余地，财力贫乏，才遭诸侯欺凌，致天下纷乱五百多年。陛下试想，当初项羽若听从劝谏，留守关中称霸，陛下可有今日？"

　　刘邦深以为然，赐娄敬姓刘，然后下令在关中营建新都长安，造长乐宫。因为刘邦心里明白，现在虽然天下太平了，但诸侯都各怀心事，函谷关外暗流涌动。他若处理不慎，便会重蹈项羽覆辙。

　　在楚汉战争进行之际，刘邦、项羽都无暇他顾，北边的匈奴、南边的南越都趁机坐大。匈奴冒顿单于击败东胡，兼并林胡、楼烦，重新占据河套，威胁汉朝。南部赵佗，陈胜起义后获得任嚣支持，便自立为南越武王，但一直念念不忘中原故乡，但因其后方不稳固，中原又没有基础，因此不愿放弃南越孤身投入中原混战。等到他稳定了内部，中原也安定了下来。赵佗便与匈奴遥相呼应，骚扰南边。刘邦改封衡山王吴芮为长沙王，越王无诸为闽越王，应对赵佗。

　　诸侯王的事一直让刘邦纠结。这些王的存在并不符合他的政治理想，但这些王又都是在战争中形成的，一部分甚至是项羽所封，刘邦不便处置，若有得罪便会引起反叛和战争，于是大封刘姓亲属为王侯来平衡。可他越想平衡就越难平衡，诸侯的麻烦不断。

最让刘邦头疼的是小韩信。早在项羽被杀死之初，刘邦就按其意愿改封他为楚王，都下邳。不久，获赵王之封不到一年的张耳，享不了这个福，见他的老战友陈馀去了。原来张耳自从杀了陈馀后，想到多年的刎颈之交却因为利益之争而落到自相残杀的地步，病急而疯，不久就死掉了。刘邦感念旧恩，让其子张敖袭位，并把女儿嫁给他以安其心。燕王臧荼谋反，很快被擒获，刘邦改封儿时伙伴卢绾为燕王。不想几年后，卢绾却因为韩信被杀而叛逃匈奴，当然此系后话不提。而此时最要紧的是传来了楚王韩信要谋反的消息。

让刘邦最担心的事发生了，韩信不仅军事能力无人能敌，而且正当盛年，来日方长。因张良病休，刘邦向陈平问计。陈平问道："陛下是想捉住韩信问罪吗？"刘邦点头称是。"陛下自度打得过楚王吗？"刘邦默然摇头。陈平道："韩信反状未明，若要征伐则师出无名，反而有利于韩信，如此则天下危矣！陛下莫如巡游云梦，令天下诸侯王都到淮阳见驾，这样便可擒得韩信。"

刘邦依计而行，果然捉住了楚王韩信。韩信叫屈道："我掌兵在外，有妒功之人诬陷也很正常。我若真要起兵谋反，还会来淮阳见陛下吗？"

刘邦心想韩信言之有理，但他很快就找到了反击的理由："虽然找不到你谋反的证据，但众议汹汹，总是事出有因。这样吧，你是淮阴人，我降你为淮阴侯，你放弃兵权，到朝廷去任职，就不会有小人挑拨离间了。"

这次轮到韩信语塞了，他不同意也得同意。虽然他认为统兵打仗他的才能远胜过刘邦，但统领将领刘邦确实胜人一筹。长安城已经修建好府第，刘邦挑一所最好的送给韩信。韩信搬来时，樊哙首先登门造访。韩信自言自语道："想不到我韩信今日沦落到与屠夫樊哙为伍！"遂闭门谢客，称病不朝。其实，樊哙眷恋旧情，不避嫌疑，在朝臣中已属难得，韩信看不通人情世故，舍不下功名利禄，这为他个人的悲剧埋下了种子。

另一个韩信刘邦却想委以重任。他把老韩信移封到太原以北，驻马邑（今山西朔县），预防匈奴。原来带兵打仗非此韩信之长，他此生最大的愿望便是成为韩王，享受人生富贵。本来这个目标已经实现，但刘邦却又把他推上了战争前线。然而这件事皇上已经定了，他不得不从命，敢怒而不敢言。冒顿单于闻讯，亲率三十万大军包围了马邑。老韩信畏惧匈奴，再加上本来就对刘邦移封他不满，干脆投降了匈奴，并与曼丘臣、王黄、赵利等叛臣一起向中原腹地进扰。

此时长安城长乐宫已成。文武大臣在叔孙通的指挥下行朝仪，没人敢无礼。刘邦大喜道："今日始知皇帝之贵。"正在这时，得到老韩信与匈奴大举进犯的消息。刘邦只得放弃享受皇帝的尊严，整兵迎战。

刘邦不顾天气严寒，挥兵突进，很快击退老韩信，收复马邑，兵锋直指平城（今山西大同）。路上，刘邦连连接到谍报，匈奴兵尽是老弱，不堪一击。刘邦便一马当先，率一支亲随抢占白登山。

刘邦在白登山还没有喘过气来，冒顿单于突然现身，率四十万人将白登山围成铁桶一般。忽然又降下大雪，天气奇寒无比。刘邦本来缺衣少食，手下将士有七成手指被冻掉。刘邦陷入绝境，眼见只能坐以待毙。

陈平跟着刘邦，一连过了五日，也无计可施。正焦急间，忽然接到了张良的飞鸽传书。张良自淮阳遭受巨创，身体便如江河日下，基本上已不能随军作战，几年来只出使过一次临淄，劝说齐王韩信。这次刘邦迎击匈奴，张良也同意其先北后南的战略，但他担心刘邦没与匈奴人打过交道，不知道冒顿单于与匈奴骑兵的厉害，于是冒着严寒拖着病体赶到马邑。一到马邑就得知刘邦白登遇围，后军将领束手无策。张良明白，一旦刘邦此时有个三长两短，朝廷无主，天下又将陷入战乱，便急忙寄信过去，教脱身之计。

刘邦与陈平接信大喜，便收集军中财宝，由陈平带下山，先贿赂阏氏，终于见到冒顿单于。

冒顿对着陈平轻蔑地一笑："我知道你的来意。汉帝将死之人，还有何脸面来求生？你们所说的大汉天下，马上就是我的啦！"

"世上谁人不死？汉帝好歹还知自己的死期将近，有时间准备后事。而单于您，就没有这个机会了！"

冒顿舒展了一下拳脚，再次爽朗地一笑："你看我是要死的样子吗？"

"请问头曼单于死前有任何征兆吗？他有时间安排后事

吗？"

　　冒顿大惊失色。原来，冒顿射杀父亲之后，鉴于鸣镝的厉害，没有人敢把这件事说出去，冒顿反而落了个美名，草原部落林胡、楼烦、白羊，以及以前的义渠纷纷依附，东胡也有人投奔过来，匈奴顿时壮大崛起。草原人虽然不讲礼法，但却视信义为天，此前从未发生弑父之事，弑父之人必为众人所不容。这些部落若知道冒顿是这种人，势必反叛，他的帝国就会土崩瓦解。

　　"单于您开创了草原先例。您既然可以鸣镝射杀父王，那他人也可以鸣镝射杀您。况且，杀您之后，可获取您的汗血宝马，可得您的长生之法。谁不想长生啊？何况杀您的理由是现成的！"

　　不等冒顿回答，陈平继续说道："退一步说，现在没人敢杀您单于，但林胡、楼烦、白羊，包括韩信等人知道您是无信之人，谁还服您？您别说占领汉室江山，就是能否保住九原河套，也很难说啊。"

　　"好！我可以放你们皇帝一条生路。但你们能不把头曼的事说出去吗？"

　　"我正是为此而来！"

　　"你们华人阴险狡猾，诡计多端。我如何信得过你？"

　　"我大汉早就知道你的事，这么多年来我们说过吗？"

　　"好，我们一言为定。我送你们一些匈奴衣物，你们伪装成我的人，明日一早从东南角下山。"

　　陈平走后，阏氏问冒顿道："单于就这样放过汉帝？若此，我们对其他头领如何交代？"

"阏氏放心。那汉帝自愿下山，也省得我们上山去捉他，还不知道他落在谁手里。明日我们在山下等他，然后就势结果了他，我们的秘密就没有人知道了。华人自以为比我们聪明，哪知道我跟赵佗学过兵法。"冒顿得意起来。

第二天一早，单于带十几名亲兵来到白登山东南脚下等候。因为刘邦等人已经冻饿七天，杀之易如反掌，人多了反而会走漏消息。不久，就见刘邦也带着十来个人走下山来，离单于还远就不动了。冒顿兴奋了，鸣镝一响，便挥刀向刘邦冲过去。到了三丈来远，冒顿十多人连人带马咕咚咕咚，就掉进了陷阱里。

原来，刘邦被围后，早按中原屯兵的习惯在进出通道上挖了很深的壕沟。匈奴是草原民族，长于野战，短于攻城；冒顿也不笨，对汉军只是围而不攻，想困死刘邦，哪里知道还有这一节？昨晚陈平回来之后，即安排人在壕沟上架铺草料，然后用白雪覆盖。刚好晚上又降大雪，将痕迹完全掩盖，因此冒顿等人毫无察觉就掉了进去，嗷嗷直叫。刘邦陈平等赶紧绕过陷阱，从马车上取下雪橇，套上狼狗，飞驰而去。沿途大队匈奴骑兵感觉惊奇，刘邦队中原来与项羽比过射箭的楼烦武士便喊话，说汉帝已经掉进了陷阱，他们要赶去向单于报告。等到冒顿被救出陷阱，刘邦等人早已不知去向。冒顿懊恼不已，但自己违约在先，也怪不得对方。只好向各位头领解释，汉帝化妆逃走，似有天助。白登山上其余兵将，围也无益。于是传令解围撤军。自此冒顿对刘邦有了畏惧之心，再也不敢领大军攻汉。

刘邦论功行赏，要重奖张良。鸿门宴后，刘邦误以为张良已死，封过他"成信侯"，实际上是空有其名的谥号。如今，张良的功绩已非昔日可比，刘邦便要张良自己提要求。张良道："我若要封赏，秦皇、项王处都可得到，何必等到今日。我本布衣，最大的愿望便是天下安定。我高兴的是，皇上能听取我的意见，我已经心满意足了。如果一定要封侯，我已经习惯了陛下的家乡留地了，陛下就封我为留侯吧。"这个留不过一乡之地，刘邦明白张良的意思，如果不得不封，那就随便封吧。

"有功不赏，何以服众？"

"陛下可把功劳记在陈平账上，这样众人自无意见。张良还有一言，请陛下斟酌。陈平与冒顿的口头协议，我方一要遵守，二不可外泄。只要有一点做不到，都会引起汉匈两国争战不休。所以陛下此次脱险，虽功归陈平，但计谋却不能载于史籍，否则就会引起争端。汉匈相处，可能要几百年啊。"

刘邦理解张良的意图，只得照准。张良继续说道："臣还有一求。臣在秦时所为，博浪沙的事天下共知，就罢了。其他事情就勿需记入史册了。我平生之愿，就是效赤松子游。"

刘邦知道张良是真意，满脸羞愧道："我对子房先生的情意，已经无以用语言来表达。我就遵照先生的意思，先生与叔孙通商量吧。"

张良还未交代完，叔孙通就打断了他："若按张先生的意见，秦朝的历史就会有很多空白，我们作为史官，如何向后人交代啊？"

"我曾与仓海君学过史，知道历史是怎么回事。怎么写没关系，关键在不引起纷争。哦，还有，赵佗在秦时的记载也要删去。”

“我可以照张先生的意见办。但皇上曾说先生运筹于帷幄之中，决胜于千里之外。我总不能把皇上的话也删了吧，但从先生的传记中找不到事例佐证啊。”

“我本来没有军功，仅封留侯嘛。你若为难，我就讲一个我在秦时经历的事你记下吧。”于是，张良讲述了他在下邳避难时，偶遇黄石公，得授《太公兵法》的故事：一天，张良在下邳的一个石桥上散步，遇到一个白发老人，故意脱下自己的鞋子丢到桥下，要张良下去捡上来。张良本来很生气，但想到对方是老人，便捡来鞋子，恭恭敬敬地给老人穿上。老人离开后又折返，说张良孺子可教，要张良五日后来桥上听示。五日后一早，张良赶到后，发现老人已经在桥上，指责他不该迟到，要他五日后再来。五日后张良提早赶到，老人仍然比他早到，与他再约五日后。这次张良吸取了教训，前一天晚上就赶到桥上，等了一宿，老人终于来了，自称是黄石公，高兴地传授给张良《太公兵法》。张良所有的谋略智慧都得益于此。

“难怪！张先生得到了姜太公的真传！不过，叔孙通也算是博学多闻，但不知这个黄石公是谁？”

“他许诺十三年后再济北谷城山下相见。前几年我到齐地去，顺便拜访恩公，哪知只是一堆黄色的石头！”

叔孙通吃惊地睁大了眼睛：“先生，你，你在讲神话吧？”

“你信不信没关系，后世有人信就行了。”

“我明白张先生的意思了。当年，姜太公辅佐文王武王的奇计密谋，也是不见于史籍记载的。先生这是效法姜太公啊，但先生不担心手上的《太公兵法》会引起众人争夺吗？"

"谢先生提醒，我自有安排。"

刘邦对匈奴的战略奏效，大汉的北部边境暂时安定下来。刘邦着手解决南越问题，他这次学聪明了，首先问张良："子房先生，你了解赵佗，他是一个什么样的人？"

"臣明言告诉陛下，赵佗之智勇远在陛下之上，但赵佗为自己考虑的多，心胸远不如陛下广阔，他的格局必不如陛下，陛下不必多虑。臣以为，只需一说客，就可以让赵佗俯首称臣。"

"谁可为使？"

"陆贾通晓诗书、能言善辩、才华横溢，必能不负陛下重托！"

陆贾急了："臣惶恐！臣连项羽也说动不了，何况赵佗？"

"赵佗多智，精于计算，才能为言辞所动。"

"当以何辞说动赵佗？"

"你告诉赵佗，他想挑动匈奴，南北夹击我大汉。但现在得益于刘敬献计，匈奴已与汉家结亲，成了汉家的女婿，未来的新单于也将是汉帝的外孙，匈奴怎么会击汉呢？所以南越王不要做梦了，他的唯一出路就是对汉称臣。"

"他会心甘情愿吗？"

"不会。他会拿我大汉君臣比较高低，这也难不倒你陆贾先生。还有，我与赵佗是故交，请你转交我一封私信，好东西就留给自己享用就行了，不要遗留子孙，祸害人间。"

"陆贾不明其意……"

"赵佗明白就行了。"

陆贾领命出发。一如张良所料，赵佗对刘邦、韩信、萧何都不服气，称他若在中原与刘邦争锋，谁输谁赢还不一定呢，要他向刘邦称臣，这口气实在难以下咽。陆贾答道："当年南越王偏居岭南，而汉王刘邦也被项王迁往蜀中，处境更为不堪，但汉王很快就出来了，而大王您却离不开南越一步，这就是您与大汉皇帝的差距啊！如今，汉皇已经荡平宇内，一统天下，大王纵然比萧何韩信更有能耐，又岂能撼动我大汉江山？大王还是听听张先生的劝吧！"赵佗一听说是张良的建议，便泄气了，只好遵命照办。

刘邦继续问张良："我听说赵佗有长生之物。若是我们都不在了，赵佗再来挑衅，该当如何？"

"陛下能胜项羽，得益于铁器。陛下现在不能与匈奴决胜，是因为我大汉的马匹不如匈奴。日后我与南越互市，只要限制铁器与马匹输出，赵佗兵马不如陛下，就闹不出大动静了。"

"那南越国不就分离在我中华之外了？"

张良笑了："百岁人常怀千年忧。这件事就留给陛下的子孙后代去解决吧。不过，臣倒有一言，现在天下就要太平了，那铁制兵器陛下倒不必像秦皇那样收集起来，就让百姓用它们去打造农具吧！"

刘邦的心刚安定下来，其父太上皇病逝，赵相国陈豨趁机举兵造反。这陈豨当年也是张耳门客，与刘邦是故交。此人非常自负，想当年的伙伴都当上了国王，而他只是一个徒有其名的相国，于是心怀不满，向刘邦挑战。刘邦只得亲率大军迎击，

追逐

进驻邯郸。赵王张敖的家臣贯高想到刘邦当年不过是张耳的门客，而今却上下易位，为张敖不平，便阴谋刺杀刘邦，扶张敖为帝。所幸刘邦临时改变行程，贯高才没有得逞，并阴谋败露。刘邦将女婿张敖降为宜平侯。

叛将王黄、曼丘臣被手下擒获，献给刘邦。汉军在参合（今山西高南）打败叛军，杀死老韩信，又大败陈豨。陈豨惶恐，忙写密信到长安给小韩信，告诉他老韩信的命运，劝小韩信一起造反，否则与老韩信一样死无葬身之地。不想走漏了风声，被皇后吕雉获悉。吕雉便谎称朝廷要庆祝战胜陈豨大捷，让萧何去请淮阴侯参加。韩信接到密信，犹豫不决。又接到朝廷的通知，便想去探听虚实。考虑到是老实憨厚的萧何来请他，便放心大胆地跟随而去，岂料刚进入宫殿大门，就被埋伏的武士砍为肉泥，紧跟随老韩信去了。刘邦回长安，对韩信的结局又悲又喜。悲的是，韩信立有大功，如此死了确实可惜；但如果韩信不死，以他的军事才能和威望，难免会成为汉朝的心腹大患，特别是自己死后，谁也不能控制局面，自己正苦无对策，现在吕雉灭了他，等于是消除了国家的隐患，刘邦当然高兴，同时对他的妻子再一次刮目相看。

紧接着，梁太仆赴长安告梁王彭越谋反。刘邦大怒，革除彭越职爵，将其发配蜀郡。彭越在去西蜀的路上，遇到吕后，向吕雉诉说冤情。吕雉将其带回洛阳，答应为其申辩。彭越哪里知道，带他回洛阳并不是要给他申诉的机会，而是要他的脑袋！其实，刘邦与吕雉心里都明白彭越是被冤枉的，但他们对彭越有与韩信同样的担心，只是吕雉了解刘邦有仁义之心，必

374

然下不了手，便在洛阳办完事，远在长安的刘邦只有在事后默认。他也许会掉眼泪，但心里是愿意的。

其实，发生这些事件，心里最难过的是张良。当年，是他把这些人团结在一起；现在，他们成功了，反而互相起了疑心。人与人之间如果互不信任，便会作出对各方都不利的选择。这是各人自己的利益追求不同引起的，也许是难以逾越的人性弱点，也正是人生的悲剧所在。为此，张良坚定了当隐士的决心。

平静的长安城忽然传动着一个爆炸性的消息，留侯张良在他的家里被人劫持了。劫持他的不是别人，正是吕后的哥哥吕泽。吕雉在宫中闻讯，急忙赶往张府。

吕泽挥动着长剑，把张家人都赶出屋外，把住房门，只留下一个小童侍候正在闭目打坐的张良。吕泽情绪激动地对张良大喊大叫：

"子房！当初我妹妹就是听信了你的话才嫁给那刘季。如今，她有了危险，你不能坐视不管。我妹妹若有个三长两短，我与你同归于尽！"原来，自从与吕雉婚后，刘邦常年在外奔波，与吕雉聚少离多，两人感情本来没有基础，如今日益淡薄。戚姬常年陪伴在刘邦身边，成为刘邦最喜爱的女人。刘邦爱母及子，常说太子刘盈性格懦弱，不堪大任。而戚姬的儿子如意无论性格脾气都像自己，遂决意更换太子。满朝文武大臣都来劝阻，特别是叔孙通指出亡秦之殷鉴不远，废长立幼历来是取乱之道。刘邦辩论不过，假意应允，私下里却加快了准备。吕泽想，如果妹妹的皇后被废，自己和吕氏一族的好日子便到了尽头，甚至性命难保。吕泽便出此下策，逼张良出面劝阻刘邦。

张良身边的小童喝道："大胆吕泽！留侯是什么人，岂能受你逼迫？须知秦皇、项王不能把他奈何，皇上也怕他三分！"

"左右是死，我怕什么？"吕泽几乎绝望了。

这时，吕雉在审食其的陪同下赶到，喝退吕泽，屏退左右，含泪向张良道："子房兄，我兄弟无礼，娥姁向你赔罪了。"

张良睁开眼睛，看到吕雉站在面前。吕雉本来是富家千金出身，如今又贵为皇后，又正当盛年，自然是雍容华贵。但她两眼含泪，面露愁容，话音里充满恐惧与哀求。张良想起，当年他在单县第一次遇见吕雉，她姐妹俩遭遇仇人欺辱，当时就是这幅表情与神态。十多年过去，一切仿佛又回到了当年，张良也不由得心酸："我知道你又来找我还债。看来，只要我不死，欠你的账就还不清！还是让吕泽杀了好！"

"子房兄可以不计生死，也可以不关心娥姁生死，但不可以不考虑天下安危。皇上若是换了太子，如意年幼，戚姬无知，岂能掌控天下群雄，必定引发朝臣分裂，诸侯再度并起，重演秦末乱局。天下大乱，受苦的还是百姓。只要子房兄帮我度过此关，我承诺日后按你的方略治国，尊黄老之道，善待百姓！"

张良知道，刘邦要换太子的理由并不是完全为了戚姬。若不换太子，以吕雉母子的性格为人，刘邦过世后必然是吕后掌权。所以，吕雉求他，名义上是保太子，更多地还是为了实现她的个人梦想。回想当年，吕雉为了去见逃亡中的刘邦，竟置两个儿女的安危于不顾，可见她在关乎自己的前途时，未必真的在乎自己儿子的命运。当然，刘邦在逃命时也曾经反复把这对儿女踢下马车，但他在如此举动的瞬间，确有对各种后果的权衡计算，包括他后来对项羽意欲烹杀刘太公的反应，表明刘邦实际上是注重亲情的，他后来尊父亲为太上皇就是明证，只不过他当时的认识和表现更为理性和深刻，而且异常敏捷，常人难以理解。而吕雉在这一点上不如刘邦，虽然表面上看两人大同小异。本来，张良确实欠她一个人情，但犯不着用损害刘邦利益的方式去还这个情。但吕雉却避而不谈太子刘盈与她个人的利害，把矛盾的焦点转向了天下的安危，从而改变了事情的角度和性质。吕雉的话，说到了张良的心坎上，即为了天下人的利益，这点与刘邦并不矛盾，不由得张良不答应。刘邦已到风烛残年，遗留的问题堆积如山，吕雉掌权也未必不是一个稳定百废待新局面的好选择。以吕雉的资历和能力，恐怕只有她能驾驭刘邦身后的局势。至于吕雉之后，权力终归要回传给刘氏，他大可不必为未来操心。但如果答应了吕雉，又对不起刘邦的爱妾与爱子。为难之际，只好与吕雉讲价钱了："你还需善待一个人！"

"谁？"

"戚姬。"吕雉没有想到是这个她恨到咬牙切齿的人。吕雉三十岁才嫁给刘邦，为了帮他，不知吃过多少苦，受过多少罪，好不容易才有今天。而这个戚姬却要夺走这一切，甚至要她的命。

"这……我答应。"事态紧急，不容得吕雉多想，只好先应承下来，以后再说。

张良知道不能过高地估计吕雉承诺的价值，但事已至此，有承诺总比没有好，于是答应帮忙。但以张良的身份去劝说刘邦不换太子，刘邦也会认为张良另有目的，因为他们两个人相互之间太了解了，弄不好还会适得其反。如果不谈实质，大道理其他大臣都讲过了，张良再去讲就假了。所以张良只能换一个方法解决问题，便道："这样吧，你让吕泽带上我的信物去请商山四皓出山辅佐太子。商山四皓皇上屡请不到，若见到他们主动前来，皇上就知道该怎么做了。"

"娥姁谢子房兄！"吕雉终于放心了，因为她知道，张良救过商山四皓的性命，商山四皓可以不给皇上面子，但必然给张良面子。而且，商山四皓出面保太子，这不仅是商山四皓的立场，皇上也应该明白这也是张良的立场，皇上可以不给商山四皓面子，但不可能不给张良面子。吕雉终于明白，张良才是她生命中最重要的贵人，自己生命中最关键的几步棋都是他帮助下的，难道她不能也帮他一把么？

"当年吕太公托我保管《太公兵法》，事出有因，不得已而为之。现在天下太平，我该物还原主了。"张良想的却是尽量撇清与吕家的关系。

"家父之意，本是送给你的。你若不要，吕家留它何用？"

"所谓兵法，其实是诡道。如今天下已经太平，确实不需要兵书了。此书留在世间，只会引起纷争，祸害百姓。世人若学了兵法，失了纯朴之心，便会尔虞我诈，坏了民风，谁也不得好。如若吕家真不想留，就烧了吧！后人只要记得姜太公做的好事，便是对你家祖宗最好的纪念了。"

吕雉含泪点头，张良示意童子照办。

"娥姁还有一事相劝。人来到世上，就是要感受世上万物。

当年认识你时，你便只知辟谷，现在又不吃不喝。没有感知感受，哪里能享受生活的美好，那活着还有何意义，与死人又有何两样？时光如白驹过隙，人生短暂，转眼我们都老了，还是过一过正常人的生活，享受享受人生吧！"

张良含泪答道："臣遵旨！"吕后自以为聪明，但终究走不进张良的内心。

刘邦准备完毕，上朝堂正要宣布废立太子，但忽然见到四个白发苍苍的老人站在太子刘盈身后，最小的也年过八十，个个仙风道骨，气度不凡。问明情况，才知道是商山四皓。想到商山四皓自己屡请不到，想到商山四皓与张良的渊源，刘邦立即明白是张良在表态。刘邦与吕雉尽管感情日淡，但对他这位妻子太了解了。尽管吕雉在他最艰难、最关键的时期都帮了他大忙，付出也很多，与他配合得也好，但她毕竟也代表了吕家人的利益，这一点不可能与他的利益完全一样。如果张良出面，他换不成太子，那么在他身后必定是吕后掌权，不过，面对天下初定的形势，自己身后恐怕也只有吕后能稳定这个局面了，这一点张良的考虑倒不是没有道理。但这对他辛苦打下的汉家江山又意味着什么呢？特别是对他宠爱的戚姬和儿子如意又意味着什么呢？他必须保护这对母子。他回宫对戚姬说道："太子有商山四皓辅佐，羽翼已成。若强行更换太子，恐引起血光之灾，后果难料啊。你为我跳一段舞，我为你唱一支楚歌，你知道你我恩爱就够了，放下吧，别想太子的事了！"刘邦想，戚姬若是放弃废立太子的努力，吕后可能会手下留情。

● 追逐

　　刘邦前面的话是说假，后半段却是真。情到真处，也老泪纵横，歌声哀切：鸿鹄高飞，一举千里，羽翼已就，横绝四海。横绝四海，又可奈何！虽有矰缴，尚安所施！（歌词大意是，鸿鹄已经羽翼丰满，可以展翅高飞，纵横四海。自己也是纵横四海，又能怎么样呢！虽然利箭在握，还能够射出去吗？刘邦的这首歌与项羽的霸王别姬歌"力拔山兮气盖世，时不利兮骓不逝！骓不逝兮可奈何，虞兮虞兮奈若何！"异曲同工。同样是表达救不了自己心爱女人的悲愤心情,项羽仍然是自命不凡、怨气冲天，而刘邦的表现则相当理性和克制）他唱着歌，看戚姬悲舞，已明白戚姬不可能似自己放下念想，那么她的命运可能是悲惨的，而且他疼爱的儿子赵王如意也难有善终。刘邦心里哀叹，自己虽然贵为皇帝，能为天下人谋划，却也无法左右身边亲近人的命运。看来，皇帝也是人，不是神，也成不了神，皇帝也可能被人摆布，秦始皇就是教训。尽管如此，刘邦还得想办法在吕后之后让权力再回归于刘姓子孙。自从打败项羽，这七八年，自己孜孜以求的就是这个目标，而且已经在朝堂上明示，以后非刘姓不能封王，非战功不能封侯，且与诸大臣盟誓。自己都快要死了,这个安国大计不能因为吕后而破产。想到这里，刘邦心里对张良油然而生一丝恨意。他不甘心，如果张良都不能无保留地帮自己，那还有谁是自己最贴心的人呢？樊哙勇猛，可是个怕老婆的主，早就成了吕家的人了，得找个机会好好教训教训他；卢绾也早不与自己一条心了；曹参虽然能打仗，战功卓著，但没有主见，不能断大事，难道真的没有人了吗？不、不，还有周勃。对，周勃，当年最早跟随自己的就是这个周勃了，多年来忠心耿耿，行事周密果决。其他的人，哪怕是萧何，都防备着自己，他自污毁名，就是不信任我啊，我已经成全他、宽他的心了，但也不能指望他在这件事上帮什么忙了。只有这个周勃才是最可靠的了，于是，他把周勃唤来，密语一番，最后道："周勃，你厚重少文，将来能安汉家天下的就是你周勃了！你可切记！"当然，萧何、曹参、王陵、陈平虽然个性各有优劣，但都是忠诚能干之士，让他们发挥各自所长，对国家、对吕后必定大有裨益，这个安排只需找机会向他的妻子道明，想必吕后会接受的。

安排好后事，刘邦终于安稳下来，他心里一阵得意：子房啊子房，都知道你足智多谋，这回也被我算计了一把吧！

淮南王黥布见韩信、彭越被处死，不免兔死狐悲。又接到刘邦送来的彭越肉羹，惊恐又加愤怒。谋臣朱建建议道："皇帝此举，意在激怒大王，大王若不为所动，料皇上也不能把大王怎么样，大王可以安然无恙。但若大王动怒，则正中其下怀，如此则大王危矣！"黥布大叫道："我要取代刘季老儿，正找不到机会呢，他就送上门了！"遂举兵造反，渡淮河攻击楚国，杀死楚王刘贾。刘邦废立太子不成，正窝火呢，便赌气命太子出征平叛。商山四皓急了，因为那些出征的将士，多是从死人堆里爬出来的，岂是太子能够驾驭的？太子若打了胜仗，那是应该的，增加不了什么荣耀。若打了败仗，太子的地位便会动摇。而黥布猛如项羽，太子懦弱多病，也不过是十五六岁的孩子，从未带兵打仗，若去定是胜少败多。于是，四人面见皇帝力谏，吕雉也到刘邦面前哭诉。刘邦本是赌气，听罢商山四皓的话，句句在理，他也明白不能拿汉家的江山社稷来开玩笑，但环顾四周，能征惯战的老将一个个叛的叛、逃的逃、老的老、死的死，哪里还有带兵打仗的猛将？只有一个周勃自己信得过，但却要留着担当大任，看来眼前的事只能自己扛了，便黯然道："好吧，为了江山社稷，只能舍弃朕这把老骨头了！"张良感到一丝不祥，连忙劝道："陛下躺在车里指挥诸将就行了，切不可与黥布逞勇，轻蹈险境！望陛下以天下为重，爱惜身体！"刘邦恨恨地回应："天下安危，重在太子。太子我就交给你子房了。你就是躺在病床上，也要把他教好！"

刘邦率部亲征，在宿州与黥布对阵。刘邦冲到阵前，斥问黥布为何造反，黥布昂声答道："你刘季一个乡村无赖都做得皇帝，我命比天贵，为何做不得皇帝？"刘邦大怒，挥兵攻击掩杀。掌权的人通常都会认为他们无所不能，而这往往是他们的悲哀。黥布先前虽然一时得势，但因过于残暴，早已失尽人心。再说和平已经多年，手下士卒多不愿打仗，所以面对汉军的进攻一哄而散。黥布大败，往江南退走。刘邦有当年追逐项羽的经验，一马当先猛追。也许在这个时候，他才能忘却苦恼，畅快淋漓！黥布也是勇猛之人，虽然仓皇败逃，却不忘取箭射向追兵。刘邦脖子中箭，身受重伤，滚下马来，众军救回营养伤，追击的任务就交给部将了。

刘邦伤势略好，便起程回阔别已久的故乡丰邑，了却多年心愿。好在路程不远，两三日便到中阳里。刚回到老家，就接到好消息，黥布和陈豨两个叛王都被擒住枭首，而且领兵打败黥布的竟是他二哥的儿子刘濞。陈豨是被部将所杀。而黥布则还不如当年项羽有自知之明，渡江逃跑到他骊山起义失败后避难的鄱阳湖，试图重温卷土重来的旧梦。当地四个渔民热情地接待了他，把他灌醉，然后砍下他的脑袋献给刘濞。刘家后代有人才啊，刘邦正为儿子的事犯愁，见到刘濞的战绩顿感欣慰，当即下诏封刘濞为吴王，镇守东南。诏书刚发出去一天，侄儿刘濞就赶到中阳里谢恩。刘邦一见才二十岁的侄子威武英俊，非但没有高兴，反而心凉了半截，后悔不已。原来，刘邦自幼到老阅人无数，善于察人，各色人等了然于胸，再加上晚年与张良朝夕相处，对人性的洞悉早已深入骨髓。他一见刘濞的眼神里夹杂着自卑（刘濞的父亲不久前因为在平定陈豨的战争中弃阵逃跑而被革除爵位）、自负、狂喜与惊恐，便起了直觉，这个侄儿日后会反，便正色道："刘濞，我看你相貌，已料定你五十年后会造反。从今往后，天下已是刘姓天下，你不要再起二心。希望你听从我的劝告，不要轻举妄动，否则你将死无葬身之地！"刘濞大汗淋漓而退。五十年后，汉景帝在晁错的建议下削藩，刘濞果然纠集另外六个诸侯王举兵造反，这就是著名的"七国之乱"，不过四个月即被平息，刘濞自杀身亡，此系后话。

刘邦做出了错误的决策，心里闷闷不乐。但事已至此，无可挽回，他深信他的后代能妥善处理，只不过要牺牲人命。现今既然解决不了，就不去想了，遂决定大宴邻里乡亲。四邻八乡的亲朋故旧闻讯而来，刘邦家里宾朋满座，大家不分地位高下，按当地习俗把酒言欢，热闹非凡。酒到酣处，刘邦起身，走到院子中央，随风起舞，慷慨悲歌："大风起兮尘飞扬，威加海内兮回故乡，安得猛士兮守四方！"乡亲们齐声喝彩，跟着和唱，但哪里知刘邦心忧？身体的病痛可以忘记，但精神上的疼痛却是如此揪心！

刘邦在人群中看到武负和王寡妇，忽然记起当年欠他们的酒钱，赶紧令手下加倍偿还（当然他不知道其实吕后早就还过了），然后向父老乡亲告别。乡亲们苦苦挽留，刘邦盛情难却，便多待了三日与乡亲欢聚。然后前往下一站，即近在咫尺的留。原来，张良把教太子的事交代给了叔孙通，已回封地隐居。

两人见面。刘邦忍住身上的病痛，问道："子房何故在此？"

张良笑道："臣生为陛下看家，死与微子为伴。还有哪处去？"

"我怕是也不能长久了。有传言说子房有长生之物，子房可愿教我救我？"

张良不住地咳嗽："陛下看我的身体，比陛下好不？能长生不？"

"那传说中的周鼎是怎么回事？不是说它能让人长生么？"

"陛下，臣只知周鼎之祸，不知周鼎之福。远古尧舜禹汤的事就不说了，近期秦武王、秦始皇、项羽都想把周鼎据为己有，以达长生之目的，永享富贵，为此不惜以身犯险、杀人盈野。可他们长生了吗？没有，他们连正常的寿命都享不到。这些人都是想要得到的太多，又得不到满足，结果痛苦一辈子。他们都是前车可鉴啊。皇上，人生在世都有自己的利益追求，这很正常，但需把握自己利益的界限，若为一己之私而损他人之利，有违天道，不合天理，结果只能是背道而驰，离自己的意愿越来越远，甚至误了自己的性命。不明白这个道理，所谓'追'实际上就是'逐'啊！这些人不是不够聪明，可就是敝于名利长生，一叶障目而一厢情愿，结果忙忙碌碌一场空，还苦了天下百姓！"

"我明白了！"刘邦当然能够明白，只是没有进行归纳总结罢了。他已经想透了，看开了，不然，他怎么放得下心爱的戚姬和满意的儿子如意？他已经能料想到他们的结局，他不是不想保护他们，但如果他一定要这样做，那么在他身后天下可能又会陷入战乱。这样的话，他这么多年出生入死又是为了什么？

"我的话一说陛下就能懂，此张良平生之大慰。张良此生足矣！"

"到底是子房啊！不过我还有一事请教，人固然总有一死，但也得为子孙后代考虑吧？我百年后，朝政大事应如何安排才能妥当？"

"臣听说陛下作了首《大风歌》，希望找到猛士来守护天下太平。陛下，打天下要靠猛士，守天下则要靠文臣啊！陛下朝内人才济济，萧何、曹参、陈平、周勃、王陵都是王佐之才，陛下何需外求？"

刘邦哑然失笑，自从剿灭项羽，这么多年来，他和吕后所做的不就是清除那些战争年代的猛士吗？这件事好歹在他有生之年做完了，难道还要再制造出猛士吗？确实应该用文臣治国了。于是他继续问道："谁可以为相？"

"陛下识人之明，非常人所及。此事何劳臣多言？"张良所言不虚，刘邦确实已有盘算。只是多年来他已经习惯了凡事要经张良的认可，这等大事更不能例外。张良既然这样回答，表明刘邦可以放心去安排了。只是，这些长远安排不便成文，也不宜公开。该如何是好呢？

"这件事皇后必来问陛下，陛下与皇后商量就是了。"刘邦终于释然，这件事当然只能跟吕后说了，因为只有跟她说才管用。吕后尽管不能如他所愿照顾戚姬和如意，但在朝政大事上，他们一直是配合默契。

"陛下说到这里，臣正有一事相求。按汉家律法，我死后留侯当由我子孙世袭。臣请求陛下寻我儿子不疑一个过错，革除他的爵位！"

"准奏！不过这件事只能由以后的皇帝来办了。"两人相视而笑。

这时，侍卫领一个医生模样的人进来，说皇后得知皇上病重，非常着急，重金寻得当世第一神医，一起赶来为皇帝医治。话音刚落，几人已经进门。吕后迫不及待地向刘邦介绍医生医术的神奇。刘邦疑惑地打量了几眼医生，问道："我的病可治？"医生也打量了几眼刘邦，肯定地答道："可治。治不好我就无颜再行医了。"刘邦突然纵声大笑："我本布衣，生逢乱世，能不饿死就不错了。后来走投无路，提三尺剑斩蛇起义，幸老天眷顾，得以扫平天下，贵为天子，哪是我当年卑微时想得到的啊，我已经非常满足了。现今天下太平，我已无忧。我命在天，虽扁鹊复生，又岂能救得了我命？来人，赏医生五十金，让他给我滚，滚，滚！"

望着医生连滚带爬的背影，刘邦再次放声大笑："哈哈哈！哈哈哈！"笑声在宁静深邃的星空中传得很远很远……

注释：

（1）刘邦兵败彭城见《史记项羽本纪》：春，汉王部五诸侯兵，凡五十六万人，东伐楚。项王闻之，即令诸将击齐，而自以精兵三万人南从鲁出胡陵。四月，汉皆已入彭城，收其货宝美人，日置酒高会。项王乃西从萧，晨击汉军而东，至彭城，日中，大破汉军。汉军皆走，相随入谷、泗水，杀汉卒十余万人。汉卒皆南走山，楚又追击至灵壁东睢水上。汉军却，为楚所挤，多杀，汉卒十余万人皆入睢水，睢水为之不流。围汉王三匝。于是大风从西北而起，折木发屋，扬沙石，窈冥昼晦，逢迎楚军。楚军大乱，坏散，而汉王乃得与数十骑遁去，欲过沛，收家室而西；楚亦使人追之沛，取汉王家：家皆亡，不与汉王相见。汉王道逢得孝惠、鲁元，乃载行。楚骑追汉王，汉王急，推堕孝惠、鲁元车下，滕公常下收载之。如是者三。曰："虽急不可以驱，奈何弃之？"于是遂得脱。求太公、吕后不相遇。审食其从太公、吕后间行，求汉王，反遇楚军。楚军遂与归，报项王，项王常置军中。

（2）刘邦兵败后张良献计见《史记留侯世家》：至彭城，汉败而还。至下邑，汉王下马踞鞍而问曰："吾欲捐关以东等弃之，谁可与共功者？"良进曰："九江王黥布，楚枭将，与项王有郄；彭越与齐王田荣反梁地：此两人可急使。而汉王之将独韩信可属大事，当一面。即欲捐之，捐之此三人，则楚可破也。"

汉王乃遣随何说九江王布，而使人连彭越。及魏王豹反，使韩信将兵击之，因举燕、代、齐、赵。然卒破楚者，此三人力也。

张良多病，未尝特将也，常为画策臣，时时从汉王。

（3）刘邦从洛阳迁都关中见《史记高祖本纪》：刘敬说高帝曰："都关中。"上疑之。左右大臣皆山东人，多劝上都雒阳："雒阳东有成皋，西有崤黾，倍河，向伊雒，其固亦足恃。"留侯曰："雒阳虽有此固，其中小，不过数百里，田地薄，四面受敌，此非用武之国也。夫关中左崤函，右陇蜀，沃野千里，南有巴蜀之饶，北有胡苑之利，阻三面而守，独以一面东制诸侯，诸侯安定，河渭漕挽天下，西给京师；诸侯有变，顺流而下，足以委输。此所谓金城千里，天府之国也，刘敬说是也。"于是高帝即日驾，西都关中。

留侯从入关。留侯性多病，即道引不食谷，杜门不出岁余。

（4）刘邦白登脱险。

《史记陈丞相世家》：其明年，以护军中尉从攻反者韩王信于代。卒至平城，为匈奴所围，七日不得食。高帝用陈平奇计，使单于阏氏，围以得开，高帝即出，其计秘，世莫得闻。

这段话记录了中国历史上著名的白登之围，这件事情决定了汉朝的命运。如果刘邦在白登冻饿而死，刚建立的汉朝很可能土崩瓦解（因为刘邦此前已决意废太子刘盈而立如意），幸而刘邦死里逃生。至于陈平立下的盖世奇功，陈平和刘邦都不说详情，司马迁在皇家档案里找不到任何原始记录，其他人也都说不清楚，故说"其计秘，世莫得闻。"从而留下了汉初的一段千古谜案。有人说陈平惯于搞阴谋诡计，此计过于阴刻，难于启齿；或者有损颜面，秘而不宣。也有人演绎了如下一段故事，录于如下：

当时正值天气严寒，连日雨雪不断，刘邦等人在围城中饥寒交迫，危在旦夕。陈平在城内看到冒顿单于对新得的阏氏十分宠爱，朝夕不离。两人终日一起骑马出出进进，浅笑低语，情深意笃。于是就想从阏氏身上打主意。他派遣使臣，乘雾下山，向阏氏献上了许多的金银珠宝，再取出一幅图画，说是汉帝请阏氏转给冒顿单于的。

阏氏只见画上绘着一个绝色的美女，不禁起了妒意，便问是何用意。汉使装出一副虔诚的样子，回答说："汉帝被单于包围，非常愿意罢兵言和。所以把金银珠宝送给您，再请您代他向单于求情，可又怕单于不答应，就准备把国中的第一美人献给单于。因为美人现在不在军中，所以先把她的画像呈上。"

阏氏心想，如果汉帝不能突围，就会把美女献给单于，那时自己就要受冷落了。于是，她找到单于说："汉、匈两主不应该互相逼迫得太厉害，现在汉朝皇帝被困在山上，汉人怎么肯就此罢休？万一灭不了汉帝，等救兵一到，内外夹攻，那样我们就危险了。就算你打败了汉人，夺取了他们的城地，也可能会因水土不服，无法长住。"又说："我听说汉帝危难之时总有神灵相助，我们又何必违背天意呢？不如放他一条生路，以免以后有什么灾难降临到咱们头上。"单于将信将疑，可是又怕惹阏氏不高兴，便传令把围兵撤走了。刘邦终于逃出重围。

这段故事可能来源于司马光《资治通鉴·卷第十一·汉纪三》：帝用陈平秘计，使使间厚遗阏氏……阏氏谓冒顿曰："两主不相困。今得汉地，而单于终非能居之也。且汉主亦有神灵，单于察之！"令人疑惑的是，司马迁都弄不清楚的内幕详情，一千多年后的司马光是如何知道的？所以，司马光的记载当为推测。然而，这一推测看似合情合理，但经不住推敲。如果阏氏与单于真的如陈平在城上见到的那般亲密，阏氏真的对单于有如此大的影响力，那么她就不必担心单于在找年轻漂亮的汉家女子（所谓"疏不间亲"）。事实上，如果单于真的要找漂亮女人，她无论如何是阻挡不住的。再说，如果事情真的这么容易，这出计谋也不算奇妙，也不够阴毒。陈平离间项羽君臣，害死钟离昧、范增的这样缺德的事都能写，送一张美女画像有何难堪？刘邦逃命时把儿子女儿（即后来的惠帝和鲁元公主）踢下马车、在荥阳牺牲妇女脱险、吕雉年老时遭冒顿调戏，这样丢脸的事都能载入史册，白登脱险又有何羞于启齿？

再看《史记留侯世家》：留侯从上击代，出奇计马邑下，及立萧何相国，所与上从容言天下事甚众，非天下所以存亡，故不著。这就是说，解白登之围时，张良也在场，献奇计，立奇功。但事情的前因后果司马迁仍然不知道。但司马迁透露了一个信息，张良做的事情太多了，甚至萧何的很多功劳，幕后都有张良，但这些事情都没有载入史册。再如刺秦的事。秦始皇一生遇刺的事件很多，不能说所有的案子都是张良做的，但以张良的志向，那么长的时间，如果说只有博浪沙一起案子，是很难说通的。但博浪沙一击，就使张良"天下振动"。所以在秦汉之际，张良的名声震天，是名副其实的反秦领袖。然而，张良的刺秦行为，更多地源于侠义。按中国古代的传统，侠士是不留姓名的，除非身份已经暴露。博浪沙就是这种情形，张良因此改名更姓。晚年的张良真心拥戴刘邦，一心隐世修行，故张良要求他的事迹尽量不载入史籍，这也是符合刘邦意愿的（刘邦评价汉初三杰时，萧何、韩信是称其名，而居首位的张良则呼其字"子房"。所以张良的事迹，特别是与刘邦的关系，已经超越了君臣关系，决不限于史籍所载）。所以，白登脱险，很可能是张良谋划，陈平实施的。因为当时张良身体很差，以陈平的智力体力，他当然能做到，但他没有相应的资源。张良曾经对吕泽说过"始上数在困急之中，幸用臣策"，实际上间接地承认了这件事。诚如司马迁所言，张良的马邑奇计，关系到天下存亡。但他把功劳全部让给陈平了（陈平后来也曾把功劳让给周勃），这也是这件事不能说的原因之一。当然，这件事秘而不宣，作者认为，主要还因为涉及"长生不老"的秘籍，张良不愿意再引起纷争战乱，故而有意隐匿。

（5）陆贾出使南越见《郦生陆贾列传》：及高祖时，中国初定，尉佗平南越，因王之。高祖使陆贾赐尉佗印为南越王。陆生至，尉佗魋结箕倨见陆生。陆生因进说佗曰："足下中国人，亲戚昆弟坟在真定。今足下反天性，弃冠带，欲以区区之越与天子抗衡为敌国，祸且及身矣。且夫秦失其政，诸侯豪杰并起，唯汉王先入关，据咸阳。项羽倍约，自立为西楚霸王，诸侯皆属，可谓至彊。然汉王起巴蜀，鞭笞天下，劫略诸侯，遂诛项羽灭之。五年之间，海内平定，此非人力，天之所建也。天子闻君王王南越，不助天下诛暴逆，将相欲移兵而诛王，天子怜百姓新劳苦，故且休之，遣臣授君王印，剖符通使。君王宜郊迎，北面称臣，

乃欲以新造未集之越，屈彊于此。汉诚闻之，掘烧王先人冢，
夷灭宗族，使一偏将将十万众临越，则越杀王降汉，如反覆手耳。"

于是尉佗乃蹶然起坐，谢陆生曰："居蛮夷中久，殊失礼仪。"
因问陆生曰："我孰与萧何、曹参、韩信贤？"陆生曰："王似贤。"
复曰："我孰与皇帝贤？"陆生曰："皇帝起丰沛，讨暴秦，
诛彊楚，为天下兴利除害，继五帝三王之业，统理中国。中国
之人以亿计，地方万里，居天下之膏腴，人众车轝，万物殷富，
政由一家，自天地剖泮未始有也。今王众不过数十万，皆蛮夷，
崎岖山海间，譬若汉一郡，王何乃比于汉！"尉佗大笑曰："吾
不起中国，故王此。使我居中国，何渠不若汉？"乃大说陆生，
留与饮数月。曰："越中无足与语，至生来，令我日闻所不闻。"
赐陆生橐中装直千金，佗送亦千金。陆生卒拜尉佗为南越王，
令称臣奉汉约。归报，高祖大悦，拜贾为太中大夫。

（6）太子风波见《史记高祖本纪》：汉十二年，上从击破
布军归，疾益甚，愈欲易太子。留侯谏，不听，因疾不视事。
叔孙太傅称说引古今，以死争太子。上详许之，犹欲易之。及
燕，置酒，太子侍。四人从太子，年皆八十有余，须眉皓白，
衣冠甚伟。上怪之，问曰："彼何为者？"四人前对，各言名
姓，曰东园公，甪里先生，绮里季，夏黄公。上乃大惊，曰："吾
求公数岁，公辟逃我，今公何自从吾儿游乎？"四人皆曰："陛
下轻士善骂，臣等义不受辱，故恐而亡匿。窃闻太子为人仁孝，
恭敬爱士，天下莫不延颈欲为太子死者，故臣等来耳。"上曰：
"烦公幸卒调护太子。"

四人为寿已毕，趋去。上目送之，召戚夫人指示四人者曰：

"我欲易之，彼四人辅之，羽翼已成，难动矣。吕后真而主矣。"
戚夫人泣，上曰："为我楚舞，吾为若楚歌。"歌曰："鸿鹄高飞，
一举千里。羽翮已就，横绝四海。横绝四海，当可奈何！虽有
矰缴，尚安所施！"歌数阕，戚夫人嘘唏流涕，上起之，罢酒。
竟不易太子者，留侯本招此四人之力也。

（7）黥布谋反见《史记黥布列传》：十一年，高后诛淮阴侯，
布因心恐。夏，汉诛梁王彭越，醢之，盛其醢遍赐诸侯。至淮南，
淮南王方猎，见醢，因大恐，阴令人部聚兵，候伺旁郡警急。

布所幸姬疾，请就医，医家与中大夫贲赫对门，姬数如医家，
贲赫自以为侍中，迺厚馈遗，从姬饮医家。姬侍王，从容语次，
誉赫长者也。王怒曰："汝安从知之？"具说状。王疑其与乱。
赫恐，称病。王愈怒，欲捕赫。赫言变事，乘传诣长安。布使人追，
不及。赫至，上变，言布谋反有端，可先未发诛也。上读其书，
语萧国相。国相曰："布不宜有此，恐仇怨妄诬之。请系赫，
使人微验淮南王。"淮南王布见赫以罪亡，上变，固已疑其言
国阴事；汉使又来，颇有所验，遂族赫家，发兵反。反书闻，
上迺赦贲赫，以为将军。

上召诸将问曰："布反，为之奈何？"皆曰："发兵击之，
坑竖子耳，何能为乎！"汝阴侯滕公召故楚令尹问之。令尹曰：
"是故当反。"滕公曰："上裂地而王之，疏爵而贵之，南面
而立万乘之主，其反何也？"令尹曰："往年杀彭越，前年杀
韩信，此三人者，同功一体之人也。自疑祸及身，故反耳。"
滕公言之上曰："臣客故楚令尹薛公者，其人有筹调之计，可问。"
上迺召见问薛公。薛公对曰："布反不足怪也，使布出于上计，

山东非汉之有也；出于中计，胜败之数未可知也；出于下计，陛下安枕而卧矣。"上曰："何谓上计？"令尹对曰："东取吴，西取楚，并齐取鲁，传檄燕、赵，固守其所，山东非汉之有也。""何谓中计？""东取吴，西取楚，并韩取魏，据敖庾之粟，塞成皋之口，胜败之数未可知也。""何谓下计？""东取吴，西取下蔡，归重于越，身归长沙，陛下安枕而卧，汉无事矣。"上曰："是计将安出？"令尹对曰："出下计。"上曰："何谓废上中计而出下计？"令尹曰："布故丽山之徒也，自致万乘之主，此皆为身，不顾后为百姓万世虑者也，故曰出下计。"上曰："善。"封薛公千户。遒立皇子长为淮南王。上遂发兵自将东击布。

布之初反，谓其将曰："上老矣，厌兵，必不能来。使诸将，诸将独患淮阴、彭越，今皆已死，余不足畏也。"故遂反。果如薛公筹之，东击荆，荆王刘贾走死富陵。尽劫其兵，渡淮击楚。楚发兵与战徐、僮间，为三军，欲以相救为奇。或说楚将曰："布善用兵，民素畏之。且兵法，诸侯战其地为散地。今别为三，彼败吾一军，余皆走，安能相救！"不听。布果破其一军，其二军散走。

遂西，与上兵遇西会甄。布兵精甚，上乃壁庸城，望布军置陈如项籍军，上恶之。与布相望见，遥谓布曰："何苦而反？"布曰："欲为帝耳。"上怒骂之，遂大战。布军败走，渡淮，数止战，不利，与百余人走江南。布故与番君婚，以故长沙哀王使人绐布，伪与亡，诱走越，故信而随之番阳。番阳人杀布兹乡民田舍，遂灭黥布。

（8）刘邦的最后岁月见《史记高祖本纪》。

十二年，十月，高祖已击布军会甀，布走，令别将追之。

高祖还归，过沛，留。置酒沛宫，悉召故人父老子弟纵酒，发沛中儿得百二十人，教之歌。酒酣，高祖击筑，自为歌诗曰："大风起兮云飞扬，威加海内兮归故乡，安得猛士兮守四方！"令儿皆和习之。高祖乃起舞，慷慨伤怀，泣数行下。谓沛父兄曰："游子悲故乡。吾虽都关中，万岁後吾魂魄犹乐思沛。且朕自沛公以诛暴逆，遂有天下，其以沛为朕汤沐邑，复其民，世世无有所与。"沛父兄诸母故人日乐饮极驩，道旧故为笑乐。十余日，高祖欲去，沛父兄固请留高祖。高祖曰："吾人众多，父兄不能给。"乃去。沛中空县皆之邑西献。高祖复留止，张饮三日。沛父兄皆顿首曰："沛幸得复，丰未复，唯陛下哀怜之。"高祖曰："丰吾所生长，极不忘耳，吾特为其以雍齿故反我为魏。"沛父兄固请，乃并复丰，比沛。于是拜沛侯刘濞为吴王。

汉将别击布军洮水南北，皆大破之，追得斩布鄱阳。

樊哙别将兵定代，斩陈豨当城。

十一月，高祖自布军至长安。十二月，高祖曰："秦始皇帝、楚隐王陈涉、魏安釐王、齐缗王、赵悼襄王皆绝无后，予守冢各十家，秦皇帝二十家，魏公子无忌五家。"赦代地吏民为陈豨、赵利所劫掠者，皆赦之。高祖击布时，为流矢所中，行道病。病甚，吕后迎良医，医入见，高祖问医，医曰："病可治。"于是高祖嫚骂之曰："吾以布衣提三尺剑取天下，此非天命乎？命乃在天，虽扁鹊何益！"遂不使治病，赐金五十斤罢之。已而吕后问："陛下百岁后，萧相国即死，令谁代之？"上曰："曹参可。"问其次，上曰："王陵可。然陵少憨，陈平可以助之。陈平智有余，然难以独任。周勃重厚少文，然安刘氏者必勃也，可令为太尉。"吕后复问其次，上曰："此后亦非而所知也。"

四月甲辰，高祖崩长乐宫。

（9）刘邦对刘濞谋反的预言见《汉书高祖本纪》：长沙王臣等言："沛侯濞重厚，请立为吴王。"已拜，上召谓濞曰："汝状有反相。"因拊其背，曰："汉后五十年东南有乱，岂汝邪？然天下同姓一家，汝慎毋反。"濞顿首曰："不敢。"

从刘邦死前的表现来看，他确实达到了大彻大悟的境界，如愿安排好了自己的身后事。历史上很少有人能做到这一点。毛主席熟读史书，对于历史人物的评价，他说过，在中国的皇帝里面，刘邦是最厉害的一个，对于秦皇汉武、唐宗宋祖、成吉思汗，他其实是不屑的。而李世民最佩服的人也是刘邦。

尾声
余波荡漾

　　刘邦死后，吕后掌权，重用诸吕和审食其，残害戚姬。周勃受刘邦遗命，隐忍不发。吕后死后，周勃与陈平计议，诛杀吕产、吕碌，立汉文帝，恢复汉室江山。

　　故事讲完了，最后交代一下故事中有关人、物的后事。

　　和氏璧：公元前206年，刘邦率兵攻入咸阳，秦王子婴将传国玉玺敬献给刘邦。刘邦传命将传国玉玺代代相传，号曰"汉传国玺"。西汉末年，外戚王莽篡权，做了皇帝，派弟弟王舜找孝元太皇太后索取传国玉玺。孝元太后气愤，取出传国玉玺狠命摔下，玉玺被摔去一角。王莽用黄金镶补完整。短命的王莽政权灭亡后，传国玉玺复归汉光武刘秀。东汉末期，十常侍作乱，汉少帝夜出北宫避难，仓促间未带传国玉玺，回宫后，传国玉玺就此不知去向。不久，十八路诸侯讨董卓，长河太守孙坚攻入洛阳，得到传国玉玺，心生异念，也想靠天命做上皇帝，下令撤兵回鲁阳另作打算，孙坚不久阵亡野山。袁术乘孙妻吴氏扶柩归里之机，派兵半路拦截，抢去了传国玉玺。后来，袁术死后，其妻扶棺奔庐江，遇到广陵太守徐缪，依袁术先例办理，也将传国玉玺抢去。徐缪将传国玉玺献给了曹操，三国鼎立，传国玉玺属魏，三国归晋，传国玉玺也归晋。西晋末年，是中国历史上最混乱的年代，传国玉玺不停地被你抢我夺，每一次传国玉玺的交替易主，都伴随着一场血腥的厮杀和战争。公元352年，慕容俊攻克魏国的邺城，谎称获得了传国玉玺，改永和八年为元玺年。自己登上燕国皇上的宝座，而真正的传国玉玺早已被濮阳太守戴施派人偷偷献给了晋穆帝。后来隋文帝杨坚统一中国，夺回了传国玉玺。唐取代隋，但唐高祖李渊并没有看到传国玉玺。因为，玉玺已经被杨广之妻携带逃到了突厥。到了唐太宗时，他派大将李靖率军攻打突厥，传国玉玺才得以重回中原。唐亡，中国历史进入五代十国时期，传国玉玺被后唐皇帝所得。后来，石敬瑭认契丹人为父，率军攻打洛阳，后唐末帝李从珂于是抱着传国玉玺自焚而死。传国玉玺从此之后就失踪了。

一直到宋代，又有人将传国玉玺献给皇帝。当时的哲宗皇帝，派了当朝十多位学者考证，最后认定确实是秦始皇亲手打造的传国玉玺。但那只是官方说法，不能不含有神化北宋政权之意在其中。究竟是否是真的传国玉玺，谁也无法说清楚。而且，当时就有很多人对此持怀疑的态度。公元1126年，北宋遭受前所未有的剧变，徽宗和钦宗两代皇帝成了金国俘虏，北宋认定的传国玉玺也被金人掠走。后来，几经战乱，这块传国玉玺居然消失了。

周鼎：汉文帝、武帝都曾经在泗水打捞，均无果而终。理论上讲，该鼎应该沿泗水上行进入微山湖，与微子和张良墓相伴。

《史记·封禅书》言汉文帝十五年，方士新垣平言"周鼎亡在泗水中，今河溢通泗，臣望东北汾阴直有金宝气，意周鼎其出乎？兆见而不迎则不至"，于是，文帝使治庙汾阴南，临河，欲祠出周鼎，但没有成功。可见汉人对鼎没泗水及始皇取鼎泗水的故事是深信不疑的。此后周鼎被人遗忘。

陈胡公铁墓：史载墓在淮阳县柳湖旁，城壕水注啮其址，见有铁锢之，俗称铁墓。位于国都城外东南处（今淮阳龙湖东南的南坛湖畔）。明朝进士王良臣在诗中写道："巧铸铁馆藏水底，光留玉叶照人间"。据史书记载，陈湖公墓是用铁汁浇铸而成，所以又叫陈胡公铁墓。现在的陈胡公铁墓是陈氏后人1995年捐资修建的，只是用像铁一样的灰褐色砖墙砌成了铁墓的颜色。原墓已不知所踪。

1973年，淮阳县城东南的固堆李出土的西周的铜盘、铜铺各1件，盘为浅腹、双耳，圈足，口饰穷曲纹，圈足饰蝉纹，盘径38.5厘米，高8厘米，盘内有铭文4行22字："曹公媵孟姬，母盘用祈眉寿无疆，子子孙孙永寿用之。"铺为长方形，口外侈，有四矮足，兽首形耳，口足饰穷曲纹，腹饰蟠虺纹，长27.5厘米，宽21.5厘米，高8.5厘米，盖已佚。器内铭文字数、内容与盘铭大致相同。此盘与铺均为曹公嫁女的陪嫁器，曹国国君之女所嫁应为陈国王族，因而这里可能是陈国贵族的墓葬区。

从铜盘的外形看，它与鱼洗相似。其功能铭文已经说明，为长寿用，当为陈氏的祖传之物，源于舜帝。小说中，类似的铜盘本已为秦始皇所得，但被赵佗设计盗走。

《穆天子传》：该书早在战国末期就埋进了魏王的坟墓，西晋早期因盗墓被发现，流传至今。现在的读者可以看到该书的校订本。但该书在当年下落不明，引发各种势力的持续争夺。匈奴冒顿与汉和好后，向西发展，进攻月氏，占领中亚；汉武帝北击匈奴，为联络月氏而通西域，目的也有求长生不老之意。但结果是打通了沙漠丝绸之路，并引来了佛教。

铁器：由于汉朝的建立者刘邦、吕雉以及汉初的丞相萧何、曹参、陈平、王陵等受张良思想的影响，汉初以道术治国，一直延续到六十年之后的汉武帝时代。汉朝的建立，也标志着中国青铜时代的结束，铁器时代的开始。从汉朝开始，青铜的用途仅限于铸造钱币和工艺品，它作为兵器和礼器原料的功能消失。铁制兵器开始推广，并普及到农具的生产，极大地提高了社会生产力。冶铁所需要的高温，也促进了瓷器的发明和广泛应用，改善了普通人的生活。青铜礼器由于其象征意义的消失而失去存在的价值。

赵佗：在中原群雄逐鹿时，赵佗正忙于平定南越各郡，建国称王，无暇北顾。等到赵佗解决了内部问题，中原早已安定下来。这时，汉朝的兵器已经以铁器为主，同时汉朝对输入南越的铁器和马匹采取禁运措施，赵佗尽管内心对刘邦、韩信、萧何、曹参不服（但并不敢如此对张良），但确实没有实力进攻中原，只得在试探几次后在形式上服软。由于地缘政治的原因，赵佗终究找不到问鼎中原的机会，便专注于养生长寿，终于在执政 67 年以后去世，死时据说有 120 岁，成为中国有信史以来最为高寿的帝王。赵佗死后不久，汉武帝灭南越国，其土地纳入汉朝版图。

从在广州发掘的南越国遗迹来看，赵佗颇似一个具有国际视野的人。考古证据表明，他与希腊、罗马方面可能有来往，经南海、马六甲海峡通往欧洲与非洲的海上航线可能最早是由他开发的（这条航线除了商业价值之外，也是一条宗教传播路线）。这一方面是由于汉朝的经济封锁，另一方面应该也得益于赵佗本人早年的经历。

由于赵佗生前数次探寻他人墓葬，自己先人的坟墓也曾经遭到人为毁坏，因此赵佗对自己的永恒安息之所颇费心机，赵佗也成为中国有史以来第一个采取秘葬的帝王。有关的记载如下："佗死，营墓数处，及葬丧车从四门出，故不知墓之所在。惟葛蒲漳侧，古马知上有云：'山掩何年墓，川流几代人。远同金骡裹，近似石麒麟。'时莫解之，但疑其墓不远。蔡如松云：'旧说即悟性寺也。'今蒲涧之南，枯冢数千，人犹谓越王疑冢。"（出自《蕃禺杂志》）葛蒲涧在广州白云山，此记载把赵佗陵墓说成在白云山上；"南越王赵佗，相传葬广州禹山，自鸡笼岗北至天井，连山接岭，皆称佗墓。"（出自清初屈大均《广东新语》）总之，赵佗葬身何处，可能已经成为永久的秘密。

　　王陵和张苍：王陵沛县人，刘邦曾经以兄事之，但王陵一向瞧不起刘邦，但独服张良。秦末大乱时，张良、王陵率领一支韩军在南阳一带活动，刘邦率军到来，二军会合，由武关入秦。在南阳时，张苍"坐法当斩"，刚好王陵在场，见张苍"解衣伏质，身长大，肥白如瓠"，立即面见刘邦，救了张苍一命。所以"张苍德王陵……及苍贵，常父事王陵。陵死后，苍为丞相，洗沐，常先朝陵夫人上食，然后敢归家。"

　　鸿门宴后，张良毅然返回彭城，追随他所拥立的韩王成。但韩成不久就被项羽所杀，项羽还逼死了王陵的母亲，这两件事实际上都是针对张良的，张良不得不与项羽决裂，又一次开始逃亡生涯。王陵闻风而动，从南阳出兵，意图迎取张良和刘邦的家属，但因项羽有备而无果。张良成功逃出，从此与王陵一心一意辅佐刘邦。

　　由于王陵早年与刘邦不和，长期得不到刘邦重用，在刘邦死前才任命王陵继曹参之后当丞相，又认为他过于憨直，命陈平辅佐。王陵六年后终于上任，但与吕后因在分封吕姓诸王的问题上意见不合愤怒辞官，陈平则采取"曲线救国"的策略，颇似武则天时期的狄仁杰。后王陵高龄而卒。

　　张苍阳武人，归汉后历任常山守、代相、赵相，再任代相立功。汉平定天下后，张苍到朝廷任计相，后来任淮南相、御史大夫，文帝四年起任汉朝丞相十五年。后来因为五行八卦问题与朝廷意见不合而辞官。

张苍虽然当了几十年丞相，但他最擅长的还是学问与养生术。史记说："苍本好书，无所不观，无所不通，而尤善律历。"这是因为"张苍乃自秦时为柱下史，明习天下图书计籍。""故汉家言律历者，本之张苍。"

张苍对后世的影响，主要表现在三个方面：一、他提出和制订了一套比较完整的关于度、量、衡方面的理论，他把算学研究成果直接用于国计民生，当时主要是用于税收的计算。二、在历法方面，张苍提倡采用《颛顼历》。三、张苍最重要的贡献在于编写《九章算术》。《九章算术》总共收集 246 个日常生产生活中的数学问题，并提供解法。张苍的算法，是中国数学发展的基础，比欧洲同类算法早 1500 多年。但张苍的数学偏重于应用，而不是通过概念、逻辑而建立严密的体系，因此中国的数学在南北朝达到高峰后再无重大的发展。

至于养生方面，《史记》是这样说的："苍之免相后，老，口中无齿，食乳，女子为乳母。妻妾以百数，尝孕者不复幸。苍年百有余岁而卒。"这显然不是事情的全部，和张良一起从事道家修炼才是他长寿的原因。

后　记

　　春秋战国时期，中国人"唯官是尊"的民族性格还没有形成，人与人之间，无论尊卑贵贱、贫穷富有，人格是平等的，精神是独立的，每个人的选择和自由基本上受到尊重。由于学术上的百家争鸣，社会价值取向也是多元的，"轻死重义"的人物不胜枚举。所以，这个时期，能够平等待人、尊重他人的人能够成为社会的领袖，战国末期著名的四公子即齐国的孟尝君、赵国的平原君、魏国的信陵君、楚国的春申君就是这样的人。秦始皇遇到对自己有用的人，也是与客人吃同样的饭，穿同样的衣服，礼贤下士的工夫做得很到位。但秦始皇的做法很大的程度上是虚假的，特别是后期，他把个人的利益同天下人的利益对立起来，为了个人的永生而漠视他人的生命。在中国历史上很少有皇帝像秦始皇那样在位时遭到那么多人的痛恨，遭遇那么多次刺杀更是绝无仅有。这就是秦朝失败的社会心理基础。

　　不可否认，秦始皇是一个有雄才大略的人，但他的雄才大略只体现在政治、文化、社会改革上。名义上，虽然是秦始皇统一了六国，但战争中并没有什么惨烈的战事发生，秦始皇本人也基本上没有亲临战场指挥，所以秦始皇并不是一个军事家和战略家。事实上，统一战争的关键战役都是秦昭襄王时期打的。如果秦昭襄王听了白起的建议，一鼓作气灭了赵国，秦本来可以提前二十年统一六国的。那个时候，2 岁的秦始皇（时名赵政）正处于围城中的邯郸，他是没有任何机会活下来的。那样，中国的历史可能完全改写。

表面上，刘邦的性格与秦始皇完全相反，他骂骂咧咧，对人很不尊重，但真实的刘邦是一个尊重他人权利的人，例如他不想建高大巍峨的宫殿，怕劳役太多；回乡时也不想过多地麻烦乡亲等。刘邦最大的特点是有担当，这是他能够成为领袖的原因。在他后半生暴风骤雨般的军事政治生涯中，他所遇到的生死危机之多，是任何其他皇帝都是没有的：一次逃亡（在茫砀山中当逃犯）、一次鸿门宴、一次暗杀（赵王张敖的家臣）、二次箭伤（一次被项羽射伤，一次被英布射伤，这次箭伤可能要了刘邦的命）、一次被追杀（从彭城逃走时不惜把儿子女儿踢下车）、二次被围困死里逃生（荥阳之围和白登之围），还有多次战败绝望。他从来没有"吸取教训"而"退居二线"。每次平叛，他都亲临第一线。在这一系列危机中，刘邦难免表现出判断失误和人性自私的一面，但他勇于面对使他赢得了人格感召力。政治上，刘邦继承了秦始皇的遗产，他怜惜秦始皇没有后代，安排二十户为秦始皇守陵，其他人的待遇则低得多，包括他曾经崇拜的信陵君。这说明他是认可秦始皇的政治理想的。但刘邦还有年两点比秦始皇更为突出：一、他超越了狭隘的族群意识，把自己定义为所有人的皇帝，而不只是属于宋人、魏人或楚人，这种意识是秦始皇、项羽和六国贵族都不具备的，这也许与他没有贵族身份有关。事实上，首先拥戴刘邦的正是敌对的族群秦人。二、刘邦看得透生死，不惧怕死亡，不追求长生不老，老百姓因此可以免遭不少罪。人的伟大不是由于他的智力和武力，而是源于他的胸怀。

刘邦待人不恭可能与他早年的落魄有关。刘邦一生，最遭人病诟的缺点是：杀功臣。如果从现代法学的观点出发，基本上可以断定，韩信、彭越、英布等人都是冤枉的，他们所犯的是诛心之罪。韩信、彭越至少有其谋士劝反，他们本人的态度在两可之间。英布从形式上看是被逼反的，从后果上看也是最严重的。很可能是刘邦想在生前解决异姓诸侯王的问题，而不想把这个问题留给继任人。从这个角度看，刘邦是有担当的。他并不嗜杀（比如，他可以杀雍齿，他要换太子也做得到），但为了长远大计，他与萧何一样不惜损害自己"仁义"的令名。

考虑到刘邦等人所处的那个时代，是战国向大统一转变阶段，与其他朝代不一样。在此之前，中国已经经历了上千年的诸侯割据时代，当时大多数人的政治思想还停留在战国年代，后来的政治伦理道德还没有建立起来。在楚汉战争正酣之际，刘邦与韩信就因为观念上的不同而屡起争端，韩信的谋士也的确在劝他谋反。韩信当时固然没反，但韩信比其他功臣都年轻、都能干，即使他不想反，但总会有人劝他反。刘邦死后，哪一天韩信动了心，天下就会又一次陷入大乱。所以说，韩信等人的命运，对于他们个人而言是悲剧和牺牲，但对于社会的长远稳定而言，则是最不坏的选择。以刘邦等人的智慧，当时无法从政治上和平地人道地解决这个问题。

那么，张良是如何看待刘邦杀功臣一事呢？一般认为，张良是不赞同的。有一种说法，韩信两次被擒，张良都请了病假，回避表态。更有一种说法，张良是因为韩信等人被杀，兔死狐悲，才学范蠡功成身退，"从赤松子游"。事实可能刚好相反。古人记史，讲究微言大义，往往删繁就简，惜墨如金，从而导致笔削春秋，使本来完整丰满的人物形象和事件经过变得模糊不清。但字里行间，仍然会遗留一些残迹，透露出其本来面目。早期的张良，无疑是同情支持诸侯王的，并不惜牺牲奋斗。但以鸿门宴为界，张良的态度发生了根本性的改变。当郦食其劝刘邦分封诸王以争取他们的支持时，张良及时进行了制止。这是张良后期对诸侯王的本意。不久，韩信自封为"齐假王"，张良又及时地劝刘邦认可，这只是张良的权谋。诸侯王的问题虽然事出无奈，但既然出现了，总得有一个解决的办法。张良的这种态度转变，在另外一个韩信（韩襄王的庶出孙子，本书中是张良的小舅子，曾经劝刘邦东出关中，争夺天下；后降匈奴，战死）身上表现得最为明显。因此，在对待诸侯王的问题上，张良与刘邦、吕雉的态度是一致的，虽然他未必愿意自己出面。与韩信等诸侯王不同，张良有着完全不一样的人生智慧和追求。韩信只是芸芸众生（追求功名、富贵、权势）中的佼佼者，张良则超越他们。

张良辅刘邦建立帝业后，封为留侯，地点在刘邦的老家沛县，张良的儿子张不疑一支一直定居于此。到了东汉时期，张良的八世孙张陵创立了五斗米教，又称道教，因此张陵又名张道陵。

　　按道教的说法，张陵字辅汉，沛国丰邑（今江苏丰县）人。生于东汉光武帝十年（公元34年），卒于156年，享年123岁。张陵的父亲叫张大顺，也好神仙之术，自称"桐柏真人"，所以，生下儿子，即取名为"陵"，希望将来能追随先祖，远离尘世，登陵成仙。但张陵字辅汉，也有辅佐汉室的意思，因为张陵的另外一个故乡桐柏山所在的南阳，也是汉世祖光武帝刘秀的家乡，刘秀手下云台二十八将也多南阳人。所以张陵的人生与张良一样也有两面性。

　　张陵七岁时开始学习儒家"五经"，立志做官，辅佐汉室，荣宗耀祖。太学毕业后，他先后到南方天目山南的神仙观和西北的通仙观，设立讲堂，教授五经。数年间，学生有千人之多，乡人称他为"大儒"，名传一方。

　　汉明帝永平二年（公元59年），张道陵二十五岁，被郡守以"贤良"推荐到朝廷，后来，到洛阳经过考核，一举中了"贤良方正极言直谏科"，被朝廷授予巴郡江州（今重庆市）令。在江州令任上，他看透了地方强权的横行，为官的贪赃枉法，老百姓食不果腹怨声载道。他又想到自己为一介书生、小小县令，怎么也改变不了这样的世道，倒不如效法先祖张良，出离尘世，善保自身，以图延年益寿罢了。

　　张道陵先是南游淮河，居桐柏太平山，后与弟子王长一起，渡江南下，在江西贵溪县云锦山住了下来。这里山清水秀，景色清幽，传说为古仙人栖息之所，张道陵就在山上结庐而居，并筑坛炼丹，经过三年九天神丹炼成；而龙虎出现，所以，此山又称龙虎山。六十多岁的张道陵，据说是练了九鼎丹法，身体健如青壮年，后又得秘书以及驱鬼之术。为了广传道术，他离开龙虎山，又到蜀郡的鹤鸣山去了。在此，他开创了道教，流传至今，成为中国少有的原生宗教。

张道陵的道术传子张衡，张衡传子张鲁。张鲁就是三国时期割据汉中的军阀，鼎鼎大名。他在汉中实行政教合一的统治，政治上有一手，但军事上不行，后来保不住地盘，投降了曹操，继续他的传教活动。张鲁的事迹，载于《后汉书》和《三国志》。至于张鲁的父亲、张陵的儿子张衡，其宗教活动却不见于记载。《后汉书》倒是有张衡的传记，从生卒年看符合张陵儿子的年代，但传记中并没有提到他的父亲和儿子，其籍贯"南阳西鄂人"也与张陵"沛国丰县人"不合，因此，普遍认为此张衡非彼张衡，他们不过是同时期的同名人物罢了。

但是，如果仔细考究《后汉书》作者范晔的历史观和价值观，就可以发现事情的另一面。范晔博学多才，是典型的儒家学者，属于"子不语怪力乱神"的那类人。这就是说，范晔是一个唯物主义者和无神论者，《宋书》本传中就说范晔"常谓死者神灭，欲著《无鬼论》"，其临死前"语人寄语何仆射：天下绝无佛鬼"。在一部分人看来，张陵开创了道教，在历史上有其积极意义，但在范晔看来，全是扯淡，因此张陵根本没有资格进入《后汉书》（同理，把前汉搅翻了天的黄巾起义主角张角也没有记传），只是在记载刘焉和张鲁时顺便提一下张鲁的祖父，而且态度完全是否定的：鲁字公旗。初，祖父陵，顺帝时客于蜀，学道鹤鸣山中，造作符书，以惑百姓。受其道者辄出米五斗，故谓之

"米贼"。陵传子衡，衡传于鲁，鲁遂自号"师君"。其来学者，初名为"鬼卒"，后号"祭酒"。祭酒各领部众，众多者名曰"理头"。

另一方面，张衡在天文、历算、文学等方面的成就以及张衡的人品令范晔钦佩不已，范晔又必须给他立传。如果张衡也搞过神鬼之道的宗教活动，那只能回避不提了。但范晔提到张衡的性格"常从容淡静，不好交接俗人"，而且"衡不慕当世，所居之官辄积年不徙"，正是道家的风范。范晔说张衡的籍贯是"南阳西鄂人"，但本书认为张良就是南阳人，张道陵的父亲自称"桐柏真人"，张道陵本人也曾经居桐柏太平山，因此，《后汉书》所记载的张衡，其实就是张陵的儿子张衡，只是范晔"为尊者讳"，在记载中有意省略了部分内容而已。

关于张衡在天文、历算方面的成就，《后汉书》说"研核阴阳，妙尽璇机之正，作浑天仪，著《灵宪》《算罔论》，言甚详明。"浑天仪模拟了宇宙天体的运行，采用水力驱动。张衡已经充分认识到了地球是圆的，而且计算过太阳到地球的距离和直径。不过由于基础数据的错误，张衡得到的结果与实际情况相距甚远。

关于地动仪的记载如是："阳嘉元年，复造候风地动仪。以精铜铸成，员径八尺，合盖隆起，形似酒樽，饰以篆文山龟鸟兽之形。中有都柱，傍行八道，施关发机。外有八龙，首衔铜丸，下有蟾蜍，张口承之。其牙机巧制，皆隐在尊中，覆盖周密无际。如有地动，尊则振龙，机发吐丸，而蟾蜍衔之。振声激扬，伺者因此觉知。虽一龙发机，而七首不动，寻其方面，乃知震之所在。验之以事，合契若神。自书典所记，未之有也。尝一龙机发而地不觉动，京师学者咸怪其无征。后数日驿至，果地震陇西，于是皆服其妙。自此以后，乃令史官记地动所从方起。"到了现代，有很多机构和人员根据上述记载复制地动仪，但只能做到形似，达不到测量地震的实际效果。所以如此，作者猜测是原理错误。复制者误以为是地震产生的动能直接使"尊中"的"都柱"倾倒，触发机关射出铜丸。如果是这样，铜柱倾倒的方向肯定是随机的，只有1/8的机会预测正确。作者认为真正的原理在于，地震所产生的次声波是定向传播的，它在铜柱内聚集共振，能量放大到足够使铜柱定向倾倒。其机理与鱼洗和一些青铜乐器是一致的。

张鲁之后，其子孙在洛阳北邙山传教。西晋五胡动乱后，迁居江西龙虎山，延续至今。

大事年表

前 295 年　赵国内乱，赵武灵王在沙丘平台被饿死

前 291 年　秦白起攻占韩国南阳

前 263 年　白起再次攻占南阳；楚考烈王立，春申君黄歇为令尹

前 262 年　白起攻韩国上党，上党投降赵国，引发秦赵长平之战

前 259 年　嬴政在赵国邯郸出生

前 258 年　秦围邯郸，赵求救于魏、楚，信陵君、平原君、春申君联手破秦

前 256 年　秦吕不韦灭周；刘邦出生

前 247 年　秦王嬴政立，他约在三年前由邯郸返秦

前 238 年　秦王政亲政，杀嫪毐，免吕不韦；韩王安元年；楚春申君被杀

前 233 年　韩非等使秦

前 230 年　秦内史腾灭韩，韩王安被俘，韩亡

前 228 年　秦王翦灭赵，赵王迁被俘，公子嘉北逃称代王；秦王母赵姬死

前 227 年 荆轲刺秦王

前 226 年 秦王翦破燕入蓟，燕王喜迁辽东；秦王翦子王贲攻楚，新郑反，旋败

前 225 年 秦王贲水淹大梁，三月后城坏，魏王假被俘；秦李信率 20 万军攻楚，被楚将项燕所破；秦王翦率 60 万军攻楚

前 224 年 王翦破楚军，项燕自杀

前 223 年 王翦破寿春，楚王被俘，楚亡

前 222 年 王翦平定江南；王贲破辽东，俘燕王喜，攻代，俘代王嘉，燕和代亡

前 221 年 王贲自燕南下攻齐，齐王田建降；秦王政称皇帝

前 219 年 秦始皇东巡，封禅泰山，命徐市入海求仙药，泗水捞鼎，洞庭湖落水

前 218 年 秦始皇第二次东巡，在博浪沙遇刺

前 216 年 秦始皇在咸阳微服出行遇袭

前 211 年 东郡陨石，上刻"始皇帝死而地分"；刘邦亡命芒砀山

前 210 年 秦始皇最后一次出巡，至九嶷山、会稽山、琅琊、芝罘，在沙丘平台死亡；二世胡亥继位；匈奴冒顿杀其父自立为单于

前 209 年 陈胜吴广在大泽乡起义，各地响应

前 208 年 陈胜吴广兵败遇害；李斯被杀；龙川令赵佗在南越自立

前 207 年 项羽在巨鹿大破秦军，成为各路诸侯统帅；秦赵高杀二世，旋被子婴所杀；刘邦由南阳、武关攻至蓝田

● 追逐

　　前 206 年　子婴降刘邦，秦亡；刘邦、项羽鸿门相会，项羽屠咸阳、分封诸侯

　　前 205 年　刘邦暗度陈仓，但在彭城兵败

　　前 202 年　项羽兵败自杀，刘邦称帝

　　前 200 年　刘邦遭遇白登之围

　　前 196 年　吕后杀韩信，刘邦杀彭越；张良助吕后反对废立太子

　　前 195 年　刘邦破黥布，黥布被杀；刘邦去世，惠帝继位，吕后当权